KB220359

2007 제52회

現代文學賞 수상소설집

안규철, 「두 개의 빈 의자」, 드로잉

| 현대문학상 기념조각 |

안규철

책은 양면적인 요소들이 중첩되어 있는 물건이다.
책에는 왼쪽과 오른쪽 페이지가 있고, 보이는 앞면과 보이지 않는 뒷면이 있다.
안과 밖이 있고, 시작과 끝이 있다. 흰 종이와 검은 잉크가 있고,
드러난 것과 숨겨진 것이 있으며, 저자와 독자가 있다.
서로 상반되면서 동시에 상호의존적인 이런 요소들은 책이 닫혀져 있을 때는 드러나지 않는다.
책은 상자와 같아서, 책장이 펼쳐지기 전에 그것은 무뚝뚝한 한 덩이 종이뭉치에 불과하다.
책을 열면 이렇게 하나였던 것이 둘이 된다. 왼쪽과 오른쪽이, 안과 밖이, 저자와 독자가 거기서 생겨난다.
그리고 그 둘 사이에서, 낯선 한 세계의 지평선이 떠오른다.
마술사의 손바닥에서 피어나는 꽃처럼, 작은 책갈피 속에서 세계 하나가 온전한 윤곽을 드러낸다.
문학작품 앞에서 늘 그것이 경이롭다.

제**52**회 現代文學賞 수상소설집

이승우
전기수傳奇叟 이야기 외

H
현대문학

역대 수상작가 최근작

심사평

수상소감

수상작

전기수傳奇叟 이야기

이승우

수상작가 자선작

도살장의 책

이승우

전기수傳奇叟 이야기

1959년 전남 장흥 출생. 서울신학대 졸업. 1981년《한국문학》으로 등단.
소설집『구평목씨의 바퀴벌레』『일식에 대하여』『미궁에 대한 추측』『목련공원』
『사람들은 자기 집에 무엇이 있는지도 모른다』『나는 아주 오래 살 것이다』『심인광고』등.
장편소설『에리직톤의 초상』『내 안에 또 누가 있다』『생의 이면』『식물들의 사생활』등.
〈대산문학상〉〈동서문학상〉 수상.

전기수傳奇叟 이야기

1

　같은 일이 반복되거나 비슷한 일이 일어나지. 그게 일상이지. 다른 사람이라고 뭐 다를라고. 그 시절, 다섯 개나 되는 생활정보지와 두 개의 무료 신문을 샅샅이 뒤지며 동그라미를 치거나 밑줄을 긋거나, 그러다가 전화를 걸어 정보지에 실린 내용이 맞는지를 확인하는 일이 중요한 하루 일과였어. 이상할 것도 없는 일이지만, 입맛에 맞는 일자리를 찾기가 참 어렵더구만. 언뜻 보기에 그럴듯한 것일수록 조심해야 한다는 걸 여러 차례의 경험을 통해 터득했지. 팔기 힘든 물건을 허약한 연줄을 이용하여 떠넘겨야 하는 판매직이거나 별 볼일 없는 영업직이 대부분이었거든. 이를테면 월수 500 보장 운운하는 광고는 일단 제쳐두어야 한다고. 이사직을 구한다거나 공동 투자

운운하는 경우도 마찬가지. 오전에는 청소기와 세탁기를 돌리고, 맨날 쓸고 닦아도 어디서 먼지가 그렇게 나오는지, 하루를 그냥 넘길 수 없다니까, 오후에는 저녁 준비를 하기 위해 시장에 가야 했어. 아내는 보통 일곱 시가 넘어서 들어왔지. 일주일에 평균 두 번은 야근을 했고. 그런 날은 자정을 넘겨서, 대개 술 냄새를 풍기며 돌아오니까, 미리 이야기를 해주면 저녁 준비를 하는 수고를 덜 수 있을 텐데 무슨 심술인지 아내는 예고를 하지 않아. 그녀는 내가 물어보지 않았으니까 말하지 않은 거라고 할지 모르고, 그건 물론 사실이지만, 그것이 그녀가 이야기를 하지 않은 참된 이유인지는 나로서는 알 길이 없었지. 저녁 시간에는 일 끝내고 집에 돌아온 대부분의 직장인들이 그런 것처럼, 하루 종일 집에서 엎치락뒤치락하며 보낸 나도 느긋하게 앉아 텔레비전을 보았어. 나의 저녁 시간은 드라마와 뉴스와 코미디 프로가 잘 차려진 식탁 위의 음식처럼 풍성하고 다채로웠지. 어떨 땐 드라마와 코미디를 보기 위해 하루 종일 빨래를 하고 청소기를 돌리고 음식을 만드는 것 같다는 생각이 들기도 한다니까.

그런 식의 일상은 약간 지루하긴 하지만 어느 정도 이골이 나면 그 단조로움 속에 있는 나름의 규칙성을 찾아내게 되고(가령 생활정보지를 읽는 순서가 만들어지고 시장에 가는 시간이 정해지는 식으로), 그것을 은근히 즐길 줄도 알게 되거든. 생활정보지의 자잘한 글씨들에 눈을 박고 몇 시간을 보내다 보면 내 정신이 그것들에 의해 길들여져서 자동적으로 움직이고 있다는 사실을 어렴풋하게 느끼게 되는데, 그때의 기분이, 뭐랄까, 독한 감기약을 먹은 것처럼 약간은 몽롱하고, 신경들이 서서히 느즈러지고, 그 틈에 슬그머니 의식을 놓아버리고 싶기도 하고, 암튼 좀 묘한데, 그렇게 나쁜 건 아냐. 사물들이 쓰임을 받으면서 자기들의 질서 속으로 쓰는 자를 편입해 들인다고 할까. 심상치 않은 작용이지. 그런 식으로 15개월을 살았을 거야. 15라는 숫자가 뭐냐고? 그게 궁금한가? 뭔가 짚이는 게 있을 텐데, 그 짐작이 맞을 거야. 15개월 전에는 나도 출근할 데가 있었던 거지. 일자리를 잃는다는 게 단순한 일이 아니란 걸 겪어본 사람은 알지. 아무렇지 않은 척한다고 해서, 혹은 어찌어찌하여 아무렇지 않게 되었다고 해서 아무렇지 않은 일이라고 할 순 없지. 그렇다고 해서 뭘 어쩌겠나. 50년대의 한 감상주의 시인의 말마따나 사는 건 외롭지도 않고 잡지의 표지처럼 그저 통속한 거잖아. 인생이 잡지의 표지를 닮아서 통속한 것이 아니라 잡지의 표지가 인생을 닮아서 통속하다는 걸 그가 어찌 몰랐겠어. 나는 이제 겨우 그것을 조금 알게 되었는데……. 외로움 속에 있는 한 인생은 결코 통속할 수가 없는 거지. 잡지의 표지가 외로울 수 없는 것처럼 인생 역시 통속하지 않을 수 없는 거지.

곧 익숙해지긴 했지만, 그래서 그것 역시 이내 일상의 규칙 안으로 편입되어 들어왔지만, 고드름장아찌처럼 밍밍한 내 시간표를 구겨야 하는 일이 일어났어. 그 이야길 할 테니 들어보라고. 오후 세 시쯤이었을 거야. 아침에 나간 아내가 불쑥 전화를 걸어왔어. 생활정보지의 글자들이 내보낸 내분비물 때문에 신경들이 상당히 흐물흐물해져 있었을 시간이었지. 이 여자가 대뜸, 지금 좀 나와줘야겠는데, 하는 거야. 미안한 말이지만, 나는 처음에 아내의 목소리를 알아듣지 못했어. 잘못 걸려온 전화거나 장난 전화일 거라고 판단한 나는 아무 말도 하지 않고 가만히 전화기를 내려놓아버렸지. 아내가 알려준 방법이었어. 낮 시간에 집에 있다 보면, 아는 사람은 알겠지만, 별의별 전화가 다 걸려와. 개발예정지역에 대한 믿을 만한 정보가 있으니 믿고 투자하라는 부동산 업자들의 전화가 가장 많지. 애인이 되어주겠다는 투의 앳된 여자 목소리도 더러 있고. 요새는 이 동통신사들도 번호이동 하라고 극성이더구만. 아내는 그런 전화가 오면 아무 소리 말고 그저 조용히 수화기를 내려놓아버리라고 충고 했어. 잘못 대꾸했다가 밤낮으로 시달린 끝에 전화번호를 바꾸고 이 사까지 간 사람이 아내의 친구 가운데 있다더라고. 꼭 아내의 충고 를 따르느라 그런다기보다 내 정연한 일상의 밍밍함이 휘저어지는 것을 원하지 않았기 때문에 나는 모르는 전화라는 판단이 서면 곧바 로 끊어버리는 편이었어. 그러면 대개는 그것으로 그만이지. 그런데 그때는 달랐어. 전화벨이 곧 다시 울렸거든. 나는 조금 전의 그 사람 이 다시 잘못 걸었거나 다시 장난질을 하는 거라고 생각하고 그대로 울리게 놔둔 채 방바닥에 펼쳐진 정보지들의 무수한, 놀라울 정도로 단순한 활자들의 조합을 들여다보는 일에 전념했어. 그렇지만 전화 벨은 여간해서는 그칠 것 같지 않았고, 점점 맹렬해지는 것 같기도 했어. 한여름 날씨를 더 덥고 짜증스럽게 만드는 매미 울음소리 같 다는 생각을 하며 게으르게 몸을 움직인 나는 수화기를 귀로 가져갔 어. 좀 유치하긴 하지만 여긴 화장텁니다, 하고 나지막하고 은밀하 게 속삭여줄 참이었지. 그런데 미처 전화기가 귀에 닿기도 전에 아 까 그 목소리가 탄환처럼 빠르게 날아오는 거야. "뭐야. 왜 아무 말 도 안 하고 끊어?" 어찌나 단호하고 확신에 찬 목소린지 준비된 농 담이 쑥 들어가버리더라고. 곧바로 전화기를 내려놓아버릴 수도 없 었어. 약간 빠르고 허스키에다 신경질적인 목소리를 가진 이 여자가 누구인지 찾느라고 머릿속이 한동안 분주했지. 아무리 해도 떠오르 는 얼굴이 없었어. 신경을 곤두세운 채 누구세요? 하고 물을 수밖 에. "한집에 사는 마누라 목소리도 못 알아듣는단 말이야. 아, 짜증 나." 그러고 보니까 아내의 목소리가 맞는 것 같기도 했어. "당신 맞아?" 나는 약간 기가 죽은 목소리로 물었지. 아내는, 어떻게 아침에 나간 마누라 목소리를 잊어먹어, 세상에, 이건 평소에 당신이 나를 얼마나 소홀하게 생각하는지를 증명하는 산 증거라고, 아, 억울해, 어쩌구저쩌구 투덜거리더라고. 나는, 그녀를 소홀하게 생각하느냐 하지 않느냐는 문제에 대해 섣부르게 대답할 수는 없지만, 전화 목소리를 바로 알아듣지 못한 것이 그녀를 소홀하게 생각하는 산 증거라는 의견에는 동의할 수 없었어. 굳이 따지자면 꼭 나에게만 책임이 있는 것도 아니야. 그동안 그녀가 낮 시간에 집에 있는 나에게 전화를 걸어온 적이 한 번도 없었고, 그러므로 전화를 걸어올 가능성이 있는 사람의 명단에서 애초에 빠져 있었으니까. 아내는 그 문제를 가지고 잔소리를 좀 길게 해야 하지만 용건이 워낙 급하니까 나중으로 미룬다는 투의 말을 하고는 무조건 빨리 나오라고 다그쳤어. 뭔지 모르지만 사정이 꽤 급한 것 같더라구. 나는 약간 주눅든 목소리로 어디로? 왜? 하고 물었지. "어디긴, 사무실이지. 아, 참, 여기로 안 와도 되겠다. 곧바로 그쪽으로 가면 되겠구나. 주소 받아 적어." 뭔 소리야? 하고 물을 때 나는 고드름장아찌 같은 내 일상의 보이지 않는 질서가 조금 일그러지는 모습을 보았고, 그 때문에 귀찮아졌을 거야. "이 사람, 아주 중요한 회원이야. 비위를 잘 맞춰야 해. 담당 화자가 병이 났어. 웬만하면 나오려고 했는데 도저히 안 되겠대. 몸이 펄펄 끓는다잖아. 약을 먹어도 안 듣는다네. 요즘 감기 지독한 거 알지? 다른 화자들은 시간이 안 맞아. 내가 대신 갔으면 좋겠는데, 그 시간에 약속이 잡혀 있어. 실버타운 책임자를 만나기로 했거든. 계약을 할지도 모르는 일이라 내가 안 가면 안 돼. 어쩌겠어. 오늘만 당신이 화자 노릇을 좀 해줘. 어려운 것 없어. 그냥 책만 읽어주면 돼. 자료를 파일로 보내줄게. 이 고객 프로필하고 약도도 같이. 지금 메일 열어봐. 한 시간 반 남았으니까 서둘러야 될 걸. 옷은 아주 단정해야 해. 양복을 입고 넥타이를 매는 게 좋겠어. 머리 감고 면도도 하고. 알았지?……."

2

아내가 일을 하겠다고 선언한 것은 한 문학단체에서 주관하는 소설강좌를 들으러 다니기 시작한 지 3년 만이었고, 경기침체와 산업구조의 변화에 대응한다며 회사가 구조조정을 단행하는 바람에 졸지에 실업자가 된 남편이 15개월째 빈둥거리고 있던 시점이었어. 더 다녀봤자 소설가가 될 가망이 없어서라고 이유를 댔지만, 그리고 어쩌면 그것이 사실인지도 모르지만, 그녀가 쓴 글을 읽어볼 기회를 갖지 못한 나로서는 그 문제에 대해 뭐라고 의견을 내기가 어려워. 원고를 보여달라는 요구를 하지 않은 건 아니었어. 그 정도의 관심 표명은 하고 살았지. 그러나 아내는 나중에, 나중에, 하며 미루기만 했어. 설마 네까짓 게 소설을 알기나 하느냐는 식은 아니었겠지만 은근히 섭섭한 마음이 들기는 했어. 하기야 그녀가 쓴 글을 읽는다고 해도 소설가가 될 가망이 있는지 없는지를 가늠할 능력이 나에게 없는 것은 사실이야. 중요한 것은 그녀에게 그런 가망이 있느냐 없느냐가 아니야. 그것은 그녀가 소설 공부를 하지 않기로 작정한 이유는 될 수 있을지 몰라도, 밖으로 나가 일을 하겠다고 마음먹게 한 이유일 수는 없으니까. 마이너스통장을 들여다보며 한숨짓던 그녀가 누구든 돈을 벌어야지, 하고 잦아드는 목소리를 낼 때 나는 아무 말도 하지 못했어.

처음엔 사는 게 답답하니까 푸념처럼 한번 해보는 소리려니 싶었지. 그런데 그게 아니었어. 사무실을 어디에 내면 좋을까 궁리하질 않나, 조언을 구할 사람이 있다며 외출을 하지 않나, 분위기가 심상 치 않게 돌아가는 거야. 어이도 없고 무시당하는 것 같아 섭섭하기 도 하고 해서 당신이 무슨 일을 한다고 그래? 하고 물었지. 이 여자, 내가 물어오기를 기다렸다는 듯 곧바로 아이디어가 있다고 대답하 더라고. 그리고는 약간 뜸을 들인 다음 전기수라고 혹시 들어봤어? 하고 되묻는 거야. 밥상을 물리고 건성으로 텔레비전 뉴스를 보고 있던 저녁이었지. "전기수? 그게 뭐야? 전기 기술자를 줄인 말인 가?" 내가 심드렁하게 대꾸하자 그럴 줄 알았다는 듯 빙그레 웃고 나서 전기수에 대해 설명하기 시작했어. 마치 물어올 것에 대비해서 외워두기라도 한 것처럼 가지런하고 막힘이 없었지. 신나하는 것 같 기도 했어. 전기수傳奇叟란 조선시대에 주로 사람들이 많이 모이는 거 리에서 이야기책을 전문적으로 읽어주던 낭독자를 말하는데, 조선 후기에 활동한 조수삼趙秀三이라는 문인이 쓴 '추재집秋齋集'에 그 기 록이 나온다고 하더군. 임진왜란을 전후하여 중국으로부터 '삼국 지'나 '수호지' 같은 소설들이 이 땅에 들어오게 되었고, 그에 따라 소설과 이야기에 대한 관심이 점차 증가하게 되었다는 것, 조선 후 기에 이르러서 서울 거리에 소설책을 읽어주거나 옛날이야기를 전 해주면서 일정한 보수를 받는 직업적인 이야기꾼이 등장했는데 이 런 사람을 전기수라고 불렀다는 게 그녀의 설명이었어. 전기수는 사 람의 왕래가 많은 곳을 택하여 자리를 잡고 앉아 주로 '소대성전'이 나 '숙향전' '심청전' '설인귀전' 같은 소설책을 읽어주었다는군. 물론 '추재집'에 기록된 내용이지. 월초 1일은 제일교 아래에서, 2 일은 이교 아래에서, 3일은 이현에서, 4일은 교동 입구에서, 5일은 대사동 입구에서, 6일은 종루 앞에서 이야기판을 벌이고, 이렇게 거슬러 올라갔다가 7일째부터 다시 내려오고, 내려왔다가 다시 오르고, 그렇게 해서 한 달이 차면 다음 달에 또다시 반복하고. "그 당시로서는 일종의 신종 직업이었다고 할 수 있겠지. 마땅한 놀이가 없고 여가를 즐길 여력도 없는 당시의 서민들에게 전기수가 전해주는 이야기를 듣는 일은 몇 안 되는 즐거움 가운데 하나였을 거야. 그러니까 당연히 인기가 대단했겠지. 주로 동문 밖에 살았고, 청중들이 던져주는 동전을 받아서 호구를 해결했지만 그게 전부는 아니었다고 해. 부잣집 한량들이나 나이 들어 할 일 없어진 규방 마님들, 또는 기방의 기녀들이 후원자 역할을 하는 경우가 많았지 않았을까? 내놓고 장바닥에 나가 이야기를 들을 수 없는 양반집 아낙들 역시 이들을 집으로 불러들여 이야기를 청하곤 했을 테고. 어때? 흥미 있지 않아?" 나는 조선시대에 그런 직업을 가진 사람이 존재했다는 사실을 처음 알았지만, 그녀가 무엇에 흥미를 느끼고 있는지 분명하게 감을 잡을 수 없었기 때문에, 의혹과 긴장을 반반 섞어서 그런데? 하고 질문했어. "아마도 문맹률이 낮아지고 책의 보급이 활발해지면서 이런 사람들이 사라졌을 거야. 듣는 대신 읽으면 되니까. 근데, 요새는 어떨 것 같아? 요새는 전기수를 필요로 하는 사람이 없을까?" 뭐야, 책 읽어주는 일을 하겠다는 거야? 하고, 나는 약간 놀라움을 드러내며 물었지. 그런 걸 참신한 사업 아이디어라고 내놓은 아내에게 실망감을 표시하고 싶은 마음도 있었던 것 같아. 아내의 사업 구상이 마뜩찮은 데 안도하는 심정이 얄궂긴 했지. 나는 복잡한 감정을 들키지 않으려고 애쓰면서 서둘러 덧붙였어. "무슨 말인지 알아들었어. 그런데 전기수가 활동하던 조선시대와 오늘날은 상황이 너무 다르지 않나? 우선 그때는 글을 읽을 줄 아는 사람들의 숫자가 제한되어 있었고, 읽을거리도 극히 적었어. 당신도 언급한 것처럼 마땅한 놀이가 없고 여가를 즐길 여력도 없었지. 전기수가 인기를 끌 수밖에 없는 환경이었다는 뜻이야. 요즘과는 사정이 영 다르지. 글을 모르는 사람이 없고, 책은 넘쳐나고, 넘쳐나지만 더 신나고 재미있는 것도 넘쳐나니까 거들떠보려고도 하지 않는 판국 아니냐고. 물론 책을 읽고 싶어도 그럴 수 없는 사정을 가진 사람이 있긴 하겠지. 그 숫자가 얼마나 될지는 모르겠지만, 내가 알기로는, 그런 사람들을 위해 아마 오디오북이라는 게 이미 시중에 상당히 나와 있을걸."

내 의견에 부분적으로 동의하면서도 아내는 생각을 돌리지 않았어. 내가 현대인들의 깊은 고독과 단절감을 염두에 두지 않고 있거나 과소평가하고 있다는 게 그녀의 반론이었어. "자신만의 내부의 골방에 고립되어 살고 있는 사람의 숫자가 조선시대의 문맹의 숫자보다 많으면 많았지 적지 않을걸. 두려움과 불안 때문에 현란한 세상의 불빛 속으로 차마 얼굴을 내밀지 못하고, 검고 어두운 구멍과 같은 공허 속에 스스로를 유폐시킨 불쌍한 영혼들 말이야. 마음속으로는 누구보다 간절하게 소통을 원하면서 그 욕망을 겉으로 표현하는 데 서툴다는 것이 또 이런 사람들의 특징이야. 그들은 공개되지 않은 방식으로, 그러니까 자신들의 고립과 공허가 선전되지 않는 아주 개인적이고 내밀한 과정을 통해, 자신들의 고립과 공허가 해소되기를 바라지. 그들은 소통에의 욕구를 가지고 있다는 것은 물론 외톨이라는 사실조차 들키고 싶지 않거든." 내가 더 이상 이의를 달지 않은 것은, 반드시 그녀에게 동의해서는 아니야. 그보다 무엇 때문인지 더 듣고 있기가 불편해졌는데, 그 불편이 그 무렵 나의 내부에서 싹트고 있던 고립의 상태에 대한 친밀감과 무관하지 않다는 것을 시간이 조금 지난 다음에야 깨달을 수 있었어. 고드름장아찌처럼 밍

밍하고 정연한 내 일상이란 것이 실은 공허의 구멍에 다름 아니었던 거지.

　아내는 곧바로 논술 과외를 해서 제법 돈을 번 대학 동창과 의기 투합하여 '서울, 21세기 전기수'라는 그럴듯한 이름의 사이트를 열 고 본격적으로 이야기 사업을 시작했어. '서울, 21세기 전기수 기획 실장 이영란'이라는 명함을 건넬 때 아내의 표정에는 설레임과 우쭐 함이 반반씩 어려 있었어. 방문 학습지 프로그램을 원용한 이 이야 기 사업은, 잘 알겠지만, 처음부터 회원제로 운영되었는데, 화자라 는 이름의, 책을 읽어주거나 이야기를 들려주는 사람을 모집하고 교 육시켜 회원들에게 보내는 거지. 지금도 그렇지만, 상담을 통해 어 울리는 책을 고르는 것이 원칙이었지. 하지만 자기가 직접 책의 목 록을 정하는 사람도 있었어. 특정한 책을 요약해줄 것을 요청하는 사람도 있고, 신문이나 잡지를 읽어달라거나 재미있는 이야기를 해 달라고 요청하는 사람도 있었지. 더러는 방문하지 말고 전화로 읽어 줄 것을 요구하기도 하고. 다른 사람의 도움을 받아 책을 읽거나 이 야기를 들으려는 사람들이 그렇게 많다는 건 나로서는 좀 뜻밖이었 어. 더디긴 하지만 꾸준히 회원수가 늘어나고 있는 걸 보면서 아내 의 판단이 정확했다고 인정할 수밖에 없었지. 직장 잡기가 어려워서 그런지 화자를 하겠다고 신청하는 사람도 많았다고 해. 고객들의 수 준이나 취향들이 제각각이니까 읽어야 할 책도 다양하고, 그러니까 상당한 지적 수준을 갖춰야 하는 데다가 목소리 연기도 웬만큼 할 수 있어야 하지. 화자를 고르는 일이 보통 까다롭지 않다고 하더군. 일의 성격상 화자의 역할과 회원의 성향에 맞는 텍스트를 구하는 일 이 중요하기 때문인지 교육과 회의가 빈번한 모양이었어. 시간이 지 나면서 아내의 귀가 시간이 늦어지고 집안일에 신경 쓰지 않게 된 것은 불가피한 일처럼 여겨졌지. 어쩌면 아내는, 직접 그렇게 말을 한 적은 없지만, 내가 계속해서 직장을 구하지 않기를 바라고 있었는지도 몰라. 처음부터 내가 집을 지키며 집안일을 해온 것으로 간주하고 당연시하는 듯한 눈치도 보였어. 뭐, 사정이 그렇다는 거지 그게 꼭 불만이었다는 뜻은 아니야.

3

남자. 59세. 과묵하고 명상적인 성격. 음악 애호가(거의 항상 이어폰을 귀에 꽂고 지냄). 잠언 투의 에세이나 종교적 성격의 글을 선호. 칼릴 지브란의 '예언자', 막스 삐까르트의 '침묵의 세계', 아우렐리우스의 '명상록', 성경의 '잠언'과 '전도서'. 가끔 산책에 동행할 것을 요구하기도 함.

몇 줄로 요약된 내 첫 고객은 어딘가 비밀스러운 취향을 가진 사람처럼 여겨졌어. 정보가 제공되는 이런 방식 속에 비밀스러운 성격이 어느 정도 가미되어 있다는 걸 감안하더라도 심상치 않은 느낌을 갖게 하기에 충분한 내용이지 않아? 나는 아내가 주문한 대로 세수를 하고 머리를 감고 면도를 하고 양복을 입었어. 아내가 보내준 자료를 전철 안에서 읽었는데, 거기에는 한상철이라는 회원에 대한 기본 정보와 함께 낭독할 텍스트 파일이 들어 있었어. 톨스토이의 '인생론'의 일부가 12포인트 휴먼명조체로 타이프되어 있더라고. 나는 건성으로 훑어 읽으며, 좀 재미없다는 생각을 했을 거야. 이런 재미없는 글을 원하는 사람이 재미있을 리 없을 거라는 추측이 나를 좀 우울하게 했지. 하긴 추천도서에 적힌 목록을 보면 뻔할 뻔 자긴 해.

나는 아내에게 전화를 걸어 얼마 동안 이자와 시간을 보내야 하는지 물어보려다가 귀찮기도 하고, 내 자신이 좀 측은한 생각이 들어서 그만두었어.

그 사람은 서울 근교의 한 전원주택에 살고 있었는데, 미루나무와 버드나무가 집을 둘러싸고 있어서 입구를 찾기가 어려웠어. 들어가는 길을 찾지 못하고 몇 번이나 그냥 지나쳤다니까. 키가 크고 잎이 무성한 나무들은 호위병들처럼 보였어. 그러나 그 나무들이 무엇을 호위하는지는 물론 알 수 없었지. 그것으로 인해 비밀스러운 취향을 가진 사람일 거라는 기왕의 선입견은 조금 더 확고해졌지만 말이야. 나를 맞이한 사람은 몸피가 두툼한 50대 중반쯤의 여자였는데, 얼굴은 하얗고 몸가짐이 반듯했어. 하지만 집주인처럼 보이지는 않았어. 그런 사람 있잖아. 부드럽지만 무표정한 얼굴. 상냥하지만 건조한 음성……. 오랫동안 그 집안일을 해서 집의 일부처럼 보이는 사람. 집 안의 모든 것을 빠삭하게 알고 있는 것 같은 사람. 주인은 그렇지가 않지. 주인은 집의 일부처럼 보이지도 않고, 집 안의 모든 것을 빠삭하게 아는 것처럼 보이지도 않지. 설령 집 안의 모든 것을 빠삭하게 알고 있다고 하더라도 말이야. 들고 있는 파일을 가리키며 '서울, 21세기 전기수'에서 온 화자라고 내 소개를 할 때 나는 거짓말을 하는 게 아닌데도 무언가 켕기는 기분이 들었어. 뭐, 일종의 자격지심이었겠지. 담당 화자가 몸이 안 좋아서 제가 임시로 오게 되었는데, 연락을 받았는지 모르겠습니다, 하고 우물우물 덧붙일 때도 무언가 난처한 짓을 하는 것 같아 뒤통수를 긁었다니까. 오랜만에 맨 넥타이로 자꾸 손이 가기도 했고. 암튼 기분이 좀 그랬어. 그러나 여자는 나의 그런 기분에는 별로 관심이 없는 듯 여기서 기다리세요, 하고 정원 한가운데 있는 의자로 안내했어.

나는 의자 앞에 엉거주춤한 자세로 서서 집을 살펴보았지. 잎 넓은 나무들은 2층짜리 집을 거의 완벽하게 둘러싸서 바깥세상과 차단된 듯한 느낌을 주었어. 건물은 지은 지가 오래된 듯 군데군데 균열이 생기고 칠이 벗겨진 자국도 보였어. 정원은 꽤 넓었지만 관리가 잘 되고 있는 것 같은 인상은 아니었어. 웃자란 나뭇가지와 움푹 패인 잔디밭이 좀 거슬렸지. 사각의 나무 탁자가 다섯 개의 나무 의자를 거느리고 놓여 있었는데, 내가 그 의자 가운데 하나를 잡아 빼서 앉자마자 인기척이 났어. 얼른 다시 몸을 일으켰지. 아까 나를 맞이했던 여자가 휠체어를 밀고 오더군. 나의 시선은 자연스럽게 휠체어에 앉은 사람에게로 향했어. 여자와는 대조적으로 비쩍 마르고 왜소한 체격의 늙은 남자가 그곳에 있었어. 굵은 주름과 초점 없는 눈, 세상에 대한 관심을 완전히 거두어버린 듯한 무표정은 가면을 연상시켰고, 생기 없는 가느다란 몸은 마른 나무토막 같다는 느낌을 주더군. 저 남자가 내가 상대해야 하는, 과묵하고 명상적인 성격의 음악 애호가가 맞다면, 나이가 쉰아홉 살일 테지. 그렇게 씌어져 있었으니까. 그러나 과묵과 명상적인 성격은 몰라도 음악 애호가는 어쩐지 잘 어울리는 것 같지 않았고, 쉰아홉이라는 건 더욱 믿을 수가 없었어. 그의 황폐하고 늙은 얼굴에는 삶의 그림자보다 죽음의 그늘이 더 짙었으니까. 표정도 표정이지만 어디를 보는지 도저히 감잡을 수 없는 공허한 시선은 소름을 돋게 했어. 묘지에서 걸어 나온 것 같다는 상상을 할 정도였다면 말 다 했지. 저 사람이 음악 애호가인 명상적 성격의 쉰아홉 살 고객인가 의심스러웠지만 그가 한상철이 아니라고 할 만한 근거는 없었어.

여자가 남자를 데려다주고 가만히 고개 숙여 인사한 다음 자리를 피했는데, 나는 그 순간 그녀가 버거운 짐을 내게 떠넘기고 홀가분해하는 것 같은 인상을 받았어. 갑자기 떠맡은 낯선 역할이 부담스러워진 나는 담당자가 몸이 좋지 않아서 대신 왔다는 말을 다시 우물우물 늘어놓았어. 노인의 눈꺼풀이 느린 속도로 들어올려졌다가 역시 느린 속도로 떨어지는 걸 보았지. 속도 때문인지 몹시 권태스러워하는 것 같았어. 휠체어의 팔걸이 위에 올려진 손가락이 미세하게 경련을 일으키는 것도 보았지. 나는 왜 그런지 그의 손가락을 쳐다보는 게 결례일 것 같아서 눈길을 피했어. 귀에 이어폰을 끼고 있었는데(처음에 나는 보청기로 착각했었어), 무릎 위의 소형 카세트 플레이어와 연결되어 있는 것 같았어. 낭독하는 사람을 불러놓고 음악을? 경우가 아니라는 생각이 들었지만, 이어폰을 빼라고 요구하고 싶은 의욕은 생기지 않았어. 알아듣든 말든 톨스토이의 '인생론'을 읽어주기만 하면 그만이라는 생각을 하고 있었으니까. 한편으로는 음악을 배경처럼 깔고 들으면 한결 내용이 잘 이해될지 모른다는 기대도 생겼어. 그렇다면 경우가 아니라는 식의 불만을 가질 이유도 없는 셈이지. 나는 노인이 어떤 말인가를 해주기를 바랐지만 그러나 그는 어떤 지시도 내리지 않더군. 나는 넥타이를 매만지고 헛기침을 한 번 한 다음 그의 맞은편 의자에 앉았어. 그리고 준비해온 '인생론'을 읽기 시작했어.

모든 인간은 오직 자기 자신을 위해, 자기의 행복만을 위해 살고 있다. 자신의 행복에 대한 열정을 느끼지 않는 사람은 자신이 살아 있다는 느낌을 가질 수 없다. 자기 자신의 행복을 바라지 않고서는 인생을 생각할 수 없다…….

낭독을 하는 틈틈이 노인의 눈치를 살폈어. 그의 표정에는 어떤 변화도 나타나지 않았어. 노인이 내용을 새겨듣고 있는지 어떤지 알 수가 없으니까 답답하더구만. 그런데 어느 순간부터는 내 목소리가 그의 귀에 들리기나 하는지 의심스러워지기 시작했어. 내 목소리에 귀를 기울이지 않고 있는 것이 아니라 아예 귀가 어두워서 어떤 소리도 듣지 못하는 것이 아닐까 하는 의문 말이야. 만일 그렇다면 나는 도대체 무슨 짓을 하고 있는 거지? 상대의 끈질긴 무반응은 나를 거북하게 하고 어이없게 하고 불안하게 하고 굴욕감을 느끼게 하고, 마침내는 자기 연민에 빠지게 했어. 알아들을 귀가 없는 사람을 향해 무슨 말인가를 끊임없이 내놓아야 하는 일의 무의미함이라니. 의미 없는 행동을 반복해야 하는 일이 얼마나 무서운 형벌인지는 코린트의 왕 시시포스의 교훈을 통해 잘 알려져 있지 않나. 자꾸만 굴러 떨어지는 바위를 되풀이해서 밀어올려야 하는 그 형벌이 무서운 것은 육체적으로 힘들기 때문이 아니라 그 반복이 굴욕과 권태를 선물하기 때문이지.

나는 그만 읽을까요? 하고 물었어. 노인이 고개라도 끄덕여준다면 말할 필요가 없고, 설령 아무 반응을 보이지 않는다고 해도 나는 그만 읽으라는 뜻으로 이해하고 거기서 그만 읽기를 끝낼 요량을 하고 있었어. 고개를 끄덕인다면 승낙을 한 거니까 그만 읽어도 되고, 아무 반응도 보이지 않는다면 귀가 먹어서 듣지 못하는 게 분명하니까 읽을 필요가 없다고 마음을 정한 거지. 그렇지만 나의 기대는 빗나갔어. 무슨 의사 표현을 했다는 뜻은 아니야. 고개를 끄덕이거나 머리를 흔든 것도 아니었고. 다만 눈꺼풀을 느리게 들어올려 내 얼굴을 가만히 쳐다보기만 했지. 그것도 반응은 반응이잖아. 나는 그의 얼굴에서 어떤 말인가를 읽어내려고 애를 썼지만 아무것도 읽을 수 없었어. 아무것도 읽을 수 없었지만 반응을 보인 건 사실이니까,

어떤 반응인가를 보임으로써 귀머거리가 아니라는 걸 밝힌 건 사실이니까 나로서는 그걸 무시할 수가 없었어. 맡겨진 임무를 거둬들일 수 없었다는 뜻이야. 어쩌겠어. 화자 노릇을 계속할 수밖에. 짜증이 나려고 했지. 솔직히 말하자면, 나는 벌써부터 상대방의 관심을 이끌어내지 못하는 내 무의미한 행위로부터 심한 무력감과 모욕감을 느끼고 있었어. 짙은 색안경을 쓴 남자에게 일방적으로 속마음을 간파당하고 있는 것 같은 불편함이 내가 느낀 무력감과 모욕감의 내용이었을 거야. 색안경은 간파당하지 않고 간파하기 위한 훌륭한 도구이지. 내가 톨스토이의 '인생론'을 읽어주는 동안 상대방은 얇고 통속적이고 부실한 '나'라는 텍스트를 간파하고 있다는 생각이 뒤를 이었어. 그리고 어떤 연상작용이었는지 잊고 있던 15개월 전의 일이 떠올랐지. 회사에 불어 닥친 구조조정 바람을 맞아 회사를 떠난 후 꽤 오랫동안 나는 왜 내가 우리 부서에서 한 명뿐인 명예퇴직의 대상이 되어야 했는지를 생각했어. 답을 찾아내는 과정은 힘들고 고통스러웠지. 회사에 다니는 동안 늘 마음이 안절부절못한 상태에 있었다는 사실이 뒤늦게 겨우 상기되더군. 사무실 안의 분위기를 감지하거나 직장 상사의 의중을 헤아리는 게 언제나 가장 어려웠다는 깨달음이 찾아오면서 안절부절못한 마음 상태가 무엇 때문이었는지를 비로소 알게 했어. 직장 상사가 웃을 때 영문을 모르고 따라 웃는 게 어려웠지. 농담으로 건넨 한마디로 사무실 분위기를 얼어붙게 만든 적도 여러 번 있었고. 그리고 마침내 나는 내 눈 앞에서 끄떡도 않는 노인의 눈치를 힐끔힐끔 보며 톨스토이를 읽어주다 말고 사람들은 나를 쉽게 읽어내는데 나는 사람들을 잘 읽어내지 못하거나 전혀 읽어내지 못했다는 사실을 깨달은 거야. 그것은 꽤 중요한 깨달음인 것처럼 여겨졌어. 그러자 마음이 심란해졌고, 더 이상은 무의미한 낭독을 할 수가 없어졌어. 톨스토이를 읽어낼 수가 없더란 말이야.

그렇다고 그 집에 들어온 지 15분도 채 안 된 상태에서 그냥 나갈 수는 없는 노릇이었어. 얼마 동안이나 화자 노릇을 해야 하는지 아내에게 미리 묻지 않은 것이 후회되더군. 그렇지만 어쩌겠어. 내 스스로 결정하고 행동할 수밖에 없는 상황인 걸. 돈을 받고 하는 일인데 적어도 한 시간은 있어야겠지, 하는 생각이 들더군. 남은 40분을 서툰 성우 흉내를 내며 보낼 생각을 하니까 끔찍하긴 했어. 서툰 성우가 아니라 이건 숫제 고장난 라디오 취급이 아닌가, 하고 속으로 중얼거리는 순간 뻘밭을 기어가는 것 같은 심정이 되었어. 나는 노인이 다시 눈을 내리감아 버릴까봐, 왜냐하면 그렇게 되면 다시 서툰 성우가 되고 고장난 라디오가 되어야 하니까, 그것은 정말이지 끔찍하게 싫었으니까, 마음이 급해졌어. 다시 눈꺼풀이 덮어버리기 전에 그의 눈동자를 붙잡아야 했어. 깜깜한 구멍과도 같은 눈동자라도 말이야. 그러기 위해서는 낭독이 아니라 이야기를 해야 한다는 강박에 사로잡혔지.

들어봤어요? 하고 말할 때 내 목소리는 저절로 빨라졌어. "아시아 어느 나라에는 거북이를 신으로 떠받드는 부족이 있대요. 거북이가 알을 낳으면 유모 격인 사람이 달라붙어 정성스럽게 관리를 한대요. 거북이는 원래 초식을 하는데, 풀만 먹어서는 기운이 허해진다며 가끔 보약을 해 먹이기도 한다는군요. 그 보약이 뭐냐 하면 말이지요……." 나는 서툰 성우의 낭독을 버리고 대화하는 자의 화법을 택했어. 그렇게라도 해야 그자의 관심을 끌어낼 수 있을 것 같았거든. 정말이지 무의미하게 바위를 밀어올리는 일은 하고 싶지 않았어. 간파당하고 싶지도 않았고. 물론 톨스토이의 '인생론' 이외에 다른 목록은 없었지. 무슨 이야기를 할지 정해놓은 게 없었으니까 마음만

급했어. 그 순간에 어느 날 아침 텔레비전에서 보았던 유별난 부족 이야기가 떠올라준 것은 어쨌든 다행이라고 할 수 있겠지. 아내가 출근한 뒤 다소 느긋한 기분으로 커피를 마시며 아침 시간을 즐기고 있는데 습관처럼 켜놓은 텔레비전에서 희한한 이야기들을 내보내고 있더라고. 그때는 별 감흥도 없이 건성으로 눈만 주고 있었는데, 무슨 이야기인가 떠올려줘야 하는 순간에 문득 그 이야기가 떠오른 걸 보면 흥미를 전혀 느끼지 않은 건 아니었던 모양이야. 노인의 눈꺼풀이 간혹 아래로 떨어지긴 했지만 곧 위로 치켜 올라가더군. 성공한 거지. 초점이 어디에 모이는지는 명확하지 않았지만 일단 눈을 마주볼 수 있게 되자 한결 안심이 되는 거야. 나는 이야기를 이어갔지. 아마 잘 기억이 안 나는 부분은 지어내기도 했을 거야. "도마뱀이요. 마을 주민들은 도마뱀을 잡아서 즙을 내요. 그걸 거북이에게 보약으로 먹인대요. 보약을 먹고 자손을 많이 번식하라고요. 이 마을 사람들은 실수로라도 거북이를 상하게 하면 큰 변을 당한다고 믿어요. 실제로 거북이를 다치게 했다가 하루를 못 넘기고 목숨을 잃은 사람이 여럿이래요. 그런 이야기들이 전해지다 보니까 거북이에게 신성의 너울이 씌워졌겠지요. 사람들은 거북신의 저주를 받은 거라고 믿어요. 거북이에게 정말로 그런 능력이 있는지 없는지는 사실 중요하지 않지요. 사람들이 그렇다고 믿고 있으니까. 모르죠, 뭐, 그런 신화의 유포를 통해 통제력을 유지할 필요가 있는 어떤 세력이 모종의 조작을 하고 있는지. 세상일이라는 게 대개 겉으로 보이는 것이 전부가 아니잖아요……." 노인은 나에게 집중했어. 여전히 공허한 눈빛이긴 하지만, 그래도 느낄 수 있었어. 속으로 얼마나 큰 숨을 몰아쉬었는지……. 적어도 나는 고장난 라디오 노릇을 하지는 않을 수 있게 되었던 거야. 다행한 일이지.

4

아내는 싱글싱글 웃으면서 내게 물었어. "어떻게 한 거야? 도대체 어떻게 한 건데, 이 까다로운 양반이……." 믿어지지 않는다는 표정의 안쪽으로 나에게 그런 재주가 있는 게 신통하다는 눈치가 읽혔지만 나는 예민해지지 않기로 했어. 아무려면 어때? 사실을 말하면 믿어지지 않는 건 나 역시 마찬가지였어. 내가 뭘 어떻게 했단 말인가. 나는 톨스토이의 '인생론' 대신 거북이를 신으로 모시는 부족 이야기를 했고, 그 다음에는 1년쯤 전에 비디오로 빌려 본 '빌리지'라는 영화 이야기를 해줬어. 무슨 이야기인가를 계속해야 하는 상황이었으니까. 주민들이 마을 밖으로 나가지 못하도록 하기 위해 숲속에 괴물이 살고 있다는 신화를 지어낸 한 고립된 산골마을 이야기였지. 거북신이 그랬던 것처럼 이것 역시 목록에 들어 있지 않았던 거야. 두 이야기 사이에 뚜렷한 유사성이 있다고 말하기도 어려워. 어떤 연상작용인가가 그 이야기를 떠올리게 했겠지만 그 작용의 과정이 어떤지를 설명해낼 재간은 없어. 그리고 또 무슨 이야기를 했을까. 두 가지 이야기를 했는데도 시간이 그다지 많이 흐르지 않았기 때문에 나는 무슨 이야기인가를 새로 꺼내야 했고, 그러나 따로 준비해 둔 것이 없었으므로, 떠오르는 대로 내가 세 들어 사는 집주인 이야기를 들려줬던 것 같아. 지은 지 30년 된 아파트라 그런지 물을 틀면 붉은 녹물이 한참 동안 쏟아졌어. 며칠 전부터는 수도꼭지를 꼭 잠가놓아도 물이 뚝뚝 떨어지는 거야. 하룻밤 동안 떨어진 물이 욕조의 절반을 채울 정도였지. 이 정도면 심하지 않아? 수도관을 고쳐달라고 집주인에게 전화를 했는데 아, 글쎄, 사는 사람이 고쳐서 쓰라고 큰소리를 치는 거야. 말이 돼? 그게 내 집이야? 내가 뭘 잘못해서

고장낸 것도 아니고 아파트가 낡아서 그런 건데, 세 들어 산 사람더러 고치라니. 항의를 했지. 그랬더니 그 보증금으로 그만한 평수의 집을 얻을 수 있느냐고 비아냥거리듯 묻는데 미치겠더구만. 불만이 있으면 나가라고 배짱을 부리는 것 같아 기분이 몹시 언짢았어. 오래되고 낡은 아파트라 전세금이 싼 것은 사실이었지만 그렇다고 남의 집 빌려 사는 주제에 말이 많다는 식으로 응수하는 건 도리가 아니잖아. 안 그래? 내가 따지고 드니까 이 사람, 듣기 싫다는 듯 전화를 끊어버리는 거야. 진짜 황당하더라고. 노인에게 그 이야기를 해줬어. "이렇게 상식이 안 통하는 일이 많아요. 전세가 싼 건 싼 거고 고쳐줄 건 고쳐주어야 하는 거 아닌가요? 얼마나 열이 나던지…… 기분으로는 바로 쫓아가서 그 잘난 면상에다가 주먹질이라도 하고 싶었다니까요. 아, 그 나쁜놈……." 그렇게 말하면서 나는 좀 흥분했었던 것 같아. 휠체어 위에 올려져 있던 그 사람의 손이 조금 더 심하게 떨리는 게 느껴졌는데, 그게 어떤 감정인가를 표현하고 싶다는 표시였는지는 잘 모르겠어. 그 집주인을 흉보는 동안 내 안의 흥분이 야릇한 쾌감으로 변해간 것 맞아. 그래서 그 이야기를 좀 길게 했겠지. 그것이 전부였어. 화자 역할을 잘한 건 아니지. 그런데 왜? 내가 뭘 어떻게 했단 말일까.

한 시간을 채우고 그 집을 나왔을 때 나는 몹시 배가 고팠고, 어디든 가서 그저 머리를 기댄 채 좀 쉬고 싶었어. 오랜만에 노동을 했다는 증거이기도 하지만 긴장이 풀리면서 한꺼번에 피로가 몰려온 때문이기도 했겠지. 나는 넥타이부터 풀고 재킷을 벗어들었어. 와이셔츠가 젖어 있더군. 타인에게 이야기를 하는 일이 그렇게 에너지 소비가 높은 노동인 줄 몰랐어. 우리 머리 속에 있는 이야기는 하나의 이미지 덩어리로 존재하지. 그것을 이야기로 풀어낸다는 것은 그 이미지에 육체를 부여하는 과정이야. 자잘한 세목細目의 연쇄가 이야기-육체이기 때문이지. 덩어리인 이미지를 세목으로 잘게 분리한 다음 사슬로 잇듯 일일이 연결해야 해. 그것이 누군가에게 어떤 이야기인가를 할 때 우리 안에서 일어나는 과정이야. 세목들은 일차적으로는 기억 속에서 불러내져야 하지만, 그런 일이 일어나지 않을 때는, 즉 기억이 제 기능을 수행하지 않을 때는, 지어내기라도 해야 하지. 지어내는 일이야 말할 필요도 없고, 기억을 재생시키는 것 역시 보통 노역이 아니라는 걸 그때 알았어. 나는 거의 탈진 상태였지. 그 집을 울타리처럼 두르고 있는 키 큰 미루나무와 버드나무를 올려다보며 이런 일은 정말 나에게 어울리지 않는다고 중얼거렸어. 그러니까 여태 직장을 잡지 못하는 거라고 힐난할지 모르지만, 그러거나 말거나 그런 일은 두 번 다시 하고 싶지 않았던 거고.

그랬는데, 어쩌자는 어이없는 도발일까. 그 까다로운 고객이 나를 계속 보내달라고 요청한다는 거 아냐. "무슨 소리야? 나더러 거기를 또 가라고? 그 끔찍한 노인에게?" 처음에 나는 아내를 의심했어. 나를 자기 회사의 직원으로 쓰려고 한다고 말이야. 남편의 자존심을 생각해서 고객이 원하는 것처럼 돌려 말하고 있는 거라고 말이야. 그도 그럴 것이 나는 그 사람을 만족시켜주었다는 확신을 갖지 못한 채 그 집을 나왔거든. 노인은 마지막 순간까지 가면 같은 무표정을 거두지 않았으니까. 초점이 없는 무생물의 눈을 향해 무슨 말인가를 끊임없이 토해내야 하는 일도 끔찍하긴 마찬가지였어. 거기다가 확실한 것은 아니지만, 나는 노인이 과묵한 것이 아니라 말을 못하는 게 아닌가 의심하게 되었거든. 귀는 들리는지 몰라도 아마 말은 못할 거다…… 노인이 직접 그런 의사를 표현했단 말이냐고 물은 것은 그 때문이었어. "그 양반이 직접 말한 건 아니지. 연락은 늘 여자가 해와. 그 집에서 봤을걸." 아내는 거울 앞에 앉아 화장을 지웠어. 부인은 아닌 것 같던데, 하고 내가 말했어. 먼 친척이라던가? 오래 전부터 그 집 일을 맡아 해왔다나 봐, 하고 아내가 설명했고. 부인이 라기엔 나이 차이가 너무 나는 것 같더라, 하고 말하다가 고객 신상 자료에 나이가 쉰아홉으로 적혀 있었던 것이 떠올라서 그 사람 나이 를 잘못 알고 있는 것이 아니냐고 물었어. 59세라고 하기에는 너무 늙지 않았느냐는 내 의견에 대해 아내는 그런 것 같지? 하고 일단 동의한 다음 몸이 안 좋으니까 그렇겠지 뭐, 하고 대수롭지 않게 받 더군. "몸이 안 좋아도 그렇지. 믿어지지 않아. 그 사람, 과묵한 것이 아니라 말을 못하는 거 아닐까? 한 시간 동안 한 마디도 하지 않았 어. 그 사람 말하는 거 들은 적 있어?" 눈치 빠른 아내는 내 의도를 금방 알아차렸어. "지금 내가 지어내서 말한다고 생각하는 거지? 내 가 없는 소릴 왜 해? 한 시간 동안 한 마디도 하지 않았다면서? 그러 니까 과묵한 거지." 그리고는 정색을 하고, 나, 사업하는 중이야, 취 미활동 하는 거 아니라고, 하고 덧붙이더군. 참 내, 사람을 무색하게 하는 발언이었어. 그런 거 있잖아, 입장이나 위치를 확인시키는 발 언을 함으로써 대화를 종결시키는……. 나는 참담한 기분이 되어 입을 다물 수밖에 없었지. 아내는 콜드크림을 발라 번들거리는 얼굴 을 내밀며 덧붙이더군. "말하지 않은 것 같은데, 사실, 그 고객, 두 번이나 우리가 보낸 화자를 돌려보냈어. 비위 맞추기가 여간 어려운 사람이 아니야. 물론 화자들도 그 사람을 끔찍해하고. 그런데 당신 은 좋다는 거 아냐. 이번 같은 경우가 없었다니까. 내가 왜 없는 말 을 하겠어? 정말 대단해, 당신." 아내는 그렇게 말했지만 나는 내가 대단하다고 생각하지 않았어. 그 사람이 끔찍하다는 건 인정할 수 있지만, 내가 대단하다는 건 인정할 수 없어. 더구나 그 대단함이 나

를 그 끔찍함 속으로 밀어넣는 손길에 다름 아닐 수 있다는 혐의를
완전히 털어버린 것도 아니었고. 나는 다시는 그 집에 가지 않을 거
라는 내 결심을 다시금 끌어올려서 되새김질했어.

그러나 결론을 말하면, 나는 그 결심을 고수할 수 없었어. 아내의
고집이 세서가 아니라(나보다 고집이 센 건 분명하지만) 내 처지가
그 결심을 붙들어줄 만큼 튼튼하지 못했기 때문이지. 아내는 고객이
당신을 원하잖아, 하는 말을 몇 번이나 되풀이했어. 아마도 피해의
식 때문이겠지만, 내 귀에 그녀의 말은 여기 말고 오라는 데가 있기
나 해? 하는 소리처럼 들렸어. 정말로 아내가 그런 의중을 감추고
있었는지 확실하지 않지만, 구인광고를 펴놓고 하루의 대부분을 보
내는 내 추레한 모습이 눈앞에 그려진 이상 다른 선택의 여지가 없
더라고.

나는, 이 고객의 경우, 낭독이 아니라 이야기, 혹은 대화의 형식을
취해야 한다는 의견을 제시했어. 무슨 근거가 있어서가 아니라 어쩐
지 그럴 것 같은 생각이 들었어. 그 노인이 왜 나를 원하는지 모르겠
지만 혹시 톨스토이의 '인생론'을 읽어주는 대신 텔레비전에서 본
이야기를 들려주고 집주인을 흉본 것 때문인지 모르겠다는 내 의견
에 아내는 그럴 수 있다고 공감을 표시했어. "그게 제일 어려워. 고
객의 취향에 맞는 텍스트의 목록을 정하는 거. 고객에 따라서는 직
접 목록을 정해주기도 하지만, 대개는 그렇지 않거든. 취향과 수준
과 처지에 맞는 텍스트를 선정하는 게 제일 중요해. 화법도 물론 중
요하지만." 나는 노인에게 읽어줄 텍스트로 아우렐리우스나 톨스토
이나 '전도서'를 선정한 사연을 물었어. 아내는 노인을 돌보는 여자
가 종교적이고 명상적인 글을 원했다는 사실을 기억해냈어. '서울,
21세기 전기수'에 처음 전화를 걸어온 것이 그녀였다는 것도. 그것

은 텍스트의 선택을 여자가 주도했을 가능성이 높다는 증거겠지. 여자의 뜻인지는 몰라도 노인의 취향은 아닌 것 같다는 게 내 판단이야. 그 여자가 임의로 정했을 수 있고, 그렇지 않다고 해도, 그러니까 노인의 의견이 어느 정도 반영되었다고 해도, 물론 그랬을 가능성도 없지는 않은데, 만일 그렇다면, 그 사람 자신조차 자기가 정말로 좋아하는 게 무엇인지 분명히 이해하지 못한 거라고 나는 말했지. 내용보다 중요한 것이 화법이라는 주장도 꽤 적극적으로 펼쳤을 거야. 아내는 약간 감동한 것 같은 표정을 지어 보이며, 당신은 타고난 화자야, 하고 추켜세우더군. 나는 아내가 부추기기 위해 추켜세우는 것 같은 발언을 하지 말았으면 하고 바랐어. 다른 화자에게는 몰라도 나에게는 그런 식으로 대하지 말라고, 나를 다른 화자와 똑같이 취급하지 말라고 요구하려다 그만두었지. 어쩐지 그런 요구가 화자의 지위를 당연한 것으로 전제하고 나온 것처럼 여겨졌기 때문이야.

기분은 그랬지만, 어쨌거나 일주일에 두 번씩 화자 노릇을 해야 하는 입장이 된 나로서는 지난번처럼 떠오르는 대로 아무 이야기나 지껄일 수는 없는 노릇이었어. '서울, 21세기 전기수'의 기획실장이라는 명함을 가지고 있는 아내는 텍스트의 선정을 나에게 일임하겠노라고 마치 대단한 특혜라도 베푸는 것처럼 말했어. 나는 일단 이야기를 모으는 데 주력했어. 물론 이런저런 책을 참고했지. 그러나 책을 들고 가서 그냥 낭독하는 대신 이야기를 들려주는 것 같은 화법을 택했어. 그렇게 하는 것이 고장난 라디오 노릇을 피할 수 있는 길이라는 걸 첫날 일찌감치 알아차렸으니까. 대단하다는 아내의 평가가 혹시 이것 때문이라면 마다할 이유가 없을 것 같아.

내가 화자로서 들려준 이야기들을 일일이 주절주절 늘어놓는 것은 부질없는 짓이겠지. 이야기의 종류가 다양해졌다는 사실을 밝히는 것으로 충분하지 않을까. 예컨대 신화나 전설, 소설, 텔레비전 드라마, 우화, 코미디, 신문기사, 법어나 설교까지 써먹었어. 내 경험담도 사이사이에 끼워넣었고. 나중에는 이야기의 목록을 만드는 일이 그리 힘들지 않게 되었어. 아니, 그보다 그게 별로 중요하지 않다는 쪽으로 생각이 바뀌어갔어. 첫날은 여러 개의 이야기로도 시간을 채우기가 어려웠는데, 이제는 한 가지 이야기로도 얼마든지 시간을 늘이는 일이 가능해진 거야. 노련해졌다고 해야 하나. 내용보다 중요한 것이 화법이라는 말은 그런 뜻이야.

노인의 듣는 자세에 눈에 띨 만한 변화가 생긴 건 아니야. 변화는 나에게 생겼지. 시간이 흐르면서 노인의 가면 쓴 표정과 무생물 같은 건조함과 캄캄한 공허를 웬만큼 견딜 수 있게 된 것이, 말하자면 나에게 생긴 변화라고 할 수 있을 거야. 노인의 집에 머무는 시간이 길어졌고, 처음에는 차를 마시는 정도이던 것이 공교롭게 식사 시간에 맞물려서 그랬지만 밥도 같이 먹는 일이 생겼어. 먼 친척뻘 되는 노인의 간병인은 숟가락 한 벌만 놓으면 되는데요 뭐, 하고 친절하지만 생기 없는 목소리로 말하고는, 흡사 속삭이듯, 저 양반 아무나하고 밥 먹는 분 아니에요, 하고 덧붙이더라고. 그 사람에게 특별한 대접받는 걸 고마워하라는 뜻으로 들렸지만 솔직히 공감하기 어려운 주문이었지. 노인을 기다리는 동안 여자가 차를 끓여 내오곤 했는데, 그럴 때 그녀와 가벼운 대화를 나누기도 했어. 주로 그날의 날씨나 기분을 화제로 삼았지. 언젠가 내가 노인이 어떤 사람인지 물은 적이 있어. 뜻밖의 질문을 받았다는 듯, 아니면 금지된 질문이라도 된다는 듯 내 얼굴을 한참 쳐다보더군. 나는 정말로 궁금해서 질문한 것이 아니라는 뜻을 전하기 위해 어깨를 으쓱하고 가볍게 손을 흔들었어. 그랬더니, 어떤 사람인지 알면 아마 좀 놀랄걸요, 하고 스스로 말하는 거야. 나는 어떤 사람인데요? 하고 다시 물었는데 여자는 곧바로 말을 잇지 않았어. 나도 재촉하지 않았지. 어쩐지 재촉하면 안 될 것 같았거든. 한참 동안 말없이 앉아 있던 여자가 내 찻잔이 빈 걸 확인하고는 쟁반을 챙겨서 일어났어. 그리고는 중얼거리듯 말했지. "자기를 다시 불러줄 날을 기다리며 30년을 숨어 살고 있는 사람이 저 양반이에요. 귀머거리에 벙어리를 자처하고. 어떻게 그럴 수 있는지. 희미한 약속 하나만 믿고…… 몸까지 저 지경이 되었으니, 이젠 불러도 소용 없게 되었는데, 그래도 그 소식 하나만 기다리며 사네요. 생각해보면 참 불쌍한 사람이지요……." 무언가 사연이 있을 거라는 짐작은 하고 있었으니까 새삼스럽진 않았지만, 그 정도만 들으니까 어떤 사연인지 더 궁금해지긴 하더구만. 그렇지만 추궁하듯 더 물을 수는 없었어. 그녀는 찻잔을 들고 안으로 들어가 버렸고, 그 이후로는 다시 그 이야길 꺼내지 않았으니까.

몇 번인가 노인의 휠체어를 밀고 산책을 하기도 했어. 그렇지만 미루나무와 버드나무 울타리를 벗어나지는 않았지. 나뭇가지 사이로 멀리 철길이 보였는데, 그곳에 멈춰서서 어쩌다 지나가는 기차를 물끄러미 바라보곤 했지. 나는 휠체어를 잡고 뒤에 서서 페트병에 넣어 아파트 베란다에 놓아둔 독사가 어딘가로 사라지는 바람에 일어난 소동을 다룬 어떤 작가의 단편소설이나 동물원의 울타리를 박차고 나간 코끼리 때문에 생긴 해프닝 같은 걸 이야기해줬어. 그러다가 엉겁결에 화자 노릇을 하게 된 내 사정도 꽤 길게 이야기했지. 아내가 이 일을 시작하게 된 계기와 과정도 들려주었고. 또 언젠가는 내가 어떻게 회사에서 떨려나가게 되었는지를 이야기했어. 어떻게 하다 보니까 어느 순간부터 주로 내 이야기를 하고 있더라고. 부장은 마지막 순간까지 나를 기만했지. 명퇴자 리스트에 벌써 내 이름을 올려놓았으면서도 통보를 받기 하루 전날 같이 술을 마시는 자리에서조차 나에 대한 신뢰를 과장되게 표시했거든. 나는 그 사람의 감춰진 속마음을 읽어내지 못했어. 아니, 그런 걸 읽어야 한다는 생각도 하지 못했지. 속으로 얼마나 비웃었을까, 생각하면 지금도 얼굴이 뜨뜻해지고 울화가 치밀어. 그 이야기를 할 때 나도 모르게 흥분이 되어 언성을 높였는데, 아마 욕도 좀 섞었을 거야. 그러고 나니 기분이 한결 나아지는 것 같긴 하더라고.

그는 내 이야기를 듣는 것 같기도 하고 듣지 않는 것 같기도 했어. 나는 듣든 듣지 않든 개의치 않고 내 할 말만 계속했지. 그렇게 신경 쓰이던 노인의 이어폰도 더 이상 신경 쓰이지 않게 되었어. 검은 구멍 같은 공허한 눈도. 반응이 없는 노인을 향해 고장난 라디오 꼴이 되어 이야기하는 것이 그렇게도 힘들었는데 이제 상관없다니, 상관없어지다니, 어떻게 된 일인가, 나는 가끔 내 자신을 놀라워하곤 했어. 아내의 말마따나 나는 타고난 화자인 걸까. 그러고 보니 어느 순간부터 화자인 나는 고객인 노인의 기호나 입장은 물론 반응도 신경 쓰지 않고 내 마음대로 이런저런 이야기를 골라서 하고 있더라고. 내 이야기를 주절주절 늘어놓는 일이 잦아지면서, 듣는 그를 위해 내가 이야기하는 것이 아니라 이야기하는 나를 위해 그가 들어주고 있는지도 모르겠다는 의식의 도착이 종종 찾아왔어. 들음으로써 그가 얻는 것보다 말을 함으로써 내가 얻는 이득이 크다면 누가 누구에게 의지하고 있는 거지? '듣는 자'가 아니라 '말하는 자'가 사람의 본성에 더 가까운 것이 아닐까……. 그리고 문득 규방 마님들이나 기방의 기생들이나 벼슬에서 밀려난 한량들이 전기수를 불러들인 동기가 단순히 이야기를 듣는 데 있었을까 하는 질문이 생기더라니까.

5

한상철과 나 사이에 그런 식의 묘한 공생관계가 한동안 이어졌지. 우리는 서로를 인정하지 않은 채로 서로를 이용했어. 심지어 나는 언젠가부터 그를 만나러 가는 시간을 기다리기까지 했지. 그와의 만남은 곧 무미건조하고 밋밋한 내 일상의 일부가 되었고, 그런 무미건조함과 밋밋함은 안정감을 제공했어. 그것은 안락한 소파와도 같았지. 나는 안락한 소파 위에서라면 얼마든지 뒹굴 수 있을 것 같았어. 그러나 소파 위의 시간은 그리 길지 않았어.

사건은 노인이 오랫동안 닫고 있던 입을 열면서 찾아왔어. 내가 그 집을 방문하기 시작한 이래 한 번도 열리지 않던 노인의 입이 열렸다는 사실이야말로 진짜 사건이라고 해야 할 거야. 바람이 몹시 심하게 부는 날이었어. 아침부터 빗줄기도 오락가락했지. 우리는 비와 바람을 피해 거실로 자리를 옮겼어. 노인은 언제나처럼 휠체어에 앉아 있었고, 귀에는 이어폰이 꽂혀 있었고, 팔은 팔걸이 위에 얌전히 놓여 있었지. 맞은편에 앉은 나는 무슨 이야기인가를 하고 있었어. 잘 생각이 안 나. 간혹 심각한 것도 있었지만, 대개는 시시껄렁한 이야기들이었으니까. 노인은 어딘가 다른 데 시선을 주고 있었고, 나 역시 그의 눈을 쳐다보지 않은 채 이야기를 했지. 그게 편했어. 심지어는 다른 생각을 하면서 말하기도 했어. 물론 그 역시 다른 생각을 하면서 듣기도 했을 테고. 그런 건 너무나 자연스러워서 더이상 아무 문제도 되지 않았어.

어느 순간이었어. 노인이 갑자기 손을 들어 어딘가를 가리키며 가쁜 숨을 몰아쉬더니 외마디 비명을 지르며 앞으로 고꾸라지는 거야. 무엇 때문인지 모르지만 아마도 무리하게 몸을 일으키려고 하다가 중심을 잡지 못하고 넘어진 모양인데 그때 마침 정신적 충격이 더해지면서 의식을 잃은 것 같았어. 짐작이 그래. 너무 순식간에 일어난 일이라 사태를 파악하기가 쉽지 않았거든. 나는 다급하게 여자를 부르고는 노인이 손으로 가리키는 지점을 바라보았어. 하지만 그곳에서 그가 무엇을 보았는지 알 수 없었어. 조금 열린 창틈으로 들어온 바람이 커튼 자락을 날리고 있었고 백두산 천지를 찍은 듯한 사진 액자가 걸려 있었고 텔레비전과 난 화분이 두 개 놓여 있을 뿐 특이한 점은 발견되지 않았거든. 텔레비전은 켜져 있지 않았어. 내 눈에는 보이지 않는 귀신의 눈이라도 목격했단 말인가, 생각하고 있는데, 노인을 돌보는 여자가 달려왔어. "무슨 일이에요?" 그녀는 쓰러진 노인을 일으켜 세우며 나에게 물었어. 나는 모르겠다고 하며 고개를 저었지. 그 와중에도 내가 어떤 충격이라도 준 것으로 오해할까봐 조금 신경이 쓰였어. 그녀를 거들어 노인을 휠체어에 앉히는데 노인의 의식이 돌아온 듯 아아, 하고 신음 소리를 내더군. 목이 쉰데다가 여러 갈래로 갈라지는 듣기 거북한 목소리였어. "가서 좀 쉬셔야겠어요. 어르신, 가요. 가서 쉬어요." 여자가 노인의 휠체어를 밀고 안방으로 들어갔어. 혼란 상태에 빠진 나는 어떻게 해야 할지 몰라 엉거주춤 서 있을 수밖에 없었지. 비록 외마디 비명에 지나지 않지만 노인이 자신의 성대로 내는 소리를 처음 들었다는 사실도 미처 깨닫지 못하고 있었다니까.

"오늘은 그냥 돌아가셔야 할 것 같네요." 노인을 데리고 방으로 들어간 여자가 꽤 오랫동안 나오지 않아서 그냥 돌아가야 할지 어떨지 몰라 망설이고 있는데 한참만에 나온 여자가 오늘은 그냥 가는 게 좋겠다고 하더군. 나도 그러는 편이 나을 것 같긴 했지. 그렇지만 몸을 돌리지 못하게 하는 꺼림칙한 무언가가 있었어. 사고의 현장을 피해 몰래 도망가는 것 같은 기분이었다고 할까. 어쩐지 비겁한 행동처럼 여겨졌어. 현장에 있던 내가 알지 못하는 영문을 여자가 알 거라는 생각이 자연스러운 건 아냐. 하지만 자연스러운가 자연스럽지 않은가를 따질 상황은 아니었어. 나는 여자가 최소한의 궁금증은 풀어줄 거라는 기대를 품고 물었어. "무슨 일이에요? 도대체 저 양반에게 무슨 일이 일어난 거예요?" 여자가 노인이 있는 방 쪽을 잠깐 살피고는 한숨을 푹 쉬었어. 그리고는 조금 망설이는 눈치를 보이더니 지긋이 눈을 감고 입을 열었어.

"다 끝났어요. 평생을 바친 저 양반의 그 긴 기다림이 결국 이렇게 마무리되네요." 나는 여자의 말이 선문답처럼 여겨졌어. 답답했지. 뭐가 끝났다는 거예요? 하고 물을 수밖에. "저 양반, 누군지 알면 깜짝 놀랄 거라고 했지요? 기억할지 모르겠는데, 오래전에 유력한 전직 고위 관리 한 명이 의문의 죽음을 당한 적이 있어요. 세상이 오랫동안 시끌시끌했지요. 사건의 진상은 밝혀지지 않은 채로 세월이 참 많이 흘렀네요. 많이 잊혀지기도 했고요. 하지만 저 양반은 이 순간까지 잊지 않고 살아왔어요. 반평생을 입을 다문 채 숨어서 살았어요. 자기를 불러줄 날을 기다리며. 입을 열지 않은 것은 잊었기 때문이 아니라 잊혀지지 않았기 때문이에요. 잊을 수 없었기 때문이에요. 잊는 것이 허용되지 않았기 때문이에요. 최고 실력자였던 윗사람이 잠깐 몸을 숨기고 입을 다물고 있으면 곧 불러주겠다고 했거든요. 그 세월이 30년이에요. 잠깐의 시간이 너무 길었지요…… 그런데……." 그렇게 죽음의 그림자를 풍기는 노인의 몸을 해가지고도 그 시절의 상사가 자기를 다시 불러줄 거라는 희망을 포기하지 않았다는 걸 이해할 수 있어? 인생이란 외롭지도 않고, 잡지의 표지처럼 그저 통속할 뿐인데 말이야. 하긴 나중에는 그 기다림이란 게 그다지 절실하지도 않고, 그저 습관에 지나지 않은 게 되었겠지만. 잡지의 표지가 인생을 닮아 통속하다는 걸 그가 왜 몰랐겠어. 잡지의 표지가 외로울 수 없는 것처럼 인생 역시 통속하지 않을 수 없는 거지. 그날, 늘 이어폰을 귀에 꽂고 듣던 라디오에서 그 상사가 죽었다는 뉴스가 나왔다는군. 그래서 충격을 받고 외마디소리를 지르고 쓰러진 거래. 인생이 얼마나 통속인지 보라고. 아무리 외로운 척해도 통속을 넘어갈 수 없는 게 인생이라니까.

여자가 해준 말이지만, 당사자인 한상철의 입을 통해서도 확인할 수 있었어. 그래, 그 노인이 직접 자기 이야기를 했어. 아, 물론 나도 그때는 그날이 마지막이 될 줄 알았지. 그런데 한 달쯤 지났을까, 이 양반이 다시 나를 부른 거야. 기분은 좀 그랬지만, 안 갈 수 있나. 사실 안 갈 이유도 없었고. 무슨 이야기를 해야 할까, 좀 고민이 되더군. 그 사람에 대해 조금 안다고 생각하니까, 사실은 별로 알지도 못하면서, 이야깃감을 고르는 게 더 어렵더라구. 몇 가지 이야깃거리를 준비해 갔지. 벽을 지나다니는 사람, 그림자를 판 사람, 별을 분양한 사람에 대한 이야기를 챙겼어. 집을 둘러싼 미루나무와 버드나무는 여전했어. 손질되지 않은 정원도 그대로고. 그렇지만 그 사람은 달라져 있었어. 깜깜한 구멍 같은 공허도, 묘지에서 걸어 나온 것 같은 죽음의 그늘도 사라지고 없었어.

집에 들어갔더니 전보다 한층 건강해진 이 양반이, 정말이야, 곧 휠체어도 버리고 일어나겠더라고, 글쎄, 불쑥 이러는 거야. "오늘은 내가 화자할 겁니다. 오늘은 김 선생이 내 이야기를 들어주세요." 그리고는 곧바로 자기 이야기를 하기 시작했어. 쉬지 않고 이야기를 풀어갔지. 길고 어둡고 놀랍고 뜨거운 이야기였어. 어찌나 열중해서 이야기를 하는지 듣는 내내 저 사람이 저 이야기를 하지 않고 어떻게 여태 살 수 있었는지 의문이 생길 정도였어. 그리고 그가 자기 이야기를 다 끝냈을 때, 이런 생각이 들더군. 그가 기다린 것은 불러줄 타인의 목소리가 아니라 자기 목소리가 아니었을까. 그는 더 이상 기다리지 않아도 되는 상황이 오기를 기다린 것이 아닐까. 그가 기다린 것은 기다리지 않기 위해서가 아니었을까. 한순간도 이어폰을 귀에서 떼지 않고 라디오를 들은 것이 그 때문이 아니었을까……. 물론 그 사람이 이런 말까지 한 건 아니야. 어디까지나 내 추측일 뿐이지. 그가 말하지 않은 이상 누가 알겠나. 누군가에 의해 말해지지 않으면 도무지 알 길이 없는, 길고 어둡고 놀랍고 뜨거운 이야기들이 우리의 삶의 지표면 아래로 흐르고 있다는 사실을 잊으면 안 돼. 그 양반, 나에게 이야기를 해주고 얼마 있지 않아서 숨을 거뒀으니까 그게 일종의 고해성사였을 거야. 물론 그 사람에게서 들었던 그 길고 어둡고 놀랍고 뜨거운 이야기를 해줄 수 있어. 시간이 제법 많이 흘렀지만 거의 그대로 기억하니까. 하지만 오늘은 그만 하지. 너무 피곤하군. 나도 오늘은 이야기를 너무 많이 했어. 좀 쉬어야 할 것 같아. 조심해서 가라고. ▪

도살장의 책

책들은 웅성거리지 않는다. 책들은 이미 죽어 있다. 천편은 그렇게 느낀다. 개먹은 책들의 살비듬과 같은 먼지들이 서고 안에 떠돌고 있다. 입을 다물고 심호흡을 한다. 퀴퀴하고 큼큼한 특유의 냄새가 콧속을 통해 폐부 깊숙이 빨려들어 온다. 그 냄새는 천편에게 익숙하다. 책들도 죽으면 부패한다. 아니, 삶이 곧 부패의 과정이다. 부패하는 모든 것들은 냄새를 풍긴다. 부패하는 모든 것들의 냄새는 다 같다. 냄새는 혈관을 타고 온몸 구석구석으로 퍼져 나간다. 몸속에 흩어져 있는 신경들이 기지개를 켜며 일어선다. 천편은 아찔한 현기증을 느낀다. 그의 정신이 긴장을 하고 있다는 표시다.

일반열람실에는 사람이 없었다. 정기간행물실에는 세 사람이 있었다. 턱수염을 기른 중늙은이는 신문을 뒤적이고 있었고, 무료 강좌나 반액 세일 매장 같은 델 중뿔나게 쫓아다닐 것 같은 인상의 중년 여인은 세 권의 여성지를 앞에 놓고 앉아 있었다. 다른 한 명은 직원이었다. 그는 전화통을 붙잡고 희희낙락이었다. 아동열람실에는 다섯이었다. 유치원생으로 보이는 아이들이 셋, 그 아이들의 보호자로 보이는 여자들이 둘이었다. 천편은 그들을 일별한 후 곧장 2층으로 올라갔다.

도서관은 2층으로 되어 있다. 1층에는 정기간행물실과 아동열람실이 있다. 아동열람실 옆에는 복사기가 한 대 덩그렇게 놓여 있을 뿐인 한 평 크기의 복사실이 있다. 복사실 옆은 여자 화장실이다. 남자 화장실은 2층에 있다. 지하실은 라면이나 음료수, 비스킷이나 볼펜 같은 걸 파는, 팔게 될 휴게실이다. 공중전화도 그곳에 있기 때문에 휴대전화를 소지하지 않은 사람이 전화를 걸려면 지하실로 내려가야 한다. 서고와 열람실은 2층이다. 그러나 서가는 아직 반도 차지 않았다. 그나마 드문드문 꽂혀 있는 책들도 표지가 뜯겨져 나갔거나 얼룩이 졌거나 너무 오래되었거나 해서 그다지 손을 대고 싶지 않은 것들이 태반을 차지한다. 그것들은 거의 전부 주민들로부터 기증받은 것들이다. 주민들로부터 책을 기증받는다는 공고가 나갔을 때 사람들은 고물상이 아니라 새로 생긴 도서관에 헌책을 내다 버리는 심정으로 집 안 구석에 굴러다니는 책들을 기증했다. 도서관 예산으로 빈 서가를 다 채우려면 몇 년이 걸릴지 아무도 모른다. 정치가들과 공무원들은 건물을 짓고 도서관이라는 명패를 붙이는 데에만 관심이 있다. 집을 짓고 테이프를 끊었으므로 이제 끝이라고 생각한다. 그것이 시작이라는 것을 그들은 이해하지 않으려 한다. 도서관이 책을 읽는 곳이라는 인식이 아예 없거나 희미하다. 지난 해 6월에 개관했으니까 이제 3개월이 되어간다. 도서관의 건립을 자신의 업적이라고 과시하고 싶은 민선시장과 이 지역 국회의원과 도의원들과 소위 지역 유지들이 개관식에 참석해서 테이프를 끊었다. 도서관에 들어서면 정면 벽에 그때의 사진이 압도적으로 크게 확대되어 걸려 있다. 마치 건물에 대한 일체의 권리가 자신들에게 있다고 선언하는 듯 당당하고 오만하기까지 하다. 그러나 물론 어불성설이다. 도서관의 권리는 그들 가운데 어느 누구에게도 있지 않다. 시장이나 의원들 가운데 누군가 이 도서관에 한 시간 이상 머물거나 책을 대여해 갔다는 말은 들어보지 못했다. 전혀 책을 읽을 시간이 없거나 읽을 만한 책이 없기 때문일 것이다. 읽을 만한 책이 없다는 건, 읽을 시간이 없다는 건 몰라도, 아마 사실일 것이다. 시장이나 의원들에게만 그런 것이 아니다. 주민들도 그걸 안다. 자기네 집 책꽂이에서 부패해가고 있던 책들을 갖다 버린 사람들이 어떻게 그걸 모르겠는가. 책들의 쓰레기장, 아니면 책들의 무덤? 세상의 모든 도서관에 대해 그렇게 말한다면 몰라도, 대한민국의 수도 서울에서 210킬로미터쯤 떨어진 해안 지방의 작은 도시에 새로 생긴 이 조그만 도서관에 대해서라면 틀린 말이 아니다.

일반열람실은 조용했다. 책들도 기척을 내지 않았다. 천편은 무르녹은 야채와도 같이 흐물흐물해져 있는 진열장의 책들을 바라보았다. 부패의 냄새는 그를 편안하게 했다. 그는 냄새를 통해 부패하는 것들을 용케 알아보았다. 그는 한 손을 뻗어 책들의 추레한 몸을 만지면서 눈을 감고 천천히 걸었다. 책장은 줄을 맞춰 질서정연하게 서 있었으므로 눈을 감고도 서고 안쪽으로 들어갈 수 있었다. 그는 마치 앞이 보이지 않은 사람이 길 옆의 담을 짚으며 지나가듯 책장과 책들을 만지며 이리저리 돌아다녔다. 읽을 책을 찾으러 온 것이 아니었으므로 목표가 따로 있을 리 없었다. 그에게는 다만 죽은 책들의 냄새만이 중요했다. 다섯째 줄에 있는 책장을 지나 오른쪽으로 꺾어서 다시 세 번째 책장에 이르고, 거기서 다시 왼쪽으로 몸을 돌려서 세 번째까지 갔다가 방향을 바꾸고, 하는 식으로 그는 조용한 서고 안을 휘젓고 다녔다. 그러다가 어느 순간 멈춰 섰다. 그의 발끝에 무언가가 걸렸다. 그는 눈을 떴다. 1인용 책상과 걸상이 그곳에 있었다. 책상 위에는 컴퓨터가 있었고, 컴퓨터는 켜진 채였다. '도서분류'라는 글자 위에서 깜박이는 커서가 불안정해 보였다. 천편은 모니터 위의 글자들을 읽은 것이 아니라 불안정하게 깜박이는 커서를 들여다보았다. 그러나 그의 시선은 곧 책상 옆으로 비켜 떨어졌다. 책장과 책장 사이의 좁은 공간에 내다 버린 옷가지처럼, 혹은 허기진 짐승처럼 두 손을 모으고 몸을 웅크린 사람이 있었다. 유난히 희고 갸름한 얼굴, 허리까지 내려오는 검은 머리카락. 여자는 아랫입술을 윗이빨로 가만히 물고 눈을 지그시 감은 채 잠들어 있었다. 턱선 아래 목덜미가 눈부시게 흰색이었다. 그는 그녀를 알아보았다. 하얀 드레스가 허벅지 근처에서 조금 말려 올라가서 드레스보다 더 흰 그녀의 살이 드러나 보였다. 천편은 그녀의 살갗을 손으로 만지는 상상을 했다. 자신의 경험을 빌려와 상상 속에서 살갗의 감촉을 느꼈다. 매끄럽고 말랑말랑했다. 탄력은 없었다. 그것으로 그는 평소 그녀의 운동량이 부족하다는 판단을 내렸다. 섭취하는 음식물의 양도 충분하지 않다고 할 수 있었다. 감촉만으로도 그런 것들을 판단하는 것이 가능했다. 그녀는 깊이 잠들어 있는 것 같았다. 아마도 과로한 것 같다고, 어쩌면 밤을 새웠을지 모른다고, 일을 하다가 지쳐서 그만 쓰러져버렸음에 틀림없다고, 밥도 제대로 먹지 못했을 거라고 천편은 생각했다.

　도서관이 개관하는 날 천편은 도서관에 왔고, 그날 그녀를 보았다. 시장과 국회의원과 소위 지역 유지들이 개관 테이프를 끊는 날이었다. 그는 시장이나 국회의원이나 지역 유지들과는 달리 초대받지 않았지만 그곳에 갔다. 초대받지 않은 사람은 참석하면 안 된다는 무슨 엄격한 규칙 같은 것이 있을 리 없는데도 그가 행사장에 들어서려고 했을 때, 양복을 잘 차려입은, 그러나 어쩐지 꼭두각시처럼 보이는 젊은 남자가 그를 제지했었다. "오늘은 중요한 행사가 있는 날입니다. 비켜주세요." 천편은 그 남자의 말을 이해할 수가 없었다. 천편은 그날 그곳에서 무슨 행사가 있는지 잘 알고 있었다. 그렇지만 자기가 왜 비켜야 하는지는 이해할 수 없었고, 따라서 그가 이의를 제기하고 항의를 한 것은 당연했다. "왜 안 된다는 거야?" 꼭두각시 같은 인상을 풍기는 젊은 남자가 왜 안 된다는 건지 그걸 모른단 말이냐고 힐난하는 듯한 눈초리로 노려보다가 귀찮다는 듯 잔말 말고 나가요, 하고 그의 몸을 밀었다. 쭈뼛쭈뼛 솟구친 짧은 머리카락이 햇빛을 받아 반짝거렸다. 천편은 그 남자가 머리카락을 세우기 위해 젤이나 무스 같은 걸 바른 모양이라고, 그걸 바름으로써 사람들에게 위압감을 주려고 한 모양이지만, 작자의 의도는 적어도 자기에게는 먹히지 않았다고, 위압감 대신 희극적인 느낌밖에 들지 않는다고, 작자가 꼭두각시처럼 보이는 것도 아마 그 쭈뼛쭈뼛한 머리카락 때문일 거라고 혼자 생각했다. 천편은 제지하는 남자는 아랑곳하지 않고 그자의 어깨 너머로 안쪽을 기웃거렸다. 도서관 현관 앞에 줄을 맞춰 나란히 놓인 스무 개 남짓의 의자가 따가운 햇빛을 반사해내고 있었다. 어울리지 않게 큰 책상 위에서는 마이크의 은색이 햇빛을 반사하고 있었다. "이 사람이……." 작자가 대들 듯 눈알을 부라릴 때 천편은 그자가 자신의 쭈뼛쭈뼛 솟구친 머리카락이 아무 효력도 발휘하지 못한 사실 때문에 기분이 몹시 상했는지 모르겠다는 생각을 했다. "내 말 안 들려요? 조금 있으면 높은 사람들이 온단 말예요." 천편은 웃었다. 왜 그랬는지 그 말을 듣는 순간 갑자기 웃음이 터져 나왔기 때문이었다. 그리고 그의 웃음은, 의도하지는 않았지만, 단정한 양복 차림의 꼭두각시를 당황하게 했음에 틀림없었다. 왜 웃어요? 하고 묻는 듯한 표정이 얼굴에 나타나더니 사라지지 않고 오랫동안 남아 있었다. 이윽고 한풀 꺾인 목소리로 멈칫거리며 초대받았어요? 하고 물을 때는, 아까와 같은 기세가 아니었다. 천편과 눈이 마주치자 슬그머니 눈길을 다른 데로 돌려버리기까지 했다. "초대장이 없으면 안 돼요. 일반인들은 내일부터 이용하실 수 있어요. 아시겠어요? 지금은 돌아가시고 내일 오세요. 어서요." 작자는 천편을 외면한 채 자신에게 주어진, 아마도 암기까지 했을 대사를 겨우 마쳤다. 꼭 그런 건 아닐 테지만, 보기에 따라서는 내키지 않은 배역을 맡아 불만이 가득한 연기자처럼 보일 수도 있었다. 천편은 웃음을 멈추고 결정타를 날리듯 낮은 목소리로 물었다. "도서관이 생기기 전에 여기에 뭐가 있었는지 아나?" 젤인지 무스인지를 발라 머리카락이 유난히 반짝거리는 젊은 남자는 무슨 엉뚱한 수작이냐는 듯 멀뚱한 표정이 되었다. 그자가 자신의 말을 못 알아들었을 거라고 생각하지는 않았지만 천편은 자기가 했던 말을 되풀이했다. "도서관이 생기기 전에 여기에 뭐가 있었는지 말이야……." 그걸 어떻게 알아요? 하는 듯한 표정이 그의 얼굴에 나타났다가 사라졌다. "이 고장은 머리에 털 나고 처음이에요. 2개월 전에 이곳으로 배치되었거든요. 여기에 뭐가 있었는데요?" 말을 하면서 젊은 남자는 무의식적으로 도서관 뒤편의 산으로 눈길을 주었다. 그곳에 의무경찰 부대가 있다는 걸 이 고장 사람은 다 알고 있었다. 그자의 짧은 머리가 쭈뼛쭈뼛 일어서 있는 까닭을 알 것 같다고 천편은 속으로 생각했다. 그렇다면 모르지, 알 리가 없지……. 그 말 역시 속으로 했다.

천편이 무슨 말인가를 하려고 하는 순간에 주변이 소란스러워지면서 누군가 그자를 황급히 불렀다. "뭐 해, 새끼야. 노닥거릴 군번이야, 니가?" 그를 부른 남자도 짧은 머리를 쭈뼛쭈뼛 세우기 위해 무스인지 젤인지를 바른 행색이었다. 양복을 입었지만 어쩐지 어색해서 그자 역시 꼭두각시 같다는 인상을 뻴 수 없이 풍겨내고 있었다. 천편과 실랑이를 하던 작자는 갑자기 정신이 든 것처럼 곧은 자세가 되더니 잠깐 동안 천편의 얼굴을 살피고는 정문 쪽을 향해 뛰어갔다. 이른바 높은 사람들의 무겁고 검은 승용차가 막 정문을 통과해 들어오고 있었다. 천편은 필요 이상으로 허둥대는 그자의 마음속 풍경이 눈에 잡히는 듯해서 피식 맥없는 웃음을 흘리고는 의자들이 나란히 줄을 맞춰 앉아 있는 곳을 향해 다가갔다. 그는 물론 의자에 앉지는 않았다. 의자에는 시장이나 의원들이나 소위 지역 유지들이 앉았다. 그러나 자리가 충분하지 않았으므로 더 많은 숫자의 사람들이 그 뒤에 섰다. 천편은 마이크와 책상과 의자가 놓인 현관 앞을 지나 계단을 올라갔다. 건물 안으로 들어갈 때 그를 제지하는 사람은 아무도 없었다.

1층에 정기간행물실과 아동열람실이 있고, 아동열람실 옆에 한 평 크기의 복사실이 있고, 복사실 옆에 여자 화장실이 있으며, 남자 화장실은 2층에 있고, 지하에는 라면이나 음료수, 비스킷이나 볼펜 같은 걸 파는, 팔게 될 휴게실이 있고, 공중전화도 그곳에 있기 때문에 휴대전화를 소지하지 않은 사람이 전화를 걸려면 지하실로 내려가야 하며, 서고와 열람실은 2층에 있다는 사실을 그는 그때 알았다. 서가가 아직 반도 차지 않았으며 그나마 드문드문 꽂혀 있는 책들도 표지가 뜯겨져 나갔거나 얼룩이 졌거나 너무 오래되었거나 해서 그다지 손을 대고 싶지 않은 것들이 태반을 차지한다는 사실도 그때 알았다. 건물 안은 텅 비어 있었다. 사무실도 복사실도 열람실도 조용했다. 화장실도 조용했다. 지하에 있는 휴게실은 아직 영업 준비가 되어 있지 않은 듯 어수선했다. 지하의 휴게실은 구조가 특이해서 그곳에서 곧바로 밖으로 들고 날 수 있게 되어 있었다. 정문 쪽에서 보면 지하지만 건물의 뒤쪽에서 보면 1층처럼 보이는 구조였다.

천편이 2층으로 올라갔을 때 밖에서 마이크 소리가 들려왔다. 창밖을 내다보니 시장인지 국회의원인지 알 수 없는, 타고 온 승용차만큼이나 검고 무거운 양복을 입은 사람이 제 딴에는 아주 근엄한 표정으로, 그러나 보는 이에 따라서는 더없이 우스꽝스러운 얼굴로 무슨 말인가를 막 시작하고 있었다. 천편은 건물을 받치고 있는 기둥들을 만져보고 공간을 나누고 있는 나무 문들에 코를 대고 냄새를 맡았다. 열람실 문이 반쯤 열려 있었으므로 천편은 그 안으로 들어갔다. 그곳 역시 사람의 모습은 보이지 않았다. 책장이 줄을 맞춰 서 있었고 책장은 여섯 칸으로 나뉘어져 있었고 칸마다 키와 두께가 들쭉날쭉한 여러 종류의 책들이 세워져 있었다. 하지만 비어 있는 칸이 더 눈에 많이 띄었다. 어떤 책장은 아예 텅 비어 있었다. 천편은 무엇인가를 찾고 있는 사람처럼 사방을 두리번거렸다. 그러나 무엇인가가 저절로 찾아지기를 바란 거라면 몰라도 그가 꼭 무엇인가를 찾고 있는 거라고 할 수는 없었다. 그를 둘러싼 사물들은 낯설고 야릇했다. 무엇보다도 떠도는 공기와 냄새가 그랬다. 때 묻고 낡은 책들에서 풀어져 나온 먼지들에게서는 특유의 퀴퀴한 냄새가 났다. 종이들이 부식하면서 책들은 먼지가 된다. 부식한 모든 것들은 냄새를 풍긴다. 냄새는 부식의 증거. 종이를 부식시키는 것은 시간이다. 시간은 서두르는 일 없이, 그러나 게으름도 피우지 않고 사물들을 입자화한다. 시간의 흐름과 함께 책들은 분해되고, 책에 찍힌 활자들도 사라져간다. 그러다가 더 이상 시간이 필요하지 않은 시간이 온다. 어느 순간 종이가 완전히 먼지가 되고, 그 먼지가 공기 속으로 흩어져버리면, 마침내 냄새마저 사라져버리면, 저 책들이 존재했었다는 사실을 누가 증명하겠는가. 사람의 경험과 생각과 지식을 담은 책들의 존재를 어떻게 누가 추정하겠는가. 시간은 있던 것을 없게 한다. 무화無化에의 권능. 그는 책장에 몸을 기대고 입은 벌리지 않은 채 심호흡을 했다. 실내에 가득한 먼지의 입자들이 그의 코를 통해 폐부 깊숙한 곳으로 빨려 들어가는 느낌을 그는 즐겼다. 먼지는 책들의 잔해. 심호흡을 하는 것은 책들을, 책 속에 들어 있는 인류의 생각과 경험과 지식을 흡수하는 것이었다. 그러나 이미 폐기된 생각과 경험과 지식들. 한번 폐기된 것들은 다시 회복되지 않는다. 그는 건물 안의 사물과 공기들이 긴장하는 걸 느꼈다. 이곳은 계류장이 있던 곳이지, 아마, 하고 천편은 중얼거렸다. 이 지상에서 취하는 마지막 휴식의 장소가 계류장이다. 삶은 휴식이고, 이 지상은 계류장에 지나지 않는다. 계류장인 이 지상에서 짧은 휴식을 취하며 다가올 죽음을 기다린다는 생각은 그를 조금 숙연하게 했다. 그러자 사람들의 경험과 생각과 지식들이 부식되어 생긴 큼큼한 냄새가 기억 속으로 한줄기 길을 냈다. 그러나 그 길은 너무 희미하고 비좁아서 몸을 밀고 들어갈 수가 없었다. 그는 책을 한 권 집어 들고 그 속에 코를 묻었다. 마치 그 책에 기억 속으로 들어가는 길이 나 있기라도 한 것처럼. 그러나 천편은 책 속에 길이 있다는 말이 비유에 지나지 않는다는 걸 모르지 않았다. 길이 열리는 대신 목소리가 들려왔다.

"누구세요?" 그는 책 속에 묻어 있던 얼굴을 들었다. 목소리의 주인은 세 번째 서가 뒤에 서 있었다. 책이 꽂혀 있지 않은 서가의 틈

새로 한 여자의 얼굴이 보였다. 피부가 하얗고 갸름했다. 길고 검은 머리카락이 그녀의 한쪽 얼굴을 가리고 있었다. 그녀는 책장의 다섯 번째 칸을 통해 낯선 남자를 보고 있었다. 그래서 그런지 그녀의 얼굴은 책장의 다섯 번째 칸에 얹혀진 것처럼 보였다. 그 모습은 어떤 상상인가를 자극했다. 그 상상은 조금 불온하고 엽기적이어서 차마 입 밖에 내기가 어려웠다. 기억 속으로 들어가는 희미하고 비좁기만 하던 길이 조금 밝고 넓어질지도 모르겠다는 생각이 들었지만 자신이 그걸 원하는지 어떤지는 확신할 수 없었다. "여길 어떻게 들어왔어요?" 다섯 번째 선반에 얹힌 얼굴이 말했다. 그녀에게서 염소를 연상한 것은 그 순간이었다. 문이 열려 있어서요, 하고 말하면서 무엇 때문인지 천편은 그녀가 염소를 닮았다는 생각을 했다. 갸름한 얼굴 때문이거나 우수 어린 표정 때문일 수도 있지만, 선반 위에 얹혀져 있다는 상상 때문일 가능성이 더 컸다. 아니면 다른 요인이 작용했을 수도 있었다. "오늘은 일반인들에게는 개방을 하지 않아요." 그녀는 어딘가 안으로 기어들어가는 목소리로 말했다. "알아요." 천편은 짧게 대답했다. "내일부터는 오셔도 돼요." 그녀가 빈 책장에 들고 있던 책을 꽂으며 말했다. "그것도 알아요. 근데 여기 좀 있으면 안 되나요?" 그녀는 그의 질문에 곧바로 대답하지 않았다. 그는, 상관없는 모양이로군요, 하고 말하고, 자신의 얼굴을 책장의 선반 위에 올려놓았다. 그녀보다는 키가 커서 그의 머리는 여섯 번째 칸에 닿았다. 그녀는 그를 외면한 채 도서 정리를 끝내야 한다고, 밤을 새워가며 일을 했지만 아직 준비가 덜 됐다고 말했다. 그는 도서관의 사서냐고 물었고, 그녀는 그렇다고 대답했다. 그는 자기가 도울 일이 있으면 돕겠다고 덧붙였다. "말은 고맙지만, 어차피 혼자 할 일이에요." 그 말과 함께 그녀의 얼굴이 책장 선반에서 사라졌다. 천편은 고개를 빼고 그녀를 찾았다. 그녀의 모습이 보이지 않았다. 그는 그녀가 있는 쪽 서가를 향해 걸어갔다. 조그만 책상이 하나 있었다. 책상 위에는 컴퓨터가 켜진 채 놓여 있었고, 그 옆에는 크고 작은 책들이 무질서하게 쌓여 있었다. 책상 아래에도 책 더미가 키재기를 하듯, 그러나 무질서하게 쌓여 있었다. 얼굴이 희고 갸름한, 검고 긴 머리카락이 등허리를 덮은 도서관 여자는 그 앞에 앉아 모니터를 들여다보고 있었다. "여기가 당신의 자리로군요." 천편이 말했다. 여자는 쌓여 있던 책 무더기 속에서 몇 권을 집어들고는 탁탁 소리나게 책들끼리 부딪쳤다. 책들의 잔해인 먼지가 공중으로 풀풀 날아가는 걸 천편은 느낄 수 있었다. 그는 먼지를 마시지 않기 위해 코를 막는 대신 먼지를 마시기 위해 심호흡을 했다. 그는 몸속의 피가 뜨거워지면서 자기도 모르게 흥분되는 느낌을 받았다. 여자는 안쪽 서가로 책을 들고 갔다. 그녀가 앉아 있던 책상 주변을 관찰하고 있는데, 어지럽게 쌓인 책 더미 속에서 갑자기 전화벨이 울렸다. 그는 무슨 잘못이라도 저지른 사람처럼 흠칫 놀라 뒤로 물러났다. 전화벨은 책 더미 속에 지퍼가 반쯤 열린 채 쓰러져 있는 핸드백 안에서 울리고 있었다. 실내는 조용했고, 그와 여자 말고는 다른 사람이 없었다. 그러므로 그 여자가 휴대폰 벨 소리를 듣지 못했을 리가 없었다. 그 벨 소리가 자신의 전화에서 난다는 걸 모를 리도 없었다. 그런데도 여자는 전화를 받기 위해 돌아오지 않았다. "전화 안 받아요?" 그가 소리쳤다. 여자는 느린 걸음으로 걸어왔고, 그녀가 자리로 돌아오기 전에 벨이 끊어졌다. 천편은 그녀의 사생활 따위에는 아무런 관심이 없다는 표정을 지었다. 휴대폰을 가방 속에 툭 던져놓고 앞으로 쏠려 내려온 머리카락을 손가락으로 긁어 올릴 때 여자는 탈진한 사람처럼 보였다. 그는 반사적으로 계류장을 떠올렸고 휴식을 취해야 한다고 생각했다. 그러나 그 말을 입 밖으로 내지는 않았다. 시든 야채처럼 늘어져 있던 그녀는 책상 위에 머리를 대고 눈을 감았다. 그런 모습은 희고 갸름한 그녀의 얼굴이나 허리까지 내려오는 긴 생머리와 잘 어울리지 않는 것 같기도 하고 반대로 잘 어울리는 것 같기도 했다. 천편은 안쪽 호주머니에서 소주병을 꺼냈다. 술은 바닥에 조금밖에 남아 있지 않았다. "마실래요?" 그녀는 책상에 뺨을 붙인 채 눈을 떴다가 도로 감았다. "술은 한 모금도 못 마셔요. 냄새만 맡아도 기절할 거예요." 그는, 남은 술을 자기 입에 털어넣고 빈 병을 책장의 빈 칸에 올려놓았다. "뭐 하러 왔어요, 여기?" 그가 술병을 비우자 기다렸다는 듯 그녀가 물었다. 그녀의 음성은 얼마간 도전적으로 들렸다. 그 음성은 그녀와 잘 어울리는 것 같기도 하고 전혀 어울리지 않는 것 같기도 했다. 그는, 책을 기증했거든요, 하고 대답했다. 그 말을 하고 나자 정말로 자신이 그것 때문에 온 것 같다는 생각이 들었다. 책을 기증한 것은 사실이므로 자기가 기증한 책이 도서관에 잘 비치되어 있는지 궁금해하는 것은 전혀 이상한 일이 아니다, 하고 그는 속으로 생각했다. "책을 기증했어요?" 그녀가 반문했을 때 그는 그녀가 미심쩍어하는 것인지, 심드렁해하는 것인지 알 수 없었다. 아무래도 그래서 어떻다는 말이냐는 뉘앙스가 더 또렷해 보였지만 그는 이해하지 못하는 양했다. "다섯 권. 어디 진열되어 있는지 볼 수 있을까요?" 여자는 시답잖은 요구이긴 하지만 못 들어줄 건 없다는 듯 얼굴을 들고 무슨 책이냐고 물었다. 천편은 자기가 기증한 책 가운데 세 권의 이름을 댔다. 육가공의 모든 것, 동물 대백과, 도축의 길잡이…… 그녀는 그의 얼굴을 한 번 쳐다보고, 책상 위에 놓인 컴퓨터의 키보드를 톡톡 두드렸다. 모니터의 화면이 빠르게 바뀌었다. "따라오세요." 자리에서 일어난 그녀는 앞장서서 서고 안쪽으로 걸어갔다. 천편은 마치 그 책들의 위치를 알아두는 것이 매우 중요한 일이라도 된다는 듯, 혹은 그것이 도서관에 온 진짜 이유라는 걸 기정사실화하겠다는 듯 망설이지 않고 그녀의 뒤를 따라갔다. 그가 기증한 다섯 권의 책들은 일곱 칸이나 되는 책장의 맨 위에 아무렇게나 쓰러져 있었다. 그 책장에 다른 책이 없었으므로 썰렁하고 을씨년스럽기까지 했다. 천편은 표지에 얼룩이 지고 종이 색이 누렇게 바랜 그 책들을 만져보았다. 심호흡을 하지 않았는데도 익숙한 냄새가 콧속을 통해 몸의 안쪽으로 빠르게 퍼져 나갔다. 그녀는 어깨를 으쓱해 보이고 축산업 하세요? 하고 물었다. 천편은 고개를 저었다. 여자는 다시 한 번 어깨를 으쓱해 보이고는, 어떻든 상관없다는 듯 몸을 돌려세웠다. 그 등에다 대고 천편은 물었다. "도서관이 세워지기 전에 여기가 뭐였는지 알아요?"

그때 그녀는 어떤 반응을 보였던가. 천편은 책들이 썩어가는 서고 안에서 곤히 잠들어 있는 여자의 아득한 얼굴을 바라보며 그때 일을 떠올렸다. 그녀의 어깨가 움찔하는 것 같은 느낌은 착각이었는지 모른다. 하지만 그녀가 걸음을 멈추고 그를 향해 몸을 돌린 것은 분명한 사실이었다. 피곤한 듯 서가에 몸을 기댄 그녀를 바라보면서 그는 먼 거리를 트럭 뒤에 실려 오느라 기운이 빠지고 지친 가축들을 떠올렸다. 그것들은 벌컥벌컥 물을 마시고 계류장의 어두운 조명 아래 몸을 눕혔다. 무슨 일이 자기들을 기다리고 있을지 모른다는 엷은 불안감은 그러나 비좁은 트럭 위의 흔들림으로부터 마침내 벗어났다는 안도감을 넘어서지 못했다. 자기들이 죽음 앞에 있는 줄도 모르고, 혹은 죽음이 자기들 앞에 있는 줄도 모르고 그것들은 편안히 휴식을 취했다. "여기가 도살장이었다는 거 알아요." 여자는 금방 부서져버릴 것 같은 낡은 책의 책장을 주루룩 넘기며 말했다. "도살장은 아주 넓었어요. 생각해봐요. 하루에 소 돼지가 몇 백 마리씩 들어오고 나가고 했어요. 도서관이 지어진 땅은 일부분에 지나지 않아요. 이리 와서 저길 내다봐요. 아직 도살장 터가 그대로 있어요. 저기 시멘트 벽으로 둘러쳐진 데가 오물처리실이고, 그 맞은편에 붉은 글씨로 경건하고 신속하게, 라고 씌어진 데가 도살실이었어요. 그리고 냉동실은……." 천편은 유리창에 붙어서 손가락으로 창밖을 가리켜가며 설명했다. 마치 그녀가 그의 옆에 서서 밖을 내다보기라도 한 것처럼. 그러나 그녀는 한 발짝도 움직이지 않았다. 눈길을 창쪽으로 돌리긴 했지만, 그녀가 있는 자리에서 천편이 설명하는 오물처리실이나 도살실이나 냉동실이 내려다보일 것 같지는 않았다. "그리고 나는 저기서 일했어요. 도살장이 없어지기 전까지." 여자는 그게 정말이냐는 듯 천편의 얼굴을 올려다보았다. 그녀가 뒤적거리는 책에서 살비듬 같은 먼지가 풀풀 날렸다. "하루에 삼사백 마리씩 죽어 나갔어요. 요새는 자동화된 도축장이 많지만, 내가 일할 때 이곳은 가장 오래된 방법으로 그네들의 목숨을 끊었어요. 이상하게 들릴지 모르지만, 그편이 고기의 맛과 상태를 훨씬 좋게 하거든요." 여자의 미간이 저절로 찡그려졌다. 그녀는 끔찍해하거나 두려워한다고, 그것은 그녀가 순결하기 때문이라고 그는 제멋대로 상상했다. 그녀가 더 듣고 싶어하지 않는다는 건 분명했다. 그러나 그가 더 말하고 싶어한다는 것 또한 분명했다. "내 기억이 정확하다면, 이 자리는, 소나 돼지가 도살되기 직전에 마지막으로 휴식을 취하는 장소였을 거요. 계류장이라고 하지요." 여자는 그 말의 의미를 더듬는 듯 조그만 소리로 계류장…… 하고 혼잣말을 했다. 천편은 그녀가 그 단어의 뜻을 알 리 없다고 단정했다. "배를 대고 매어 두는 장소를 계류장이라고 하지요. 다른 데로 움직이지 못하게 말입니다. 도축 직전의 소나 돼지들을 모아놓고 쉬게 하는 곳이 계류장이라니 어이없지 않아요? 도살실 말고는 여기 들어오면 빠져나갈 데가 없어요. 그 단어를 생각해낸 사람의 파렴치와 잔혹함에 혀가 내둘러져요. 계류라니." 천편의 목소리에는 냉소가 묻어났다. 누구에게랄 것 없이 솟구치는 적대감이 그를 괴롭혔다. 여자의 몸이 쓰러질 것 같다는 생각이 들었다. 그녀는 체중의 전부를 서가에 의지하고 있었다. "이 공간에서는 내가 일하던 도살장에서와 같은 냄새가 나요. 여기 있는 책들이 도살된 소나 돼지의 살덩이처럼 느껴져요." 그녀는 약간 겁을 집어먹은 얼굴을 하고 그의 눈을 쳐다보았다. "원한다면 내가 일하던 작업장을 보여줄 수 있어요. 지금은 거의 부서졌지만, 그래도 시간이 흔적을 지우지는 못해요. 강렬한 것들은 시간에 저항하거든요." 여자는 현저하게 불안해하며 그의 눈을 피했다. "이제 나가세요. 전 할 일이 많아요." 그녀는 얼른 몸을 돌려세웠다. 그녀의 뒷모습이 몹시 위태로웠다. 천편은 한 번 더 그녀가 쓰러질지 모른다는 생각을 했고, 서고 안의 책들이 도살된 소나 돼지의 살덩이와 같다는 생각을 했다.

천편은 옆에 쭈그리고 앉아 잠든 여자의 얼굴을 들여다보았다. 길고 갸름한 얼굴은 햇빛을 전혀 보지 않은 음지식물처럼 지나치게 하얗고 너무 얇았다. 귀밑의 보송보송한 솜털은 유아적이라는 느낌까지 주었다. 그는 그녀를 처음 본 순간 염소를 연상시켰던 사실을 떠올렸다. 옛날 사람들은 자기 허물과 죄를 염소에게 덮어씌웠다. 염소는 사람이 지은 죄와 허물을 덮어쓴 채 신전에서 도살되거나 야생의 맹수들이 기다리고 있는 광야로 내쫓겼다. 그 염소는 새끼를 밴 적이 없는 순결한 암염소여야 했다. 신전에서 사람의 죄와 허물을 덮어쓴 그 순결한 염소의 목을 치는 역할은 제사장이 맡았다. 그러니까 제사장은 도살 전문가여야 했다. 도살자는 염소의 희생을 통해 하늘과 사람을 이어주는 제사장이기도 했다. 그때 그는 그녀에게 그 말을 하려고 했었다. 그를 피해 위태로운 걸음걸이로 서고를 나간 그녀가 다시 돌아왔다면 아마 말할 기회가 있었을 것이다. 그러나 그녀는 다시 돌아오지 않았고, 그는 말할 기회를 잃었다. 이제라도 그 말을 하고 싶어져서 그는 그녀의 귀에 대고 속삭였다. "이거 봐요. 내 말 들려요?……" 여자는 반응이 없었다. "당신에게서 염소가 느껴져요. 세상의 죄와 허물을 뒤집어쓰고 희생되는 순결한 암염소 말예요." 그녀는 죽은 듯이 누워 있었다. 숨을 쉬는 것 같지도 않았다. 죽었는지도 모른다는 생각이 순식간에 들었고, 사람이 그렇게 쉽게 죽지는 않는다는 생각이 뒤이어 들었고, 하지만 사람도 목숨이 하나뿐인 짐승에 지나지 않는다는 생각이 곧바로 이어졌다. 천편은 충동적으로 그녀를 안았다. 그녀의 머리가 그의 팔 밑으로 떨어졌다. 서 있을 때 허리까지 늘어져 있던 그녀의 긴 머리카락들은 바닥에 닿았다.

그녀를 안고 서고를 빠져나온 천편은 2층에서 1층으로 내려가고 1층에서 다시 지하로 내려갔다. 2층에서 1층으로 내려갈 때 그를 본 사람은 없었다. 정기간행물실에 앉아 여성지를 뒤적이던 중년의 여자가 조금 열린 문틈으로 힐끗 쳐다보긴 했지만 곧 시선을 돌려버렸다. 아동열람실의 문은 닫혀 있었다. 지하 휴게실은 아직 영업을 하지 않고 있었다. 어쩌면 영업을 시작했다가 손님이 너무 없어서 바로 문을 닫은 건지도 몰랐다. 그럴 만도 한 것이 누군가 임대를 해서 장사를 하려고 했을 텐데 도서관을 찾는 사람이 없으니 수지를 맞출 수가 없었을 것이고, 자연히 문을 닫지 않을 수 없었을 것이다. 사정이 어떻든 휴게실이 영업을 하지 않은 건 천만다행이었다. 지하실은 정문 쪽에서 보면 지하지만 뒷문 쪽에서 보면 1층처럼 보이는 특이한 구조로 되어 있었고, 건물 뒤쪽에서 바로 밖으로 나갈 수 있는 문이 만들어져 있었다. 천편은 그 문을 열고 밖으로 나갔다. 그의 걸음은 빨라졌다. 그는 도서관 뒤에 무엇이 있는지 알고 있었다. 3년 동안 그는 그곳에서 일했다. 구석구석 모르는 곳이 없었다. 그는 자신의 내부 깊숙한 곳에서 무언가 뜨거운 것이 꿈틀거리는 느낌을 받았다. 그의 팔 안에서 그녀는 잠잠했다. 부서진 나무 책상과 플라스틱의자와 바퀴살이 빠져나간 자전거와 찢어진 비닐 봉지와 올이 풀려나간 더러운 털옷과 떨어진 운동화짝과 깨진 사기그릇 조각과 떨어져나간 타일 조각 같은 것들로 시멘트를 아무렇게나 처발라 만든 울퉁불퉁한 바닥은 지저분했다. 오랫동안 방치된 그 터에는 폐허의 기운이 감돌았다. 그의 빠른 걸음에 놀랐는지 반쯤 부서진 건물 안에서 개 두 마리가 화다닥 뛰어나왔다. 폐허가 된 도살장이 집 나온 개들의 숙소가 되어 있었다. 한 마리는 크고 한 마리는 작았다. 한 마리는 털이 많고 한 마리는 털이 별로 많지 않았다. 그러나 지저분하기는 두 마리 모두 같았다. 한 마리는 잘 모르겠지만, 털이 많고 몸집이 작은 놈은 요크셔테리어가 분명했다. 그러나 이미 애완견이라고 할 수 없었다. 개들은 몇 발짝 떨어져서 눈치를 살피며 컹컹 짖어댔다. 몸짓은 날렵했고 눈빛에는 경계심이 가득했다. 야생의 습성이 몸에 밴 것이나 놈들의 지저분한 몰골로 보아 사람들의 손길을 받지 못하게 된 것이 꽤 오래되었다는 걸 한눈에 알아볼 수 있었다. 천편은 그녀를 땅바닥에 내려놓고 손을 내저어 놈들을 쫓았다. 하지만 놈들은 달아나지도 않고 경계를 풀지도 않았다. 컹컹 소리만 더욱 요란해졌다. 천편은 주먹만 한 돌멩이를 집어 던졌다. 그의 손을 떠난 돌멩이는 몸집이 작고 털이 많은 개의 머리통을 맞췄다. 깨갱

깽……. 요크셔테리어가 죽는다고 짖어대며 달아났다. "개새끼들." 천편은 침을 탁 뱉었다. 이쪽의 눈치를 살피는 기색은 여전했지만, 아까에 비해 현저하게 멀리 떨어져 있었으므로 전혀 위협적이지 않았다. 천편은 여자를 들쳐 안은 채 비교적 덜 부서진 건물 안으로 들어갔다. 그곳은 인부들을 위한 휴식공간이었다. 텔레비전과 장기판과 냉장고가 있었다. 그리고 이불과 요. 인부들은 특히 야간작업을 할 때 그랬는데, 고단하면 그곳에 들어가 한숨씩 눈을 붙이고 나왔다. 천편에게는 거기가 숙소였다. 그는 그곳에서 한동안 먹고 잤다. 그의 숙소를 찾아올 사람은 없었다. 그는 가족도 친구도 없었다. 가끔, 아주 가끔이지만 그 방에 손님이 찾아오는 경우가 있었다. 밤의 정적과 어둠이 내지르는 야릇한 기분을 이기지 못하고 거리로 나간 날, 그는 여자를 데리고 들어왔다. 여자들은 그에게 호감을 느껴 따라나섰다가도 그가 들어가는 담 안이 도살장이라는 걸 알면 잔뜩 겁을 집어먹거나 화를 내거나 욕을 하면서 발길을 돌려버리기 일쑤였다. 다는 아니지만 어떤 여자들은 그의 방에 들어와서야 그곳이 어디인지를 알아차리기도 했다. 이상한 냄새가 나, 하고 말하거나 기분이 으스스한데, 어떻게 이런 데서 살아? 하고 묻기도 했다. 그런 경우에 그는, 반드시 숨겨야 할 이유가 있다고 생각하지 않았으므로 그들이 있는 곳이 도살장이라는 사실을 밝혔다. 그리고 자기가 일하는 곳이라는 사실도. 여자들은 겁에 질려 몸을 덜덜 떨거나 천편의 면상을 사정없이 갈기거나 신발도 신지 않고 달아나거나 했다. 언제나 그런 것은 아니지만, 천편은 그런 여자들을 그대로 가게 내버려두지 않았다. 남자 혼자 자는 숙소에까지 따라온 여자의 속마음을 헤아리는 건 전혀 어려운 일이 아니었다. 그가 억지로 데려오거나 이상한 제안을 하며 유혹한 것은 아니었다. 그런데 그곳까지 따라와서는 갑자기 뺨을 때리거나 욕을 하거나 뒤도 돌아보지 않고 내빼는 것은 그로선 이해할 수 없는 일이었다. 이해할 수 없었으므로 용납할 수도 없었다. 그는 그런 여자들을 그가 매일 처치하는 짐승을 결박하듯 머리나 손목을 꼼짝 못하게 제어하고 자기 방의 냄새 나는 이불 위에 쓰러뜨렸다. 더러는 도살실로 끌고 가서 죽은 짐승의 피와 오물로 얼룩진 시멘트 바닥에서 욕을 보이기도 했다.

천편은 자기가 먹고 자던 방을 찾았다. 잠금장치가 고장난 채로 문이 달려 있었다. 벽지는 찢기고 빗물이 새어 들어온 듯 심하게 얼룩져 있었다. 누구 짓인지 붉은 페인트로 여자와 남자의 성기를 그린 조악한 그림이 흉측했다. 집 나온 개들이 그런 짓을 한 게 아니라면, 아마도 근처의 조무래기들이 장난질을 한 것이리라. 낮에는 소파로도 사용했던 간이침대 속의 스펀지가 짐승의 내장처럼 밖으로 튀어나와 어지럽게 널려 있었지만 아직 침대의 모양새는 그대로 간직하고 있었다. 천편은 그 위에 여자를 내려놓았다. 그리고 그는 청소를 했다. 물을 끼얹고 바닥을 쓸어내고 더러운 그림이 그려진 벽지를 뜯어냈다. 도살된 짐승의 내장처럼 보기 흉하게 빠져나온 스펀지를 침대 매트리스 속에 집어넣고 방 한가운데 놓았다. 돌팔매를 맞고 달아난 개들이 자신들의 영역에 침범한 사람을 받아들일 수 없다고 시위라도 하듯 숙소 주변을 빙빙 돌았다. 두어 차례 컹컹 짖기도 했다. 그러나 그다지 의욕적이지는 않았다. 그를 내쫓을 수 없다는 걸 간파했거나 결국 일종의 친화감을 느끼게 되었는지 모를 일이었다. 그가 청소를 끝냈을 때 밖은 어둑어둑했고, 금방이라도 비가 쏟아질 것처럼 공기가 눅눅했다. 천편은 여자를 침대 위에 눕혔다. 여자는 여태 깨어나지 않고 있었다. 오랫동안 의식을 잃은 채 깨어나지 않고 있는데도 이상하게 걱정이 되지 않았다. 의식이 빠져나간 여자의 얼굴은 표백한 빨랫감처럼 희고 바래 보였다. 그런데도 긴 머리는 전혀 헝클어지지 않고 가지런했다. 그녀는 지상에서 가장 순결해 보였다. 순결한 여자가 불러일으키는 것은 무엇인가? 그것은 성욕이다. 순결한 여자만이 성욕의 대상이다. 순결한 여자는 순결하기 때문에 성적이다. 가장 순결한 여자는 가장 순결하기 때문에 가장 성적이다. 그러나 순결은 무력이고 무능이고 비폭력이므로 역설적으로 가학에게로 길을 낸다. 순결은 순결할 때까지만 순결이다. 순결한 여자는 순결을 유지하는 동안만 순결하다. 순결이 가장 빛을 내는 순간은 순결이 유지되고 있는 동안이 아니라 바로 순결을 잃는 순간이다. 가학은 순결에 의해 촉발되고, 순결한 자는 순결을 잃기 위해, 그 가장 빛나는 한 순간을 위해 순결을 지킨다. 순결이 희생과 동의어이고 구원의 다른 쪽 얼굴이라고 말해지는 것은 그 때문이다. 천편은 갈증을 느꼈다. 독주가 아니면 풀 수 없는 종류의 갈증이라는 걸 그는 알았다. 사람들은 말렸지만, 그는 도살실에 들어갈 때마다 술을 마셨다. 그의 몸속으로 부어진 소주는 혈관을 타고 빠르게 흘러 그의 피를 신선하게 했다. 그것은 일종의 정결의식과 같은 것이었다. 자기를 깨끗하게 하는 그 의식 없이는 짐승들의 숨을 끊을 수 없었다. 일을 끝내고 돌아온 방 안에서도 그는 취할 때까지 독한 술을 마셨다. 그는 자신의 더러워진 피를 바꿔야 했고, 술은 그가 바꿀 새로운 피였다. 그러나 수혈의 시효가 너무 짧았으므로 그는 너무 자주 술을 마셔야 했다. 천편은 부서진 도살장의 담을 넘어 가게로 가서 소주를 사 왔다. 그는 벌컥벌컥 소주를 마시고, 여태 의식이 돌아오지 않은 여자의 입에도 소주를 흘려 넣어주었다. 술은 거의 대부분 여자의 입술에서 턱을 타고 내려가 흰 드레스를 적셨다. 그러나 조금은 몸 안으로 흡수된 듯 여자가 얼굴을 찡그리는가 싶더니 기침을 했다. 쿨럭쿨럭 기침을 할 때마다 상체가 흔들렸고 낡은 침대는 요란한 소리를 냈다. 술이 들어가자 마치 주문이라도 왼 것처럼 의식을 회복하는 여자를 천편은 거의 무상無常의 심정으로 바라보았다. 냄새만 맡아도 기절을 한다더니 술이 한 방울 들어가자마자 기절에서 깨어나지 않는가. 그러고도 여자가 눈을 뜰 때까지는 제법 많은 시간이 흘렀다. 물론 사태를 정확히 인식하는 데는 더 많은 시간이 필요했다. 아니, 마지막 순간까지 그녀가 사태를 정확히 인식했는지는 미지수다.

그녀는 침대에서 일어나 앉아 입에 술을 붓고 있는 남자를 어리둥절한 표정으로 살폈다. "마실래요?" 천편은 술병을 건네며 물었다. 의혹과 불안으로 더욱 커지고 동그래진 눈으로 주변을 두리번거리며 그녀는 손을 내저었다. "여기가 어디예요? 내가 왜 여기에……." 여자는 몸을 벌떡 일으켰다. "서고 안에서 쓰러져 자고 있었어요. 내가 다가갔는데도 눈치 채지 못했죠. 내가 말을 걸었는데도 깨어나지 않았죠." 천편은 소주병을 버렸다. 몸속의 피가 빠르게 뜨거워졌고, 그것은 좋은 일이었고, 그는 안도했다. "가끔 까무라져서 몇 시간씩 깨어나지 못하곤 해요. 왜 그런지 모르겠어요. 그럴 때면 우리 어머니는 쟤, 또 죽었다, 하셨어요. 아마 세상이 무너져도 죽은 듯이 잠만 잘 거예요." 여자는 침대에서 몸을 일으켰다. 옷매무새를 만지고 머리를 쓰다듬고 신발을 신었다. 그런 그녀를 물끄러미 바라보다가 천편이 입을 열었다. "전에 도서관에 왜 왔느냐고 물었지요? 그땐 잘 몰랐어요. 내가 기증한 책들이 궁금하기도 했던 것 같긴 해요. 그러나 꼭 그것만은 아니었어요. 오늘, 당신을 이곳으로 데려온 다음에 문득 그 질문이 떠올랐어요. 그리고 이제는 대답을 할 수 있을 것 같아졌어요. 당신을 만나려고 갔던 거예요." 몸이 불처럼 뜨거워지는 걸 느끼면서 그는 자신이 정결해졌다고 판단했다. 물은 씻고 불은 태운다. 독주야말로 정결의 표본이라고 그는 믿었다. 여자는 움찔했다. 가겠어요, 할 때는 목소리가 떨렸다. 그녀의 본능이 위험하다고 속삭이는 모양이라고 천편은 상상했다. 그러나 경보가 너무 늦게 켜진 것 같다고 속삭이는 내부의 목소리를 그는 들었다. 밖은 이미 어두웠다. 개들도 짖지 않았다. 그녀는 약간 비틀거렸지만 곧 중심을 잡고 출입구를 향해 걸었다. 천편의 눈에 핏발이 섰다. 그는 팔을 뻗어 그녀의 머리카락을 휘어잡았다. 그녀는 비명을 질렀고, 그는 그녀의 팔을 등뒤로 돌려 잡았다. 그녀는 꼼짝하지 못했다. 그는 그녀를 다시 침대 위에 눕혔다. "왜 그래요?" 여자는 질문했지만 그러나 그녀의 목소리는 거의 들리지 않았다. 천편은 핏발 선 자신의 눈으로 여자의 눈을 노려보았다. 그녀는 그의 눈을 똑바로 보지 못하고 고개를 돌렸다. 그는 그녀의 얼굴을 힘을 주고 눌러서 자신의 눈에서 눈을 떼지 못하게 했다. 눈을 피하지 못하게 하자 여자는 눈을 감아버렸다. 그녀의 온몸이 감전된 것처럼 덜덜 떨렸고 하얀 얼굴은 더욱 하얗게 변해서 마치 탈색된 빨래처럼 되었다. 천편은 그녀에게서 손을 뗐다. 그는 그녀를 제압했다는 걸 알았다. 두려움과 불안이 뼛속 깊이 스며들고 피가 차갑게 얼어버리면 결박을 풀고 자유롭게 놓아주어도 달아나지 못한다. 단지 떨면서 기다릴 뿐이다. 짓밟아주기를. 짐승들은 다 그렇다. 그 기다림이 어떤 의미에서는 감미로움이기도 하다는 걸 천편은 안다. 그것은 꼭 같지는 않지만, 순교자의 정신 상태와 유사하다. 죽음에 대한 공포는 장차 얻을 영광을 이기지 못한다. 세상의 허물과 사람의 죄를 덮어쓰고 희생되는 순결한 암염소들도 사정은 다르지 않다. 자신의 순결로 세상과 사람을 구원한다는 명분이 결국 공포를 누르고 분노를 잠재우지 않겠

가. 제사장은 단지 도살자에 지나지 않는다. 그러므로 서두를 필요는 전혀 없다. 천편은 서두르지 않았다. 천편은 서두르지 않고 여자의 눈처럼 흰 드레스를 벗겼다. 순결이 가장 빛을 내는 순간은 순결이 유지되고 있는 동안이 아니라 바로 순결을 잃는 순간이다. 순결을 잃기 위해, 그 가장 빛나는 한 순간을 위해 순결을 지키는 것이다. 천편은 자신 안의 순결한 성욕의 지시에 충실했다. 자신 안의 순결한 성욕이 그녀의 양털처럼 흰 드레스를 벗기기를 바랐으므로 그는 그렇게 했다. 자신 안의 순결한 성욕이 그녀의 다리를 벌리라고 시켰으므로 그는 그렇게 했다. 자신 안의 순결한 성욕이 그녀의 눈처럼 흰 가슴에 얼굴을 묻기를 원했으므로 그는 그렇게 했다. 자신 안의 순결한 성욕이 그녀의 몸속으로 들어가라고 지시했으므로 그는 그렇게 했다. 그리고 또…… 밖은 어두웠고, 낮부터 물을 잔뜩 머금은 채 지상 가까이 내려와 있던 하늘은 마침내 비를 쏟아냈다. 그는 도서관의 부패한 책들에게서 나는 큼큼하고 퀴퀴한 냄새를 맡았다. ∎

수상후보작

천년여왕
김경욱

성탄특선
김애란

유리 방패
김중혁

누런 강 배 한 척
박민규

늑대
전성태

사육장 쪽으로
편혜영

왼손
한강

김경욱

천년여왕

1971년 전남 광주 출생. 서울대 영문학과 및 동대학원 국문과 박사과정 수료.
1993년 《작가세계》로 등단. 소설집 『바그다드 카페에는 커피가 없다』
『베티를 만나러 가다』 『누가 커트 코베인을 죽였는가』 『장국영이 죽었다고?』,
장편소설 『아크로폴리스』 『모리슨 호텔』 『황금 사과』 등.
〈한국일보문학상〉 수상.

천년여왕

　　이것은 내 아내에 관한 이야기다. 나를 아는 사람들은 뜻밖이라는
반응을 보일 수도 있겠다. 나로 말하자면 아내에 대한 이야기에는
꽤나 인색한 편이었으니까. 나는 황소자리다. 이 별자리 태생들은
신중하기가 태산과 같다. 나 자신 화젯거리가 되는 것을 기꺼워하지
않는 타입이다. 자기 자신에 대해 떠벌리는 자들의 영혼을 나는 신
뢰하지 않는다. 그렇더라도 아내 이야기에 대한 나의 인색함에는 유
난스러운 구석이 있었나 보다. 어쩌다 내 입에서 '아내'라는 단어가
튀어나오기라도 하면 주위 사람들은 우리를 박차고 나온 코끼리 보
듯 했으니까. 신혼 첫날밤 아내가 안드로메다에서 온 외계인이라고
고백하기라도 했느냐며 시답잖은 농담을 던지는 치도 있었다. 오해
하지는 마라. 그간 아내 이야기에 인색했다고 해서 결혼을 후회한다
거나 아내를 부끄럽게 여기는 것은 아니니. 사정은 반대라고 할 수

있겠다. 아내를 향한 내 붉은 마음을 어떻게 표현할 수 있을까? 이런 시구는 어떨까. "친구가 나보다 잘나 보이는 날에는 꽃을 사들고 가 아내와 논다." 특별히 내세울 것 없는 아내지만 나는 그녀를 사랑한다. 그리하여 나는 친구가 나보다 못나 보이는 날에도 꽃을 사들고 가 아내와 놀 용의가 있다.

아내는 평범하다. 아니 평범했다. 다섯 살 연하인 남편에게 꼬박꼬박 존댓말 쓰는 것만 빼면. 그런 아내가 귀농歸農 이후 달라졌다. 귀농을 제안한 쪽은 나였다. '귀농'이라는 단어가 낯선가? 나에게는 세련된 불어처럼 들리기도 하고 이비인후과 쪽 병명처럼 들리기도 한다. 귀향이라고 하면 어떨까? 나는 서울에서 나고 자랐으니 번지수가 틀렸다. 어쨌거나 나는 서울을 떠나기로 마음먹었다. 한적한 곳에 틀어박혀 고독을 곱씹으며 글농사를 짓고 싶었다. 역시 귀농이라는 말이 적절한 것 같다. 자꾸 발음하니 혀끝에 부드럽게 감기는 게 최첨단의 단어처럼 느껴지기도 한다. 마음을 굳히고 나니 서울에서는 숨이 막혀 단 한 순간도 견딜 수 없게 되어버렸다.

"우리 이쯤에서 돌아가자!"

저녁식사 후 와인을 마시다 내가 불쑥 말을 꺼냈다. 아내의 미간이 미세하게 꿈틀거렸다. 여간해서 자신의 감정을 내색하지 않는 아내였으니 어쩌면 그것은 나만의 착각이었을지도 모르겠다.

"어디로요?"

"자연으로!"

아내는 굳었던 표정을 풀고 특유의 온후한 미소를 지어 보이며 물었다.

"자연에서 무엇을 하시게요?"

"조용하고 공기 좋은 곳에서 농사나 지으며 살고 싶어. 글농사 말이야."

나는 아내의 눈앞에 그해 1월 1일자 신문을 들이밀었다.

"신춘문예 소설 심사평을 읽어봐."

아내는 신문을 뒤적거렸다.

"당신 이름이 있네요. 소설은 언제 쓰셨어요?"

아내는 내 소설이 당선되기라도 한 것처럼 반색하더니 심사평을 꼼꼼히 읽어내려갔다. "반복되는 일상에 매설된 삶의 허위를 발본하는 참신한 발상과 전복적 상상력은 높이 살 만하다. 그러나 발랄한 단상들을 소설적 육체로 통합하는 구심력이 아쉽다. 마지막까지 당선작과 경합했으나 약점이 끝내 눈에 밟혔다. 이 정도의 기량이라면 조만간 작가로서 만나리라는 기대로 아쉬움을 달랜다. 정진을 바란다."

셀 수 없을 정도로 읽고 또 읽었으므로 나는 심사평을 한 자도 틀리지 않게 말할 수 있었다. 전화번호부보다 두툼한 여성잡지를 매달 만들어내는 와중에 회사 사람들 이목을 피해 짬짬이 쓴 글이었다. 구심력이 부족하다는 평은 당연했다.

난생처음 쓴 글이었다. 글을 쓸 때는 스스로의 만족이 전부였지만 완성하자 누군가에게 읽히고 싶어졌다. 소설을 쓴다는 사실을 비밀에 부치자니 평해줄 사람 구하는 게 여의치 않았다. 아내에게조차 비밀이었으니까. 심사평이라도 들을 수 있지 않을까 해서 투고했던 것이다. 비록 당선되지는 못했지만 다니던 회사에 사표를 내기에는 최종심에 오른 결과만으로도 충분했다. 생애 첫 원고가 일군 뜻밖의 성과에 고무된 나는 자신감으로 충만했으니까. 필요한 것은 방해받지 않고 온전히 글쓰기에 몰두할 수 있는 시간과 공간이었다.

며칠 밤잠을 설치며 가다듬은 계획을 아내에게 털어놓았다. 농촌의 폐가를 사서 수리한다. 조건이 맞으면 텃밭을 살 수도 있을 것이다. 내가 직장을 그만두더라도 설마 우리 두 사람 목에 거미줄이야 치겠느냐. 후회 없도록 배수의 진을 치고 도전해보고 싶다.

"그것이 진정 당신이 원하는 삶인가요?"

아내가 정색하며 물었다. 나는 턱이 덜컥이도록 고개를 끄덕였다.

"글을 써서 당신이 얻고자 하는 것은 무엇인가요?"

뜻밖의 질문이었다.

"나 자신."

얼결에 나온 대답이었지만 내뱉고 보니 아주 오래전부터 궁리해온 생각 같기도 했다. 아내는 내 계획에 선선히 찬성했다. 일이 너무 쉽게 풀리는 게 아닌가 싶어 께름칙할 정도였다. 아내는 이렇게 말했다.

"뭔가를 창조한다는 건 멋진 일이에요. 돌아갈 곳이 있다는 것도 얼마나 고마운지…… 잘됐어요. 당분간 저도 쉬고 싶어요."

아내의 자발적 실업은 계획에 없었다. 그러나 아내더러 계속 일을 하라고 강요할 수는 없었다. 대학에서 스페인어를 전공한 아내는 외국어 학원 강사로 일했다. 지난 월드컵 때는 자원봉사로 브라질팀 통역을 맡기도 했다. 축구의 룰도 모르는 아내였다. 혹시 공짜표라도 얻을 수 있을까 해서 내가 등을 떠민 것이었다. 나는 내심 스페인이나 아르헨티나팀에 배정되면 좋겠다 싶었다. 그런데 브라질이라면 포르투갈어를 쓰는 나라 아니던가. 포르투갈어는 부전공이었단다. 스페인어와 크게 다르지 않아 금방 배울 수 있다고 아내가 설명했다. 오퍼상인 아버지를 따라 어렸을 때 남미 쪽에서 살기도 했단

다. 장인은 아주 바쁜 사람이어서 결혼식장에서야 처음 봤다. 당시에는 북아프리카 어디에 있다고 했다. 아내더러 아버지를 전혀 닮지 않았다고 하자 죽은 엄마를 꼭 빼닮았다는 대답이 돌아왔다. 어쨌거나 아내 덕분에 월드컵 결승전을 귀빈석에 앉아 볼 수 있었다. 펠레 바로 뒷자리여서 텔레비전 카메라에 몇 번 잡혔나 보다. 전화가 빗발쳤다. 초등학교 동창이라며 연락한 자도 있었다. 나는 이름도 기억하지 못했다. 일일이 사정을 설명하기 귀찮아 이렇게 대응했다.

"나도 봤어. 정말 나랑 닮았더라."

이사는 내가 결정했으니 집은 자신이 물색해도 되겠느냐고 아내가 물었다. 아내가 자신의 주장을 내세우는 건 이례적인 일이었거니와 나로서는 한적한 시골이면 어디라도 상관없었으므로 그러라고 했다. 아내가 점찍은 곳은 지리산 자락의 어느 산중턱이었다. 십여 가구 남짓한 곤고한 농촌 마을 뒤로 솟은 산자락을 삼십 분 넘게 걸어 올라가니 고샅에 외따로 떨어져 있는 통나무집이 보였다. 어느 도예가가 작업실로 쓰던 집이라 했다. 뒤로는 제법 널따란 텃밭도 거느리고 있었다. 한눈에 이거다 싶었다.

집을 손보고 싶은데 어떤지 봐달라며 아내가 둘둘 말린 종이를 내밀었다. 아내가 그린 어설픈 도면 속에서 단층인 통나무집은 이층으로 변해 있었다.

"이층 전체를 당신 서재로 꾸밀 거예요."

아내의 배려가 고마웠다.

전원생활을 위한 준비는 착착 진행되었다. 나는 몰던 세단을 팔고 중고 지프를 샀다. 비포장 산길을 오르내리는 데는 아무래도 힘 좋은 차가 쓸모 있을 테니까. 아파트 전세 보증금을 빼서 잔금도 치렀다.

통나무집은 몰라보게 달라졌다. 통풍과 보온을 위해 통나무 사이에 황토를 새로 발랐다고 했다. 일층에는 침실과 주방 겸 거실을 꾸몄고 볕이 드는 쪽 벽에는 커다란 채광창을 내고 통유리를 끼웠다. 유유히 흘러내리는 능선과 밀집대형으로 올라가는 수목이 뒤엉켜 빛의 변화에 따라 시시각각 다른 세상을 유리창에 그려냈다. 먼 능선과 가까운 능선 사이로 우윳빛 안개가 떠다니는 것이 한 폭의 진경산수화가 따로 없었다. 말을 잊은 채 나도 모르게 아내의 손을 잡았다. 서울을 진작 떠나오지 못한 것이 후회스러울 정도였다.

아내가 선물한 서재는 내가 꿈꾸던 것과 똑같았다. 조붓한 공간에 쭈그린 채 도둑글을 쓰며 머릿속에 그리던 바로 그 서재였다. 스무 평의 널따란 공간이 온전히 내 집필을 위해 마련된 것이었다. 벽을 따라 병풍처럼 방을 둘러싼 책장에는 책이 빼곡했다. 모두 손때를 탄 것들이었다. 어디서 난 책이냐고 물었더니 아내는 예전에 자신이 읽었던 것들이라고 했다. 결혼하면서 아는 사람의 창고에 맡겨두었는데 그 사람이 이민 간다고 해서 어떻게 처분할까 궁리하다 내 작업에 도움이 될까 해서 가져왔다는 것이었다. 찬찬히 살펴보니 들어본 적 없는 작가와 작품도 다수였다. 일천한 독서량이 나는 새삼 부끄러웠다. 소음을 줄이기 위해 바닥에 양탄자를 깔았다고 했다. 양탄자는 발걸음 소리조차 삼켜버렸다. 그런데 그곳에는 창문이 보이지 않았다. 다락방에나 있음직한 손바닥만 한 쪽창이 있을 뿐이었고 그나마 열고 닫을 수 없는 것이었다.

"도면에는 그려넣었는데 인부들이 챙기지 못한 모양이에요. 당신이 원한다면 창문을 만들어드릴게요."

묻지도 않았는데 아내가 말했다.

"그럴 거 없어. 그 사람들 뭘 좀 아는군. 독창적인 물건을 만들어

내려면 세상으로부터 완벽하게 고립되어야 해. 위대한 작품을 쓰기 위한 일곱 단계. 첫번째, 모든 인간관계를 끊어라. 두번째, 전화 코드를 뽑아라. 세번째, 방문을 걸어 잠가라. 네번째, 컴퓨터의 전원을 켜라. 다섯번째, 아무도 시도한 적 없고 누구도 흉내낼 수 없는 글을 써라. 여섯번째, 창문과 방문을 열어젖히고 기왕 쓴 글의 사분의 일을 버려라. 마지막 단계, 아내에게 읽혀라."

짝짝짝. 아내가 박수쳤다. 아내로부터 칭찬받기는 그때가 처음이었다. 나쁘지 않았다.

산속에서의 첫날 밤 오랜만에 아내와 관계를 맺었다. 일부러 섹스를 삼갔던 것은 아니었다. 나는 야근이 잦았고 새벽반을 맡은 아내는 이른 출근을 위해 일찍 잠자리에 들곤 했다. 주말이면 나는 부족한 잠을 자느라, 아내는 밀린 집안일을 돌보느라 분위기 잡을 여력이 없었다. 결혼 전 모친은 어디서 들었는지 아내와 결혼하면 손이 귀할 것이라 했다. 나이가 많다는 것까지 트집잡았다. 내가 끝내 뜻을 굽히지 않자 단둘이 만나보겠다고 나섰다. 아내를 따로 만나고 오더니 태도가 달라졌다.

"너랑 함께 보던 날은 조명이 어둑어둑해서 그랬나 보다. 엄마 없이 자랐다지만 아가씨가 밝고 맑더구나. 나이를 거꾸로 먹었는지 너보다 어려 보이더라. 초산이 늦겠지만 요즘은 의술이 발달해서 별문제 없을 테고."

모친의 당초 우려와 달리 결혼 후 나는 여러모로 좋아졌다. 늘 달고 다니던 감기와도 결별했고 팀장으로 승진도 했다. 아이가 없다는 것만 제외하면 점쟁이의 점괘는 모두 빗나간 셈이었다. 나로 말하자면 반드시 아이가 있어야 된다는 쪽도 아니었다.

아이를 갖고 싶지 않으냐고 내가 물었다.

"당신만 괜찮다면 저는 상관없어요."

그러고 보니 아내가 먼저 잠자리를 요구한 적은 없었다. 간혹 내미는 은근한 손길을 뿌리치지도 않았지만. 아내가 내 눈을 들여다보며 물었다.

"하고 싶어요?"

마음 한구석에 버티고 있던 바람벽이 허물어진 것만 같았다. 고개를 끄덕이자 아내는 내 얼굴을 자신의 가슴에 묻었다. 어디선가 대나무 서걱거리는 소리가 들리는 듯했다. 서울에서 살 때는 배설되지 못한 욕구가 머리꼭지까지 차오르는 날을 제외하면 대개는 아내의 품에 얼굴을 묻은 채 그대로 잠들었다. 그런 날은 토막난 꿈조차 내 단잠을 기웃거리지 못했다.

그날 밤 나는 시간과 정성을 들여 아내의 몸 깊이 들어갔다. 철저한 채식주의자인 아내의 몸은 마른 땅의 우물처럼 깊어서 아득했다. 아내의 몸이 열릴 때 비에 젖은 흙 냄새가 콧잔등을 간질였다. 아내에게 들어간 나는 사무치는 고독감에 진저리쳤다. 그것은 언제 어디선가 이미 겪어본 것만 같은 익숙한 느낌이었다. 그래서 더욱 쓸쓸했다. 아내에게서 빠져나온 후 나는 선잠에서 깨어난 아이처럼 밑도 끝도없는 슬픔에 잠겼다. 무슨 일이냐고 아내가 물었다. 당신의 몸에 들어간 순간 등골 서늘한 고독을 맛보았노라고 털어놓을 수는 없었다. 환경이 바뀐 탓에 신경이 예민해져서 그런 것인지도 모른다고 나는 생각했다. 아무것도 아니라고 얼버무렸더니 아내는 내 눈밑을 어루만지며 말했다.

"당신이 고독을 느끼는 것은 당신의 마음이 그것을 간절히 원하고 있기 때문이에요."

나는 불에 덴 듯 놀랐다. 아내는 내 마음 밑바닥에 감추어진 욕망을 꿰뚫고 있었다.

"당신 설마?"

내 목소리가 떨렸다.

"마음을 읽을 수 있는 건 아니에요. 간절히 원하는 마음은 굳이 읽지 않으려 해도 느껴지지 않겠어요? 더구나 부부처럼 많은 것을 공유하는 사이라면 말이에요."

깊은 우물에서 올라오는 듯한 아내의 목소리를 들으며 나는 문득 이런 의문에 사로잡혔다. 아내가 간절히 원하는 것은 과연 무엇일까? 나는 눈을 감고 정신을 집중했다. 그러나 푸르스름한 어둠만이 머릿속 가득 펼쳐질 뿐이었다. 어둠 속에서 아내의 목소리가 이명처럼 어렴풋하게 들려왔다.

"모든 지구인이 똑같은 생각을 마음속에 품고 있다면…… 그런 상상을 하면 어쩐지 끔찍해져요."

완전한 고립을 위해 나는 휴대폰도 해지했다. 선이 연결되지 않아 어차피 전화는 무용지물이었다. 비상상황에 대비해 아내의 휴대폰은 살려두기로 했다. 난시청 지역이라 텔레비전을 보기 위해서는 위성안테나를 설치해야 했다. 텔레비전도 없애고 싶었지만 뜻밖에 아내가 고집을 피웠다. 일기예보를 확인해야 한다는 것이었다. 인터넷에 접속하기 위해서는 산 아래 마을까지 내려가야 했다. 이장 집에 있는 것이었다. 인터넷 전용선이 아니라 속도도 느리거니와 끊기기 일쑤여서 메일 확인과 뉴스 검색에만 한나절이 걸렸다.

나에게 농촌의 삶이란 〈전원일기〉가 보여주었던 목가적이고 대가족적인 것이었다. 그러나 불시착한 비행선의 잔해처럼 띄엄띄엄 흩어진 몇 안 되는 가구 어디에서도 아이 소리는 들리지 않았고 젊은 사람도 보기 드물었다. 논둑이나 고샅에서 우연히 부딪히는 사람들은 대부분 노인들이었다. 평생의 고단한 노동 때문인지 그들은 몸 전체가 일정한 비율로 축소된 것처럼 느껴졌다. 그들은 외지에서 흘러들어 온 젊은 사람이 신기한 듯했지만 선뜻 말을 붙이지는 않아서 피차 머슬머슬했다.

그 마을에 몇 안 되는 젊은 사람들은 대부분 외국인이었다. 인도네시아와 베트남에서 온 여자들도 있었다. '전국 농촌총각 장가 보내기 협회' 주선으로 작년에 시집왔다고 했다. 인도네시아에서 온 여자는 이장의 며느리였다. 이장의 아들은 서른일곱이라 했지만 이마가 벗어져 마흔은 훌쩍 넘어 보였다. 외국인 사내들도 더러 눈에 띄었는데 근동의 농공단지에서 일하는 노동자들로 마을 초입의 버려진 집에 기거한다고 했다. 몽골에서부터 네팔까지 그들의 국적은 다양했다.

인도네시아에서 온 며느리를 이장은 티 엔이라 불렀다. 가끔 인터넷에 접속하기 위해 내려가면 이장은 며느리 자랑에 침이 마르는 줄 몰랐다. 근면하고 성실하기가 이루 말로 다 할 수 없다. 어디 내놔도 빠지는 구석 없는 살림꾼이다. 말은 통하지 않지만 서글서글한 표정에 늘 미소를 달고 다닌다. 살림 솜씨가 야물다고 칭찬을 해도 웃고 조만간 비가 올 테니 밭에 고랑을 파두어야겠다고 해도 웃고 밥이 설익었다고 핀잔을 줘도 웃는다. 두서없는 칭찬 끝에, 다 좋은데 돼지고기를 먹을 수 없게 된 것이 못마땅하다며 혀를 찼다. 독실한 이슬람 신자였던 티 엔은 김치찌개에 들어간 돼지고기만 봐도 기겁한다는 것이었다. 한번은 며느리가 읍내에 나간 틈을 타 아들과 삼겹살을 구워 먹고 있었는데 지갑을 놓고 간 며느리가 갑자기 들이닥치는 바람에 한바탕 곤혹을 치렀다고 했다.

"사흘 동안 식음을 전폐헌 채 이불 뒤집어쓰고 통곡하니 환장할 일이제. 어쩌것어. 앞으로 돼지고기는 입도 대지 않겠다고 맹세혔지. 그래도 김치찌개는 돼지고기 썰어넣고 끓여야 지맛인디."

이장은 푸념하면서도 못내 입맛을 다셨다.

마을 사람들은 모두 아내를 좋아했다. 나에게는 데면데면한 사람들이 아내를 보면 굳었던 표정을 풀고 살갑게 인사말을 건넸다. 특히 이장은 아내만 보면 희색을 감추지 못했다. 그 마을에서 티 엔의 말을 알아들을 수 있는 사람이 아내뿐이었기 때문이다. 인도네시아어는 모른다더니 아내는 티 엔과 몇 번 만나고 나서 더듬더듬 말을 주고받게 되었다. 티 엔은 아내를 보면 고국에서 찾아온 친정 언니라도 만난 듯 두 손을 부여잡고 놓을 줄 몰랐다. 이장의 조카와 결혼한 베트남 출신의 란 아잉도 사정은 마찬가지였다.

이사 온 지 얼마 안 되었을 때만 해도 나는 일 주일에 한 번은 마을에 내려갔다. 메일을 확인하기 위해서였고 무엇보다 갑작스런 고립생활이 아내에게 가져올 충격을 덜어주려는 심산이었다. 그러나 아내에 대한 걱정이 기우로 판명되는 데에는 그리 오랜 시간이 걸리지 않았다. 아내는 그곳에서 나고 자란 사람처럼 마을 사람들과 잘지냈다. 내가 메일을 꼼꼼히 읽고 답장을 다 쓰도록 아내는 인도네시아와 베트남에서 온 여자들과 두런두런 이야기를 나눴다. 나는 아내의 대화가 끝나기만을 기다리며 느려터진 인터넷을 뒤적거려 바깥세상을 엿보았다. 내 용기가 부럽다는 둥 전원에서의 새로운 삶이 어떠냐는 둥 근황을 묻는 메일을 보내고 주말이면 가족을 데리고 놀러 오던 친구들도 소식과 발길이 점점 뜸해졌다. 메일함에는 스팸메

일만 잔뜩 쌓였다. 언제부턴가 나는 마을에 내려가지 않게 되었다.

쉬고 싶다던 아내는 귀농 후 더욱 바빠졌다. 오전에는 텃밭을 일 궜다. 오후에는 통유리 앞에 앉아 볕을 즐기며 음악을 듣거나 차를 마셨다. 마을에는 거의 매일 내려갔다. 마을 사람들은 아내를 보면 묶어두었던 이야기보따리를 풀었다. 고해하는 신자처럼 아내에게는 아무것도 감추지 않았다. 아내는 외국어 학원 강사의 경력도 십분 활용했다. 티 엔과 란 아잉에게는 우리말을, 다른 사람들에게는 인 도네시아어와 베트남어 인사말을 가르쳤다. 소문이 어떻게 났는지 폐가에 기거하던 노동자들도 아내를 찾았다. 밀린 임금을 받도록 도 와달라는 것이었다. 불법체류자라는 그들의 약점을 이용해 임금을 상습적으로 체불하던 공장주는 아내가 한 달 동안 매일같이 찾아가 자 고개를 절레절레 흔들었다. 공장에만 간 게 아니라 관련 시민단 체도 찾아다닌 눈치였다. 외국인 노동자들은 엄지손가락을 치켜세 우며 아내더러 "엔젤!"이라고 찬사를 보냈다.

찾는 사람이 많아질수록 아내는 전에 없이 생기가 돌았고 나 혼자 집을 지키는 시간이 늘었다. 나는 오전 내내 글을 썼고 오후에는 운 동 삼아 텃밭에 나갔다. 아내의 손길이 지나간 곳에는 검불 하나 허 투루 떨어져 있지 않아서 텃밭에서 내가 할 일은 없었다. 끼니때를 제외하면 아내와 차분하게 얼굴을 마주하기도 어려웠다. 아내는 좀 체 집에 붙어 있는 법이 없었다. 물 만난 고기마냥 활기차게 밖으로 돌았다. 외출에서 돌아오면 밖에서 보고 들은 것을 나에게 들려주었 다. 그리하여 나는 굳이 다리품을 팔지 않아도 이장의 소가 송아지 를 몇 마리 낳았는지 산속의 밤나무며 감나무에 열매가 얼마나 달렸 는지도 훤히 알 수 있었다.

아내가 마을에 내려가고 없는 오후 시간에는 책을 읽거나 텔레비전을 봤다. 위성안테나까지 설치하는 정성을 아끼지 않은 아내는 텔레비전을 거들떠보지도 않았다. 사람들의 말소리가 듣고 싶어 나는 여러 명의 연예인이 출연해 잡담을 나누는 프로그램을 즐겨 틀어놓았다. 화창한 날에는 산에 들어가 땔감을 장만하기도 했다. 보일러 시설이 없어 난방은 아궁이에 지피는 군불에 의지할 수밖에 없었다. 산속의 밤은 계절과 무관하게 냉랭했고 땔감은 늘 간당간당했다. 구들장이 깔리지 않은 이층은 해가 기울기만 해도 입김이 새어나왔다. 유난히 추위를 타는 나는 전기스토브를 끼고 살았고 스웨터를 몇 벌씩 껴입었다.

나 홀로 차를 마시며 창밖을 보고 있노라면 시간이 정지해서 골짜기에 켜켜이 쌓이는 듯했다. 시시각각 변해가는 풍경 속에서 시간의 흐름은 바다를 맞닥뜨린 강물처럼 둔해지는 것 같았다. 구름의 그림자가 능선을 게으르게 포복하는 것을 망연히 바라보고 있을 때면 나는 백년을 살아버린 것만 같았다. 나는 말수가 줄어갔다.

저녁을 먹고 난 후 나는 오전에 쓴 원고를 읽고 다듬었다. 작업이 끝나면 와인을 한 잔 마시고 이불을 머리끝까지 끌어올린 채 잠을 청했다. 매일 똑같은 일과의 반복이었다. 반복되는 일과 속에서 날짜나 요일은 무의미했다. 단조로운 일상의 반복은 늪처럼 모든 것을 집어삼킬 것만 같아 두려웠지만 오히려 대자연의 무위를 견디는 힘이 되기도 했다. 가늠할 수 없을 만큼 아득한 과거로부터 비롯된 것 같은 반복 앞에서 세상의 모든 차이는 조금씩 희미해졌다. 세상의 끝에 몰린 듯 모든 것이 희박해지는 기분이었다. 나는 희박한 분위기를 견디기 위해 한 문장 한 문장 쥐어짜냈다. 오늘이 어제와 다름을 증명할 수 있는 것은 오직 새로 태어난 문장뿐이었다. 나는 완성된 초고를 아내에게 보여줬다. 그곳에서 내 글을 읽어줄 사람은 아내밖에 없었으니까.

처음 원고를 내밀었을 때 아내는 손사래를 쳤다.
"제가 뭘 알겠어요."
"무슨 말이든 괜찮아. 쓴소리가 오히려 도움이 돼."
"정말 솔직하게 말해도 괜찮겠어요?"
아내는 내 청을 끝내 물리치지 못했다. 아내는 그런 사람이었다. 단호하게 거절하다가도 진심으로써 거듭 청하면 눈빛이 흔들렸다. 한강 유람선 갑판에서 내가 청혼했을 때도 그랬다. 마포대교 교각을 지나칠 때였다. 내 프러포즈에 아내는 이렇게 말했다.
"한때의 어리석음을 연애라 한다죠? 그 흔한 한때의 어리석음을 끝장내기 위해 결혼이라는 기나긴 어리석음을 시작하겠다는 건가요?"
"언뜻언뜻 비치는 당신의 그늘까지도 사랑해."
"저를 잘 안다고 생각하세요?"
"당신이 어떤 존재여서 사랑하는 것이 아냐. 당신이 어떤 사람인지는 잘 모르지만 당신의 그늘까지도 사랑하는 마음이 영원히 변치 않으리라는 것은 잘 알아."
"장담한 걸 후회하게 될지도 모를 거예요."
"후회하지 않기 위해 장담하는 거야."
"한 가지 조건이 있어요."
"천 가지라도 상관없어."
"원한다면 언제든 새로운 삶을 찾아가도록 하세요. 자기 자신을 속이면서 마지못한 삶을 살기에는 당신 인생이 너무 짧아요."
"당신의 존재를 모른 채 살았던 지난 세월을 생각하면 당신과 떨어져 있어야 하는 순간순간이 고통스러워."

청혼을 수락하는 아내의 표정은 어쩐지 쓸쓸해 보였다.

원고를 다 읽고 나서 아내가 조심스레 입을 열었다.

"좋아요. 문장도 잘 읽히고 사건 전개도 무리가 없네요. 그런데 어디서 본 듯해요. 혹시 플루랑스의 『결혼행진곡』 읽어보셨어요?"

처음 듣는 작품이었다. 나는 고개를 가로저었다.

"이층 서재 책꽂이에 있을 거예요."

나는 곧장 서재로 올라가 책꽂이를 뒤졌다. 아내가 말한 책은 플로베르의 『마담 보바리』 옆에 꽂혀 있었다. 한 여자와 세 번에 걸쳐 결혼하는 남자 이야기였다. 공교롭게도 그것은 내 소설의 핵심 모티프이기도 했다. 세부를 고친다고 될 일이 아니었다. 독창성은 물 건너갔다. 아깝지만 어쩔 수 없었다. 나는 원고를 쓰레기통에 던졌다. 헤밍웨이가 옳았다. 모든 초고는 쓰레기에 불과했다.

읽지도 않고 쓰겠다고 덤빈 나 자신이 부끄러웠다. 왕년에 문학소년도 문청도 아니었으므로 나의 독서량은 곤궁했다. 독창적인 세계를 구축하기 위한 길에는 두 가지가 있다. 한 권의 책도 읽지 않든가 모든 책을 다 읽든가. 가난한 내 독서는 전자를 불가능하게 했고 후자를 난망하게 했다. 그 일이 있은 후 나는 독서에 열을 올렸다. 익히 들어본 작품들을 독서목록의 우선순위에 올렸다. 도스토예프스키의 『악령』이나 톨스토이의 『안나 카레니나』처럼 정작 완독한 적은 없지만 읽었다고 착각하는 책들.

두번째 소설을 보여줬을 때도 아내의 반응은 신통치 않았다.

"지난번보다 더 좋아요. 묘사도 생생하고 대화도 자연스러워요. 이런 말 하기 미안하지만 역시 어디서 본 듯해요. 훌리오 루이스 곤잘레스의 「산티아고에서 온 편지」 읽어보셨어요?"

찾아보니 중남미 대표단편선집에 실려 있는 작품이었다. 망자가 생전에 부쳤던 편지를 우체국의 착오로 뒤늦게 받아본다는 설정의 서간체 소설이었다. 편지의 내용이 다르다는 위안거리도 찜찜한 마음을 몰아내지는 못했다. 서가를 가득 메우고 있는 책들을 바라보니 한숨이 절로 나왔다.

"반복은 창조의 산파이면서 가장 치명적인 독이죠. 태양 아래 새로운 것이 없다면 태양 너머를 보세요. 이 우주에서 오직 당신만이 쓸 수 있는 이야기가 있을 거예요. 아니에요. 멀리 갈 것 없이 당신 자신에 대해 써보는 건 어때요? 이 우주에서 당신이라는 존재는 오직 하나뿐이니까요."

아내가 등뒤에서 나를 껴안으며 속삭였다.

그후로도 사정은 마찬가지였다. 탈고한 원고를 보여주면 아내는 진심 어린 상찬을 건넨 후 고개를 갸웃거렸다. 어디선가 본 듯하다고. 그리고 어김없이 내가 듣도 보도 못했던 작가와 작품 이름을 들이댔다. 서재에서 책을 찾아 읽어보면 아내의 지적은 어김없었다. 나의 낙담과 아내의 격려. 끝이 보일 것 같지 않은 반복이었다. 아내의 말대로 나 자신에 관한 이야기를 쓸 수도 있을 것이다. 그러나 자신을 판 다음에는 무엇을 팔 것인가. 작가에게 자신의 삶은 씨암탉이다. 배고프다고 씨암탉을 잡아먹을 수는 없지 않은가.

신춘문예는 낙방의 연속이었고 번번이 본심에도 오르지 못했다. 어리석은 짓인 줄 알면서도 내 소설이 제대로 접수되기는 한 것인지 확인하기 위해 신문사로 전화도 했다. 투고의 범위가 신춘문예뿐만 아니라 문학잡지로 확대되었지만 성과는 전무해서 심사평 한 줄 실리는 일이 없었다. 뭔가 단단히 어긋나고 있었다.

언제부턴가 나는 구상한 소설의 개요를 아내에게 들려주게 되었다. 기껏 탈고한 원고를 쓰레기통에 버리느니 그편이 나았다. 생각만 버리면 되니까. 아내에게는 당최 새로운 이야기라는 것이 존재하지 않았다. 그나마 아내의 박식을 가까스로 견뎌낸 이야기는 구상단계의 윤기를 잃고 퍼석거렸다. 바닥 모를 실추는 직장을 때려치울 때의 자신감과 패기를 야금야금 좀먹었다.

나는 산중생활의 적막에 슬슬 염증이 났지만 아내는 나날이 화사해져 어둑한 서재로 들어설 때면 이마와 눈에 광채가 감돌았다. 외출을 하지 않게 된 나는 급기야 아래층에 내려가는 것마저 뜸해졌다. 여닫이 창문 하나 없는 이층은 내 서재이자 침실이면서 우주였다. 우주 바깥에서는 해도 뜨고 바람도 불고 꽃도 피고 졌지만 나와는 무관했다. 고개를 들어 올려다본 쪽창 너머에는 동그랗게 오려진 공허뿐이었다. 한때의 낭만적 열병이던 고독은 어느새 지병이 되었다. 누추한 습관이 되어버린 고독은 독창성과는 거리가 멀어서 진부하기 짝이 없었다.

마을 사람들이 놀러 오기도 하는 모양인지 아래층이 종종 소란스러웠다. 아기 울음소리도 들렸다. 란 아잉이 쌍둥이를 낳았고 티 엔은 임신 중이라 했다. 티 엔은 그새 우리말이 많이 늘었다. 나를 보더니 더듬더듬 이렇게 말했다.

"아저씨 행운아야. 천사 같은 아내, 어린 아내 좋아."

물을 마시거나 소변을 보러 나가기 위해 아래층에 내려가면 돌연한 침묵이 나의 출현을 경계했다. 그들은 뭔가를 은밀히 도모하다 들킨 것처럼 입을 다물고 내 눈치를 살폈다. 내가 이층으로 올라오자마자 그들은 활기를 되찾고 떠들썩해졌다.

아내가 마련한 서가에는 희귀한 원서들이 적지 않았다. 세르반테스의『돈 키호테』초판도 있었다. 속지에는 스페인어로 헌사가 적혀 있었다. 아내에게 물었더니 이런 내용이란다. "꿈꾸는 눈빛의 아름다운 소녀를 내려주신 신의 은총에 감사하며, 푸욜 백작." 디드로와 달랑베르가 편찬한『백과전서』첫번째 권에는 이런 헌사가 씌어 있었다. "혁명은 절망적 상황에서 일어나는 것이 아니라 상황이 절망적이라고 판단될 때 발생한다. 잔 다르크의 심장을 가진 동지이자 브르통 클럽의 여신에게. 바스티유 점령을 기뻐하며, 당통." 고서 수집가들이 군침을 흘리고도 남을 희귀본 중의 희귀본들이었다. 모두 여인에게 바치는 헌사가 적혀 있었다. 어디서 구했느냐고 묻자 아내는 이렇게 대답했다.

"예전에는 선물로 책을 즐겨 주고받았었지요."

아내는 새로운 읽을거리가 없다고 푸념했다. 인터넷 서점에서 새 책을 주문하라고 했더니 책 소개를 읽어보면 예외 없이 어디선가 본 듯한 내용 같아 내키지 않는다고 말했다. 자신을 위해서라도 어서 독창적인 작품을 써달라는 농담 같은 당부를 덧붙였다. 아내의 농담 아닌 농담에 식은땀이 났다. 밤이면 아내는 이미 읽은 원서를 우리말로 옮겼다. 단순한 재독은 지겨워서 그렇게라도 해야 한다는 것이었다. 아내의 입에서 무심히 튀어나온 지겹다는 말이 무엇 때문인지 가슴에 사무쳤다. 낮에 하지 그러냐는 내 말에 아내는 이렇게 대꾸했다.

"산중의 밤은 아주 길답니다."

나는 이런 시구를 중얼거렸다. "밤은 길고 나는 누워 천 년 후를 생각하네." 매미 소리가 심장을 저미는 여름 한낮과 물동이 터지는 소리에 까마귀 날아오르는 겨울 새벽 나는 새로운 문장 한 줄 건지기 위해 고투했다. 홀로 몸 누여 밤새 천 년 후를 생각했을 천 년 전의 누군가를 상상하며. 낮이건 밤이건 나를 찾는 사람은 없었다.

계단 쪽이 환해졌다. 아내가 올라오는 게 틀림없다. 스포트라이트
를 받은 듯 아내의 얼굴이 눈부셨다. 눈빛은 형형해서 만물을 꿰뚫
어보는 듯했고 피부는 맑고 투명하게 응결되어서 밤하늘의 은하銀河
가 얼어붙은 듯했다. 아내가 책상 위에 고구마케이크와 녹차를 내려
놓았다.
　"웬 거야?"
　"점심도 거르셨잖아요. 그리고 오늘 우리 결혼기념일이에요."
　"결혼기념일?"
　나는 탁상 달력을 쳐다보았다. 일월이었다. 아내는 달력을 거침없
이 넘겼다.
　"지금은 사월이에요. 올해로 결혼 몇 주년인지는 아세요?"
　"칠 년인가? 아님 팔 년?"
　"십 주년이랍니다."
　"벌써 그렇게 됐나?"
　산에 들어온 지는 사 년째라는 계산이었다.
　"십 년은 꿈, 백 년은 꿈속의 꿈, 천 년은 한순간의 빛이지요."
　아내가 꿈꾸듯 말했다. 어디선가 들어본 적 있는 듯했다.
　"전에 우리 이런 대화 한 적 있지 않아?"
　나는 자신 없는 목소리로 물었다.
　"아니요."
　아내가 단호하게 대답했다. 전에 없이 눈부신 아내를 바라보는 내
머릿속엔 돌연 엉뚱한 의문이 솟았다. 나보다 겨우 다섯 살 많은 아
내는 언제 그 많은 책들을 다 읽었을까. 아내의 경이로운 독서 편력

의 비밀이 궁금해진 내가 물었다.

"어떻게 저 많은 책들을 읽을 수 있었지?"

"살다 보면 책 읽는 것 외에는 달리 할 일이 없는 시절도 있게 마련이랍니다. 시간은 우리가 상상하는 것보다 힘이 세지요."

"당신은 어느 별에서 왔지?"

나도 모르게 어이없는 질문을 던지고 말았다. 농담이었다고 얼버무리려는데 아내가 진지하게 대답했다.

"어디에서 왔는가가 아니라 어디로 가고 있는가를 명예의 근거로 삼아야 해요."

차를 마시고 아래층에 내려갔다. 그래도 명색이 결혼기념일인데 읍내에 나가 외식이라도 해야 하지 않겠느냐고 내가 물었다. 아내는 굳이 그럴 것까지 없다고 했다. 나만 괜찮다면 저녁 식사에 마을 사람들을 초대하고 싶다고 말했다.

"초대?"

"오늘 티 엔의 생일이에요. 축하도 변변히 못 받았을 게 틀림없어요. 어쩌면 오늘이 자신의 생일이라는 사실도 모를 거예요. 고구마 케이크도 넉넉히 만들었어요. 당신, 괜찮겠어요?"

내심 아내와 오붓한 시간을 갖고 싶었지만 아내가 저런 눈빛으로 쳐다보면 거절할 수 없다. 나는 고개를 끄덕였다. 그리고 마음속으로 이렇게 생각했다. 아낌없이 주는 나무가 따로 없군.

"그런 나무가 있어요?"

아내가 물었다. 안 읽은 책이 없는 아내도 모르는 게 있다니 뜻밖이었다.

"뭐든 남에게 내어주는 나무 이야기야."

"재밌겠네요."

아내가 콩나물시루에 물을 부으며 말했다. 표정을 봐서는 농담하는 것 같지는 않았다. 뭔가 석연치 않았다. 나는 슬쩍 떠보기로 했다.

"물을 너무 많이 주지 마. 콩나물이 너무 많이 자라면 괴물이 타고 내려올 수도 있으니까."

"그건 또 무슨 얘긴가요?"

나에게 질문을 던지는 아내의 얼굴은 무구해서 거짓이라고는 찾아볼 수 없었다.

"어떤 아이가 구름 위까지 자라난 콩나무를 타고 올라갔다 괴물과 맞닥뜨린다는 얘기야."

"어쩜! 누가 생각해냈는지 참 신선하네요. 콩나무가 구름 너머까지 자라는 발상을 하다니 너무 독창적이에요."

나는 입을 다물고 말았다.

나는 읍내에 나가 샴페인이라도 사오겠다고 했다. 결혼기념일 선물을 사주고 싶은데 받고 싶은 게 있냐고 물었더니 아내는 나를 물끄러미 바라보았다. 아내의 서늘한 눈빛을 보고 있노라면 어느 머나먼 우주의 작은 별이 영원한 침묵 속으로 스러지는 것만 같다. 영원이라는 단어가 있다. 사전을 찾아보면 언제까지고 계속하여 끝이 없음, 혹은 시간을 초월하여 존재하는 일이라 적혀 있을 게다. 재밌지 않은가? 결코 닿을 수 없는 끝과 애당초 존재하지 않는 시간을 초월하여 존재한다니 말이다. 그러니 영원이라는 단어가 증명할 수 있는 것은 영원한 것은 없다는 사실뿐이다. 영원한 것은 존재할 수 없기 때문에 영원이라는 단어는 듣기만 해도 가슴 뭉클해진다. 아내만큼 그 단어가 잘 어울리는 사람이 또 있을까? 아내의 침묵에는 안타까움이 배어 있다. 차마 토설할 수 없는 비밀을 어금니로 지그시 깨물고 있기라도 하듯. 영원히 계속될 것만 같던 침묵을 깨고 아내가 입을 열었다.

"당신이 창조한 독창적인 소설을 보여주세요. 저에겐 그게 가장 큰 선물이랍니다. 참! 모레가 현수 생일이니 나간 김에 우체국에 들러 축전도 띄우고 전신환도 보내세요."

"현수?"

"산속에 들어와 살더니 이종조카 이름도 까먹었어요?"

듣고 보니 그런 조카가 있는 것 같기도 했다.

"이종조카 생일까지 챙겨야 하나?"

"늘 챙기다 한 번 빠뜨리면 더 서운해하는 법이에요."

"늘 챙겼다고?"

"네."

아내는 만 원권 세 장과 쪽지를 내밀었다. 쪽지에는 축전에 적을 문구가 준비되어 있었다. 다음과 같았다. "사랑하는 현수의 일곱 번째 생일을 축하해요."

차를 몰고 비탈을 내려가는데 백미러에 아내의 모습이 비쳤다. 아내는 문 앞까지 나와 손을 흔들었다. 뭔가 이상했다. 나는 속도를 줄이고 백미러를 유심히 쳐다보았다. 차를 급히 세우고 뒤를 돌아보니 아내는 어느새 집 안으로 들어가고 없었다. 짙은 먹구름이 철새 떼처럼 빠르게 산 정상 쪽으로 이동하고 있었다. 빠르게 흘러가면서 검은 구름은 지붕 위에 설치된 위성안테나를 선명하게 부각했다. 차를 다시 움직였다. 단조롭고 엇비슷한 풍경이 거듭 펼쳐지는 산골짜기를 빠져나가며 나는 어린 시절 일요일 아침마다 텔레비전 앞에 달려가도록 만들었던 만화영화의 주제가를 흥얼거리고 있었다. 이런 노래였다.

"긴 머리 휘날리고 눈동자를 크게 뜨면 천 년의 긴 세월도 한순간의 빛이라네 전설 속에 살아온 영원한 여인 천년여왕 과거를 슬퍼 말고 우주 끝까지 우주 끝까지 밝혀다오 지나간 추억일랑 저 하늘에 묻어두고 서글픈 내 모습에 밝은 미소 지어다오 백 년은 꿈이며 천 년은 사랑의 메아리 내일은 우리의 것 우주 끝까지 우주 끝까지 지켜다오."

돌이켜보면 이상한 점이 한둘이 아니었다. 아내는 자신의 어린 시절 사진을 보여준 적이 없었다. 사진 찍는 것을 별로 좋아하지 않았을뿐더러 잦은 이사의 와중에 앨범을 잃어버렸다고 변명처럼 말했다. 뭐 그럴 수도 있었다. 결혼식장에서 인사한 뒤 나는 아내의 가족과 만난 적이 없었다. 아내는 무남독녀인 데다 장인도 외아들이어서 워낙 단출한 가족이긴 했다. 가까운 친척도 별로 없거니와 그나마 있는 친척도 왕래가 뜸하다는 아내의 설명이었다. 그럴 수도 있을 것이다. 그러나 외국어를 쉽게 익히는 능력과 고금을 막론하는 방대한 독서량은 어떻게 받아들여야 할까. 내가 쓴 소설을 읽고 거론했던 작품들은 과연 존재하기나 한 것일까. 서재 가득한 그 책들은 다 뭐란 말인가. 게다가 아내가 나에게 했던 수수께끼 같은 말들은 하나같이 귀에 익었다.

좋은 생각이 떠올랐다. 아내에 대한 소설을 쓰는 것이다. 아내에 대해 아는 게 별로 없다고? 걱정할 것 없다. 이십 년도 더 지났지만 주제가가 인상적이었던 그 만화영화의 주인공에 대한 것이라면 자신 있다. 필요하다면 인터넷을 뒤질 수도 있을 것이다. 제목은? 첫 문장은? 이렇게 시작하면 어떨까. 이것은 내 아내에 대한 이야기다. 곧장 핵심으로 치고 들어가는 거다. 일찍이 느껴본 적 없는 압도적이고 맹렬한 흥분에 머리가 들끓었다. 머릿속에서는 해독을 기다리는 모스부호들이 짐작도 하지 못할 미지의 곳으로부터 다투어 타전되었다. 아내는 자신에 관한 소설을 읽고서 어떤 반응을 보일까. 어릴 적 보았던 만화영화의 주인공은 천 년에 한 번 봄이 찾아오는 별에서 왔다고 했다. 그나저나 아내는 이 지루한 행성에 뭐 하러 온 것일까. 나는 아주 오래전에 보았던 어떤 만화영화의 내용을 새삼 되짚고 있었다. ▪

김애란

성탄특선

1980년 인천 출생. 한국예술종합학교 극작과 졸업.
2003년 〈대산문학상〉으로 등단. 소설집 『달려라 아비』.
〈한국일보문학상〉 수상.

성탄특선

오늘은 일 년 중 가장 고요한 도시를 만날 수 있는 날이다. 새벽 한 시, 하나 둘 꺼져가던 불빛도 더 이상 보이지 않고, 거리의 사람들이 마술처럼 모두 사라질 때—서울은 고장난 멜로디 카드처럼 조용하기만 하다. 사내는 가짜 아디다스 추리닝을 입고, 옆구리에 비빔면을 낀 채 멀거니 하늘을 바라본다. 낮게 낀 구름 사이로 여러 개의 전신줄이 오선지처럼 길게 뻗어 있다. 사내의 얼굴 위로 눈송이가 떨어지며 스르 녹는다. 악보를 지나 가장 낮은 음을 향해 내려가는 음표들. 가로등 불빛을 받아, 만지면 따뜻할 것 같은 노란 눈이다.

사내는 주머니에 손을 찔러넣고, 어깨를 움츠린 채 걸음을 재촉한다. 집 앞 구멍가게들이 문을 닫은 탓에 편의점까지 돌아나온 길이 멀다. 담배 한 갑과 라면을 산 뒤 총총 자취방으로 기어들어가는 길, 주머니 속 잔돈 소리가 '짤랑짤랑' 구세군 종소리처럼 경쾌하다.

'잘 지내고 있을까?'

문득 그녀의 얼굴이 떠오른다. 어쩌면 하늘 위로 사내의 씨앗같이 하얀 눈송이가 무수히 떨어지고 있기 때문인지도 모른다. 오늘 밤, 세계에는 많은 '사람의 아이들'이 생겨날 것이다. 사내는 성탄절에 그녀의 안부를 궁금해하는 자신이 못마땅하다. 그 안부는, 상대의 기분을 상상하느라 자주 눌러본 탓에, 막상 누군가의 손에 도착했을 땐 아무 소리도 나지 않는 멜로디 카드처럼 실패의 예감을 가득 안고 있다. 사내는 그녀에게 자자는 말을 빙빙 돌려 말하고 난 뒤, 홀로 주먹을 쥐었을 때처럼, 그때와 똑같이, 작게 중얼거린다.

'나는 왜 이렇게 빤한가……'

사내는 골목을 돌아, 늘 겸연쩍은 마음으로 지나가곤 했던 동네 여관을 흘깃 쳐다본다. 흰색 입간판 위에 빨간 글씨로 '여관'이라 써 있는 게 보인다. 여관의 이름은 '여관'이다. 여관 모르냐, 뭐 다른 설명 필요하냐는 듯. '여관'은 가짜 담쟁이넝쿨로 뒤덮인 3층짜리 건물로, 현관 앞에 일 년 내내 크리스마스트리가 세워져 있었다. 사시사철 언제나 크리스마스인 양 슬프게 반짝이던 오색 불빛은 오늘을 더 거짓말로 만들려는 듯 부지런히 깜빡이고 있다. 사내는 그곳에 가본 적이 없지만 그곳이 어떤 곳인지 알고 있다. 그곳이 어떤 곳인가를 알기 위해 사내에게 별다른 상상력이 필요할 것 같진 않다. 전국의 여관이란 제주에서 서울까지 대개 빤한 곳이다. 구조도 그렇고, 손님도 그렇고, 하는 일도 그렇다. 하지만 빤한 것들은 언제나 이상한 마력이 있어서, 그것이 빤하다는 걸 알면서도 그 빤함이 이상해, 정말 빤하다는 걸 믿을 수 있을 때까지 몇 번이고 확인하게 만드는 무엇이 있다. 사내는 매일 그곳을 지나쳤고, 그럴 때마다 스스로 '쳐다보지 말자' 다짐하면서 꼬박꼬박 쳐다봤다. 그러고는 그곳을 쳐다보는 자신을 누군가 또 쳐다볼까 서둘러 걸음을 옮기곤 했다.

사내는 여관을 부정한 곳이라 여기지 않았다. 사내는 모텔이나 여관 창문을 올려다보며 이따금 '부러움'을 느꼈다. 그 많은 방 중 진짜 자기 방은 없다는 불안 때문이었다. 사내는 몇 년째 여동생과 같은 방을 쓰고 있었다. 집안 사정이 어려워서였는데, 다 큰 오누이가 같이 산다며 남우세스러워하는 사람들이 많았다. 이들에게도 불편한 점이 없는 건 아니었다. 그러나 동생은 민망해질 상황이다 싶으면 사내에게 재빨리 농담을 건넸다. 혹은 대놓고 핀잔을 주기도 했다. 사내는 '아가씨가 뻔뻔하다'며 나무랐지만, 나중에는 그 뻔뻔함이 얼마나 큰 배려인지 알게 되었다. 그리고 그것은 두 사람이 함께 살아갈 수 있는 지혜이기도 했다. 하지만 사내가 사랑에 빠졌을 때, 사내는 처음으로 자신에게 방이 있었으면 했다. 꼭 섹스를 위해서가 아니더라도, 소소한 잡담을 나누고, 온종일 함께 있을 수 있으며, 여관처럼 뒷문으로 나가지 않아도 되는, 그런 방이었으면 했다.

사내가 자신의 방에서 연인과 몸을 섞지 않은 건 아니었다. 그곳에서 그들은 아주 작은 기적에도 자주 놀라야 했다. 누군가 올 것 같은 느낌. 나가야 될 것 같은 느낌. 그러나 속절없이 달아오른 청춘과 아득한 살내음. 눈 감고 기어오른 그녀의 몸뚱이 위에서 혼몽해진 정신으로 음탕하고 지저분한 말이라도 좀 할라치면, 그때마다 동네 아이들이 떠드는 소리와 야채 트럭의 확성기 소리, 하수도 공사음이 전투적으로 들려왔다. 사내가 그녀에게 처음으로 사랑한다 말했을 때도 그랬다. 구름에 가려진 하늘, 어두운 도시, 비 닿는 소리가 두 사람의 가슴속, 저 서정의 밑바닥에 동심원을 그리며 천천히 엉겼다 풀어지길 반복하고 있을 때—두 사람은 그 마음의 소리를 듣느라 아무 말도 못하고 성대 잘린 짐승들처럼 떨고 있었다. 사내는 그녀를 안고 입 맞춘 뒤 오래도록 그녀의 눈을 바라보았다. 그러자 갑자기 못 견디게 사랑한다는 말이 하고 싶어졌다. 마음은 사내에게 속삭였다. '지금이야, 지금이어야만 하는, 지금이 아니면 안 되는 그런 순간 있잖아.' 사내는 중요한 말을 하듯, 그리고 그 마음을 그녀가 똑똑히 들어줬으면 좋겠다는 듯 힘주어 말했다.

"사랑해."

그녀가 한 손으로 사내의 얼굴을 만졌다. 사내는 기대에 찬 눈으로 그녀를 바라봤다. 이윽고 그녀의 입술이 천천히 열리며 뭔가 마음의 대답이 전해지려는 순간, 창밖으로 한 떼의 아이들이 지나가는 기척과 함께 누군가 소리치는 게 들려왔다.

"씹탱아! 그게 아니잖아! 저 새낀 항상 저래."

한없이 부풀어올랐던 방 안의 공기는 외계의 소음에 찢겨 초라하게 쪼그라들었다. 사내는 야한 농담을 했는데 아무도 웃어주지 않았을 때처럼 죽고 싶어졌다. 사내는 소심하게 그녀의 거웃을 만지작거리며 '아, 그 새낀 항상 그러는구나' 생각했다. '진짜 나쁜 새끼네' 하고.

그녀와 헤어진 지 몇 년이 지났고, 지금은 다른 곳으로 이사를 했지만, 사내는 여전히 자신에게 방이 있었으면 좋겠다고 생각한다.

지금의 셋방 역시 여관처럼 때가 되면 어김없이 전화가 걸려와 나가라고 할 것 같아서이다. 서울살이 십여 년 동안 사내는 많은 방을 옮기며 살아왔다. 그중에는 다른 이들과 욕실을 같이 쓰는 단칸방도 있었고, 장마 때마다 바지를 걷고 물을 길어내야 하는 반지하도 있었다. 그녀 역시 그 방들에 대해 잘 알고 있었다. 방에 따라 달라졌던 포옹과 약속에 대해서도, 그러나 어느 곳이든 따라다녔던 초조에 대해서도 그녀는 모두 알고 있었다. 사내가 가장 오랫동안 살았던 방은 대학가 근처에 있는 오래된 옥탑방이었다. 1층에 있는 주인집을 반 바퀴 돌아 한참 계단을 올라가다 보면 나오는 조립식 건물이었다. 계단은 좁고 가팔랐지만 난간이 전혀 없었다. 계단을 오를 때마다 사내는 몸을 낮춘 채 곡예하듯 위태롭게 움직여야 했다. 그곳에선 모든 걸 조심해야 했다. 걷는 것도, 씻는 것도, 섹스도 조심스럽지 않으면 안 되었다. 사내와 그녀는 쉬지 않고 계단을 올랐다. 층층마다 얼음이 낀 날에도, 비바람이 몰아치는 장마철에도, 섹스를 하기 위해 계단을 기어오르는 그들의 모습은 마치 북극의 빙산에 매달린 조난객들처럼 보였다. 사내는 하늘 속으로 걸어가는 그녀의 뒷모습을 바라보며, 그녀가 저대로 영영 사라져버리지는 않을까 마음 졸였다. 그리고 어느 날, 그녀가 정말로 사라졌을 때, 사내는 혼자 아득한 계단을 내려다보며 생각했다. 그녀가 떠난 건, 마음이 변했기 때문이 아니라고. 단지 조금 다리가 아팠던 것뿐일 거라고.

그렇지만 사내는 이제, 마음이 아프지 않다. 지금 사내의 옆구리엔 한 봉지의 라면이 다정하게 바스락거리고, 오늘 밤 티브이에선 틀림없이 성탄특선 영화를 할 테니까. 저기 '여관'의 간판불은 꺼져 있다. 방이 모두 나간 모양이다. '크리스마스니까' 하고 사내는 피

식 웃는다. '오늘 밤 어느 야쿠자 두목은 세 명이랑도 하겠지?' 생각
하니 조금 시무룩해진다. 그러자 곧 먼 곳에서 사슴뿔을 단 세 명의
아가씨들이 엎드린 채 사내를 바라보며 '음매에一' 하고 운다.
'……사슴이 그렇게 울었던가?' 생각해보지만 사내는 한 번도 사슴
의 울음소리를 들어본 적이 없다. 다만 오늘밤 지구의 연인들이 최
선을 다해 소리 지르고 있을 것만은 분명하다. 첫 경험 후, 사내는
얼마나 당혹스러웠던가. 친구의 얼굴을 보며 '쟤도 하고 쟤도 하겠
지?' 상상하다가 '부모님도 하고, 쌀집 아줌마도 하고, 이순신도 하
고, 비틀스도 하고, 장개석도 했겠지? 모두?' 라는 결론에 이르러 고
개를 숙였었다. '그럼 내 동생도?' 물론 오래전의 일이다. 사춘기 때
였다면 글썽이는 눈으로 '선생님도 하나요? 그런 가요?' 했겠지만,
이젠 '에이, 같이 하는 사이에 왜 그래요?' 하고 능청을 떨지 모른
다. 사내는 라면 봉지를 흔들며 여관을 지나 횡단보도를 건너 골목
길로 향한다. 그러곤 심심한 듯 주머니 속 휴대폰을 꺼내 동생에게
문자 메시지를 보낸다.

　ー뭐 해?

　벌써 세 번째 문자다. 사내가 짓궂은 미소를 짓는다. 사내는 동생
이 지금 무얼 하고 있을지 알고 있다. 아침부터 허둥지둥 바디크림
과 향수, 속옷 따월 챙겨 넣는 모습을 모른 척 훔쳐봤기 때문이다.
사내는 동생의 남자친구도 알고 있다. 집 앞에서 마주쳤을 때 꼬박
예의 바른 인사를 건네던 것을 기억한다. 동생은 지금 그 친구와 있
을 것이다. 그렇다고 오빠답게 뭔가 나무라는 문자를 보내려는 것은
아니다. 괜찮다. 비틀스도 하고, 장개석도 하는 것을 동생이 하는 것
은 하나 이상할 것이 없다. 이왕 하는 거 잘하라고 격려해주고도 싶
다. 사내는 세 시간에 한 번 꼴로 같은 문자를 보내고 있다. 동생은

지금쯤 성질이 났을 거다. 사내는 빨갛게 언 손으로 꾹꾹 천지인을 누르며 한 번 더 문자를 보낸다.

　—정말 뭐 해?

　사내는 휴대폰을 주머니에 집어넣으며 주위를 살핀다. 아까부터 뭔가 이상하다고 느꼈는데 뭔지 알 수 없다. 텅 빈. 도시의 북쪽. 도시의 변두리. 사내는 곧 그 거리에 자신밖에 없다는 사실을 깨닫는다. 사내는 놀라 멈춰선 채 주위를 둘러보며 중얼거린다.

　'모두, 어디로 간 걸까?'

　추위 때문에 더욱 팽팽해진 전신줄이 휘청거린다. 택시 안, 라디오에선 캐나다 국경 근처의 사슴이 전신주에 올라가 죽었다는 뉴스가 시큰둥하게 보도되고, 팔리지 못한 카드 위로 루돌프가 정지된 웃음을 짓고 있는 밤. 어디선가 성가대 소년의 사탕 껍질 벗기는 소리만 '바스락' 들려오는—오늘은 일 년 중 가장 먹먹한 새벽을 만나는 날, 성탄절이다.

*

　여자는 소매 끝으로 김 서린 창문을 닦아낸다. 라디오에서 들국화 노래가 흐르고, 창밖에는 눈이 내린다. 여자는 무릎을 모은 채 사색에 잠긴 듯 보이지만 사실 좀 화가 나 있다. 남자는 여자의 눈치를 살피며 쓸데없이 와이퍼로 차창 유리를 닦는다. 최근 남자가 150만 원을 주고 산 팥죽색 중고차가 느릿느릿 얼음 낀 도로 위를 미끄러져 나간다. 조금 전까지도 둘의 분위기는 아주 좋았는데. 모든 게 '방' 때문이다.

여자와 남자는 대학 때부터 사귀기 시작해 벌써 네 번째 크리스마스를 맞는다. 그러나 두 사람이 함께 크리스마스를 보내는 건 올해가 처음이다. 첫 번째 크리스마스 때, 여자는 남자에게 한 마디 말도 않고 시골집으로 내려가버렸다. 남자는 자신이 무슨 잘못을 한 게 아닐까, 통화가 안 되는 휴대폰을 붙들고 끙끙댔지만, 여자가 낙향한 이유는 단지 '옷이 없다'는 것뿐이었다. 여자는 진심으로 우울해했다. 오빠와 한방에 사는 처지에 옷이나 장신구가 많을 리 없었다. 학비를 모은 뒤 남은 돈으로 멋을 부려보지 않은 건 아니었지만, 블라우스를 사고 나면 그에 어울리는 치마가 없었고, 치마를 사고 나면 그에 맞는 신발이 없었다. 여자의 옷차림은 스카프를 둘러맨 오리처럼 항상 어정쩡한 구석이 있었다. 여자는 그 사실을 모르고, 한동안 새로 산 치마 한 벌에도 기분이 좋아, 온종일 혼자만의 자신감에 휩싸여 캠퍼스를 날아다니곤 했다. 그러나 어느 순간 여자는 알게 되었다. 세련됨이란 한순간에 완성되는 것이 아니며, 오랜 소비 경험과 안목, 소품의 자연스러운 조화에서 나온다는 것을. 옷을 '잘' 입는 것이 아니라 '자연스럽게 잘' 입기 위해 감각만큼 필요한 것은 생활의 여유라는 것을. 스물한 살 여자는 남자에게 예뻐 보이고 싶었다. 그것은 허영심이기 이전에 소박한 순정이었다. 그리하여 크리스마스 날, 남자가 여자의 옷맵시를 한 번도 비난하지 않았음에도 불구하고, 여자는 입고 나갈 옷이 변변찮단 이유로 도망쳐버린 것이었다. 그날 서울에서 혼자 소주를 마셨던 남자는 여자가 잠적한 까닭을 지금까지 모르고 있다.

　두 번째 크리스마스 땐, 남자가 고향에 내려가봐야 한다고 했다. 어머님이 편찮으시다는 이유에서였다. 하지만 그날 남자는 고향이 아니라 서울에 있었다. 옷이 아니라 돈 때문이었다. 남자는 졸업 후 일 년 동안 취직을 못한 탓에, 이미 여자에게 많은 신세를 지고 있었다. 여자는 호프집 아르바이트를 했고, 남자를 만날 때마다 자잘한 밥값과 여관비를 감당해오고 있었다. 남자는 여자에게 미안했지만, '조금만 더 신세 지자' '붙으면 정말 잘해주자' 생각하며 부지런히 원서를 넣었다. 남자가 아르바이트 생각을 해보지 않은 것은 아니었다. 하지만 자기 소개서와 이력서를 쓰는 데만 꼬박 하루가 걸렸다. 남자는 '대체 처음 보는 회사의 입사 동기나, 십 년 후 내 모습에 대해 어떻게 1500자나 쓴단 말인가' 답답해하면서도, 막상 이력서를 쓸 땐 오랜 공을 들였다. 그사이 회사에 대한 정보를 분석하고, 면접용 답안을 만들고, 필기시험을 준비하는 데도 며칠이 걸렸다. 남자에게 없는 것은 시간만이 아니었다. 기본적인 교통비나 식대에서부터, 예상치 못한 축의금까지 돈 들어가는 곳이 한두 군데가 아니었다. 게다가 면접용 양복이라도 한 벌 사는 날엔 두 달치 생활비가 금방 날아갔다. 면접에서 좋은 인상을 주기 위해선 양복도 싼 것만을 고집할 순 없었다. 그러나 양복을 사고 나면 구두를 사야 했고, 구두를 사고 나면 가방을 사야 했다. 그렇게 몇 차례 면접을 보고 나면 어느새 계절이 바뀌었고, 계절이 바뀌고 나면 또 다른 양복을 사야 했다. 언젠가 몹시 춥던 겨울날, 코트 살 돈이 없던 남자는 양복 위에 노란색 오리털 점퍼를 걸치고 면접에 가야 했다. 남자는 의자 위에 걸쳐둔 자신의 낡은 점퍼를 사람들이 자꾸 쳐다보는 것 같아 식은땀을 흘렸다. 하지만 남자를 가장 힘들게 한 것은, 자신이 시험 때마다 '붙을 듯 말 듯' 한 성적으로 떨어진다는 사실이었다. 남자는 자신을 격려해주는 여자 앞에서 '속으로 이 여자, 나를 견디고 있는 것은 아닐까' 자책했다. 그러다 온갖 연말 청구서가 몰아치는 12월이 되었고, 한 번 더 시험에 낙방하고, 생활비도 거의 바닥났을 즈음—말하자면 역병처럼 크리스마스가 돌아온 것이었다.

크리스마스를 며칠 앞둔 어느 날, 남자는 도서관 휴게실에 앉아 자판기 커피를 마시고 있었다. 남자는 여자가 졸업 선물로 준 만년필을 꺼내, 종이컵 위에 성탄절에 드는 하루 데이트 비용을 적어보았다. 저녁 식사 약 이만 원, 영화 관람료 만 사천 원, 선물 이만 원, 찻값 만 원, 모텔비 사만 원…… 얼추 십만 원이 넘었다. 여자가 찻값이나 영화 관람료를 낸다고 해도 나머지 금액 역시 적은 돈이 아니었다. 돈을 꾸어볼까 생각해봤지만, 그럴 만한 곳에서는 이미 빚을 진 상태였다. 남자는 여자와 크리스마스를 함께 보내고 싶었다. 저녁도 먹고, 선물도 주고, 와인이나 칵테일도 마시고, 평소 가던 곳보다 조금쯤 더 비싼 모텔에서 근사한 섹스도 하고 싶었다. 그러니까…… 남들처럼. 남자는 돈을 구할 방법을 찾을 수 없었다. 그렇다고 크리스마스 날까지 여자에게 모든 비용을 부담하게 만드는 형편없는 남자는 되고 싶지 않았다. 결국 남자는 거짓말을 했다. '어머님이 편찮으시다.' 그것이 자신과 여자에게 해줄 수 있는 유일한 크리스마스 선물이었다.

세 번째 크리스마스 즈음, 두 사람은 이미 헤어진 상태였다. 여자가 취업 준비로 힘들어하는 동안, 남자는 야근과 과로 때문에 여자에게 마음을 쓰지 못했다. 여자는 자신의 고민을 점점 재미없게 듣는 남자에게 상처를 받았다. 남자는 단지 피곤하기 때문이라고 말했다. 같은 불만과 같은 변명이 반복됐고 두 사람은 헤어졌다. 그러나 그것은 모든 연인들이 한두 번씩 겪는 시시한 이별이었다. 두 사람은 몇 달 뒤 다시 만났다. 하지만 그땐 이미 크리스마스가 지난 후였다. 크리스마스 날, 여자는 '여관' 앞에서 다투고 있는 연인을 무심코 쳐다봤다가 웬 사내로부터 '뭘 봐? 이 미친년아!' 라는 소리를 듣고 놀라 서럽게 달음질쳐야 했다. 여자는 쿵쾅거리는 가슴을 안고 달려가며 문득 남자가 보고 싶다고 생각했다.

그리고 비로소 오늘, 남자와 여자는 둘만의 온전한 크리스마스를 맞이하게 되었다. 두 사람은 어느 때보다도 기쁘고 여유롭게 성탄을 맞을 준비가 돼 있다. 이제 남자에겐 번듯한 직장이 있고, 여자에게도 깔끔한 구두와 소박한 정장이 있다. 두 사람은 조금쯤 세련돼졌고, 데이트 비용보다 주차 공간을, 옷보다는 주택 청약금을 걱정하는 나이가 되었다. 만일 지금 이들에게 필요한 것이 있다면 그것은 옷이나 돈이 아닌 '방'일 것이다. 두 사람 다 오랫동안 누군가와 함께 산 탓에, 연애 기간 내내 묵을 곳을 찾아다녔기 때문이다. 물론 동거인이 없는 틈을 타 각자의 셋방에서 서로를 안을 때도 있었다. 하지만 그것은 퍽 불안한 포옹이었다. 남자는 여자와 몸을 섞는 도중, 문이 불쑥 열리며 여자의 오빠라도 들어오면 어쩌나 불안해하곤 했다. 발가벗은 채 그와 눈이라도 마주치면, 그러면― '자살해버려야지' 하고. 여자의 허리를 잡은 채 '형님, 안녕하세요?' 인사할 수도 없는 노릇이었다. 남자는 언젠가 손가락을 꼽으며 놀라운 듯 말했다. 우리가 사 년 간 쏟아 부은 모텔비가 수백 만 원을 넘는다고. 왠지 그 숫자가 두 사람의 애정지수를 말해주는 것 같아 여자는 뿌듯했지만, 그것은 당시 두 사람의 은행 잔고보다 많은 돈이었다. 이들은 아마 오늘도 모텔에 갈 것이다. 아무런 약속도 하지 않았지만, 남자와 여자는 오래된 연인답게 알고 있었다. 오늘 밤, 두 사람이 같이 있게 될 것이라는 것을. 바야흐로 사 년 만에, 크리스마스 날, 드디어 남들처럼 우리도 '할 수 있게' 되었다는 것을.

　두 사람은 먼저 영화를 봤다. 크리스마스를 겨냥한 로맨틱 코미디
였다. 영화는 지루했지만 두 사람은 '뭔가 하고 있다'는 기분에 들
떠 있었다. 영화가 끝난 후엔 극장 근처의 패밀리 레스토랑에 갔다.
대기석에서 삼십 분도 넘게 기다린 끝에 자리를 잡을 수 있었지만
그때까지도 두 사람은 계속 웃고 있었다. 여자는 왠지 오늘 자신의
옷차림이 마음에 들었고, 남자는 오래전 종이컵에 적었던 일정을 하
나씩 이뤄가는 것 같아 기뻤다. 두 사람은 아직 그릇이 치워지지 않
은 테이블 앞에 앉았다. 곧 종업원이 다가와 남자 앞에 무릎을 꿇고
앉았다. 종업원은 과장된 목소리로 밝게 인사하며 주문을 권했다.
남자와 여자가 메뉴판을 펼쳐들었다. 잠시 남자의 얼굴에 당혹스러
운 빛이 스쳤다. 모두 처음 보는 음식인 데다, 메뉴에 딸린 선택 사
항을 어찌 할지 몰라서였다. 샐러드 드레싱으로 '스모키 하니 디죵'
을 시켜야 할지, '발사믹 비네그레뜨'를 골라야 할지, 이 세트와 저
메뉴는 뭐가 다른지, 스테이크를 완전히 익혀 달라고 하면 촌스러워
보이지 않을지, 음료를 하나만 시켜도 될지, 그리고 무엇보다도 이
렇게 난처해하는 자신을 종업원이 깔보지는 않을지 걱정스러웠던
것이다. 종업원은 주문이 서툰 손님들에게 익숙한 듯했다. 여자와
남자는 종업원의 친절한 설명을 들으며 엉겁결에 주문을 마쳤다. 종
업원은 낭랑한 목소리로 '주문 확인해 드리겠습니다, 손님'이라고
말했다. 남자는 고개를 끄덕였다. 종업원은 메뉴를 일일이 언급한
뒤 다시 '맞습니까, 손님?' 하고 물었다. 곧이어 주문한 오렌지에이
드와 수프, 빵이 나왔다. 여자는 숟가락을 들어 정갈한 그릇에 담긴
양파 수프를 한 술 떠먹었다. 여자가 해맑게 웃으며 말했다.

"맛있다."

남자는 쑥스러운 듯 대답했다.

"응. 빵도."

곧 오리엔탈 치킨 샐러드, 비프 앤 치킨 콤보 화히타, 텍사스 립 아이, 스파게티 프리마베라가 차례로 나왔다. 두 사람은 식사를 하며 지나온 추억들과 동기들에 관한 소문, 직장에서의 스트레스 등에 대해 두런두런 이야기를 나눴다. '왜 이런 날이면 유난히 지나온 일들에 대해 이야기하게 되는 걸까' 싶었지만, 사실 아무래도 좋았다. 남자는 리필된 탄산음료를 빨대로 빨아 먹으며 가끔씩 주위를 둘러보았다. 똑같은 테이블보 때문인지, 그곳에 있는 사람들은 모두 비슷해 보였다. 남자는 닭고기에 쓰인, 겨드랑이 암내 비슷한 향신료가 비위에 거슬렸지만, 여자에게 '부대찌개'가 먹고 싶다는 얘기는 하지 않았다. 주문이 서툴렀던 탓에 두 사람은 음식을 많이 남겼고, 남자는 식당을 나오며 칠만 원이 넘는 밥값을 카드로 결제했다.

식사를 마친 후, 두 사람은 고층 빌딩 위에 있는 고급 바에 들어갔다. 더 이상 할 일이 없었지만 그대로 모텔에 들어가기가 멋쩍어서였다. 두 사람이 손잡고 자동문 안에 들어서자, 말쑥한 차림의 종업원이 다가와 남자에게 물었다.

"두 시간 후 또 주문하지 않으면 나가셔야 되는데, 괜찮으시겠습니까?"

건물 안은 어두웠지만 테이블마다 촛불이 켜져 있고, 재즈풍의 크리스마스 캐럴이 흘러나오고 있었다. 남자는 알코올이 들어가지 않은 칵테일을, 여자는 와인을 주문했다. 부드럽게 일렁이는 촛불 사이로 서로의 얼굴은 좀 더 매력적으로 비쳤다. 남자와 여자는 미리 준비한 선물을 서로에게 건넸다. 남자는 넥타이 색깔이 마음에 들지 않았지만, 여자에게 고맙다고 말했다. 여자는 주위를 의식하며 조심스럽게 선물을 펼쳐 보았다. 빨강과 초록이 주를 이룬 크리스마스 팬티와 브래지어였다. 팬티의 밴드 중앙에는 골든벨이 앙증맞게 달려 있었다. 남자는 곧 여자의 몸에 감기게 될 속옷을 상상하며, 팬티 위에 붙은 그 작은 종이 금방이라도 딸랑딸랑 소리를 낼 것만 같아 흐뭇한 미소를 지었다.

그들이 술집을 나왔을 때, 거리는 벌써 한산해져 있었다. 남자가 '오늘 안 들어가도 되지?'라고 묻자, 여자가 고개를 끄덕였다. 처음 들어간 모텔에서 퇴짜를 맞았을 때 두 사람은 그러려니 했다. 서울에 모텔만큼 많은 것도 없을뿐더러, 금방 다른 곳을 찾을 수 있을 것 같아서였다. 다음으로 들어간 모텔에서 그냥 돌아 나와야 했을 때도, 그들은 별 생각이 없었다. '평소 주말에도 그런 경우가 몇 번 있었으니까' 하고 그들은 다른 모텔을 찾았다. 하지만 한 시간이 넘게 시내를 돌아다녀봐도 그들은 빈 방이 있는 모텔을 찾을 수 없었다. 남자는 크리스마스엔 숙박업소의 방들이 금세 차버린다는 것을 모르고 있었다. 오늘 같은 날 방을 구할 생각이라면 저녁부터 일찌감치 모텔로 들어가거나, 예약을 해두는 편이 안전하다는 것을. 어쩌다 어렵게 모텔을 발견할 때도 있었지만 그때마다 남자는 '저긴 회사 앞'이라는 이유로, '저긴 주차 공간이 없다'는 이유로 퇴짜를 놨다. 한 번은 남자가 반색하며 '저기 어때?'라고 물었다. 여자는 남자가 가리킨 모텔을 흘긋 쳐다본 뒤 '간판불 꺼져 있으면 방 없는 거잖아'라고 말했다. 남자는 물끄러미 여자를 바라보며 물었다. '그건 어떻게 알아?' 그리하여 여자의 얼굴이 점점 일그러지고, 남자의 말투가 짜증스러워진 것은 두 사람이 벌써 세 시간째 도시를 헤매고 있기 때문이다. 남자와 여자는 종로에서 시청으로, 서울역에서 영등포로 점점 내려가고 있었다. 여자는 성탄절에 모텔 하나 예약해두지 않고, 늦게까지 술집에 앉아 있던 남자의 주변머리에 화가 났다. 남자는 운전을 하면서 모텔을 찾느라 더욱 예민해져 있었다. 한 번 들어가기도 머쓱한 곳을 열 군데 넘게 들락거리다 보니 왠지 여자와의 동침에 목맨 인간처럼 느껴져 언짢기도 했다. 두 사람은 뚱한 표정으로 각기 다른 곳을 내다보고 있었다. 하지만 눈으로는 끊임없이 모텔 간판을 찾고 있었다. 모텔만 찾는다면 쉽게 화해하고, 포옹하고, 잠들 수 있을 것 같았다. 한참 동안 토라진 얼굴로 창밖만 내다보던 여자가 애써 무심하게 말했다.

"저기, 뭐 있는 것 같은데?"

멀리 구원처럼 아름답게 빛나는 거대한 네온사인 하나가 보였다. 'LOVE' 네 채의 건물이 연결된 '러브' 모텔이었다. 네 채의 건물 위엔 'LOVE'의 알파벳이 하나씩 얹어져 있었다. 얼핏 보아 호텔에 준하는 고급 모텔 같았다. 남자는 가슴을 쓸어안았다. 건물 앞에는 시원스런 주차 공간도 있는 듯했다. 여자의 얼굴에도 안도감이 스쳤다. 여자는 욕조 가득 뜨거운 물을 받아 거품 목욕을 할 수 있으리라 기대했다. '스파가 되는 크고 둥근 욕조가 있을지도 몰라, 마주 앉아 거품으로 장난을 치다 보면 어느새 서로 매끈거리는 몸을 부비며 안게 되겠지?' 여자는 그동안의 피로와 짜증이 눈 녹듯 풀리는 기분이었다. 남자는 부드럽게 핸들을 꺾으며, 푸른 샤워커튼이 평화롭게 나부끼고 있는 주차장을 향해, 저기 머나먼 모텔 'LOVE'를 향해 천천히 차를 몰아 들어갔다.

*

　사내는 비빔면을 먹으며 티브이를 본다. 화면 위로, 가위손을 흔드는 젊은 조니 뎁의 모습이 보인다. 영화는 '특선' 되었다고는 하지만 별로 특선된 것 같지 않다. 다른 채널에서 하는 것들 역시 너무 유명해서 이미 오래전에 보았거나, 흥행에 실패한 뒤 헐값에 팔린 영화가 대부분이다. 가끔 케이블 티브이에서 개봉된 지 얼마 안 된 따끈한 영화를 틀어주기도 하지만, 그것은 브라운관으로 들어오는 즉시 낡아버렸다. 사내는 별로 재밌지도 않은 영화를 광고까지 끼워 토막토막 잘라 내보내는 케이블 티브이의 방영 방식을 좋아하지 않았다. 그것은 영화를 영화답게 만드는 무엇을 망가뜨리는 일이었다. 비록 안방이 극장은 아니라 하더라도, 로미오가 독약을 들이키는 순간 스팀 청소기가 나오고, 가위손이 사랑에 빠진 순간 몸매 교정용 거들이 나오는 것은 왠지 야비해 보였다. 사내는 젓가락으로 면발을 둥글게 말아 올리며 '내가 예전에 본 걸 왜 또 보고 있지' 생각한다. 그러면서도 채널을 돌리지 않고, 그 장면이 거기 있었다는 사실을 다시 확인한다. 사내는 그릇 안의 비빔면을 말끔히 비운 뒤 보리차를 마신다. 사내의 표정이 금세 보릿물처럼 맑아진다. 사내가 수없이 이사를 다녔지만, 그중 부엌이 따로 있는 방은 드물었다. 사내는 주로 밥을 사 먹었고, 목이 마를 때면 방에 있는 한 칸짜리 냉장고에서 생수통을 꺼내 병째 들이키곤 했다. 그러다 처음, 밥을 지어먹을 수 있는 곳으로 방을 옮겼을 때, 사내는 두 손 가득 보리차가 든 유리컵을 들고 아이처럼 외쳤었다.

　"이야! 컵에다 물 마시니까 정말 맛있다!"

　오래전부터 '소독한 델몬트 주스 유리병에 보리차를 담아, 냉장고에 넣어두었다가 시원하게 마시는 것'은 남자의 로망 중에 하나였다. 그런 것 하나가 자기 삶을 어떤 보통의 기준에 가깝게 해주고 또 윤택하게 만들어주는 것 같아서였다. 남자가 고집하는 생활 습관은 몇 개가 더 있었다. 사내는 여동생에게 항상 '아무리 돈이 없어도 화장실 세정제만은 반드시 사 넣어야 한다'고 말했다. 화장실 세정제는 둥근 모양의 고체로 변기 수조 속에 넣어두는 것이었다. 그러면 물을 내릴 때마다 변기 안으로 파란 수돗물이 쏟아져 나왔다. 사내는 흰 변기 안에 청신하게 고여 있는 그 푸른 물만 보면 이상하게 기분이 좋아진다고 했다. 심지어는 자신이 괜찮은 인간처럼 느껴진다고. 동생은 사내를 이상하게 여겼지만, 변기가 깨끗해 보이는 건 나쁘지 않다고 생각했다. 사내는 '요즘 세상에 배는 곯아도 인터넷은 좀 하고 살아야 사람답게 살 수 있다'며 인터넷 연결에도 열을 올렸다. 상경 후 쥐구멍 같은 방에 살 때부터 그랬다. 그곳은 동생과 나란히 누우면 더 이상 공간이 없을 정도로 매우 좁은 방이었다. 그 방에서 가장 비싸고, 또 자리를 많이 차지했던 것은 사내의 고물 컴퓨터였다. 컴퓨터는 앞뒤로 불룩한 모니터에, 커다란 본체를 가지고 있었다. 그것은 방 한쪽에 보기 싫게 튀어나와 있었고, 작동시 어마어마한 소음을 내며 돌아갔다. 동생은 호프집 아르바이트를 끝내고 집에 돌아올 때마다, 그 커다란 화면 앞에 우두커니 앉아 있는 사내의 굽은 등을 지친 눈으로 바라보곤 했다. 사내가 밤새 인터넷을 하는 통에 잠을 설칠 때도 많았지만, 동생은 별로 불평하지 않았다. 컴퓨터의 웅웅대는 소리가 마치 오빠가 '사람답게 살기 위해' 한 손으로 힘겹게 돌리는 발전기 소리처럼 들려왔기 때문이었다.

그들은 고만고만한 보증금과 월세에 맞춰 자주 이사를 다녔다. 더 좋을 것도 나쁠 것도 없는 방들이었다. 그러다 최근, 두 사람이 적금을 모아 좀 더 나은 집으로 이사를 결심하게 되었을 때—그들은 온종일 흥분한 채 방을 구하러 다녔다. 그러나 그들은 방을 보러 다닌 지 반나절 만에 잔뜩 풀이 죽고 말았다. 사내는 전봇대에서 떼어낸 여러 개의 월세 '찌라시'를 만지작거리며 동생에게 부끄러운 듯 고백했다.

"난 있잖아. 천만 원이면 인생이 크게 달라지는 줄 알았어."

동생은 피식 웃으며 말했다.

"나도."

바람이 불자 전봇대에 붙은 전단지들이 일제히 팔랑거렸다. 방 있습니다. 전/월세. 풀 옵션. 바람에 나부끼는 전화번호들. 주인 없는 숫자들이 도시 위로 풀씨처럼 날아갔다. 동생은 꽤 비싼 가격이 적혀 있는 전단지를 내밀며 장난치듯 말했다.

"우리 이 집 한번 가볼까? 계약 안 한다고 생각하고, 그냥 이 정도 가격의 집은 어떤지 구경해보자."

그들은 그날 돌아본 방 중 가격이 가장 센 월세방을 보러 갔다. 정말 참고나 할 생각이었다. 하지만 문을 열고 햇빛이 쏟아지는 탁 트인 원룸 안에 발을 디딘 순간, 두 사람은 자신들도 모르게 깨닫고 말았다. 자신들이 살고 싶던 방은 원래 이런 곳이었다고. 사내와 동생은 결국 그 집으로 이사를 했다. 무리라는 걸 알고 있었지만, 한 번쯤 '무리'라는 걸 모른 척 하며 살아보고 싶었다. 그것이 비록 영화관이나 놀이공원에서처럼 잠깐 동안 돈을 주고 살 수 있는 환상이라 하더라도, 이제 분수껏 사는 일은 지겨워져버렸다고, 떼를 쓰고 싶었는지도 모른다. 사내는 이사 후 한 달 동안 끊임없이 새 집의 장점에 대해 동생과 이야기 나누며 시간을 보냈다. 신발장이 따로 있으니 번잡하지 않아 좋다, 욕실 바닥이 아가씨 얼굴처럼 참 깨끗하다,

가스레인지 위에 환풍기도 있네, 뭐 그런 것이었다. 그러나 사내는 이 방에서 사는 날도 얼마 남지 않았다는 것을 알고 있다. 내년에 동생이 결혼하면 보증금을 나눠줄 생각이다. 그러면 사내는 다시 몇 년 전의 방으로 돌아가야 할지 모른다. 동생과의 크리스마스도 올해가 마지막일 것이다. 사내는 개수대에 빈 그릇을 담은 뒤 모처럼 방 안에서 담배를 핀다. 동생은 분명 '옷에 냄새가 배었다'며 신경질을 낼 것이다. 사내는 담배를 입에 문 채 책상 앞에 앉아 컴퓨터의 전원을 켠다. 창밖에는 눈이 내리고 컴컴한 티브이 브라운관 속에선 몇 년째 성장하지 못한 '맥컬리 컬킨'이 홀로 비명을 지르고 있다. 사내는 티브이를 끄며 중얼거린다. 그가 소리 지르는 이유는 도둑 때문이 아니라 영화 속에서 몇 년째 맞는, 똑같은 크리스마스가 지겹기 때문일지도 모른다고. 컴퓨터가 앓는 소리를 내며 느리게 부팅된다. '좀 사는 것 같이 살기 위해' 사내가 주먹으로 마우스를 쥔다.

*

눈은 땅에 닿자마자 금세 더러워진다. 골목에는 푸짐하게 묶인 쓰레기봉투가 선물 보따리마냥 옹기종기 모여 있다. 팥죽색 자동차의 헤드라이트 불빛은 아직도 도로 위를 헤매며 어슴푸레 빛나고 있다. 남자는 모텔 'LOVE'에서도 방을 구하지 못했다. 그곳엔 방이 딱 한 개 남아 있었다. 그 방은 하루 삼십만 원이 넘는 25평형 파티룸이었다. 모텔 직원은 친절하게 컴퓨터 모니터를 클릭하며 방 안에 있는 복층 계단과 칵테일 바, LCD 모니터가 달린 대형 티브이를 보여주었다. 남자는 쓰러질 듯 자신의 팔을 붙잡고 있는 여자를 보며 잠시 고민했다. 지금껏 두 사람이 그만한 가격의 방에 머무른 적은 한 번도 없었다. 더구나 두 사람이 머물 시간은 네 시간도 채 안 되었다. 다음 날은 남자가 아홉 시까지 회사에 나가야 했다. 잠시 눈만 붙이 기에, 파티룸의 가전제품과 가구는 쓸데없어 보였다. 신혼집이다 생 각하고 소꿉놀이 하는 기분으로 묵을 수도 있었지만, 삼십만 원은 남자의 한 달 월세와 맞먹는 돈이었다. 다행히 여자가 먼저 남자의 팔을 끌어당겼다. 남자는 직원에게 미안하다고 말한 뒤 모텔 밖으로 나왔고, 나오자마자 자신이 왜 미안하다고 했는지 후회했다. 그것도 습관이라고. 남자는 자동차의 시동을 켠 뒤 천천히 주차장 안을 빠 져나왔다.

중고차는 벌써 신길을 지나 구로공단 근처까지 내려와 있다. 남자 의 눈은 붉게 충혈돼 있다. 여자는 모텔이 아니어도 좋으니 여관이 라도 들어가자고 했다. 남자는 구로공단 주택가의 한 골목에 차를 세운 뒤 '그럼 여기서 찾아보자'고 했다. 골목 사이로 몇 개의 여인 숙 간판이 보였다. 매우 조그마한 입간판 위로 '벌' '장미' '수도' 등의 글자가 새겨져 있었다. 남자가 조심스럽게 물었다.

"여인숙에라도 들어갈까?"

여자가 무심하게 대꾸했다.

"여인숙? 거긴 여관보다 후지잖아."

남자가 물었다.

"그건 또 어떻게 알아?"

농담이란 걸 알면서도 여자는 기분이 상했다. 하지만 여자에겐 싸 울 기력이 남아 있지 않았다. 남자는 골목 끝에 있는 여인숙을 향해 걸음을 옮겼다. 민박집 분위기가 나는 허름한 건물이었다. 입구 앞 에 '장기방 있음'이란 종이가 붙어 있었다. 남자가 먼저 여인숙 입구로 들어갔다. 밤새 폭설이라도 내리면 무너져버릴 것 같은 모양이었다. 남자가 카운터 앞 작은 유리문을 두드렸다. 복권 판매소처럼 생긴 작은 카운터 안에서 자다 깬 주인이 부스스한 차림으로 일어섰다. 여자는 '왜 여관 주인들은 다 비슷하게 생겼을까' 생각했다. 주인 여자는 두 사람의 입성을 보고 다소 의아한 표정을 지으며 말했다.

"대목이라 좀 비싼데."

여자는 긴장했다. '이 사람, 크리스마스라고 바가지를 씌우려는 모양이다'

"얼만데요?"

"이만 오천 원."

남자는 안도했지만, 여자는 더욱 걱정스러운 기색이었다. 비싼 게 이만 오천 원이면 평소에는 얼마짜리 방이라는 말인지 알 수 없었다. 남자가 신용카드를 내밀었다.

"여기 카드는 안 되는데."

"지금 현금이 없는데 어떻게 안 될까요?"

주인 여자는 카운터 앞으로 급히 상체를 내밀더니, 두 사람의 어깨 너머로 불쑥 소리쳤다.

"아니, 또! 왜 사람을 들이고 그래?"

여자와 남자가 고개를 돌렸다. 현관 앞에 엉거주춤 서 있는 청년 두 명이 보였다. 주인 여자의 고함에 놀라 움찔 멈춰선 모양이었다. 생김새로 봐서 얼핏 동남아시아 쪽 사람들 같았다. 한 사람은 배낭을 멨고, 다른 한 사람은 맥주병이 든 검은 비닐봉지를 들고 있었다. 주인 여자가 언성을 높였다.

"아니, 그 방에서 대체 몇 명이 살려고 그래? 내가 네 명 이상은 절대 안 된다고 몇 번이나 말했어? 신발 숨기고, 비슷비슷하게들 생겼으니까, 모를 줄 아나 본데, 돈을 더 내던가, 쟤는 또 어디서 데려온 거야?"

청년들은 커다란 눈을 더욱 둥그렇게 뜨고 주인 여자의 말을 경청했다. 검은 봉지를 든 청년이 난처한 표정을 짓자, 배낭을 멘 청년이 커다란 목소리로 더듬더듬 말대꾸를 했다.

"나 안 자러 왔어요. 여기 친구, 만나러 왔어요. 이거, 술 먹고 가요. 나 집 있어요. 나 진짜 안 자고 가요. 사실로 안 자."

주인 여자가 말했다.

"안 자긴 뭘 안 자? 안 자면 또? 뭐? 사람 하나 늘면 그게 다 물세고 똥센데."

봉지를 든 청년이 대꾸했다.

"내 친구 이것만 먹고 갑니다. 집 있습니다."

"가방은 뭔데? 술은 무슨 술. 가만 보면 여기 와서 술, 담배 하는 애들치고 돈 모아서 나가는 애들 못……"

여자가 주인 여자를 부르며 황급히 이만 오천 원을 내밀었다. 그 자리를 빨리 벗어나고 싶은 마음에서였다.

"여기요."

주인 여자가 지폐를 확인했다. 두 외국인 청년은 도망치듯 재빨리 방으로 들어갔다. 주인 여자가 청년들의 뒤통수에 대고 소리쳤다.

"내 이따 가볼 거야?"

남자와 여자는 카운터 앞에 여전히 어색하게 서 있었다. 주인 여자가 풀린 파마머리를 긁으며 말했다.

"아유, 미안해. 마침 침대 방이 하나 있어. 내 그 방으로 줄게."

주인 여자가 수건과 주전자를 들고 두 사람을 안내했다. 페인트칠이 벗겨진 나무문 앞이었다. 호수도 없고 열쇠도 없었다. 방문 사이로 누런 벽지가 보였다. 여자가 물었다.

"신발 어디다 놔요?"

주인 여자가 방 한구석에 놓인 라면 상자를 가리켰다. 여자가 당황하는 사이, 남자는 피곤한 듯 먼저 방으로 들어갔다. 여자는 엉거주춤 신발을 방 안으로 들여놓으며 방문을 잠갔다. 여자는 문고리를 잡고 긴 한숨을 내쉬었다. 방 안에는 티브이도 없고 냉장고도 없었다. 남자는 낡은 침대 위로 털썩 드러누웠다. 침대 스프링에서 삐걱—소리가 났다. 남자가 말했다. '이만하면 괜찮네.' 여자가 불안한 눈으로 침구를 훑어봤다. 누렇게 얼룩진 이불 위로 낯선 이의 음모와 머리카락이 꿈틀대고 있었다. 여자는 조심스럽게 화장실 문을 열어보았다. 욕실 가득 비릿한 냄새가 풍겼다. 타일이 깨진 바닥 위로 녹슨 세면대가 한쪽 발을 잃은 패잔병처럼 기우뚱 서 있었다. 녹물이 흐르는 세면대 위엔 머리카락이 굵게 뭉쳐져 있었다. 여자는 욕실 문을 닫고, 질문하듯 남자를 바라봤다. 남자는 극도로 피로함에도 불구하고 아직 '하고 싶어하는' 눈치였다. 여자는 도저히 그 이불을 덮을 수 있을 것 같지 않았다. 남자는 여자의 시선을 피하다 천장 가까이 나무문 위로 구멍이 나 있는 것을 발견했다. 구멍 사이엔 신문지 뭉치가 끼워져 있었다. 남자가 여자의 눈치를 살폈다. 여자는 코트 자락을 쥔 채 방문 앞에 꼼짝 않고 서 있었다. 남자가 걱정스럽게 물었다.

"왜? 싫어? 못 자겠어?"

옆방에서 느리고 처진 교성 소리가 들려왔다. 여자는 괜찮다고, 내일 출근해야 하니 먼저 자라고 말했다. 자긴 여기서 자겠다고. 여자는 엉거주춤 한쪽 구석에 웅크려 앉았다. 코트를 덮고 앉아서 잘 생각이었다. 남자는 물끄러미 여자를 바라보았다. 남자는 뭔가 생각하더니, 이불을 걷고 일어나 다정하게 물었다.

"나갈까?"

여자는 울 것 같은 표정으로 고개를 끄덕였다. 두 사람은 다시 상자 안에서 신발을 꺼낸 뒤 방문을 나섰다. 남자가 문을 열자, 뭔가 쿵 부딪히는 소리가 들렸다. 앳된 얼굴을 한 곱슬머리 청년 한 명이 놀란 눈으로 남자를 바라보고 있었다. 문밖으로 고개를 내민 여자가 '악' 하고 짧은 비명을 질렀다. 그들 앞에 낯선 외국이 청년이 외다리로 서 있었다. 청년은 목발을 쥔 채 커다란 배낭을 메고 있었다. 나머지 다리는 잘렸는지, 헐렁한 바지 끝이 둥글게 매듭져 있었다. 청년은 조금 전 여인숙 안으로 몰래 들어온 눈치였다. 청년의 머리 위엔 이상하게도 산타 모자가 씌어져 있었다. 그것은 유난히 도드라지며 빨게 보였다. 청년의 구릿빛 얼굴에도 당황하는 기색이 역력했다. 청년은 뭔가 변명하려는 듯 두 사람에게 성큼 다가왔다. 여자와 남자가 주춤 뒤로 물러섰다. 청년이 소주병이 든 봉지를 흔들며 말했다.

"나, 친구 만나요. 이거 먹고 갈습니다. 나 안 자요. 나 집 있어요."

남자가 여자의 어깨를 세게 감싸 안았다. 시간은 어느새 다섯 시를 넘어가고, 산타 모자를 쓴 외다리 청년의 머리 위로 소리 없이 눈이 내리고 있었다.

*

사내의 얼굴 위로 모니터 불빛이 일렁거린다. 사내는 꼼짝 않고 앉아, 인터넷을 한다. 사내의 시간이 짤깍짤깍 마우스에 잘려 나간다. 세계는 고요하고, 어둠 속, 얼굴을 맞댄 사내와 컴퓨터는 서로를 신뢰하는 연인처럼 다정해 보인다. 사내는 포털 사이트에서 연예 기사 몇 개를 열람한다. 이런저런 사이트를 돌아다니고, 누군가의 홈페이지에 안부를 남긴다. 그것도 싫증이 나자, 하드에 저장해둔 동영상 폴더 몇 개를 열어 본다. 외국 드라마 시리즈와 좋아하는 영화몇 편, 포르노 동영상이 깔끔하게 정리돼 있다. 사내는 무심코 동영상 파일을 하나 클릭한다. 한두 번 본 뒤 지겨워져버린, 그러나 못내 지우지 못한 포르노 한 편이 모니터 위로 마법처럼 떠오른다. 사내는 덤덤한 마음으로 화면을 본다. 문득, '수음이라도 할까' 하는 생각이 든다. 꼭 하고 싶은 것은 아니지만 딱히 할 일이 없기도 하다. 그냥 그런 마음이 든다. 뭔가 익숙한 기분을 느낀 뒤 잠들고 싶은. 언젠가 그런 식으로 빠져드는 깊은 잠에 감사하던 때가 있었다. 때로는 몸도 거짓말을 한다. 사내는 바지 속에 손을 집어넣는다. 밖에서 인기척이 들린다. 사내가 긴장한 채 현관문을 바라본다. 철커덕, 열쇠 돌아가는 소리가 들린다. 사내는 후다닥 지퍼를 올리며 컴퓨터 모니터를 끈다. 창백한 얼굴의 동생이 현관 앞에 서 있다. 사내는 태연한 척 어색하게 말을 건넨다.

"왜 벌써 와?"

동생은 대꾸하지 않고 눈에 젖은 부츠를 벗어 던진다.

"나 이불 좀 펴줘."

"싸웠어?"

"아니."

동생은 팽개치듯 가방을 집어 던진 후 티셔츠와 반바지를 가지고 욕실 안으로 들어간다. 사내는 대충 방을 훔치고, 두툼한 겨울 요 두 채를 방바닥에 깐다. 이불 사이의 간격은 조금 떨어져 있다. 동생은 옷만 갈아입은 듯 바로 욕실에서 나온 뒤, 쓰러지듯 요 위에 눕는다.

"자게?"

"응, 불 끄면 안 돼?"

사내는 현관문을 살펴보고, 보일러 온도를 높인다. 그런 뒤 불을 끄고, 자기도 이불 위에 벌렁 눕는다. 사내가 동생을 향해 돌아누우며 말한다.

"오늘 뭐 했어?"

동생이 한 손으로 이마를 짚으며 대답한다.

"그냥 밥 먹고, 영화 보고……."

"뭐 먹었는데?"

"파스타랑 스테이크랑 뭐 그런 거."

"어디서?"

동생이 지친 목소리로 대꾸한다.

"그냥 종로에서."

사내는 잠시 눈을 끔뻑이다가 상기된 목소리로 말한다.

"아까 인터넷 뉴스 보니까 임정석이랑 박예리랑 사귄다더라, 웃기지 않냐?"

"응."

"오늘 엄마하고 통화했니?"

"응."

"신정 때 올 거냐고 하던데, 갈 거야?"

"응."

사내는 온종일 자신이 겪은 시시한 일들에 대해 도란도란 속삭이기 시작한다. 동생은 눈꺼풀을 천천히 열었다, 닫았다 하며 사내의 말을 경청한다. 이달 세금에 대해, 야구 선수의 부상에 대해, 친구의 득남과, 선배의 이혼에 대해, 축의금으로 5만 원을 내야 할지 10만 원을 내야 할지 모르겠다는 오빠의 고민에 대해, 동생은 별로 관심이 없는 것 같지만 사내는 왠지 신이 나 있다. 동생은 점점 따뜻해져 가는 방바닥 아래로 푹 녹아들고 싶은 기분이다. 한참 후 사내가 말똥말똥한 눈으로 천장을 바라보며 말한다.

"어릴 때 말이야."

".......응."

"크리스마스가 되면 선물 받고 그랬잖아."

".......응."

"그런데 난 참 이상했어."

동생이 사내에게 등을 돌리고 누우며 졸음에 겨운 목소리로 묻는다.

"뭐가?"

사내는 추억에 잠긴 목소리로 말한다.

"그게, 티브이나 영화에서 보면 크리스마스 선물이 되게 예쁘게 포장돼 있었잖아. 그것도 꼭 장식된 전나무 밑에 놓여 있고. 거기 나오는 선물들은 전부 커다랗고 근사한 박스 안에 들어 있었잖아. 정말 산타가 준 선물같이."

동생이 점점 흐려지는 목소리로 대답한다.

".......응."

"근데 우리들 머리 위에 있던 선물은 왜 항상 까만 봉다리 속에 들어 있나, 나는 그게 참 이상했었어."

"......"

"넌 안 그랬니?"

"......"

사내가 고개 돌려 동생을 바라본다. 소리 없이 잠든 모양이 꼭 죽은 것 같다. 사내는 한참 동안 말없이 누워 있다가, 손가락으로 동생을 툭 건드리며 한마디 한다.

"야, 화장 지우고 자."

창밖엔 밤새 내린 눈이 어느새 추적추적 비로 변해 있다. 집 앞 가로등의 노란 불빛도 빗물과 함께 촛농처럼 뚝뚝 흘러내린다. 사내는 휴대폰을 열어 시간을 확인한다. 12월 25일이다. 사내의 얼굴 위로 12월 25일이 푸르게 먹지며 번졌다 사라진다. 사내가 휴대폰 폴더를 닫자 사방은 다시 어두워진다. 사내는 문득 이상한 안도감을 느낀다. 새벽의 어둠은 맑게 묽어져가고, 사내는 잠을 청하려 두 눈을 감는다. ▪

김중혁

유리 방패

1971년 경북 김천 출생. 계명대 국문과 졸업. 2000년 《문학과 사회》로 등단.
소설집 『펭귄뉴스』.

유리 방패

우리는 지하철 의자에 앉아서 헝클어진 실타래를 풀었다. 간단한 일이다. 실의 한쪽 끝을 잡고 차근차근 매듭을 풀기만 하면 된다. 꼬여 있는 부분을 찾아낸 다음 그 속으로 실 끝을 통과시키면 매듭은 쉽게 풀린다. 우리는 각자 실뭉당이 하나씩을 들고 덜컹거리는 지하철의 리듬에 따라 손끝에다 모든 감각을 모았다.

지하철 안에는 사람들이 거의 없었기 때문에 작업은 순조롭게 진행됐다. 가끔 눈을 흘깃거리며 우리를 수상하게 보는 사람도 있었지만 수상할 이유는 전혀 없었다. 실로는 지하철을 폭파시킬 수도 없고 불을 지를 수도 없으며 사람을 죽일 수도 없다. 실은 그냥 실일뿐이다. 열심히 매듭을 풀어보라고 파도타기 응원을 했으면 했지, 못하게 말릴 일은 아니었다. 우리는 실뭉치에서 풀려 나온 실을 길게 뻗은 지하철 의자 위에다 늘어놓았다. 풀어진 실이 늘어나면서 우리의 간격은 더욱 넓어졌다. 녹색 의자 위에 파란색과 빨간색 실이 쌓여갔다.

"이게 뭐야. 너무 쉽잖아. 아까는 왜 이렇게 안 됐을까?"

부피가 반으로 줄어든 파란색 실몽당이를 들고 M이 물었다.

"우리가 그렇지 뭐. 중요한 순간에 모든 걸 망치는 게 우리 특기잖아."

나는 빨간색 실의 매듭을 풀면서 힘없는 목소리로 대꾸했다. M과 나는 두 시간 전에 서른 번째 입사시험의 면접을 봤다. 오늘 역시 면접관으로부터 '됐으니까 그만 나가보세요'라는 얘기를 들었다.

"이력서 특기 항목에다 그걸 적지 그랬어. 중요한 순간에 모든 걸 망치기. 불쌍해서 합격시켜줄지도 모르잖아."

"너는 취미란에다 친구 비아냥거리기라고 적지 그랬냐?"

우리는 실타래에다 시선을 고정한 채 이런 얘기들을 주고받았다. 형편없는 오전이었고, 시시한 신세였다. 우리는 입을 잠그고 다시 실 풀기에 몰두했다.

"이거 순환선인가?"

"그럴걸."

"어쩐지 어지럽더라."

"순환선이라 그런 게 아니고 실타래를 너무 오래 들여다봐서 어지러운 거야. 좀 쉬자."

눈을 들어 창밖을 바라보았을 때 갑자기 지상의 풍경이 나타났다. 우리가 실타래에서 눈을 뗄 기다렸다는 듯 지하철이 덜컹거리며 지상으로 올라갔다. 환한 빛과 함께 낮은 건물들과 수많은 간판들이 콜라주 그림처럼 펼쳐졌다. 하나의 풍경이라기보다는 누군가 이어 붙인 듯한 그림이었다. 우리는 지하철이 다시 지하로 내려가길 기다리면서 창밖을 바라보았다. 팽팽하게 당겨진 전깃줄이 지하철의 방향을 안내했다. 지하철은 계속 지상을 달렸다. 지하철 맨 뒤칸에 앉은 덕분에 창문 가까이로 얼굴을 들이밀면 몸을 뒤틀면서 곡선을 질주하는 지하철의 앞모습이 보였다. 순환선이라는 게 실감났다. 두 곳의 역을 지난 후 지하철이 앞쪽으로 기울더니 창밖의 풍경들이 사라졌다. 창문이 거울로 바뀌었고, 풍경 대신 우리 두 사람의 모습이 보였다. 우리는 다시 실타래를 풀었다.

두 시간 전 면접관들의 웃음소리를 생각하자 얼굴이 화끈거렸다. M과 나는 언제나 입사시험을 함께 치렀다. 같은 회사에서 근무하고 싶다는 생각이 큰 탓도 있지만 혼자서 시험을 친다는 게 불가능하게 여겨질 정도로 M과 나는 분리될 수 없는 사이였다. 우리는 동전의 앞면과 뒷면이거나 한 사람의 앞모습과 뒷모습이었다. M이 사라지면 나는 두께가 없는 종잇장처럼 변해버려서 혼자서 서 있을 수조차 없었다. 나 역시 M에게 그런 존재라고 생각한다. 우리는 서른 번의 입사시험을 함께 치렀다. 백전백패, 승률은 제로였지만 혼자서 시험을 치러야겠다는 생각은 한 번도 들지 않았다.

우리는 면접시험도 함께 치렀다. 함께 치른 정도가 아니라 언제나 면접실에 함께 들어갔다. 동성애자가 아니냐는 질문을 받기도 했고, 신입사원은 한 명만 뽑을 거라는 답변을 하는 회사도 있었다. 그래도 우리는 막무가내였다. 함께 면접을 봐야 우리의 진가를 보여줄 수 있다면서 인사 담당자를 들볶았다. 가끔은 우리의 요구를 들어주지 않는 회사도 있었지만 '마음대로 하세요'라는 담당자가 더 많았다.

우리는 '면접시험의 역사를 새롭게 쓰자'라는 포부를 가슴에 품고 새로운 형식의 면접을 시도했지만 면접관들의 반응은 냉담했다.

새로운 레퍼토리를 만든 만담 듀엣의 심정으로 면접관들의 마음을 사로잡으려고 했지만 시간도 채우지 못하고 쫓겨나는 경우가 더 많았다. 이유가 뭔지는 알 수 없었다. 한번은 쫓겨나는 도중에 인사 담당자에게 탈락 이유를 물어본 적이 있었다. 인사 담당자는 우리 얼굴을 번갈아 보더니 '개그맨 시험이나 한번 쳐보세요'라며 등을 떠밀었다. 일단 재미는 있다는 거네?라며 M이 웃었다.

인터넷 기획회사의 면접을 볼 때는 둘이서 만담을 했고―면접관들은 한 번도 웃어주지 않았다―, 애니메이션 제작회사의 면접을 볼 때는 어설픈 마술쇼를 하기도 했으며―M이 소품으로 준비해둔 손수건에 불을 잘못 붙이는 바람에 천장에 붙어 있던 스프링클러가 작동됐다―, 영어교재 회사의 영업직 사원 면접시험 때는 지하철에서 물건을 파는 행상의 모습을 재연하기도 했다. 그나마 가장 반응이 좋았던 것이 지하철 행상 재연이었다. 우리는 말도 안 되는 영어를 써가면서 영어교재 광고를 했는데, 면접관 한 명은 너무 심하게 웃다가 의자에서 굴러 떨어지기도 했다. 그런데 말이죠, 저희가 만드는 책은 지하철에서 파는 것 같은 엉터리 교재가 아니랍니다, 라는 것이 인사 담당자가 밝힌 탈락 이유였다. 우리는 면접 준비의 첫 번째 원칙을 잊고 있었다. 무엇보다도 회사에 대해 공부해둘 것. 우리는 열심히 면접을 준비했지만 영어교재를 파는 회사라는 사실만 알았을 뿐 어느 정도 수준의 책을 파는지에 대해서는 생각해보지도 않았다.

어제의 면접 준비회의는 나름대로 철두철미했다. 우리는 저녁을 먹으면서 회사 홈페이지에서 다운받은 자료를 읽고 또 읽었다. 컴퓨터 게임회사였고, 게임 기획자와 게임 테스터를 구하는 중이었다. 응모자격란에는 '기초적인 프로그래밍이 가능하신 분, 새로운 아이디어가 넘쳐나는 분, 상상력이 뛰어나신 분, 모든 게임에 자신 있는 분, 게임 하나를 시작하면 끝장을 보는 분'이라고 적혀 있었다. 응모 자격에 해당되는 것은 단 하나도 없었지만 매일 게임을 할 수 있다는 생각에 입사지원서를 써냈다.

"그래도 우리가 상상력은 좀 되는 편 아닌가?"

M이 물었다.

"그렇지. 아이디어도 많은 편이고……."

내가 대답했다. 우리가 생각하는 상상력과 회사에서 원하는 상상력이 비슷한 것인지는 알 수 없었지만 지금까지 입사지원서를 냈던 회사 중에서는 우리의 적성에 제일 어울리는 곳이라는 생각이 들었다.

"그런데 상상력을 어떻게 보여주지? 마술쇼나 한번 더 해볼까?"

"됐다. 회사 불낼 일 있냐? 우린 허를 찌르는 거야. 상상력하고 전혀 상관없는 면접을 준비해서 뒤통수를 치는 거지. 그게 오히려 점수를 더 딸 수 있을 거야. 다른 애들하고는 반대로 접근하는 거지."

"어떻게?"

"요즘 신입사원들에게 가장 부족한 게 뭐겠어?"

"지난번에 공부한 거잖아. 인내력과 애사심."

"바로 그거야. 우린 인내력을 보여주는 거야. 컴퓨터 게임을 테스트하는 데 가장 중요한 게 바로 인내력이니까."

"그걸 어떻게 보여줘? 이번엔 차력이라도 하자는 거야? 불에 달군 돌덩이 위에서 10분 버티기, 뭐 그런 거?"

면접관 앞에서 실타래를 푸는 이벤트는 그렇게 해서 시작된 것이다. 연습도 필요 없었다. 헝클어진 실타래를 푸는 일은 연습으로 되는 일이 아니다. 끈기와 인내로만 가능한 일이다. 우리는 대사 몇 마디만 준비하고 일찍 잠자리에 들었다.

"저희들을 소개하는 대신 한 가지 보여드릴 게 있습니다. 컴퓨터 게임을 테스트하는 일은, 엉킨 실타래를 차근차근 풀어나가는 것과 마찬가지라는 생각이 듭니다. 한 단계 한 단계, 참을성 있게 실을 풀어나가면 언젠가는 모든 매듭을 풀 수 있다는 것을 보여드리겠습니다."

내가 생각해도 멋진 대사였다. 면접관들의 반응도 좋았다. 우리가 파란색 실타래와 빨간색 실타래를 종이가방에서 꺼낼 때 어디선가 낮은 탄성이 들리기도 했다. 하지만 문제가 있었다. 대기실에서 실타래를 너무 헝클어놓았다. 그리고 우리가 고른 실타래는 너무 컸다. 1분도 지나지 않아 우리들 이마에는 땀이 맺혔다. 3분이 흐른 뒤에도 상황은 나아지질 않았다. 5분이 흘렀을 때는 온몸이 땀으로 뒤덮였다. 손바닥에 고인 땀 때문에 실이 더 엉켜서 5분 동안 30센티미터 정도의 실밖에는 풀어내질 못했다. M은 매듭을 푸는 대신 실을 마구 잡아당겼다. 그때 내가 한숨을 쉬었다. 뒤이어 M이 낮은 목소리로 '에이, 씨' 라는 소리를 냈다. 그걸로 모든 게 끝났다.

"됐습니다. 그만하세요. 아이디어는 참 좋은데, 두 분 다 참을성이 부족하신 거 같군요. 실 푸는 연습을 더 하고 다시 한 번 도전해보세요."

면접관들의 웃음소리가 들렸다. 면접관들을 향해 실타래를 집어 던지고 싶었지만 그들은 잘못한 게 없었다. 면접실 문을 열고 나왔을 때 땀에 푹 절은 우리 모습을 보고는 대기자 한 명이 '무슨 질문을 하기에 그렇게 땀을 흘려요?' 라고 물었다. 그 녀석 얼굴도 한대 쳐주고 싶었지만 잘못한 게 없는 놈이었다. 문제는 우리였다.

"아까 네가 한숨을 쉬지 않았으면……."

"그래서 내 탓이라고?"

"아니, 내가 먼저 한숨을 쉬었을 거라고."

"네가 한숨을 먼저 쉬었으면 내가 에이 씨발, 했겠지."

백전백패하더라도, 우리는 그런 사이였다. 우리는 에어컨디셔너 시설이 잘 돼 있는 지하철을 탔다. 땀을 너무 많이 흘렸고, 너무 더웠다. 몸의 온도가 낮아지자 끝까지 실타래를 풀어봐야겠다는 생각이 들었다.

실타래를 풀기 시작한 지 30분 만에 우리는 모든 실을 뽑아냈다. 지하철 의자에 빨간색과 파란색 실을 늘어놓으니 그 부피가 엄청났다. 녹색 천 위에 빨간색과 파란색 실이 뒤엉켜 있는 광경은 보는 사람을 압도했다. 화가의 그림 같기도 했고, 내 마음속의 풍경 같기도 했다. 아름답다는 생각이 들었다.

"꽤 길겠다."

"한 50미터 될까? 아니다. 100미터는 되겠다. 더 넘나?"

"그럼 재보지 뭐. 지하철 한 량의 길이가 20미터니까 실을 들고 왔다 갔다 해보면 길이가 나오겠네."

"20미터인 건 어떻게 알아?"

"저기 써 있잖아. 멍충아."

나는 지하철 문 위에 붙어 있던 안내판을 가리켰다. 거기에는 지하철 한 량의 길이와 넓이, 그리고 차량번호가 적혀 있었다. 혼자서 지하철을 탈 때면 멍하니 그 표를 읽고는 했다. 가끔은 차량번호를 외우기도 했다. 같은 지하철 같은 칸에 다시 타게 된다면 기분이 좋을 것 같았다. 매일 같은 시간에 출근하는 회사원들은 언제나 똑같은 지하철을 타겠지만 그중에서 차량번호를 확인하는 사람은 단 한 명도 없을 것이라는 생각이 들었다.

우리가 타고 있던 지하철 칸에는 승객이 네 명뿐이었다. 실을 들고 왔다 갔다 하더라도 수상하게 여길 사람은 없을 것 같았다. M이 파란색 실 끝을 잡고 자리에서 일어섰다. M은 투명 강아지를 산책시키는 사람처럼 실을 꼭 붙들고 천천히 걸었다. 지하철 의자 위에 놓여 있던 실이 뱀처럼 몸을 뒤틀며 M을 따라갔다. 한쪽 끝에 다다른 M은 실을 꺾은 다음 반대쪽으로 걸었다. 하지만 실을 한쪽 끝에다 고정할 도구가 없었기 때문에 실은 계속 M을 따라왔다. 이래가지고서는 정확한 길이를 잴 수가 없다.

"자꾸 실이 따라오네. 네가 저기 가서 붙잡고 있을래?"

"반대편에선 누가 잡고 있을 건데? 아르바이트라도 한 명 쓰게? 그러지 말고 그냥 지하철 끝까지 쭉 걸어갔다가 오지 그래?"

"그러면 되겠네. 자식, 진작 말해주지."

M은 실을 쥐고 다시 걸었다. 지하철 연결 부분의 문틈에 실이 끼지 않을까 걱정했지만 다행히 잘 빠져나갔다. 실 몇 가닥은 너끈히 지나갈 수 있을 정도로 헐렁한 문틈이었다. M은 흔들리는 지하철의 리듬에 맞춰 비틀거리면서 앞으로 걸어갔다. 나는 실이 꼬이지 않도록 두 손으로 조금씩 실을 풀어주었다. 연을 날리는 기분이었다. 이미 M은 내 시야에서 사라졌지만 먼 곳으로 걸어가는 녀석을 느낄 수 있었다. 파란색 실이 계속 M을 따라갔다. 5분쯤 지났을 때, 파란색 실 끝이 드러났다. 나는 실을 놓치지 않기 위해 마지막 부분을 오른쪽 검지에다 돌돌 말았다. 더 이상의 실이 없다는 사실을 M이 알 수 있을까. 순간, 팽팽하게 실이 당겨졌다. 조금이라도 힘을 가하면 끊어질 것 같았다. 반대편 실 끝에 있는 녀석의 힘이 느껴졌다. 실이 다시 바닥으로 떨어졌다.

몇 분 후 M이 통로문을 걷어 젖히며 나타났을 때 얼굴에는 웃음이 가득했다.

"야, 이거 정말 재미있다. 실 들고 가는데 사람들이 다 쳐다봐. 너도 한번 갔다 와봐. 사람들 표정이 희한하게 바뀐다니까."

"길이는 제대로 쟀어? 몇 번째 칸까지 갔는데?"

"몰라. 처음에는 세면서 걸어갔는데 사람들이 하도 쳐다보는 통에 잊어먹었지. 길이가 문제가 아니라니까. 너 안 갈 거면 내가 한 번 더 갔다 올까?"

대답할 시간도 주지 않고 M은 빨간색 실을 집어 들었다. 도대체 뭐가 재미있다는 것인지 알 수 없었지만 만약 그게 흥분할 정도로 재미있는 일이라면 안 해볼 수 없었다. 나는 M에게서 실 끝을 뺏어 들었다. M의 얼굴에는 실망한 기색이 역력했지만 나를 위해 순순히 실을 넘겨주었다. 빨간색 실을 들고 자리에서 일어서는 순간 통로 문으로 역무원이 들어왔다.

"이 실이 아저씨 거예요?"

역무원의 손에는 파란색 실뭉치가 들려 있었다. 우리가 30분 동안 풀어낸 실을, 역무원은 순식간에 원상태로 바꾸어놓았다. 내 손에는 빨간색 실이 들려 있었다. 지하철 의자에는 빨간색 실이 가득 쌓여 있었다. 발뺌할 수는 없었다.

"네, 그런데요."

"신고가 들어왔습니다. 양복을 입은 수상한 남자가 폭탄을 설치하는 것 같다고요."

"폭탄이오?"

나도 모르게 목소리가 커졌다. 누군가 파란색 실을 폭약의 도화선이라고 생각한 모양이다. 지구 어딘가에는 컬러풀한 폭탄 도화선을 이용하는 사람도 분명히 있을 것이다.

"바닥에다 이 실을 왜 까신 겁니까? 폭탄 설치하신 거 아닙니까?"

"아이고 아저씨. 폭탄 설치한 사람이 네, 제가 폭탄 설치했어요. 그러겠어요? 그나저나 왜 안 터지는 거냐? 곧 터질 때가 됐는데……."

앉아 있던 M이 대화에 끼어들면서 말했다. 역무원은 우리를 번갈아가며 쳐다보았다. 양복을 입은 두 남자와 파란색과 빨간색 실뭉치. 흔히 볼 수 있는 풍경은 아니었다. M은 계속 웃고 있었다.

"아무래도 같이 좀 가셔야겠는데요."

역무원은 지하철 의자 위에 놓여 있던 빨간색 실을 헝클어 쥐더니 짐칸에 있던 신문들을 모두 헤집고 의자 구석구석을 살펴보았다. 폭탄 같은 게 있을 리 없다는 사실을 역무원도 알 것이다. 누가 보아도 우리의 표정과 폭탄은 어울리지 않는다. 폭탄을 설치할 만한 사람이 따로 있는 것은 아니지만 '폭탄으로 세상을 다 날려버리겠어!'라는 마음을 먹는 사람은 눈빛부터라도 다를 것이다. 우리의 눈빛은 폭탄보다 폭죽에 가깝다. 같은 칸에 있던 승객들은 폭탄이라는 얘기를 듣더니 모두 옆 칸으로 옮겨갔다.

"죄송합니다. 사실은 저희가 예술을 좀 하고 있었거든요."

나는 역무원에게 조용한 목소리로 말했다. 역무원이 고개를 돌려 나를 봤다. 마치 태어난 이래로 예술이라는 단어를 처음 듣는 듯한 표정이었다. 그러고 보니 나 역시 태어나서 처음으로 예술이라는 단어를 발음한 기분이었다.

"예술이라뇨?"

역무원과 M이 동시에 나를 쳐다보았다.

"예술 모르십니까?"

"폭탄 설치가 예술입니까?"

"폭탄 같은 건 없어요. 저 친구가 장난이 좀 심해서……. 그 실을

보면 아시잖아요. 도화선 같은 게 아니고 그냥 보통 실이에요. 저희
는 그저 일상에 찌들어 있는 평범한 사람들이 독특한 경험을 하게
만드는, 그런 퍼포먼스랄까, 이벤트랄까, 아무튼 그런 예술을 하는
사람들입니다."

"지하철 바닥에다 실을 깔아놓는 게 예술이라는 얘깁니까?"

"조각나 있는 현대인의 마음을 하나의 실로 이어주고 싶다는 메시
지가 담긴 이벤트라고 할 수 있지요. 현대인의 삶을 가장 잘 반영해
주는 공간이 지하철이잖습니까."

M은 옆에서 계속 키득거리고 있었지만 역무원은 진지하게 내 얘
기를 들었다. 역무원은 무슨 얘기를 해야 할지 망설이고 있는 것 같
았다. 예술이라는 단어를 들었기 때문인지, 내 태도가 너무나 예의
바르게 보였기 때문인지 역무원의 태도는 많이 수그러들었다.

"무슨 얘긴지 알겠습니다만, 지하철에서는 그런 걸 하시면 안 됩
니다."

"그런 거라뇨?"

"예술 같은 거 말입니다."

"아, 예, 예술요. 알겠습니다."

"여기는 공공장소입니다. 무슨 일이 일어날지 모르는 곳이잖습니
까."

"예, 다른 곳을 찾아볼게요. 죄송하게 됐습니다."

"이 실들은 제가 압수하겠습니다. 잠깐 주민등록증 좀 보여주시겠
습니까? 아무래도 기록은 좀 해둬야겠네요."

역무원은 우리의 주민등록증을 확인하고는 다른 칸으로 옮겨 갔
다. 지하철이 역에 도착했을 때 우리는 내렸다. 처음 보는 역이었고
어느 지역에 붙어 있는 역인지도 몰랐지만 상관없었다. 마음이 바뀌

었어요, 같이 좀 가셔야겠어요, 라고 다시 역무원이 돌아올 것 같았다.

"야, 웃긴다, 예술이라니. 아쉬워서 어떡하냐? 넌 예술도 못해보고, 나만 신나게 예술 해서?"

M이 다시 키득거렸다. 아닌 게 아니라 좀 아쉽다는 생각이 들기도 했다. 아무 생각 없이 한 말이었지만 실을 끌고 가는 모습을 보고 사람들이 어떤 반응을 보이는지가 궁금했다. 정말 평범한 일상에 찌든 사람들에게 독특한 경험이 됐을지도 모르겠다는 생각이 들었다.

"어떤 사람은 내 바지 올이 풀린 줄 알고 얘기해주는 사람도 있더라니까. 엉덩이라도 보여줄 걸 그랬나? 사진을 찍는 사람도 있었어. 얼마나 웃기던지, 혼자서 얼마나 키득거렸다고……"

우리는 집 근처까지 버스를 타고 와서 맥줏집에 들어갔다. 어찌나 땀을 많이 흘렸던지 양복에서는 비릿한 냄새가 났다. 맥주를 들이켜자 실 같은 액체가 온몸 곳곳으로 스며들었다. 눈을 감고 맥주를 느끼면 내 몸의 길이를 알아낼 수 있을 것 같았다.

우리는 다음 면접에 대해서 얘기를 나누었다. 이틀 후에는 주방용 전자저울을 만드는 회사에 면접을 보기로 되어 있다. M과 얘기를 나누면 나눌수록, 그리고 면접 횟수가 늘어날수록 회사가 우리를 평가하는 게 아니라 우리가 회사를 평가하고 있다는 생각이 들었다. 우리의 재미있는 면접 스타일을 이해해주지 않는 회사에는 절대 들어갈 수 없다는 원칙이라도 생긴 것 같았다. 결국 손해볼 사람은 우리였지만 손해본다고 하더라도 어쩔 수 없는 상황이었다. 시작했으니 끝까지 가보는 수밖에 없었다.

"요리를 하나 만들어서 가면 어때?"

맥주를 연거푸 마시고 얼굴이 발갛게 달아오른 M이 말했다. 빨간색 실을 삼킨 것 같았다.

"엉터리 요리를 만들어서 면접관들에게 먹인 다음 '이번에 주방용 저울의 필요성을 실감하게 됐습니다' 라고 하자는 거지?"

"자식, 눈치 하나는 진짜 빨라."

"어차피 떨어질 게 뻔하니까 설사약이라도 좀 집어넣을까?"

"살 빠지게 해줘서 고맙다고 덜컥 합격시켜주면?"

"주방용 저울을 파는 인생이 되는 거지 뭐."

"그건 마음에 안 들어."

"그럼 원서는 왜 냈어?"

"주방용 저울을 이용해서 재미있는 면접을 볼 수 있을 것 같아서."

"그럴 줄 알았다. 우리 이러다 결국 취직 못하는 거 아닐까? 벌써 스물일곱이다."

"아직 스물일곱인데……. 시간이 지나면 뭐라도 되겠지."

"뭐가 될까. 우리가 잘하는 게 있긴 있나?"

내 말에 M까지 시무룩해졌다. 우리는 아무 말도 하지 않고 계속 맥주만 들이켰다. M과 나는 가지고 있던 돈을 모두 탁자 위에 올려놓았다. 그리고 맥주를 마실 때마다 한 잔 가격의 돈을 탁자 왼쪽으로 옮겼다. 오른쪽에 있던 돈이 왼쪽으로 계속 이동해 갔다. 돈이 다 없어지기 전까지 취해야 했지만 돈을 보면서 맥주를 마시니 취하질 않았다. 시간이 지나도 정신은 말짱했다.

"이제 네 잔 남았다."

"왜 이렇게 안 취할까?"

"한꺼번에 다 마셔버리자."

우리는 생맥주 한 잔씩을 손에 쥐고 한꺼번에 들이켰다. 다 마시고 나자 트림이 올라왔고, 어지러웠다. 그때부터 우리는 취했다. 우리는 탁자 위에 있던 돈이 다 떨어졌을 때 집으로 갔다.

다음 날 술에서 깨어났을 때는 토성의 고리처럼 내 머리 주변에 두통의 고리가 둘러져 있었다. 고리는 빙글빙글 돌면서 수시로 머리를 짓눌렀다. M 역시 나와 비슷한 상황인 것 같았다. 우리는 짬뽕 한 그릇을 배달시켜서 국물만 계속 들이켰다. 짬뽕을 보고 있으니 어제의 면접이 다시 떠올랐다. 실을 닮은 짬뽕의 면이 눈에 거슬렸다. 우리는 그릇을 문 앞에다 내놓고 방에 드러누워서 천장만 보았다. 할 말이 없었다. 다음 날 있을 면접을 준비해야 했지만 둘 다 그럴 기분이 아니었다.

오후 3시쯤 휴대전화기로 전화 한 통이 걸려왔다. 두 달 전쯤 인터넷 신문사에 입사한 친구였다. 신문사의 합격 통지를 받았을 때 녀석은 우리와 함께 술을 마시고 있었는데, 얼마나 기뻤던지 내 볼에다 입을 맞추기까지 했다. M이 녀석을 꼬드겨 새벽 네 시까지 술을 마셨다. 돈은 물론 회사에 합격한 친구가 냈다. 그날 녀석은 휴대전화기와 지갑을 잃어버렸고 어디에 처박혔는지 턱에 상처까지 났다. 녀석은 '너희들 취직 못한 게 샘이 나서 나를 때린 거 아냐?'라고 투덜거렸지만 그런 일을 부러워할 우리가 아니었다. 녀석이 합격한 곳은 인터넷 신문 쪽에서 꽤 이름난 회사였지만 월급은 짜고 일은 많기로 유명했다. 다음 날, 녀석은 우리를 백화점으로 불러내더니 넥타이 하나씩을 선물했다. 면접을 잘 보라는 의미였다. 자신을 위해서는 양복 한 벌과 최신형 휴대전화기와 양가죽 지갑을 샀다. 그 친구는 백화점을 나서면서 '이제부터 멋진 내 인생의 후반전을 시작할 거야'라고 했다.

"전반전에서 힘을 많이 뺐으니까 후반전에선 아마도 대량 실점을 할 거라고 생각해. 한 20 대 0 정도?"

M의 빈정대는 말투에 기분이 상했던 것인지 녀석은 한동안 연락을 하지 않았다. 내 생각에 스물일곱과 후반전이란 단어는 어울리지 않는다. 우린 아직 1쿼터도 끝내지 않았다.

"야, 혹시 말야, M하고 같이 있나?"

M 몰래 내게 할 말이 있는 것인지 목소리를 잔뜩 낮췄다.

"같이 누워 있지. 약 먹고 동반자살하는 중이었거든⋯⋯. 취직도 안 되고 돈도 없고 술도 안 깨고 해서⋯⋯."

쉰 목소리가 흘러나와서 정말 죽으려는 사람으로 오해받을 것 같았다. 나는 목에 낀 가래를 입 안으로 끓어 올린 다음 다시 삼켰다.

"농담하지 말고⋯⋯, 아무튼 같이 있단 말이지? 그러면 M한테 어제 지하철 타지 않았냐고 물어봐줄래?"

"바꿔줄 테니까 직접 물어봐. 아직은 살아 있는 것 같으니까."

"야, 알잖아. 껄끄러워하는 거. 그냥 지하철 탔는지만 물어봐줘."

M은 잠이 들어 있었다. 아니면 자기 얘기를 하는 걸 알고는 잠이 든 체하는 것인지도 모르겠다.

"지하철은 탔지. 나하고 같이 있었으니까."

"같이 있었어? 그러면 혹시 파란색 실 들고 지하철 돌아다니지 않았어?"

"그걸 네가 어떻게 알아?"

"야, 맞구나. M이 맞지? 양복을 입고 있으니까 잘 모르겠더라고."

"어떻게 알았냐니까?"

"인터넷에 사진이 떴어. 주소 받아 적어봐."

나는 친구가 알려준 주소를 입력했다. '거리의 풍경'이라는 개인 블로그였다. 거기에 정말 M의 사진이 있었다. 양복을 입은 M은 눈을 아래로 내리깔고 카메라 쪽을 향해 걸어오고 있었다. 그 뒤로 파란색 실이 가늘게 보였다. 언뜻 보면 실이라기보다는 사진 위에다 파란색 선을 합성한 것처럼 보였다. 사진은 모두 다섯 장이었다. 뒷모습을 찍은 사진에서는 파란색 실이 조금 더 자세하게 보였다.

사진을 업로드한 시간은 다섯 시간 전이었는데 사진 아래에 이미 200여 개의 댓글이 달려 있었다. 댓글의 수만큼이나 의견도 다양했다. 애인이 교통사고로 죽었는데, 애인을 잊지 못해 애인 옷의 올을 풀어헤쳐 끌고 다니는 사람 같다는 의견도 있었고, 실을 끌고 전국 일주를 하는 사람인 것 같다는 의견도 있었으며, 사진 위에다 파란 선만 그어놓은 합성사진인 것 같다는 의견도 있었다. 나는 M을 깨웠다. M은 사진을 보자마자 웃기 시작했다. 댓글을 읽어 내려가면서 점점 웃음소리가 커지더니 마지막 글을 읽고 나서는 방바닥에 쓰러지고 말았다.

"야, 정말 상상력이 대단한 놈들이다. 어떻게 이런 생각들을 하지? 마지막 글 봤어? 옆칸에 있는 겁 많은 애인의 썩은 이를 뽑기 위해서 실을 들고 걸어가는 회사원이란다."

M은 데굴데굴 방바닥을 굴렀다. 데굴데굴 방바닥을 굴러다닐 정도로 웃긴 글은 아니었지만 M의 입장에서는 그럴 수도 있겠다는 생각이 들었다. 사람들이 자신의 모습을 보고 이렇게 다양한 의견을 남겼으니 신기할 만도 하겠다. 사진의 주인공이 내가 될 수도 있었다.

"회사에서 지금 연락처 알아내려고 난리야. M이 무슨 거리의 예술가라도 된다고 생각하나봐. 도대체 파란 실은 왜 들고 돌아다닌 거래?"

M의 웃음소리가 전화기를 타고 녀석의 귀에까지 들렸는지, 못마

땅하다는 듯한 목소리로 녀석이 말했다. 녀석은 오래전부터 M의 장난과 농담을 싫어했다. '난 네가 왜 그렇게 M이랑 붙어 다니는지 이해를 못하겠더라'는 말을 자주 했다. 그런 말을 들을 때마다 그 친구가 조금씩 싫어졌다. 그런 상황에서 이해라는 단어를 쓰는 게 싫었다. 사람과 사람의 사이는 이해할 수 있는 게 아니라고 생각한다. 그 얘기를 들을 때마다 뭔가 한마디 해줘야겠다 싶었지만 말을 꺼내는 순간 친구 하나를 잃어버릴지도 모른다는 걱정이 들었다. 나는 녀석의 진지함을 좋아했고 호기심 많은 눈동자를 좋아했다.

면접과 실에 얽힌 길고 긴 이야기를 해줄까 싶었지만 M이 너무 초라해질 것 같았다. 나 역시 초라해질 것 같았다.

"사실은 우리 예술 한 거야."

"예술이라니? 너희들이 무슨 예술을 해?"

"지하철 퍼포먼스. 조각난 현대인의 마음을 실로 이어준다, 뭐 그런 의미지."

"언제부터 그런 걸 했어? 너희들하고 예술은 정말 안 어울린다."

M은 컴퓨터 앞에 앉아서 뭔가를 쓰고 있었다. 또 장난을 치고 있을 것이다. 사진 아래에다 뭐라고 적을지 궁금했다.

"오래됐어. 네가 몰라서 그렇지. 얼마 전에는 버스에서도 예술을 했지."

"버스에서는 뭘 했는데?"

나는 버스를 떠올려보았다. 버스에서는 뭘 할 수 있을까. 버스에는 운전사가 있고 의자가 있고 하차벨이 있고, 손잡이가 있고…….

"의자 뒤에 붙어 있는 광고판에다 파란색 실을 잔뜩 넣어뒀지."

"거기다 실은 왜?"

"사람들이 실을 가지고 뭘 할 수 있는지를 실험해본 거야."

"그걸로 뭘 하던데?"

버스 의자에 앉아 파란색 실로 뭘 할 수 있을지 생각해보았다. 아무것도 떠오르지 않았다. 나는 송화기 부분을 손으로 가리고 M에게 물어보았다. M은 컴퓨터 앞에 앉아서 뭔가를 입력하다가 '앞에 앉은 사람 목 조르기'라고 대답했다.

"사람들 상상력이 부족하더라. 대부분 옆 사람과 실뜨기를 하던데."

"너희들이 그런 걸 한다니까, 좀 놀랍다. 내가 이따가 다시 전화할게."

전화를 끊고 나서 M이 인터넷에 적은 글을 보았다. '이 남자는 파란색 실을 이용해서 지하철을 꽁꽁 묶어놓으려고 했던 건 아닐까요.'라고 써놓았다.

"약한데?"

"약해? 아, 좀 더 생각해봐야겠다. 상상력이 모자란가봐."

우리는 다시 방바닥에 드러누워서 파란색 실로 뭘 할 수 있을지를 생각해보았지만 졸렸다. 잠에서 깨어났더니 저녁 일곱 시였고 바깥은 어둑어둑해지고 있었다. 시간을 도둑맞은 느낌이었다. 모든 게 너무 빨랐다. 아직 1쿼터도 끝나지 않았다고 생각했지만 어쩌면 친구 녀석의 말처럼 벌써 후반전이 시작된 것인지도 모른다. 모두들 경기장에서 열심히 뛰고 있는데 우리만 로커룸에서 잠을 자고 있었는지도 모른다.

M이 자리에서 벌떡 일어나더니 저금통에 있던 동전을 책상 위에 쏟았다. 그리고는 종류별로 분리하기 시작했다. 마치 도박장에서 카드를 돌리는 것 같은, 신중한 모습이었다. 동전 열 개씩을 하나의 무더기로 만들면서 천천히 동전을 셌다. 하지만 틈날 때마다 저금통에

있는 돈을 썼기 때문에 M의 작업은 그리 오래가지 않았다. M은 두 번쯤 동전을 셌다.

"얼마나 남았어?"

내가 천장을 보면서 물었다. 얼마가 남았는지 알고 싶었다기보다는 얼마나 비참한 신세인지를 확인하고 싶었다.

"그럭저럭 라면 한 박스는 살 수 있겠다."

"그러면 돈 없어지기 전에 얼른 라면이나 사놓자."

M은 동전을 양쪽 주머니에 나눠 넣고는 밖으로 나갔다. 혼자 조용히 누워서 M이 없는 삶을 생각해봤다. 잘 상상이 되지 않지만 이제는 각자 자신만의 삶을 꾸려나가야 할 때가 온 것 같았다. 지금 누워 있는 방이 침몰하는 배 같았다. 침몰하는 배 속에서 우리는 꼭 껴안은 채 살고 있었다. 우리 두 사람의 삶은 운동회 때의 이인삼각 같은 것이었다는 생각이 든다. 발 하나씩을 묶고 호흡을 맞춰 열심히 달려보지만 두 다리로 달리는 사람보다 느릴 수밖에 없다. 재미는 있지만 느릴 수밖에 없다. 이제는 너무 뒤처졌다는 생각이 들었다. 더 늦기 전에 우리 발목에 묶여 있는 끈을 풀어야 할 것 같았다. M에게 얘기하면 어떤 반응을 보일까. 어쩌면 내가 먼저 끈을 풀자고 하길 기다리고 있는지도 모른다. M에게 어떻게 얘기해야 할지를 생각하고 있을 때 전화벨이 울렸다.

"너희들 얘기했더니 편집부장이 인터뷰해 오래. 내일 시간 어때?"

"내일은 면접 있는 날인데."

"오후엔 괜찮을 거 아냐. 다섯 시에 보자."

"그런데 무슨 인터뷰야? 우리 인터뷰 같은 거 안 할 건데."

"편집부장이 제목도 벌써 붙여놨어. '파란 실의 상상력, 거리의 예술가들'. 인터뷰 못하면 내 목 날아가. 그래도 괜찮아? 좀 해주라."

"M한테 물어볼게."

"물어보긴 뭘 물어봐. 너희 둘은 부부나 마찬가진데. 다섯 시에 회사로 와. 회사 근처에 있는 지하철역에서 촬영도 할 거니까 양복 꼭 입고 오고. 면접 보니까 양복은 당연히 입겠구나."

전화를 끊고 다시 천장을 바라보았다. 파란 실의 상상력, 거리의 예술가들. 예술은 무슨 얼어죽을 예술이람. 모든 게 다 귀찮게 느껴졌고 몸을 움직이고 싶지도 않았다. 면접도 보기 싫었고 회사를 다니기도 싫었다. 누군가 내 머리채를 붙들고 어디론가 질질 끌고 갔으면 싶었다.

"내가 뭘 사왔게?"

M이 문을 열면서 소리를 질렀다. 천진난만한 표정이었다. 등 뒤에서 칼을 꺼냈다. 플라스틱 칼이었지만 제법 정교하게 만든 것이었다.

"멋지지?"

"멋지네. 그런데 무슨 돈으로 샀어?"

"이거 소리도 나."

M은 플라스틱 칼을 바닥에 내리쳤다. 췌엥, 하는 날카로운 소리가 났다. 칼과 칼이 부딪쳤을 때 나는 쇳소리였다. M은 플라스틱 칼을 들고 돌아다니면서 방 안의 물건들을 두드렸다. 책상에서도 췌엥, 소리가 났고 비키니옷장에서도 췌엥, 컴퓨터 자판에서도 췌엥, 모니터에서도 췌엥, 소리가 났다. 전쟁 영화의 사운드트랙을 듣고 있는 것 같았다. 누워 있는 내게도 칼을 내리쳤고, 내 몸에서도 췌엥, 하는 소리가 났다.

"라면 안 샀어?"

"참, 라면 사러 간 거였지. 어째 돈이 남더라."

"그리고 두 개는 있어야 칼싸움이라도 할 거 아냐."

"요 앞 삼거리에서 팔고 있는데 하나 더 사올까?"

"됐다. 이 나이에 무슨 칼싸움이냐. 그리고 남은 돈으로는 라면 사 먹어야지."

"우리 나이가 어때서."

나는 M에게 인터뷰 얘기를 했다. M은 재미있어 죽겠다는 표정이었다. 인터뷰 같은 건 싫어할지도 모른다고 생각했는데 의외였다. 똑같은 양복을 유니폼처럼 맞춰 입어야 하는 것 아니냐면서 M이 호들갑을 떨었지만 그럴 만한 돈이 없다는 것은 우리 둘 다 잘 알고 있었다.

우리는 삼거리로 나갔다. 요란한 불빛 아래 수많은 장난감들이 늘어서 있었다. 자동차도 있었고 기차도 있었고 총도 있었고 화살도 있었고 방패도 있었다. 대부분 조잡한 것들이었다. M이 칼을 고른 이유를 알 수 있었다. 우리는 플라스틱 칼을 하나 더 샀다. 그리고 투명 플라스틱으로 만든 방패도 하나 샀다. 방패를 처음 봤을 때 나는 그게 유리로 만든 것인 줄 알았다. 떨어뜨리기만 해도 깨지는 방패, 앞은 환하게 볼 수 있지만 적의 공격을 막을 수는 없는 방패, 매일매일 깨끗하게 닦아줘야 하는 방패…… 그런 생각들을 하니 재미있었다. 손을 댔을 때에야 그게 유리가 아닌 투명 플라스틱으로 만든 방패란 걸 알았다. 하지만 앞이 보이는 방패는 싸움을 할 때 쓸모가 많을 것 같다. 칼과 방패를 샀더니 라면 열 개 정도 살 수 있는 돈이 남았다. 제대로 된 칼싸움을 하려면 방패를 두 개 사야 했지만 그래도 라면 살 돈은 남겨두어야 할 것 같았다.

방패에서도 췌엥, 하는 소리가 났다. 칼에서 췌엥, 하는 소리가 나는 것은 어울렸지만 방패에서 소리가 난다는 것은 이상했다. 머리로 방패를 때려도 췌엥, 하는 소리가 났고 주먹으로 때려도 췌엥, 소리가 났다. 칼로 방패를 내려치면 췌췌엥, 하는 기이한 소리가 났다. 이상한 세트 상품이었다.

"내일 면접 가기 싫다."

M이 길거리에 있는 난간에다 칼을 내리치면서 말했다.

"왜?"

나도 난간에다 칼을 내리치면서 물었다.

"저울회사란 게 별로 마음에 안 들어. 넌 어때?"

"마음에 안 들긴 마찬가지지."

"가지 말자."

"그러자 그럼."

우리는 칼로 난간을 내리치면서 걸었다. 길을 걷던 사람들이 우리를 쳐다봤다. 그래도 우리는 난간을 내리쳤다. 길거리의 소음 때문에 췌엥, 하는 소리는 잘 들리지 않았다. M이 내가 들고 있던 방패에다 칼을 내리치면서 말했다.

"우리 예술가나 돼볼까? 재능이 있나봐. 내일 인터뷰를 계기로 본격적인 예술을 하는 거야."

"예술은 아무나 하냐? 그리고 우리가 예술이 뭔지나 알아? 장난도 예술로 쳐준다면 우리가 1등 먹겠지만……. 사실 인터뷰도 하기 싫어. 장난 한번 친 거 가지고 인터뷰한다는 게 웃기지 않냐?"

"재미있잖아."

뭐가 재미있는지도 알 수 없었다. 나는 오른손에 들고 있던 칼로 왼손에 들고 있던 방패를 내리쳤다. 세게 내리쳤지만 소리는 커지지 않았다. 자동차 소리와 화장품 가게에서 틀어놓은 라디오 소리 때문에 우리들의 칼 소리는 오히려 더 작게 들렸다. 우리는 집으로 돌아 갔다.

사진 아래에는 벌써 500개의 댓글이 달려 있었다. M은 모니터 앞에 앉아서 열심히 댓글을 읽었지만 나는 너무 지쳐 있었다. 아직도 술이 덜 깬 것 같은 기분이었고 입 안은 껄끄러웠다.

다음 날 우리는 늦게까지 잠을 잤다. 저울회사의 면접은 포기했다. 우리는 늦은 점심을 먹은 후 양복을 입고 인터넷 신문사로 향했다. 인터뷰를 한다는 게 두려웠지만 재미있는 경험을 하는 것이라고 마음먹었다. 숨을 크게 들이마시고 신문사로 들어갔다.

"아무래도 내가 예술에 대해서 아는 게 없어서 말야. 이분이 나 대신 인터뷰를 하실 거야. 예술전문기자시거든."

친구가 소개해준 예술전문기자는 우리에게 명함을 주었다. 명함에도 예술전문기자라고 적혀 있었다. 예술전문기자라는 직업이 있다는 게 신기했지만 우리도 예술가였기 때문에 애써 태연한 모습으로 인사를 했다. 우리는 예술전문기자와 사진기자와 함께 지하철로 향했다. 사진기자는 '오늘의 촬영 컨셉트는 자유로움입니다. 아시겠죠?' 라고 얘기했지만 자유로운 사진이라는 게 어떤 것인지 알 수 없었다. 우리는 예술전문기자가 쥐어준 파란색 실을 들고 지하철을 걸었다. 실이라기보다 밧줄에 가까운 굵기의 끈이었다. 사진에 제대로 나오려면 이 정도 굵기는 되어야 한다고 했다.

"하나도 자유롭지가 않잖아요. 밧줄에 묶여서 끌려가는 노예도 아니고……."

M이 투덜거렸다. 나 역시 같은 생각이었다.

"그러면 아무렇게나 놀아보세요."

사진기자가 한숨을 쉬면서 말했다. M이 플라스틱 칼과 방패를 꺼내서 예술전문기자에게 보여주었다. M은 사진 촬영에 필요할지도 모른다면서 온갖 잡동사니들을 가방에 쑤셔넣느라 한 시간을 허비했었다.

"이걸 들고 노는 걸 사진으로 찍으면 어때요? 재미있을 것 같은데……."

"그걸로 뭘 하실 건데요?"

"칼싸움이오."

"유치할 거 같은데요. 그냥 끈을 들고 걷는 걸로 하죠?"

예술전문기자의 말을 무시하고 우리는 칼을 들고 일어섰다. 나는 방패와 칼을 들었고, M은 칼을 들었다. M이 나를 향해서 소리를 질렀다.

"멍청한 녀석, 그따위 방패로 내 칼을 막을 수 있을 것 같으냐."

"웃기는 소리 말아라. 그따위 플라스틱 칼로 내 유리 방패를 깰 수 있을 것 같으냐. 유리 방패 너머로 네놈이 움직이는 게 다 보인다."

우리는 칼을 부딪쳤다. 췌췌엥, 하는 소리가 객실에 울렸다. 생각했던 것보다 훨씬 소리가 컸다. 예술전문기자는 지하철 의자에 앉아서 입을 벌린 채 우리를 바라보았다. 재미있어서라기보다 너무 유치해서 못 봐주겠다는 듯한 표정이었다. 그래도 우리는 상대방을 정말 죽이기라도 할 것처럼 온 힘을 다해 칼싸움을 했다. 사진기자는 열심히 셔터를 누르긴 했지만 밝은 표정은 아니었다.

먼 곳에 앉아 있던 꼬마 두 명이 우리 가까이로 왔다. 양복을 입고 칼싸움을 하고 있으니 신기해 보였던 모양이다. 두 꼬마는 열심히 우리들의 칼싸움을 구경했다. 꼬마들의 엄마인 것 같은 어른 두 사람이 우리 쪽으로 왔고, 췌엥, 하는 소리가 궁금했던 할아버지 두 분, 그리고 연인처럼 보이는 남녀가 우리 곁으로 왔다. 시간이 지날수록 우리를 구경하는 사람들이 점점 늘어났다. 우리는 땀을 삘삘 흘리면서 상대의 빈틈을 공격했다고는 하지만 어처구니없을 정도로 느린 속도로 움직였기 때문에 실제로 싸움을 하는 것처럼 보이지는 않았다. 무용에 가까웠다. 제일 먼저 우리를 발견한 두 꼬마는 엄마들의 손을 붙들고 '나도 저 칼 사줘'라면서 떼를 쓰고 있었다. 5분쯤이 지났을 때 우리 주위에는 서른 명 가까운 사람들이 모여 있었다. 모두들 신기하다는 표정으로 우리를 구경하고 있었다. 예술전문기자의 얼굴이 밝아졌고 사진기자의 손놀림이 빨라졌다. 나는 M에게 고갯짓을 했다. 내 의도를 알아차린 M이 칼을 놓쳤다. 나는 지하철 의자에 놓여 있던 파란색 밧줄을 이용해 M을 묶었다. 아니, 묶었다기보다 밧줄을 M의 몸에다 걸쳤다. 때마침 지하철이 역에 멈춰 섰다. 우리는 칼과 방패를 지하철 객실에다 버린 다음 승강장으로 나왔다. 사진기자와 예술전문기자가 우리를 따라 밖으로 나왔다. 칼과 방패는 꼬마들에게 주는 선물이었다.

"재미있었죠?"

M이 자랑스럽게 말했고 예술전문기자가 웃었다. 우리는 인터뷰를 위해 커피숍으로 향했다. 자리에 앉자마자 예술전문기자가 질문을 퍼부었지만 우리가 대답할 수 있는 게 별로 없었다. 질문이 너무 어려웠다.

"브루스 나우먼은 자신의 신체언어를 사진으로 기록하면서 예술에 대한 개념을 표출했는데요, 그런 장르에서 영향을 받지는 않으셨습니까?"

"누구요?"

"브루스 나우먼은, 진정한 작가는 신비한 진실을 밝힘으로 세상을 돕는다, 라고 했습니다. 작가로서 자신들의 행동에 어떤 의미가 있다고 생각하십니까?"

"저희는 평범한 진실을 밝혀 세상을 돕는다고 생각하는데요."

"평범한 진실이란 게 어떤 겁니까?"

"재미있게 노는 거요."

대충 이런 식의 인터뷰였다.

우리는 농담으로 모든 답변을 대신했다. '경제적인 문제는 어떻게 해결하십니까'라는 질문을 받은 M은 '경제적으로 해결한다'고 대답했고, '왜 하필 실을 이용한 퍼포먼스를 하십니까'라는 질문에는 '워낙 실패를 자주 하다 보니 거기에서 실이 풀려 나온 것 같다'고 내가 대답했다. 예술전문기자는 시간이 지날수록 힘겨워했다. 예술전문기자가 가장 관심을 보였던 이야기는 우리들의 면접 퍼포먼스였다. 할 얘기가 너무 없어서 우리는 면접 보았던 일을 예술적으로 승화시켰다.

"저희가 가장 좋아하는 건 면접장에서 노는 겁니다. 취직할 생각은 없었지만 면접을 자주 봤죠. 면접관들을 앞에 두고 마술쇼도 하고 만담도 하고 실을 이용한 이벤트도 했어요. 그거 정말 재미있습니다."

"실을 이용한 이벤트라뇨?"

"면접관들을 앉혀두고 저희는 헝클어진 실을 푸는 겁니다. 그 사람들이 얼마나 오래 기다릴 수 있는지 보는 거예요. 말하자면 회사원으로서의 인내력을 실험해보는 거죠."

"결과는 어땠어요?"

"그 사람들 참을성이 없어서 5분도 못 기다리더라구요. 제대로 된 사람을 뽑을 생각이라면 5분은 기다릴 줄 알아야 되는데 말이죠. 면접장에서 딱 5분 동안 사람을 보고 그 사람을 평가한다는 게 웃기지 않습니까?"

"그렇죠. 그러니까 딱딱하게 경직돼 있는 조직사회에 대한 야유를 예술적으로 표현하신 거군요. 면접 퍼포먼스는 얼마나 하셨어요?"

"한 서른 번 했죠. 매번 다른 걸로."

우리는 신이 나서 면접에 대한 이야기를 했다. 면접에 대해서라면 할 말이 많았다. 우리는 처음부터 회사에 들어갈 생각이 없었다, 라는 거짓말을 시작하고 보니 정말 우리가 예술을 한 것 같은 기분이 들기도 했다.

다음 날 인터넷 신문에는 '상상력이 부족한 사회를 체포한 지하철의 장난꾸러기들'이라는 제목의 기사가 올랐다. 우리가 칼싸움하고 있던 사진, 내가 M을 파란 밧줄로 묶은 사진, 많은 사람들이 우리의 칼싸움을 구경하고 있는 사진도 기사와 함께 올라와 있었다. 기사에는 우리의 면접 이야기가 가장 많았다.

"그럴싸한데?"

"역시 예술전문기자는 다르시네. 이렇게 기사로 보니까 우리가 정말 예술가 같다."

인터넷 신문에 기사가 오른 다음 날부터 우리는 유명인사가 됐다. '거리의 예술가들'이라는 다큐멘터리를 찍자는 제의도 왔고, '발상의 전환'이라는 과목을 맡아줄 수 있겠냐면서 대학에서 연락이 오기도 했다. 인터뷰 요청도 많았다. 하지만 우리는 모든 요청을 거절하고 딱 하나만 받아들였다. 광고회사의 신입사원 면접관을 맡아달라는 제안이었다. 어찌 되었든 우리는 면접이라면 자신 있었으니까. 물론 우리에게 응모자들의 합격 여부를 결정하는 전권을 준 것은 아니었다. 면접관은 모두 열 명이었다. 하지만 우리가 누군가의 면접을 본다는 사실만으로도 흥분되는 일이었다.

우리는 면접 전날 저녁을 먹으면서 회의를 했다. 얼마 전까지만 해도 우리가 점수를 받는 사람이었지만 이젠 점수를 주는 사람으로 바뀌었다. 하지만 달라진 것은 없었다. 어떻게 하면 면접을 재미있게 볼 수 있을까, 우린 그 생각만 했다.

"좀 전에 연락 왔는데 또 면접 맡아달라는 전화야."

"벌써 몇 개째냐. 이러다가 우리 전문면접관 되는 거 아니냐?"

"야 그거 괜찮은데? 전문면접관, 우리 그거 하자."

회사는 많고 회사들은 늘 신입사원을 필요로 한다. 일거리는 충분할 것 같았다. 좀 더 노력한다면 전문면접관이 될 수 있을 것 같았다. 우리는 광고회사의 면접 준비회의 끝에 폭죽을 준비하기로 했다. 우리는 면접이 진행되는 중간에 갑자기 폭죽을 터뜨렸다. 펑, 하는 소리와 함께 색색의 실이 응모자들 앞으로 쏟아졌다. 같이 앉아 있던 면접관들에게도 미리 얘기를 하지 않았기 때문에 면접관들도 놀라긴 마찬가지였다. 응모자들은 다양한 반응을 보였다. 소리를 지르는 친구도 있었고, 깜짝 놀라면서 식은땀을 흘리는 친구도 있었고, 의자 뒤로 자빠진 친구도 있었다. 우리가 폭죽을 터뜨린 이유는 얼마나 긴장하고 있느냐를 보기 위한 것이었다. 폭죽을 터뜨렸을 때 소리내어 웃는 친구에게 제일 높은 점수를 주었다. 긴장해서는 아무것도 할 수 없는 법이다.

"다음 회사는 어디야?"

"증권회사야. 어떤 이벤트가 좋을까?"

"너 증권에 대해서 아는 거 있어?"

"없지."

"그러면 면접자들한테 질문을 해보라고 하면 어떨까. 그 사람들이 질문을 하고 우린 대답을 하는 거야. 우리가 면접 많이 해봐서 알지만 질문 잘하는 것도 능력이잖아."

"그렇지. 재미있겠다."

면접관 일이 재미있었고, 면접에 대한 회의를 하는 게 재미있었다. 우리는 예전과 마찬가지로 기발한 이벤트를 많이 했다. 광고회사에서처럼 폭죽을 터뜨리기도 했고, 상자에다 잡동사니를 넣어놓고 한 가지를 뽑게 한 다음 그 물건으로 우리를 웃겨보라는 주문을 하기도 했고, 자신만을 위한 응원가를 만들어보라는 요구도 했다―물론 M과 나의 응원가도 불러주었다―. 많은 면접자들이 우리의 질문과 이벤트를 재미있어 했다. 우리는 면접관이라기보다 면접장을 재미있게 만들어주는 사람이었다. 이렇게 면접을 봤더라면 우리도 진작에 회사원이 됐을 텐데, 라는 생각이 들 정도였다.

우리는 면접관 일을 하면서, 태어난 이후 처음으로 뭔가 의미 있는 일을 하고 있다는 생각이 들었다. 구체적으로 어떤 의미가 있는 일인가요?라고 물어본다면 할 말은 없지만 후반전이 시작됐는데 혼자서만 로커룸에서 자고 있다는 생각은 더 이상 들지 않았다. 우리는 한때 실패에 중독된 인간들이었지만 이제는 실패중독자들을 위로해주는 입장이 됐다. 누군가의 방패가 될 수 있다는 사실만으로도 우리는 기뻤다. 그것이 플라스틱이나 유리로 만들어진 방패이더라도 말이다.

스무 번째였는지 스물한 번째였는지의 면접관 일을 마치고 나올 때였다. 웹 기획을 하는 회사의 면접이었는데 어찌나 지원자가 많던지 면접을 다 보고 집으로 돌아올 때는 아무 말도 하고 싶지 않을 정도로 피곤했다. 지원자의 성격이나 대답에 따라 매번 다른 질문을 해야 했기 때문에, 또 우리가 준비한 이벤트를 모든 사람들에게 써먹을 수 있는 것도 아니어서, 우리는 점점 지쳐갔다. 아이디어도 고

갈되는 것 같았고, 무엇보다 갈수록 재미가 없었다. 겨우 스무 번밖에 면접을 보지 않았는데 벌써 재미가 없다는 게 이상했다. 우리는 버스 맨 뒷좌석에 나란히 앉아서 창밖을 내다보고 있었다.

"에휴, 하여간 쉬운 일이 없어, 그치?"

여전히 창밖을 내다보면서 M이 말했다. 내게 묻는다기보다 스스로에게 묻는 질문 같았다.

"우리, 처음으로 돌아가야 할 것 같지 않냐? 우리에게 어울리는 일이 아닌 것 같아."

나 역시 창밖을 내다보면서 말했다. 우리는 같은 풍경을 바라보고 있었다.

"처음이라……. 매일 면접 보던 시절로 다시 돌아가자고? 그때도 재미있긴 했지만 그래도 지금이 더 나아."

"아니. 그보다 더 처음으로."

"대학교에 다시 입학하자고?"

"더 처음."

M이 고개를 돌려 나를 보며 빙긋댔다. 그리고 말했다.

"설마 같이 동반자살하고 다시 태어나서 만나자, 그런 건 아니지?"

"아니지."

"그러고 보니 처음이 어딘지 잘 모르겠네. 어딘가의 갈림길에서 여기로 온 걸 텐데 말야."

"넌 꿈이 뭐였지?"

"꿈? 새삼스럽게 꿈은 왜 물어본대? 유치하게시리……."

M은 창문 쪽으로 고개를 돌렸다. 그리고는 아무 말도 하지 않았다. 풍경을 바라보는 게 아니라 자신의 꿈이 무엇이었는지를 기억해

내려 애쓰는 것 같았다. 언젠가 M은 내게 정원관리사가 되고 싶다고 말한 적이 있었다. 여행가가 되고 싶다고 했던 적도 있었고, 동물원의 사장이 되고 싶다고도 했다. 나는 어떤 것이 M의 꿈인지 모른다. 셋 모두 아닐 수도 있을 것이다.

M이 버스 유리창을 활짝 열었다. 바람이 M을 지나 내게로 왔다. M은 창밖으로 고개를 반쯤 내밀었다. 우리는 아무 말도 하지 않았다. M의 옆모습을 보는 순간, 어쩌면 M과 이렇게 버스를 타고 가는 것도 마지막일지 모르겠다는 생각이 들었다. 버스를 타고, 멍하니 앉아 있다가, 짧은 순간 얘기를 했지만 그사이 M과 나는 어딘가를 지나온 것 같았다. 어떤 갈림길을 지나온 것 같았다. 그는 왼쪽 길을 선택했고, 나는 오른쪽 길을 선택했고, 발목에 묶여 있던 끈이 우리도 모르는 사이 스르르 풀어져버린 것 같은, 그런 기분이 들었다. 나는 고개를 돌려 버스 뒷창문을 내다보았다. 팽팽하게 당겨진 전깃줄이 우리가 온 곳을 알려주고 있었다. 정확히 이름 붙일 수 없는, 언제부터 언제까지라고도 말할 수 없는, 내 삶의 어떤 한 시절이 지나가는 중이라고, 나는 생각했다. ▪

박민규

누런 강 배 한 척

1968년 울산 출생. 중앙대 문창과 졸업. 2003년 《문학동네》로 등단.
소설집 『카스테라』, 장편소설 『지구영웅전설』 『삼미슈퍼스타즈의 마지막 팬클럽』 『핑퐁』.
〈문학동네신인작가상〉〈한겨레문학상〉 수상.

누런 강 배 한 척

열흘 뒤 꽃 진 자리

잘 왔다.

　그래도 늦지 않은 건 택시를 탔기 때문이다. 집사람을 아들네에 맡기고, 서두른다는 것이 그만 약을 주머니에 넣고 나왔다. 전철역까지 두 번 걸음, 결국 택시를 잡았다. 하오下午의 뒷좌석엔 취객 같은 봄볕이 합승해 있었다. 흔들릴 때마다 서너 사람, 같은 느낌의 봄볕들이 나긋한 어깨를 부딪혀 오곤 했다. 택시를 탄 게 얼마 만인가. 물끄러미 미터기를 바라보다 잠이 들었다. 무진, 요즘은 졸립다. 지난해 봄만 해도 이렇진 않았다. 다 왔습니다 손님. 요금을 건네고 내리는 순간, 내린 인간의 부피만큼 또 봄볕이 자리를 차지한다. 미터기의 액정이 0으로 환원된다. 얇아진 지갑을 품속에 넣으며 그러나 잘 왔다고, 나는 자위한다. 약속 시간까지는 제법 여유가 있었다. 전철을, 탈 걸 그랬나?

삼정三亭빌딩이다. 지금 선 육교에선 마주 사 층을 볼 뿐이지만, 지대가 낮은 뒷길에선 버젓한 칠 층을 볼 수 있다. 그런, 건물이다. 정문이 이편의 대로大路로 나 있지만 아마도 거의가 뒷길로 난 후문을 사용할 것이다. 전철역도, 이런저런 상점과 정류장도 뒷길로 이어진 로터리에 위치하기 때문이다. 어쨌거나 그래서, 엘리베이터가 없다. 그런, 건물이다.

저기 사 층에 인주물산引舟物産이 있다. 이십, 구 년을 다닌 회사다. 신혼이던 스물일곱에 입사를 했으니 인생의 대부분을 저곳에서 보낸 셈이다. 이른 봄이었다. 양복을 입고, 사 층 건물 속의 칠 층 계단을 처음으로 뛰어오르던 기억이 아직도 생생하다. 건물 왼편에 목재소가 있을 때였고, 그 뜰의 목련이 조금씩 꽃을 틔우던 날이었다. 하마 삼십삼 년 전의 일이다. 목련도 목재소도, 그날 아침의 신입사원도 연기처럼 사라졌다. 제일 먼저 목련이, 어느새 목재소가, 어느덧, 한 인간이. 황사黃沙가 스민 바람에서 심하게 톱밥 냄새가 느껴진다. 문득, 그렇다.

보자, 저 얼굴은 김인호다. 새파란 신입이었는데 지금쯤 과장이 됐을지도 모르겠다. 창가에서 담배 피는 버릇은 여전하군, 육교를 내려서며 나는 중얼거렸다. 눈을 마주친 것 같긴 한데 나를 알아본 것 같진 않다. 분명 시력이 좋은 편은 아니었다. 아니 그보다도, 내가 많이 변한 거겠지. 이어진 사무실의 창을 둘러보며 나는 생각했다. 먼지 낀 반투명의 창들이 언뜻 0으로 환원된 미터기의 액정 같다.

다 왔습니다 부장님, 이를테면 그런 느낌으로 퇴직을 했다. 사 년 전의 일이다. 이십구 년이란 세월의 느낌에 비해, 퇴임식은 지극히 간소하고 간략했다. 십 분도 안 돼 식을 마치고, 서둘러 택시에서 내리는 사람처럼 저 문을 빠져나왔다. 수고 많으셨습니다. 습관처럼 택시를 잡아탄 후에도 젊은 사장의 인사말이 귀에서 떠나지 않았다. 어디로 모실까요 손님? 기사의 물음에 멍하니 대답을 못한 기억도 생생하다. 어디로 가야 할지, 얼른 생각이 떠오르지 않은 것이다. 답십리로 갑시다. 가야 할 곳은 집이었다.

육교 옆 가판에서 신문을 샀다. 신문을 사는 일도 택시를 탄 것만큼이나 오랜만의 일이다. 그리고 두 개의 골목, 눈을 감고도 찾을 전신주를 끼고 돌아 바지다방의 계단을 오른다. 마치, 옛날 같다. 돌아온 기분 같은 것, 상호와 인테리어가 바뀌었지만 그러하다. 그런데 계단의 경사가 이토록 가팔랐던가? 잠시 숨을 고른 후 다방의 문을 열었다. 어서 오세요. 낯선, 얼굴이다. 정 선배의 모습도 보이지 않았다.

근사한 상호가 있긴 했지만, 이곳을 바지다방이라 불렀다. 별다른 이유는 아니고, 언제나 바지 차림인 마담이 있었기 때문이다. 치마 좀 입지 그래? 다리가 못생겨서요. 곱상했던 마담의 다리가, 그러나 썩 괜찮다는 사실을 안 것은 아마 나뿐일 것이다. 두어 번, 남녀관계를 가진 적이 있었다. 멋진 다린데 왜? 배시시 웃으면서도 마담은 끝내 이유를 말하지 않았다. 두어 번 물어보고는, 나도 더 이상 이유를 묻지 않았다. 다, 옛날 일이다.

다방은 영업부의 아지트였다. 업무의 특성이랄까, 아무튼 여러 가지 이유로 실질적인 회의가 매일 이곳에서 이뤄지는 셈이었다. 뒷돈이 오가고, 접대가 많은 직종이었다. 자연스레 영업부만의 공간이 필요했다. 오른쪽 창가의 가장자리, 말하자면 이곳이 내 자리였다. 그 시절의 어느 날처럼 나는 자리에 앉아 신문을 펼친다. 심한, 신문 냄새가 풍겨왔다. 이십 년 전에도 십 년 전에도, 신문에서는 이 같은 냄새가 났다. 때로 늙었다는 사실이 믿기지 않는 순간이 있다. 바로 이런 순간이다. 이 냄새를 맡으며 얼마 전까지도 실적을 체크하고 영업 전략을 짜고는 했다. 그런, 기분이다. 나는 담배를 꺼내 문다.

정 선배가 온 것은 이십 분 정도가 지나서였다. 늦어서 정말 미안하네, 아닙니다 선배님. 그런 인사를 굳이 나눌 사이가 아닌데도 굳이 그런 인사를 나누었다. 어떻게 지내셨습니까? 말을 건네고 생각해보니 그런 인사를 굳이 나눠야 할 만큼 우리는 서로 연락이 없었다. 나야 뭐, 하고 정 선배는 말을 흐렸다. 자네는 어떤가? 제수씨가 몸이 안 좋단 소릴 들었는데. 뭐… 그렇습니다. 큰놈 이름이 동현이지? 그놈은 뭐 하나? 작은 사업을 하나 하고 있습니다. 둘째 녀석은? 아직 시집은 안 간 게지? 동현이 식 때는 내가 갔었고…. 예, 뭐 공부를 계속 하고 싶어해서요, 지금은 몇 군데 시간강사를 나가는 모양입니다. 그것 참 대단한 일일세, 어쩜 그렇게 잘 키웠나. 그렇고 그런 대화들을 한참이나 나누었다.

　아무렇지도 않은 듯

　말이다. 정 선배와는 깊은 인연이 있다. 학창 시절엔 유도부의 대선배였고, 그 인연을 끈으로 나를 회사로 불러주었다. 낙법落法을 가르쳐준 것도, 영업을 가르쳐준 것도 그였다. 책상이 고작 네 개였던 회사를 지금의 번듯한 중소기업으로 만들어놓았다. 이 회사는 앞으로 자네들 걸세. 입버릇처럼 사장은 얘기했다. 십오 프로, 이십 프로의 주식을 나눠주기도 했었다. 십만 불 달성의 신화를 창출한 적도 있다. 돌이켜보면 정신없이 뛰고 열정을 토하던 시절이었다. 경제가 활황이던 때의 얘기지만, 누구나 그렇게 할 수 있는 건 아니었다. 모두가 정 선배를 인주물산의 차기 사장이라 믿어 의심치 않았다.

　사장이 뇌졸중으로 죽고 나자, 정작 사장이 된 것은 새파란 사장의 아들이었다. 죽기 전에, 이미 사장은 모든 절차와 수순을 마련해놓은 상태였다. 인간의 마음은 법적으로 사 층인 건물 속의 칠 층 계단과 같은 것이었다. 이십, 구 년을 오르내렸음에도 불구하고 도무지 알 길이 없다. 정 선배도 나도, 무렵엔 그 사실을 견딜 수 없었다.

　정 선배는 자신의 회사를 차렸는데, 내가 이직을 준비하기도 전에 망해버렸다. 선박 사고와, 불어닥친 불황에 직격을 맞은 것이다. 나는 눌러앉았고, 오십오 세를 정년으로 사회생활을 마감했다. OB 모임인 인우회引友會에서 그래도 꾸준히 만남을 가졌는데 이 년 전부터 소식이 끊어졌다. 연락처를 모르는 바 아니지만, 연락을 할 수 없는 사정이 있었다. 정 선배의 장남이 도박에 빠져 큰 사고를 쳤다는 소문이었다. 도움을 줄 수 없다면, 연락을 않는 게 도리라 생각했다. 학생부에서 메달을 딴 유도인이었다. 십만 불 실적을 올린 신화의 주인공이었다. 내심 선배의 저력을 믿었으므로, 한순간도 선배의 재기를 의심치 않았다. 말하자면, 그리고 그저께 선배의 전화를 받은 것이다. 목소리를 듣는 것만으로도

　그 시절로

　돌아간 느낌이었다. 그래서 선배님, 하고 나는 말문을 열었다. 미주 지역에 첫 오더를 발주한 때의 일화라든지, 얽히고설킨 그 시절의 에피소드가 그래서 줄줄이 튀어나왔다. 리필한 커피가 바닥날 때까지 선배도 희미한 미소를 잃지 않았다. 담배 한 대 얻어도 되겠나? 그럼요 선배님. 두 손으로 잘 감싼 불을 나는 선배의 면전에 내밀었다. 파직, 하는 낮은 소리와 함께 순간 바스라진 재灰 몇 점이 목련처럼 떨어졌다. 희고

　희고

　눈부셨다. 이것 말일세… 선배가 잠깐 몸을 뒤돌렸다. 그리고 보자기에 싸인 커다란 박스를 테이블 위에 올려놓았다. 이게 뭡니까? 의자 뒤로 쌓인 여러 개의 박스들이 그제서야 한눈에 들어왔다. 혹시나 해서 말일세… 자네 건강이 좋다는 건 잘 알지만… 이게 가시오가피란 건데 말이야, 흔한 중국산이 아니라 백 프로 토종이고 해서… 혹시나 말일세. 그리고 멍하니 선배는 창밖을 바라보았다. 이

를테면 먼 산 같은 곳, 황사가 없다면 보였을 북한산이나… 그런 곳, 어쩌면 황사가 비롯된 머나먼 이국異國의 어딘가를

　바라보았다. 눈길을 따라, 언뜻 그 어딘가의 눈 덮인 봉우리 같은 것을 나도 바라본 느낌이다. 그러니까 선배님… 어휴… 편하게 말씀을 하셔야죠. 제가 누굽니까? 불편한 말을 하면서도 머릿속으론 박스의 개수를 세고 있었다. 한 손에 들 수 있는 양이 세 개가 한계라면, 도합 여섯 개… 박스가 다섯 개란 건 회사에서 고작 한 개를 팔았다는 얘기… 그걸 산 사람이 누군지도 대충은 알 것 같았다. 총무부의 한성수였겠지, 말고는 없었겠지.

　면목이 없네.

　그리고 고맙네. 대답 대신 악수를 나누고 선배의 손을, 학생부 메달을 움켜쥐던 그 손을, 나는 힘주어 마주 잡았다. 어디로 가십니까? 아, 또 들를 곳이 있어서 말이지. 담배를 한 대씩 나눠 피고 우리는 육교 앞에서 헤어졌다. 굳이 이렇게 좋아야 할까 생각이 들 만큼이나 화사하고, 화사한 날씨였다. 네 개의 가시오가피 박스가, 그것을 든 한 사내의 뒷모습이 화사한 봄 속으로 사라져간다. 황사가 걷힌 하늘을 올려보며, 그래서 잘 왔다고 나는 생각을 한 것이다. 더 없이 가벼이

　화단에선가, 가로수에선가

　꽃잎 몇 장 떨어

진다, 떨어졌다. 왜 인생에선 낙법이 통하지 않는 것인가.

공무도하公無渡河, 공경도하公竟渡河

실은 덥석, 이런 걸 살 처지가 아니다. 물끄러미 사십만 원이 찍힌 지로를 응시하다 절로 한숨을 쉬었다. 지출이 많은 하루였다. 덜컹 덜컹, 커브를 도는 전철이 텅 빈 느낌의 소리를 낸다. 이토록 사람들이 차 있건만, 그렇다. 덜컹덜컹, 그런 소리를 요즘은 스스로의 삶 속에서 듣는다. 이십구 년을 가득 땀 흘렸건만, 그렇다. 과연 내 인생은 무엇이었나?

사장의 배신이 없었다면 달라졌을까? 그랬을지도 모른다. 정 선배는 회사를 더 키웠을 테고, 적어도 나는 상무나 전무가 되었을 것이다. 이상한 일이지만, 그러나 큰 불만은 없다. 세상은 참 많은 일들이 있는 곳이고, 어떻게든 나도 그 속에서 밥을 먹고 살았다, 살아, 온 것이다. 미워할 것도, 원망할 일도 없는 그런 인생이다. 월급을 받았고 정해진 액수의 퇴직금을 받았다. 그걸로 된 거라고, 나는 생각한다. 한 가족을 책임지는 것은 말처럼 간단한 일이 아니었다. 예컨대 다행히도, 살아왔다 할 수 있는 인생이다. 터벅터벅, 전철역에서 아들네로 이어진 이 골목이 오늘 따라 좁고, 아득하다.

동현인 들어왔냐?

늦을 것 같다네요. 참, 저녁 드셔야죠 아버님. 별 말은 안 했지만,

당연히 먹고 가야 하는 것 아니냐, 말하고 싶었다. 이상한 반응이지만, 그렇다. 며느리의 싹싹함에도 거리감을 느낀 지 오래다. 미워하거나 원망할 일은 아니지만, 그렇다. 에미 때문에 고생 많았지? 어휴, 낮엔 어찌나 집 밖으로 나가려 하시던지. 약은 먹었고? 그럼요.

아내는 안방에서 드라마를 보고 있었다. 혼잣말을 중얼거리다 아, 하고 나를 쳐다본다. 치매다. 아직 초기라고 의사는 말했는데, 날이 갈수록 그 말을 믿지 못하겠다. 다녀왔소, 말을 건네자 고모님은 뭐라 하시던가요?라고 대꾸한다. 고모님이라니, 가시오가피를 내려놓고 나는 넥타이의 매듭을 느슨하게 풀었다. 느슨하게, 아 하는 한숨이 새나온다. 식사하세요. 며느리의 음성이 들려왔다. 말은 안 하지만, 말하자면 여태껏 진지 드세요, 란 소리를 들어본 적이 없다. 식사를 하기 위해 나는 아내를 일으켜 세운다. 갑시다.

조기를 구웠어요. 며느리는 셈이 빠른 아이다. 셈이 둔한 아들놈을 생각하면 천만다행이란 생각도 든다. 혼수랍시고 이 집을 얻어줄 때 아버님, 연립은 사주셔도 짐만 되니 차라리 전세로 얻어주세요. 그리고 차액을 현금으로 주세요. 아파트는 저희가 장만하겠습니다, 라고 했다. 말을 한 건 아들 녀석의 입이었지만, 녀석의 대사가 아니란 걸 직감으로 알 수 있었다. 이래저래, 그때 오천을 줬다. 나로선 할 만큼 했다 생각했는데, 늘 며느리의 표정에서 서운함을 볼 수 있었다. 영업을 오래 한 인간은 이래서 탈이다.

이건 조기가 아니다. 대형 할인점에서 두름으로 산 부세다. 스무 마리를 만 팔천 원에 산 적도 있다. 중국산이다. 찬이 너무 많구나 말을 하면서도, 나는 이것이 식사란 사실을 잊지 않는다. 아니 오히려 이렇게 살아야 한다 생각했다. 아들 녀석이 망한 건 이 년 전이다. 덜컥, 작은 프랜차이즈 분점을 열었다가 주저앉았다. 사천만 원의 은행 빚을 결국 내가 갚아주었다. 조기를 구웠어요. 며느리의 서운함이 그래서 이나마 줄어든 거라 말할 수 있다. 지금의 옷가게는 그런대로 유지가 되는 모양이다. 조기든 부세든, 열심히만 살아주면 나로선 그만이다.

평생을 모은 돈 대부분이 그렇게 사라졌다. 나로선 대단한 도움을 준 느낌인데, 왠지 아들놈은 당연한 도움을 받았다는 눈치다. 미리 유산을 받은 셈 치는 걸까? 그럴 수도 있겠지, 라고 생각한다. 어쨌거나 지난 일이다. 문제는 나다. 나와, 지금 허둥대며 조기를 먹고 있는 아내다. 아내의 치매를 알게 된 것도 이 년 전이다. 은행 빚으로 프랜차이즈 분점을 열었다가 주저앉은 기분이었다.

치매가 어떤 병인지에 대해선 그동안 공부를 할 만큼 했다. 부세의, 그러니까 조기의 흰 살을 발라 아내의 수저 위에 차곡차곡 얹어준다. 부쩍, 아내는 젓가락질이 서툴러졌다. 결국 언젠가는 떠먹여줘야 할 지경에 이를 것이다. 납득하긴 힘들지만 당연한 운명일 수도 있다. 치매를 앓는 수많은 인간들이 있다. 그중 한 사람이 나의 아내란 생각을 하면 더없이 당연하다는 기분도 든다. 암이든 중풍이든, 결국 인간은 죽기 마련이다. 참, 아버님 검진 결과는 어떠셨어요? 물끄러미 아내를 쳐다보던 며느리가 진지한 표정으로 물어왔다.

백 살까지 살겠다더구나. 아닌 게 아니라 의사의 말 그대로를 옮긴 것이다. 담배 때문인지 심폐 기능이 떨어진 걸 제외하곤 아무런 이상이 없는 검진 결과였다. 근력과 간 기능은 젊은 사람 못지않네요. 팔씨름을 하면 손목을 잡아줘야 할 것 같은 의사가 그렇게 얘기했다. 한 조각의 암세포도, 이상이 생긴 장기나 혈관도 발견되지 않았다. 어머, 그럼요 아버님… 오래오래 사셔야죠. 며느리의 이 말만큼은, 누가 뭐래도 진심이라 생각한다.

종합검진을 받은 건 아들의 권유 때문이다. 아버지, 건강은 건강할 때 지켜야 하는 거라구요. 싫다는데도 며칠을 졸라댔다. 결국 검진을 받았다. 이것이 실은 며느리의 권유로구나 생각이 들어서였다. 만만치 않은 검진 비용을 턱 하니 아들이, 아니 며느리가 부담했다. 효도의 문제라기보다는, 불안해하는 며느리의 심기가 느껴졌다. 별탈 없이, 내가 끝까지 아내를 책임져주길 아이들은 바라고 또 바랄 것이다. 아들은… 말을 말자. 때로 아내가 치매인 게 얼마나 다행인가 생각이 들 때도 있다. 아들은… 아내의 전부였기 때문이다.

아내는 특히 아들에게 집착했다. 내게도 원인은 있었다. 나는 종종 외도를 했다. 접대가 많은 일이라 대개는 직업여성과 나눈 하룻밤이지만, 그렇지 않은 사랑도 두어 번 있었다. 한 번은 회사의 젊은 여직원 S와, 다른 한 번은 고교 동창인 Y와. S와는 반 년 정도 딴살림을 차린 적이 있고, Y는 둘 다 가정이 있는 신분이어서 꽤나 심각한 일이 일어날 뻔도 했다. 당연한 일이겠지만, 아내는 큰 상처를 받았다.

아들이, 그래서 아내의 전부가 되었다. 절로 이기적이고 의타심이 강한 인간으로 자라왔고, 지금도 그러하다. 내 책임이다. 아니, 누구의 책임인지 알 수 없다. 이제 더 줄 것도 없지만, 아니, 그래도 겨우 집 한 채가 남았지만, 더는 주지 않겠다고 나는 결심했다. 나에게도, 내 인생이란 게 있는 것이다. 치매를 앓는 아내에게도 아내의 인생이 있다. 집은 우리의 노년을 위해 쓰여야 한다. 잘 먹었다. 자리를 일어선 나는 주섬주섬 양복을 챙겨 입었다. 여보, 갑시다. 아버님 과일이라도 좀 드시고 가셔야죠. 연립의 계단을 내려올 때까지 한사코 며느리가 따라 붙는다. 아니다, 늦기 전에 가야지.

좁고 아득한 골목을 아내의 손을 잡고 걸어간다. 주절주절 딴에는 재밌는 농을 늘어놓지만 아무런 대꾸가 없다. 절반이 져버린 개나리 숲을 지나는데 난데없이 핸드폰이 울렸다. 며느리였다. 아버님, 뭘 두고 가신 거 같아서요. 큰 박슨데…. 아차 싶었지만 되돌아가기가 싫었다. 가지고 좀 와주렴… 하려다 귀찮았다. 이상한 반응이다. 다, 귀찮다. 그거 아주 좋은 건데… 가시오가피라고… 동현이 좀 먹여라, 너도 같이 먹고. 그래, 부부가 같이 건강해야지. 전화를 끊었다. 그만, 또 주고 말았다. 전화를 거는 사이 아내는 쪼그린 채 이런저런 꽃들을 매만지고 있었다. 아내를 일으켜 다시 걸음을 재촉한다. 바삭하고 허무한 아내의 손이 홀씨를 다 털어낸 민들레 같은 느낌이다. 그 손을, 나는 꼭 쥐었다.

집으로 돌아온 것은 아홉 시 무렵이었다. 오는 도중 아내가 길을 새려 해 싸우고 달래고 곡절이 많았다. 이유는 언제나 '집에 가기' 위해서다. 집이 어딘데? 묻는 자체가 무의미한데도 그만 집이 어딘데? 벌컥 화를 내버리고 말았다. 반성한다. 약을 먹이고 양치를 해주고, 이부자리를 깔아주자 곧 잠이 들었다. 쌔근쌔근, 잠든 아내의 얼굴을 확인한 후 나는 거실로 나와 담배를 피웠다. 또, 하루를 살았다. 주섬주섬 나는 펜이니 돋보기니, 그런 것들을 챙기기 시작한다. 가계부를 쓸 시간이다.

일 년 전부터 가사는 전적으로 내 책임이 되었다. 그 무렵이 가장 힘들었다. 생전 해보지 않은 빨래며 청소, 밥을 짓고 설거지를 하는 일이 삶의 전부가 된 것이다. 그나마 지금은 가사만 해결하면 그만이라 말할 수 있다. 점점 아내에 대한 간호와 수발이 삶의 대부분을 차지해갈 것이다. 가계부를 쓰기 시작한 것도 그때부터다. 지갑서 꺼낸 지로를 철하고, 지출 사십만 원, 분납 8회, 라고 또박또박 기입한다. 정 선배의 얼굴이 눈앞에 떠오른다. 앞으로 여덟 번 더, 선배의 얼굴이 떠오를 것이다. 간이 안 좋다고 들었는데… 지로의 1회분을 뜯어 나는 신발장의 왼쪽 서랍에 넣어둔다. 납부를 앞둔 지로나 고지서는 모두 이곳에 보관한다. 따릉. 벨이 울렸다.

이 시간에, 전화를 한 것은 딸이었다. 그래 잘 지냈냐? 학기를 시작해선지 거의 두 달 만의 전화다. 엄마는 좀 어떠세요? 뭐, 좋아질 일이 있겠니. 이런저런 얘기들을 한참이나 나누었다. 딸의 목소릴 들으면 기분이 좋아진다. 아들 녀석보다는, 확실히 그렇다. 쌍둥이로 태어났지만 여러 면에서 차이가 났다. 엄벙덤벙한 아들놈에 비해 딸은 꽤나 성적이 좋은 편이었다. 속을 썩이지도 않았다. 착실히 학교를 가고, 대학원을 나와 강단에 서고 있다. 융통성이 없는 게 흠이라면 흠이지만, 그래도 여러 면에서 보람을 느끼게 해주었다. 지나가는 소리지만, 또 넌지시 사귀는 사람은 없냐고 채근해보았다. 순간 아빠… 하고 딸의 목이 멘다. 괜한 소릴 했나 후회했는데 그게 아니었다.

나 돈이 좀 필요해요. 돈이라니, 무슨 일이 생긴 거냐? 이런 부탁해서 정말 미안해요… 그런데… 저도 너무 힘들어요. 딸은 울고 있었다. 마음속에 가시오가피숲이 자란 듯 기우가 치밀었다. 얘길 해야 돈이든 뭐든 마련할 것 아니냐…. 힘들고 힘들게 딸이 꺼낸 얘기는 교수직에 관한 것이었다. 지방의 한 대학에 자리가 났는데 요는 돈이 필요하다는 것이다. 이유도, 사용처도 묻지 않았다. 다만 액수만을 나는 물어 보았다. 아빠가 삼천 정도 해주시면 어떻게든 될 거 같아요. 그러냐? 한번 고민해보마. 아무튼 방법이 있을 테니 너무 염려하지 말고… 뭐니 해도 객진데… 늘 건강 챙겨야 한다. 미안해요, 편히 주무세요. 딸은 울면서 전화를 끊었다. 결코 화가 나거나 세상이 썩었다느니 생각은 들지 않았다. 늦게나마 이런 융통성이라도 생겨난 딸이 오히려 대견할 따름이다. 세상에 지식인知識人이 어딨겠는가, 지식인知食人이 있을 뿐이지. 편히 잘 수가 없어 나는 담배를 꺼내 물었다.

달이 밝다.

거실의 불을 끄고 나니 오히려 모든 것이 선명해진다. 달과, 그로인해 보이는 어둠과, 고요, 그리고 한 사내의 육신이 선명하게 느껴진다. 환갑을 넘겨도 지극히 건강한 늙은 사내의 심장이 두근, 한다. 길게 연기를 한 모금 내뱉었다. 병원에서 검진 결과를 들었을 때의 절망감이 푸른 달빛처럼 사내의 심장에 스며든다. 적어도 아흔까지는 사시겠습니다. 요즘은 일흔이 기본이구요, 흔하디흔한 게 팔순인 세상입니다. 의사의 목소리가 환청처럼 들려온다. 앞으로… 삼십 년을 더 살아야 하는가? 지극히, 나는 절망한다.

앞으로의 인생에 대해선 많은 생각을 했었다. 아내의 병에 대해서도 알 만큼 알았고, 말하자면 큰 어려움은 없을 거란 생각이다. 소득이 없고, 몇 푼의 연금으로 생활은 궁핍하겠지만 그런 어려움 따위는 우습지도 않다. 단칸방에서 시작한 인생이다. 철鐵로 치면 주철의 근성으로 세상을 헤쳐왔다. 차차 대소변도 못 가릴 아내가 무거운 짐이라서가 아니다. 오히려 아내에겐 그래서 감사한 심정이다. 젊었을 때의 잘못을 배상할 기회라고도 생각한다. 그러나 더는 살고 싶지 않다.

더는

살고 싶지 않은 것이다. 견디기 힘든 것은 고통이나 불편함이 아니다. 자식에게서 받는 소외감이나 배신감도 아니다. 이제 인생에 대해 아무것도 궁금하지 않은데, 이런 하루하루를 보내며 삼십 년을 살아야 한다는 것이다. 소소하고 뻔한, 괴롭고 슬픈 하루하루를 똑같은 속도로 더디게 견뎌야 하는 것이다. 인생을 알고 나면, 인생을 살아갈 힘을 잃게 된다. 몰라서 고생을 견디고, 몰라서 사랑을 하고, 몰라서 자식에 연연하고, 몰라서 열심히 살아가는 것이다. 그리고 어디로 가는 걸까?

인간이란

천국에 들어서기엔 너무 민망하고 지옥에 떨어지기엔 너무 억울한 존재들이다. 실은 누구라도, 갈 곳이 없다는 얘기다. 연명延命의 불을 끄고 나면 모든 것이 선명해진다.

창을 열고, 나는 베란다로 나간다. 긴 하루의 늦은 밤이다. 흐르고 흐르고 흐르는 차들의 불빛들로, 언뜻 저 멀리 도로가 길고 긴 강물처럼 느껴진다. 아득하고, 멀다. 이제 그만

건너고 싶다.

저 누런 강, 나는 한 척의 배처럼

갈 봄 여름 없이

수면제를 모은 것은 육 개월 전부터다. 조금씩, 노를 젓듯 규칙적으로 모아왔다. 왜 이럴까, 하면서도 행동을 멈추지 않았다. 죽고 싶다는 생각을 한 것은 훨씬 더 오래전이다. 그러니까 작년의 봄이었나 여름이었나, 어쩌면 재작년의 가을이었나.

집은 곧 매각되었다. 전세로 전환하며 판매하는 조건이라 보름 만에 사겠다는 이가 나타났다. 평생에 걸쳐 마련한 집이었다. 그러나 무슨 의미가 있는가. 양도서에 도장을 찍으면서도 아무런 감정의 동

요가 없었다. 우선 세금을 내고, 딸의 통장으로 삼천을 입금시켰다. 더 필요한 건 아니니? 나머진 제가 어떻게든 할 거예요. 정말 고마워요 아빠. 문득 그 '어떻게든'이 마음에 걸리기도 했지만… 어쨌거나 딸의 인생이다. 그리고 더는 전화가 걸려오지 않았다. 전화가 없어선지, 인생이 더 홀가분해진 느낌이었다.

그리고 돈이 남았다. 삼십 년을 생각하면 차마 이 년을 버티기 힘든 금액이지만, 남은 인생을 한 달이라 생각하면 넘치고 또 넘치는 돈이었다. 그 돈으로, 인생의 마지막 한 달을 아내와 보내리라 결심했다. 우선 가시오가피 대금을 미리 완납하고, 차의 상태를 점검했다. 생각하기에 따라 길고 긴 여행이 될 것이다. 고장이나 그런 이유로 귀한 시간을 낭비하고 싶지는 않았다. 그리고 옷을 샀다. 아내의 손을 잡고 백화점을 찾은 것은 처음이었다. 무작정 아내는 기뻐했고, 분별없이 일곱 벌의 옷을 닥치는 대로 골랐다. 모두가, 강렬한 원색의 옷이었다. 피처럼 빨간 화려한 원피스가 있었는데, 예전의 아내라면 공짜로 줘도 입지 못할 옷이었다. 그 옷을 입고, 아내는 소녀처럼 기뻐했다. 소년처럼, 나는 눈물이 나왔다.

단 한 번이라도 삶을 즐긴 후 나는 아내와 함께 죽고 싶었다. 하마 아내가 여행을 할 수 있을 때, 차마 아내의 영혼이 그것을 기억하지 못한다 하더라도. 출발하기 전날 밤의 달은 인생에서 본 가장 크고, 둥글고, 눈부신 달이었다. 잠든 아내의 얼굴이, 그래서 부시고 환하게 다가왔다. 아내의 인생은 어떤 것이었을까. 미안하고 미안하고 미안한 마음이 달의 인력에 끌린 물결처럼 꿈틀거렸다. 젖은 모래를 쓸고 가는 밤의 물결처럼, 나는 말없이 아내의 머릿결을 쓰다듬었다. 꿈인 듯, 혹 아직은 삶 속인 듯.

집 안을 잘 정돈하고 필요한 짐을 모두 실었다. 달칵, 문을 잠그던 그 순간 지나온 삶의 모든 것을 밀봉하는 기분이었다. 유서 같은 것은 쓰지 않았다. 이 집의 전세금은 알아서 아이들이 나눠 가질 것이다. 그리고 근처의 미장원에서 아내의 머리를 새로 했다. 예쁘게 해주세요. 원색의 옷을 입고 앉아 머리를 하는 아내의 모습이 낯설고 낯설었다. 아니 단 한 번, 이와 비슷한 아내의 모습을 본 적이 있다. 결혼식을 할 때였다.

특별한 계획은 없었다. 그저 한껏, 바다를 둘러볼 생각이었다. 수면제를 모을 때만 해도 해외의 근사한 휴양지를 생각했는데, 확실히 아내에겐 무리가 따르는 일이었다. 우선 차를 몰아 가까운 서해를 둘러본 후, 동해의 라인을 거슬러 무작정 이동할 생각이었다. 생각이 곧 길이고, 그것은 강과 같은 것이었다. 말하자면 지나온 수십 년과는 다른, 한 달이었다.

한 달

나는 아내와 함께 갯벌을 걸었고, 놀랍도록 아름다운 노을을 보거나, 정말 훌륭한 공간에서 식사를 하고, 우연히 발견한 놀이동산에서 기구를 타기도 했다. 그렇다고 특별한 여행은 아니었다. 그저 좋은 곳에서 자고, 원 없이 바다를 감상하고, 온천을 하며 피로를 풀거나, 다시 피로해지거나, 했다. 소소히 즐겁고 기쁜 순간이 있었나 하면, 때로 다가올 죽음의 허무에 짓눌려 괴롭거나 슬프곤, 했다. 어찌

보면 지나온 수십 년과 다를 바 없는 하루하루였다. 지난 수십 년의 가을처럼, 또 어느 해의 봄처럼, 문득 잊고 있던 여름 같은 한 달이었다. 그리고 그사이 다섯 통의 전화를 받았다.

한 통은 딸에게서 온 것이었고, 세 통은 보험 가입이나 대출을 권유하는 전화였으며, 나머지 한 통은 잘못 걸려온 전화였다.

그리고 바로, 오늘이 왔다. 새벽에 잠깐 보슬비가 왔고, 곧 비가 개면서 밝아오는 아침 해를 볼 수 있었다. 여느 때와 다름없는 아침을 보내고 다시 인근의 휴양지를 찾아 차를 몰았다. 이것이 마지막 운전이 될 것이다. 핸들의 촉감을 새삼스레 느끼며 한산한 도로 위를 달리고 또 달렸다. 자꾸만, 눈물이 나왔다. 걷잡을 수 없이 터지는 눈물을 참고 또 참다가 결국 차를 세우고 펑펑 울고 말았다. 콧물까지 흘리는 내 몰골이 우스웠던지 아내는 배를 잡고 웃음을 터트렸다. 마음이 진정되기까지는 오랜 시간이 필요했다.

호텔은 바다가 잘 보이는 언덕 위에 있었다. 주차를 하고, 우선 아내와 함께 산책로를 걸었다. 새소리와 바람 소리, 그리고 파도 소리가 뒤섞인 풍광 앞에서 나도 아내도 모두가 침묵했다. 죽음도 기나긴 강 끝에 펼쳐진 저 바다와 같은 걸까? 나는 말없이 담배를 피워 물었다. 추워. 양팔을 매만지며 아내가 얘기했다. 추울 리 없는 초여름의 날씨인데도 아내는 한사코 춥다며 몸을 떨었다. 결국 발길을 돌려야 했다. 여보, 갑시다.

예약하셨습니까?

그건 아니라고 답을 하자, 전혀 예상치 못한 답변이 들려왔다. 죄송합니다, 지금 빈 객실이 없어서요… 예약이 다 찬 상탭니다. 놀라웠다. 제법 이름이 난 휴양지긴 해도 평일이다. 평일에 이토록 호텔을 찾는 사람들이 많다니… 나는 적잖이 당황스러웠다. 그러고 보니 로비 한 켠에는 오후에 있을 결혼식의 안내판까지 설치되어 있었다. 그것 참, 할 수 없이 로비를 나서려는데 안내판의 이름 석 자가 한눈에 들어왔다. 김수연. 아내의 이름이다. 아니, 아내와 이름이 같은 신부의 이름이었다. 물끄러미 곁에 선 아내에게 그래서 누구냐고 물어보았다. 김, 수, 연. 김수연이 누구지? 멍한 눈빛으로 아내는 고개를 가로저었다. 손님, 하고 그때 프론트의 여직원이 달려왔다. 객실이 하나 났습니다. 방금 어떤 분이 갑자기 전화로 예약을 취소하셔서요. 아, 그렇습니까? 상냥한 얼굴의 여직원이 고개를 끄덕였다.

방은 7층의 맨 끝 쪽에 위치해 있었다. 커튼을 열자 오전의 잔잔한 햇살이 누런 강물처럼 방 안으로 흘러들었다. 그 강물 속에서, 나는 이상하리만치 마음이 편안해졌다. 개폐가 가능한 창이 있어 한결 마음에 드는 방이었다. 짐을 잘 정리한 후 벗은 옷들을 옷장 속에 넣었다. 반듯하게, 바지와 원피스의 주름을 펴 나는 모양새를 갖춰주었다. 옷걸이에 걸린 어둠 속의 옷들이, 문득 지나온 삶 같다. 그리고 인생의 마지막 목욕을 했다. 아내의 몸을, 더불어 스스로의 몸을 스스로의 손으로 씻겨주었다. 가운을 걸치고 침대에 걸터앉자, 작은 산새의 울음소리가 희미하게 들려온다.

가방을 열어 수면제를 모아둔 봉투를 조심스레 꺼냈다. 한 달을 기다려온 깊은 잠이 봉투 속에서 우리를 기다리고 있었다. 창밖을 바라보았다. 그리고 잘 왔다, 여기까지… 잘 왔다고 나는 생각했다. 아내의 얼굴을 쳐다볼 순 없었지만, 아내의 손을 잡을 수는 있었다. 더듬더듬 잡은 그 손을, 나는 여느 때보다 꼭 움켜쥐었다. 문득 마지막으로 아들과 딸의 목소리를 듣고 싶었다. 휴대폰의 폴더가 마치 바위처럼 무거웠다. 딩동. 벨이 울린 것은 그때였다. 누구지? 찾아올 사람이 없는데도 어느새 몸이 문 앞에 서 있었다. 누, 누구십니까?

벌입니다.

귀를 의심했지만 거듭 벌입니다, 하는 남자의 목소리가 문의 저편에서 들려왔다. 이상한 반응이었다. 나는 문을 열고 사내의 얼굴을 대면했다. 갓 마흔을 넘긴 듯한 평범한 인상의 사내였다. 벌이라니요? 내가 묻자 오히려 사내가 당황하는 눈치였다. 사내는 재차 방의 호수를 확인하더니 뉴질랜드님 부부 아니십니까?라고 빠르게 속삭였다. 뉴질랜드라니… 도대체 무슨 얘기요. 그게 아니라… 그러니까… 마사지를 원하신 거 아닙니까? 당신 마사지사요? 사내가 고개를 끄덕였다.

그랬군요. 이상한 반응이지만, 나는 사내를 방으로 들어오게 했다. 복도에 서서 얘길 나누는 것도, 또 아내가 자꾸 방을 나가려는 것도 어쩐지 신경이 쓰여서였다. 나는 사내에게 방을 잡게 된 경위를 간단히 설명했다. 그랬군요. 고개를 끄덕이며 사내가 얘기했다. 아마도 절 부른 부부님이 갑자기 마음이 바뀐 건가 봅니다. 뭐… 가끔 있는 일이긴 하지만. 아니 약속을 하고 그렇게 일방적으로 취소를 한단 말이오? 마사지란 게… 그렇습니다.

나쁜 인상은 아니었다. 그리고 문득 죽기 전에 마사지를 받는 것
도 좋겠다는 생각이 머리를 스쳤다. 어떠신가? 하고 나는 사내에게
제안했다. 아… 사내는 뭔가 난감하다는 눈치였다. 방 안을 서성이
며 보이는 아내의 이상행동이 아마도 마음에 걸리는 모양이었다. 약
간 치매가 있네, 하지만 마사지를 하는 데는 별 지장이 없을 게야.
그런 건 아니고…. 사내는 몇 번을 머뭇거리다 그렇다면, 하고 고개
를 끄덕였다.

바닥에 얇은 이불을 깔고 사내는 나를 엎드리게 했다. 차근차근
손가락과 발끝에서부터 사내는 마사지를 시작해갔다. 그 광경이 무
료했던지 아내는 금세 침대에서 잠이 들었다. 두 분이 함께 여행하
시는 겁니까? 그렇다네. 무척 보기가 좋습니다. 그런데 저렇게 편찮
으셔서… 많이 힘드실 텐데. 예전엔 내가 저 사람을 힘들게 했소. 부
부란 게 다… 그렇겠지만… 그런데 요즘엔 이렇게 마사지사를 호텔
로 부르나 보오? 그런 건 아니구요… 실은… 제가 하는 게 부부 마
사지란 겁니다. 부부 마사지? 평범한 마사지가 아니라… 뭘까, 일
종의 성적性的인 서비스 같은 겁니다. 어르신과는 거리가 먼 얘길 거
같아… 오히려 말씀드리기도 편합니다만.

퍼뜩, 사내의 말뜻이 뭔지 감을 잡을 수 있었다. 오래전 일본 출장
을 다녀온 직원에게서 비슷한 얘기를 들은 적이 있다. 아니, 그런 걸
하는 사람들이 여기도 있단 말이오? 수는 제법 되지만 실질적으론
그렇게 많지 않습니다. 호기심을 가졌다가도 막상 오늘처럼 유턴하

는 경우도 있고, 동의를 해놓고도 정작 여성분이 거부를 하는 경우
도 많고… 해서 대개는 마사지를 전제로 하고, 여성의 결심에 따라
서비스를 하거나 생략하거나 합니다. 요금도 거기에 따라 정하구요.

산새 소리가 들려왔다. 힘들게 살아가는 인간들의 모습이 그래서
더 선명하게 느껴졌다. 나는 내리고 이들은 남겠지만, 결국 모두가
이 강을 건널 것이다. 마사지의 나른함 때문인지 나는 자꾸 눈이 감
겨왔다. 그토록 힘을 들여 이토록 힘들게 살아온 한 인간이 사내의
손끝에서 나른하게 녹고 있었다. 벌이란 건 뭔가? 그건 아이디란 겁
니다. 아, 그렇군. 역력히 역력히 산새가 울고 울었다.

사모님은… 받기가 좀 그러시죠? 담배를 나눠 핀 후 사내가 웃으
며 물었다. 무슨… 아닐세. 그런 나이도 아니고… 나보다 더 힘들게
살아온 사람이야, 대신 그런 서비스 말고 평범한 안마로 해줘야지.
나도 웃으며 사내에게 얘기했다. 깨우면 힘들어서… 그냥 침대에서
하는 게 낫지 않을까 싶네. 조심조심 사내는 마사지를 시작했다. 망
종芒種 햇살 속에, 그 누런 강물 속에 아내의 몸이 나른히 잠겨들고
있었다. 사내의 손끝이 두어 마리 소금쟁이처럼 잔잔한 파문을 그리
고 또 그렸다. 한 척의 배처럼 침대는 흔들리고 있었다.

아

아내가 신음을 지른 것은 한참의 시간이 지난 후였다. 하마터면,
들고 있던 담배를 나는 떨어트릴 뻔했다. 수십 년 만에 들어보는, 그
런 성격의 신음이었다. 아… 낮은 신음이 또다시 아내의 입에서 새

나왔다. 그만 마음이 역력히 우는 산새 소리인 양 어지럽고 아찔했는데, 침대 위의 사내와 눈이 마주쳤다. 멍하니 입을 벌린 채, 사내도 역력히 어찌할 바를 몰라 하고 있었다. 우리는 한동안 그렇게 굳어버렸다.

산에
산에
피는 꽃은
저만치 혼자서 피어 있네

산에서 우는 적은 새요
꽃이 좋아
산에서
사노라네

산에는 꽃 지네
꽃이 지네
갈 봄 여름 없이
꽃이 지네

호텔 광장의 어딘가에 스피커가 있는 듯했다. 분수대 근처가 아닐까 싶었다. 결혼식 하객을 대상으로 한 안내 방송이 나오면서, 연이어 몇 곡의 가곡이 흘러나왔다. 소월의 산유화였던가? 창가에 앉아 노래를 감상하며 나는 새 담배를 꺼내 물었다. 샤워를 마친 사내가 가운을 입고 걸어 나왔다. 눈을 마주치기가 뭣해서 나는 엄벙 냉장고의 문을 열었다. 맥주 한잔 할 텐가? 아, 감사합니다. 머리를 말리고 선 사내에게 나는 캔맥주를 내밀었다.

결혼식을 했나 보죠? 창밖을 내려보며 사내가 얘기했다. 그런 모양이야. 광장의 중심에서 울긋불긋 색지를 붙인 자동차 한 대가 서서히 출발하고 있었다. 재배再拜, 삼배三拜, 차는 원형의 분수대를 세 바퀴 돌았고, 잠시 멈춰 선 후 노끈으로 매단 여러 개의 깡통을 끊고서는 서서히 세상을 향해 나아갔다. 짧게, 우리는 건배를 했다. 수십 알의 수면제라도 삼킨 듯 아내는 곤히 잠들어 있었다. 역력히, 맥주가 달다고 나는 생각했다.

냉장고에는 아직 한 캔의 맥주가 남아 있었다. ▪

전성태

늑대

1969년 전남 고흥 출생. 중앙대 문창과 졸업. 1994년 《실천문학》으로 등단.
소설집 『매향埋香』 『국경을 넘는 일』, 장편소설 『여자 이발사』 등.
〈신동엽창작상〉 수상.

늑대

*

　산문을 닫는 종소리가 들려왔습니다. 그믐밤에 가축을 밖에다가 재울 수 없어 말을 몰고 나선 길이었지요. 구름 끼어 사위가 어슬하고 언덕을 오를수록 바람이 거셌습니다. 서편 능선으로 일몰의 잔광이 남아 있었지요. 날씨 탓인지 일진日辰 탓인지 나는 줄곧 불길하였고, 언덕에 올라서서는 어워[1]를 그냥 지나기 뭣해서 말에서 내렸습니다. 풀숲에서 돌멩이를 줍고 있자니 딸이 말을 몰아 쫓아왔습니다. 사냥꾼들이 왔다고 앞머리를 찬바람에 씻기며 딸아이가 말했습니다. 캠프촌 게르[2] 앞에 지프가 한 대 서 있더군요.

---

1) 우리의 성황당과 비슷한 성격의 몽골 돌탑.
2) 몽골인의 전통가옥인 원형 천막집.

나는 말고삐를 놓고 어워에 돌을 올리며 천천히 돌았습니다. 사냥꾼들의 방문은 예상보다 일렀지요. 그믐이 끼어서 열흘을 넘기고 오리라 생각했습니다. 천기天氣 따위 우습게 여기는 이방인들이 못내 불경스러웠습니다. 딸아이는 말안장에 무심히 앉아 있었습니다. 혼이라도 내준 아이처럼 눈에 아무것도 담고 있지 않았습니다. 요새 들어 딸아이는 말수가 줄고 낮에도 누워 지낼 때가 많습니다. 잠결에 헛소리를 해대서 뺨을 때려 깨운 적도 있습니다. 손 없는 겨울이라 한정 없이 게을러진 거겠지요. 나잇값을 하느라 그러는지도 모릅니다. 캠프에 젊은 손이라도 들면 애가 덤벙덤벙 바보가 되는 게 사내들을 의식하는 눈치입니다. 그런 딸아이가 낯설게 느껴집니다. 나와는 아무 상관도 없는 존재처럼 여겨지지요. 뭐랄까요, 딸아이는 저만 외떨어져 딴 세계에 속해 있는 것 같습니다. 그때는 아비로서 소외감이 밀려듭니다. 예전에 암말 하나가 야생마를 따라 초원으로 사라진 적이 있습니다. 꽤 아끼는 말이었는데 그때 제 심정이 그랬답니다. 서운함이 깊어져 종내에는 어떤 적의마저 들었죠. 열여섯에 든 딸아이를 손치레를 핑계로 여태 곁에 잡아둔 게 후회가 되기도 합니다. 남들처럼 도회지로 내보낼 걸 그랬나 싶지요.

수테채³⁾를 대접하거라. 딸아이에게 이르고 나는 마저 가던 길로 말머리를 돌렸습니다. 말과 양 떼는 눈 없는 구릉지 남쪽에 두 무더기 구름처럼 몰려 있었습니다. 갈 길이 바쁜데 걸음은 족쇄라도 찬 듯 왜 이리도 무거울까요. 나는 흡사 먼 전장에서 돌아오는 패잔병처럼 말을 몰았습니다. 북사면 초지를 뒤덮은 눈 위로 어둠이 내리고 있습니다. 골짜기에 밀생한 자작나무숲, 그 허여스름한 그늘 속

---

3) 차에 우유를 넣고 끓인 차.

으로도 그믐 저녁의 어둠이 스밉니다.

카자흐 목자가 겨울 목장을 찾아 이곳으로 이동해 오자 나는 그에게 암말 다섯 마리를 맡겼습니다. 손님에게 내줄 승마들이지요. 이곳 캠프촌 사람들은 다들 그렇게 말들을 맡긴답니다. 나도 젊어서는 가축들을 몰고 초원을 떠도는 유목민이었지요. 네 살 때 말 등에 오른 후 초원의 아이들이 그렇듯 내 길은 정해져 있었습니다. 나는 장차 무엇이 될 것인가 고민해본 적이 없습니다. 총각 때에는 북쪽으로든 남쪽으로든 말을 달려 바다를 보고 싶은 마음은 있었지요. 그런 열망은 인생에서 한때에 그치고 맙니다. 초원생활이라는 게 먼 데를 바라보면 힘들어지는 법이라 스스로 접기 마련이죠. 나는 스무 살에 한 해 남짓 중국 국경 부근에서 군복무를 하고 돌아온 뒤로 고향을 떠나지 않았습니다. 그 한 번의 바깥 구경으로도 넉넉히 초원생활을 견딜 수 있었습니다.

십수 년 전 가을, 세상이 바뀐다는 풍문이 초원으로 들려왔습니다. 인민회의에서 사회주의 체제를 포기하고 시장경제를 도입하기로 결정했다는 소식이었습니다. 머잖아 군당郡黨에서 공무원이 나왔습니다. 공무원은 매년 하던 정기조사 때처럼 가축 머릿수를 헤아렸습니다. 소 백오십 마리, 염소와 양이 각각 이백여 마리, 그리고 서른세 마리의 말과 열두 마리의 낙타를 공무원은 서류에 기록한 후 이제부터 이것들은 당신 소유요, 했습니다. 나는 이 일이 무엇을 뜻하는지 알 수 없었습니다. 그때껏 내 가축이 아니라고 여겨본 적이 없었으니까요. 생김새와 습성까지 훤히 꿰고, 수년을 함께 동고동락한 가축들이었습니다. 나는 여전히 그들을 돌보고 우유를 짜고 새끼를 받았습니다. 실제로 내 생활에 아무런 변화도 없었습니다.

아내가 몸이 퉁퉁 붓는 병으로 죽었습니다. 그 여자에게서 자식을 넷이나 보았지만 살린 아이는 열 살 된 딸 치무게뿐이었습니다. 아이가 태어났을 때 나는 흑무당을 불렀습니다. 탯줄을 늑대 힘줄로 묶어주었지요. 늑대의 복사뼈를 목에 걸고, 늑대 가죽으로 싸서 겨우 살려냈습니다. 나는 아내와 더불어 하늘의 별처럼 많은 아이를 낳길 바랐습니다. 홀로 남은 나는 여전히 젊었고 더 이상 초원을 떠돌고 싶지 않았습니다. 풀 냄새와 말똥 냄새를 맡지 않고는 살아도 여자 냄새 없이는 못 살 것 같았습니다. 가축들을 처분했지요. 내 임의로 가축을 처분할 수 있다는 사실이 놀라웠습니다. 내가 실감한 시장경제란 그런 거였습니다. 그러나 닷새에 걸쳐 가축들을 트럭에 실어 보내며 나는 까닭 없이 죄스러웠습니다. 하늘과 대지에 눈을 둘 수 없어 가축들한테서 재갈을 벗기고 나면 게르에 박혀 보드카 병을 붙들고 지냈습니다. 딸아이는 트럭이 떠날 때마다 언덕까지 쫓아 올라가 울었지요. 스산한 닷새를 보내고 나니 우리 부녀의 손에는 제법 큰돈이 쥐어졌습니다. 무엇이든 해볼 만한 돈이었습니다. 나는 겨울을 나곤 하던 사하촌 골짜기에다가 고정 게르를 여섯 동 짓고 정착했습니다. 바람 쐬러 초원을 찾는 도시인들, 사냥꾼들, 그리고 사원 방문객들을 손님으로 받았지요.

한 잔의 수테채가, 하룻밤 게르의 잠이 돈으로 계산되었습니다. 장작을 패는 나의 노동이, 늑대를 쫓는 동행이 벌이가 되었습니다. 그뿐입니까. 게르 천창으로 빛나는 별과 스미는 달빛이, 지나는 바람과 내리는 눈이 역시 돈의 현영現影처럼 손님들을 끌어왔습니다. 그리고 나는 내가 필요로 하는 모든 것, 때로는 여자까지 도시로 나가 사야 했지요. 그 불모의 대지에 살을 부리며 나는 내 생에 좋은 일은 다 끝났음을 깨닫곤 했습니다.

그새 일대의 초원은 많은 변화를 겪었습니다. 초원을 가르며 도로

가 닦이고 말과 양이 달려야 하는 대지 위에 울타리가 쳐졌습니다. 캠프촌이 수십 개로 늘었고 십여 리 밖에는 서양식 호텔이 들어섰습니다. 나는 간혹 언덕에 올라 초원을 가로지르는 아스팔트길을 내려다봅니다. 그 검은 혓바닥이 자본의 그것처럼 여겨집니다. 자본이란 게 그런 거였습니다. 상상도 할 수 없는 풍경을 몰고 왔지요. 더 이상 초원에서 별들에게 길을 물었던 전통은 찾아볼 수 없습니다. 목자들이 샘과 초지를 찾아 가축을 몰았듯이 이제는 도로를 따라 이동할 뿐입니다. 목자들은 더 이상 하늘을 살피지 않습니다. 라디오와 텔레비전이 알려주는 일기예보에 귀를 기울입니다. 최소한의 생존을 위해 사람과 가축이 친구처럼 공존했던 유목은 사라졌습니다. 목자들은 재산을 늘리기 위해 가축을 치고 가축의 시세를 모르는 목자는 없습니다. 그 모든 변화를 어떻게 사람이 만들어놓았겠습니까, 저 무시무시한 검은 혓바닥이 아니라면.

저절로 나이가 기울어 나는 촌장이 되었습니다. 인근에 땔감을 대주는 술동무가 하나 있는데 우리는 술잔을 놓고 앉으면 더 늙기 전에 초원으로 돌아가자고 술주정을 하곤 합니다. 그도 나도 돌아갈 수 없다는 걸 잘 알고 있습니다. 운 좋아 그런 날이 온대도 그때는 묻히러 가는 길이겠지요.

게르에 와 있다는 늙은 사냥꾼은 도회지에 유명한 서커스단을 가진 솔롱고스⁴⁾ 사업가입니다. 나는 노인을 사냥꾼이라 부릅니다. 그도 그걸 좋아합니다. 그는 열흘이 멀다하고 캠프촌을 찾고 있습니다. 몽골 사냥꾼이라면 결코 그믐에 미친 개⁵⁾를 찾아 길을 떠나지 않지요. 더구나 오늘은 동지冬至 지나 첫 아흐레가 되는 날이고, 아침

---

4) 한국(인)에 대한 몽골의 명칭이며 '무지개의 나라' 라는 뜻을 가진다.
5) 몽골어로 늑대를 카무트(Khamutu 혹은 Khamut), 즉 미친 개라고 한다.

에는 소주가 얼었습니다. 얼마간 소주가 녹는 일은 없을 겁니다. 제
대로 된 추위는 이제 시작이지요. 아흐레 추위가 아홉 번을 거듭하
고 나서야 봄이 올 테니까요.

　노인은 늑대에 홀려 초원에 돈과 노구의 정열을 뿌리고 있습니다.
운전사와 젊은 사냥꾼을 대동하고 심지어 매춘부인지 첩인지 모를
벙어리 처녀까지 끼고 다닙니다. 늑대의 악령이 씌지 않았다면 도저
히 이해할 수 없는 사람입니다. 자본의 매혹을 나는 그에게서 느끼
곤 합니다. 나는 그가 뿜어내는 검은 정염을 뿌리치지 못합니다. 숙
명이나 되는 것처럼 그의 힘을 거역할 수가 없습니다. 꼭 돈 때문만
은 아닙니다. 뭐라고 할까요. 그의 정염은 파괴적이고 불온하지요.
몸을 망가뜨려 성스런 하늘과 대지와 신들을 거스르고 맞서려는 것
같습니다. 이 아둔한 사람이 노인에게서 느낄 수 있는 마음이란 그
런 정직함입니다. 욕망에 대한 진실함이지요. 내가 살아온 생은 참
으로 단순한 생이었지요. 마음에 이는 작은 사념 하나마저도 선함과
악함으로 분별할 수 있었으니까요. 그러면서도 늘 마음 한구석에는
미심쩍은 게 남았습니다. 꺼지지 않는 욕정, 생이 너무나 보잘것없
다는 열패감 따위 말이에요. 그는 그 미심쩍은 세계 때문에 신음하
는 영혼입니다. 망가진 그 영혼이 왠지 빛나 보입니다. 그에게 그런
매력을 준 게 무엇일까 종종 나는 생각하곤 합니다. 우리의 초원으
로 서류 한 장과 함께 들어온 그 자본주의일까요? 나는 어렴풋이 그
러리라 짐작하고 있습니다. 먹고사는 데서 놓여난 여유이겠고, 옛날
식으로 말하면 잉여물을 독점한 자가 필연적으로 맞게 되는 퇴폐성
이겠지요.

　그가 나타난 뒤로 나는 하루도 몸에서 총을 떼어놓고 지내본 적이
없습니다. 내 영혼이 서서히 망가지고 있습니다. 나는 그걸 느낍니

다. 영혼은 명백한 범죄 앞에서보다 모호한 죄의식 속에서 제 모습을 드러내는 법이지요. 영혼은 죄와 짝패가 아니라 몸과 짝패이니까요. 땡볕의 낮꿈과 같은 검질긴 악몽 속에서, 안개 속의 말발굽 소리 같은 불안 속에서 우리는 거울을 들여다보듯 제 영혼을 만납니다. 나는 그가 원하는 미친 개를 잡을 생각입니다. 그리하여 놈의 사지를 지탱하는 여덟 가닥 힘줄을 끊어놓을 생각입니다. 아아, 두렵습니다. 이방인들이 돈을 믿을 때 우리 초원의 사람들은 길조吉兆를 믿었지요. 우리는 저 굴곡 없는 대지를 오가면서도 일진을 점치고 움직였지요. 초원으로 흘러가버린 저 종소리처럼 다 옛말이 되어버린 이야기이지만.

*

  종 치는 사미승이 한 불자를 숙소로 안내해 왔더이다. 캠프촌의 촌장 하산 노인이었습니다. 산문을 닫았대도 막무가내라며 사미승은 손님을 뒤에 세워놓고 툴툴거렸습니다. 나는 촌장 노인을 의자에 앉게 했습니다. 늑대가 출몰한 이후로 부쩍 아랫마을 사람들의 발길이 잦습니다. 이 엄한에 때 아닌 늑대가 출현하여 사원의 불물佛物을 늘려주고 있습니다. 오늘 오정에는 목자 하나가 핏발 선 눈으로 찾아왔습니다. 간밤에 길 잃은 제 양 네 마리가 늑대에 물려 죽었노라 하였습니다. 문밖을 내다보니 목자의 말 잔등에 사냥총이 걸려 있더이다. 그믐이니 살생을 금하라 이르고 돌려보냈습니다. 나는 그에게 살생 허가를 내준 거나 다름없습니다. 그믐만 피하면 늑대를 죽여도 좋다고 말한 셈이지요. 그는 그리 알아들었을 거외다. 어쨌든 늑대의 살생 문제로 산문을 두드리는 속인들은 늑대를 죽일 마음으로 오는 것입니다. 죄업을 따져 마음을 돌이키러 오는 건 아닙니다. 불법佛法은 승과 속의 타협이라고 나는 깨달은 바 있습니다.

스님, 오늘 일진이 궁금합니다. 드디어 책상에 마주앉은 촌장이 물었습니다. 거친 입김에 양초의 불꽃이 내 쪽으로 기울어 넘실거렸습니다. 들큼한 보드카 냄새가 풍겼습니다. 그의 그믐 패에서는 피 냄새가 나더이다. 나는 주역을 덮고 내키지 않는 입을 풀었습니다. 그믐 일진이 좋은 사람도 있다. 촌장은 갈증난 사람처럼 마른침을 삼켰습니다. 그는 늑대 사냥꾼들이 집에 들었다고 풀 죽어 말하더이다. 역시 그 큰 입을 가진 축생이 문제였습니다. 초원에서 생계를 위한 짐승의 살생을 금할 길이 없습니다. 사냥 역시 마찬가지지요. 저 몽매한 초원에는 그믐날의 살생에 관한 금기가 있습니다. 그믐에 죽임을 당한 영혼은 어둠 속을 영원히 헤매게 된다지요. 이도 따지고 보면 살생에 따른 두려움의 발로요, 숭고한 살생을 위한 방편이지 않겠습니까. 산문에서도 최소한의 살생은 허용하고 있답니다.

그러나 이 큰 입 가진 축생의 경우는 다르지요. 초원 사람들에게 이는 보이는 대로 죽여 없애야 하는 짐승입니다. 고기를 위해서도 모피를 위해서도 아닙니다. 요새야 모피를 얻으려고 늑대를 쫓는 사냥꾼들이 늘었답니다만 오랫동안 초원에서 이 축생은 단지 제거만을 목적으로 사냥되었습니다. 늑대는 어쩌면 악령이 숨을 불어넣어 태어난 짐승인지도 모릅니다. 다른 맹수들처럼 주린 배만 채우고 물러나면 족하나 늑대는 천성이 그러지를 못합니다. 하룻밤에도 수백 마리 양들의 숨통을 끊어놓습니다. 살생을 즐기는 이빨을 갖고 나지 않았다면 설명할 길이 없습니다. 살아 숨쉬는 일만으로도 죄업을 늘리는 짐승. 그러니 불법으로도 구제할 방도가 없습니다. 큰 입 가진 이 짐승은 분명 인연의 모순이며 혼돈 그 자체입니다. 하여 이 짐승의 업을 구법求法의 화두로 삼은 라마들이 고래로 수두룩하였지요. 속중인 나 또한 이 엄한에 그 짐승으로 하여 염주에 땀을 닦고 있지 않겠습니까. 불교는 마약이요, 라마는 혁명의 적이라고 했던 볼셰비키의 붉은 군대 못지않게 사원을 위협하는 가장 큰 적은 어쩌면 이 입 큰 짐승일지도 모릅니다. 나는 늑대 사냥꾼들에게 옛 화상和尙들의 깨달음을 되풀이해 들려줄 뿐 다른 답을 구하지 못했더이다.

양도 가련하고 늑대도 가련하다. 양은 늑대에게 먹히는데 이것은 가련한 일이다. 늑대가 배고픈 것도 가련한 일이다. 하여 늑대가 양을 먹는다고 어떻게 책할 것인가? 생과 더불어 죄과를 늘이고 있지 않은가? 죄업의 끝을 몸으로 설하도록 만들어진 축생이다. 그보다 큰 고통이 어디 있겠는가? 가련하도다.

그러니 늑대를 죽이는 것은 옳지 않다네. 나는 촌장 노인에게 일렀습니다. 허나 늑대를 죽이지 않는 것도 또한 옳지 않겠지. 승방의 대화는 늘 그렇더이다. 듣자고 묻는 게 아니고 들으라고 하는 말이 아니니 그럴밖에요. 중생은 죄를 토설하고 승려는 대속할 뿐입니다. 촌장 노인은 수심 가득한 얼굴로 지전을 소매에서 꺼내 이마 높이 봉헌한 후 물러났습니다. 나는 장엄한 독경이라도 읊듯이 한마디 덧붙였더이다. 그믐에도 못 피하는 살생이라, 그 무슨 연유 있으리.

*

촌장 노인이 돌아오지 않고 있습니다. 뺨 붉은 그의 어린 딸이 아버지는 말을 몰러 갔다고 알려주더군요. 날은 이미 어두워져 캠프촌에 전깃불이 들었습니다. 촌장 딸이 피워준 화로는 금방 달아올라 게르는 훈훈했습니다. 허와는 촌장 딸을 도와 저녁을 준비하러 갔습니다. 허와는 어떤 핑계든 만들어서라도 내 곁에 남아 있질 않는군요. 생리가 시작되었다고 이번 사냥에 동행하지 않으려는 것을 나는 거의 강권하다시피 해서 데려왔습니다. 생리가 진정 이유였다면 나는 데려오지 않았을 겁니다. 오죽했으면 나는 그 아이의 아랫도리를 벗겨서 확인하는 추태까지 부렸겠습니까. 그 아이의 몸이 열리게 한 자를 나는 꼭 확인할 셈입니다. 운전사 바이락인지 사육사 촐몽인지 아직 나는 감을 못 잡고 있습니다.

바이락은 지프를 점검한다며 전짓불을 들고 밖에서 서성입니다. 오른쪽 전조등이 말썽이라고 하는데 모를 일이지요. 녀석은 촐몽에 비해 속내를 숨기지 못하는 거칠고 둔한 놈입니다. 그래도 알 수 없습니다. 몽골 여자들은 이마에 지혜의 눈이 하나 더 박혀 있다는 전설이 있습니다. 그것은 사내들이 짐작할 수 없는 낯선 차원의 영혼을 본다지요. 그래도 바이락 같은 무지막지한 놈이 우리가 볼 수 없는 영혼을 가졌으리라고는 생각지 않습니다. 여자를 거꾸러뜨릴 수는 있어도 마음을 열 수 있는 영혼의 소유자는 아니지요.

촐몽은 화롯가 의자에 앉아 등을 동그랗게 말고 사냥총을 분해해서 손질하고 있습니다. 노리쇠 뭉치를 마포로 닦는 손놀림이 사뭇 경건합니다. 총을 손질하고 있는 자를 보면 두렵습니다. 총을 겨눈 자보다 오히려 더 두렵습니다. 고독에 휩싸인 그 내면이 발하는 힘 때문일 겁니다. 그러나 녀석이 화로에서 감자를 구워먹고 있대도 그렇게 보였을 겁니다. 그는 길게 묶어 늘어뜨린 머리카락으로도 감추지 못한 늘씬한 허리를 가졌습니다. 긴 척추는 야성을 발합니다. 그의 맑은 얼굴은 침묵의 가죽으로 덮여 있습니다. 때로는 순종적이게 보이기도 하지만 나는 음모와 적의를 느낄 때가 많습니다.

그는 이제 총열에 쇠막대를 박습니다. 카빈총인데 제조년도 라벨이 닳아 없어졌을 정도로 묵은 것입니다. 몸체와 개머리판을 나무로 만들었고, 노리쇠 뭉치가 밖으로 노출되어 있습니다. 초기에 제작된 반자동 단발소총이지요. 나는 이 총을 몽골의 어느 유력한 정치가로부터 선물받았습니다. 후원에 대한 답례였지요. 그의 선대로부터 내려온 유품이라고 합니다. 비록 구닥다리이기는 하나 상당히 매력적인 총입니다. 나는 몽골식 사냥법이 마음에 듭니다. 초원의 사냥꾼들은 짐승의 관자놀이를 노려 단번에 숨을 끊는 것을 사냥의 원칙으로 삼습니다. 상처를 주어서는 안 됩니다. 고통 없이 생명을 거두려는 이들의 사냥법에서는 어떤 경건함마저 느껴집니다. 그렇지만 내가 원하는 건 그런 사냥이 아닙니다. 결코 나는 사냥에 미친 사람이 아닙니다. 늑대 외에 어떤 사냥감에도 관심이 없으니까요. 또한 유목민들처럼 늑대를 두려워하거나 혐오하지도 않습니다. 오히려 사랑하고 경외하는 편입니다. 늑대는 초원에 차원 하나를 더하는 존재이죠. 저 탐욕에 무슨 인과因果가 있겠습니까. 욕망과 힘에 무슨 죄가 있습니까. 그래서 나의 사냥은 사냥답지 않았으면 좋겠습니다. 놀이로서의 저열함이나 경박함이 끼어들지 않았으면 합니다. 나는 늑대 앞에 숙명적인 라이벌처럼 마주 서기를 원합니다. 약육강식의 자연법칙이니 죄의식이니 연민이니 하는 것들이 없는 절대공간에서 독대하기를 원합니다. 스스로 자신을 사냥하듯이 이루어졌으면 싶습니다. 어쩌면 나는 가장 사냥다운 사냥을 원하는지도 모르겠습니다.

나는 카지노 사업으로 젊은 날 한때 그 업계의 신화가 되기도 했지요. 맨주먹으로 성공하였으니까요. 혼란스런 사회는 기회의 땅이지요. 한국뿐 아니라 그건 어느 나라에서나 마찬가지입니다. 그러나 나는 돈을 벌수록, 사회가 안정되어 갈수록 갑갑증을 느꼈습니다.

비약이니 파격이니 하는 어떤 역동성이 사라졌습니다. 그건 일에서 사람과 사람이라는 관계가 사라진 것을 의미하지요. 사람을 대신해 시스템이 들어선 거지요. 이젠 무에서 유를 창조하는 일은 불가능해졌습니다. 뭔가 주물럭거리는 재미가 없어졌습니다. 사무실에 왕처럼 앉았다가 밖으로 나가면 초라해졌습니다. 정치를 해볼까 싶어 기웃거린 적도 있습니다. 그 대가로 콩밥을 이 년이나 먹었지요. 사업을 해보면 알겠지만 국가권력이란 게 얼마나 거추장스럽습니까. 울타리입니다. 국가가 없어지면 얼마나 좋을까, 생각한 적이 한두 번이 아니랍니다. 도대체 누가 국가에게 그런 권력을 주었는지 묻고 싶을 따름이었습니다. 국경이 사라지고 그저 세상이 자본의 힘만으로 굴러간다면 얼마나 신이 나겠습니까. 아무튼 나는 사업이고 뭐고 재미를 잃었습니다. 일선에서 조용히 사라지고 싶었습니다.

나는 몽골에서 식어버린 열정을 다시 찾았습니다. 서커스는 망해버린 사회주의 체제가 남긴 가장 빛나는 유산이었습니다. 나는 왠지 그 고전적인 사업이 마음에 들었습니다. 몸이 펼치는 기예의 매력이 어떤 향수 같은 걸 불러일으켰던 듯싶습니다. 서커스란 육체의 한계가 피워낸 꽃이 아니겠습니까. 자유에의 욕망을 상품으로 파는 사업이지요. 서커스단을 이끌고 세계를 주유하고 싶다는 열망을 떨쳐버릴 수 없었습니다. 모든 사업을 정리하고 나는 그곳으로 사라졌고 다시 태어났습니다.

내가 쫓는 늑대는 한 마리 검은 수컷입니다. 사냥꾼들은 놈이 항가이 북쪽 촐로트 강가의 검은 바위틈에서 태어났을 거라고 합니다. 아마 거기는 현무암이 많은 고장인가 봅니다. 어쨌든 놈은 그늘을 덮고 사는 짐승처럼 매혹적인 검은 털빛을 가지고 있습니다. 검은 늑대가 무슨 대수냐고 할지 모르지만 서커스단 사육장에서 회색, 갈색, 적색, 흰색 늑대 삼십여 마리를 기르고 있는 내 입장에서는 꼭 소유하고 싶은 놈입니다. 그건 마치 나비 채집가가 사향제비나비 표본을 갖고 싶어하는 이치와 같겠지요.

나마르자라는 소택지에서 나는 놈과 처음으로 조우했습니다. 이곳으로부터 동남 쪽으로 이백여 킬로미터 떨어진 곳이지요. 늑대가 교미기에 접어든 시월을 잡아 나는 예년처럼 초원으로 나왔습니다. 초원에서 늑대의 행방을 찾는 일은 쉽습니다. 가축 피해를 입은 목자를 탐문하여 하루 이틀 만의 추적으로도 늑대 무리의 꽁무니에 따라붙을 수 있지요.

저녁 무렵이었습니다. 설원을 헤매는 늑대 암컷 한 마리를 발견했습니다. 우리는 움직이지 않고 기다렸습니다. 머잖아 수컷들이 떼를 지어 나타날 테니까요. 교미를 위해 수컷들 십수 마리가 무리지어 암컷 한 마리를 좇는답니다. 우리는 숨을 죽이고 기다렸습니다. 저건 늑대가 아니야! 난데없이 촐몽이 소리쳤습니다. 그건 비명에 가까웠습니다. 모든 경이로운 순간은 그런 뜻밖의 상황 언어로 표출되는 법입니다. 아무 맥락도 없는 듯싶은 언어가 그러나 가장 사실적인 데다가 현장감을 가지고 있습니다. 상상의 언어, 이성의 언어로는 어림도 없지요. 비명이야말로 가장 솔직한 언어가 아니던가요. 나는 쌍안경을 집어 들었습니다. 갈색 늑대들이 설원을 종종걸음을 치며 암컷을 좇고 있었습니다. 모두 열두 마리쯤 되어 보였습니다. 나는 촐몽이 왜 그렇게 소리쳤는지 이내 깨달았습니다. 갈색 수컷들 속에 검은 놈 한 마리가 섞여 있었습니다. 한동안 나는 반달곰이 아닐까 의심했습니다. 무리 중에 몸집이 컸고 무엇보다 앞가슴 쪽 털빛이 희었던 겁니다. 나는 숨도 크게 쉬지 못하고 한동안 망연히 서 있었습니다. 촐몽이 총을 겨누자 나는 조용히 총열을 눌렀습니다.

생포하세.

우리는 초원의 사냥꾼들을 모았습니다. 그들은 올가미로 늑대를 잡을 줄 아는 사냥꾼들이었습니다. 다섯 명의 사냥꾼들은 말총으로 꼬아 만든 올가미를 짧은 나무막대기 끝에 연결한 사냥도구를 가지고 나타났습니다. 나는 검은 늑대를 꼭 산 채로 잡아야 한다고 촐몽을 통해 여러 번 당부했습니다. 해거름 무렵에 우리들은 늑대들의 이동 흔적을 다시 찾아냈습니다. 사냥꾼들은 참으로 노련했습니다. 늑대 울음소리를 흉내내 늑대 무리를 설원으로 꾀어냈으니까요.

늑대 추격이 시작되었습니다. 사냥꾼 두 명이 암컷 좌우에 붙어 말을 몰았습니다. 암컷의 도주로를 유도하는 거죠. 나머지 사냥꾼들은 수컷 무리를 뒤쫓았습니다. 우리는 지프를 몰아 추격전의 후미에 붙었습니다. 암컷을 향한 수컷들의 맹목성은 놀라웠습니다. 사냥꾼들의 추격에도 한 마리 이탈 없이 오로지 암컷이 달려간 길을 쫓았습니다. 질주가 질주를 불러 쫓고 쫓기는 상황마저 의식되지 않을 무렵, 드디어 후미의 사냥꾼들이 움직였습니다. 사냥꾼 하나가 올가미를 들고 수컷들 가까이 다가가 가장자리에서 뛰는 수컷의 주둥이를 낚아챘지요. 절대로 늑대 무리의 대열로 뛰어들어서는 안 됩니다. 그러나 노련한 사냥꾼의 올가미도 번번이 빗나갔습니다. 실패한 사냥꾼이 뒤로 처지면 다른 사냥꾼이 교대로 나아갔습니다. 그러기를 몇 차례, 드디어 한 놈을 낚아챘습니다. 그렇지만 내가 원하는 사냥감은 아니었습니다. 검은 늑대는 결코 가장자리로 나오지 않았습니다. 갈색 수컷 한 마리를 잡고 날이 저물어 그날의 사냥은 끝났습니다.

숙소로 돌아왔을 때 사냥꾼들이 더 이상 올가미 사냥은 불가능하다고 말했습니다. 나는 왜 그러냐고 물었지요. 돈이 적어 그러느냐,

더 주겠다고도 했지요. 그들은 돈이 문제가 아니라 늑대들의 이동로가 산림지대에 접어들어 올가미로 생포하기 힘들다는 거였습니다. 그들은 총으로 잡아주겠다고 제안했습니다.

검은 늑대가 밤새 눈앞에 어른거려 잠을 이룰 수가 없었습니다. 꿈속의 헛것처럼 날이 새면 영원히 사라질 것 같았습니다. 이튿날 아침 나는 사냥꾼들의 제안을 일부 받아들였습니다. 단, 암컷을 사살하자고 역제안을 했지요. 교미기의 수컷은 암컷을 결코 버리지 않는다는 습성을 나는 잘 알고 있었습니다. 가끔 그 습성을 이용한 늑대 사냥담을 들은 적이 있습니다. 문제는 위험이 따른다는 겁니다. 목적을 상실한 수컷들이 흉포해져 사냥꾼들을 공격하게 됩니다. 역시 사냥꾼들은 발을 빼겠다고 야단이더군요. 총기를 사용하지 않는 올가미 사냥은 죽으러 가는 거나 마찬가지라고 하더군요. 이제 목숨값을 놓고 흥정하려 드는 거였죠. 그들을 다시 사냥터로 내모는 데는 돈밖에 없었습니다.

그날은 늑대들의 행방을 찾을 수 없어 북쪽으로 팔십여 킬로미터를 이동한 채 하루를 물렸습니다. 늑대들이 먹이를 사냥한 흔적을 몇 곳에서 발견했지만 행방은 오리무중이었습니다. 사냥꾼들이 철수하겠다고 하더군요. 나는 계약위반이라고 협박했습니다. 한 번 허점을 내주었더니 아주 돈을 알겨내려고 덤벼드는 게 아니고 뭐겠습니까? 그러나 그들을 무슨 수로 당해내겠습니까. 웃돈을 얹어주기로 하고 그날은 초원에서 야영했습니다.

이튿날 가까스로 눈 위에 남은 발자국을 찾아내 다시 추격전을 벌였지요. 오후 세 시경 우리는 어느덧 이 캠프촌에 이르러 있었습니다. 한 목자한테서 자작나무숲으로 들어가는 늑대 무리를 보았다는 제보를 입수했습니다. 흰 그늘을 드리운 자작나무숲은 휑했습니다.

늑대들은 나무 그늘에 모여 있었습니다. 검은 놈은 그 골짜기를 다 덮고도 남을 만한 큰 그늘로 보였습니다. 긴 이동에 지쳤겠지요. 사냥꾼도 늑대도 잠시 쉬어야 하는 시간이 찾아왔습니다. 나는 자작나무숲을 바라보며 그만 여기에서 끝을 내자고 중얼거렸습니다. 사냥꾼들과 이야기를 나누었습니다. 늑대들을 개활지로 유인한 후 사냥꾼이 암컷을 사살하기로 했습니다.

그러나 이내 예기치 못한 문제가 불거졌습니다. 근처에 사원이 있어서 사냥을 할 수 없다는 거였습니다. 나는 촌장을 찾았습니다. 나이 오십이라는 사내는 일흔이 넘어 보였습니다. 나는 조심스럽게 말문을 트느라 늑대들이 든 산 이름부터 물었지요. 그는 벙어리처럼 한동안 대꾸를 않고 묵묵히 날 바라만 보더군요. 마치 상대의 속마음을 재는 눈빛이었습니다. 이윽고 그가 입을 열어 하는 말이 큰 데입니다, 했습니다. 그건 결코 산 이름을 댄 게 아니었지요. 한심스럽게도 성스러운 산을 눈앞에 대놓고 함부로 부를 수 없다는 투였습니다. 한촌에서 늙은 노인네답게 미신에 푹 절어 있더군요. 나는 내가 요구하는 바를 솔직히 말했습니다. 그는 이야기 대목마다 눈을 끔벅이며 고개를 끄덕였지만 아둔해서 판단에 전혀 진척이 없었습니다. 사원 영내에서는 사냥할 수 없다든가 늑대들이 이곳을 떠날 때까지 기다리라는 대답만 되풀이했습니다. 답답할 노릇이었습니다. 이제 달리 도리가 없었습니다. 나는 돈다발을 풀었지요. 늑대가 가축에게 피해를 주면 어떻게 되는가? 그는 신중하게 대답했습니다. 우리들은 사원을 찾아가 늑대를 사살하게 해달라고 할 것이다. 나는 정색을 하고 물었습니다. 상황을 그렇게 만들어줄 수 있느냐? 우리 손으로 가축을 늑대 앞에 끌어다가 바치란 말이냐? 앞뒤가 꽉 막힌 노인은 아니었습니다. 내친김이라 나는 입을 열었습니다. 충분히 사례는 하겠다, 일을 꾸며달라. 그는 한동안 입을 벌린 채 말이 없었습니다. 이윽고 그가 입을 열었습니다. 시간이 필요하다. 그는 말해놓고 보드카병을 집어 들어 목을 축이더군요. 우리는 살생을 해야 할 때 세 번 묻는다. 영원한 하늘에게 물어야 한다. 어머니 대지에게 물어야 한다. 그리고 우리 손에 죽을 영혼에게도 물어야 한다. 나는 그의 말을 자르다시피 하면서 성급하게 굴었지요. 늑대들이 떠나고 말 것이다. 촌장은 천천히 머리를 저었습니다. 그러면 그대로 두어야 한다. 나나 당신의 소관이 아니다. 하지만 당신들이 사흘을 쫓아왔다면 저들의 영역은 다했다. 이제는 돌아가거나 다른 늑대 무리와 영역을 두고 다투어야 한다. 그러나 걱정 마라. 먹이가 있는 한 한동안은 머물러줄 것이다. 저들도 이 땅이 안전한 땅인 걸 안다. 촌장의 대답에 나는 미소를 지었고 그는 덧붙였습니다. 이제 나는 영혼을 팔았다. 부탁이 있다. 이 일에 다른 주민들을 끌어들이지 마라.

그 후 열흘이 흘렀지요. 나는 게르 밖으로 나왔습니다. 차가운 공기가 얼굴을 할퀴었는데 나는 어둠에 얼굴을 부딪친 것만 같았습니다. 앞 게르 굴뚝에서 연기가 솟고 솥뚜껑 닫는 소리가 났습니다. 허와와 촌장 딸이 보츠[6]라도 찌는 모양입니다. 어둠 속에 잠긴 산을 바라보았지요. 눈 덮인 산이 희끄무레하게 돋아났습니다. 혹시 늑대 울음소리라도 들을까 싶어 귀를 기울여봅니다.

*

어둠 속에서 말발굽 소리가 다가오자 나는 게르를 나서 개들을 묶

---

6) 만두.

었습니다. 이내 촌장님이 나타났습니다. 말들은 들에 남겨두었는데요, 하고 내가 말하자 촌장님은 고개를 끄덕였습니다. 사냥꾼들이 돌아왔네. 촌장님은 말해놓고 말에서 내렸습니다. 이 그믐에 말입니까? 나는 한껏 목소리를 낮추고 물었습니다. 아내와 아이들이 게르에 머물고 있었으므로 우리는 게르에서 여남은 걸음 벗어나서 이야기를 나누었지요. 양들을 개들에게 몰아다준 게 언제인가? 어제죠. 네 마리를 잃었습니다. 내가 들어도 내 목소리는 어눌했습니다. 나는 촌장님의 말을 기다렸습니다. 그에게 다 못한 말이 있어서 사실 조금 떨고 있었습니다. 촌장님의 지시대로 나는 사흘에 한 번 꼴로 양을 골짜기 밑으로 몰아다가 늑대의 배를 채워주고 있었습니다. 촌장님에게는 네 마리씩이라고 말했지만 실상 양 두 마리씩이었지요. 그러나 나의 불안은 그것 때문이 아니었습니다. 촌장님한테 정직하게 말한다면 결코 책할 사람이 아니었습니다. 나는 그믐의 금기를 어기고 손에 피를 묻혔던 것입니다.

떠날 낌새는 없던가? 촌장님이 물었습니다. 때마침 늑대 울부짖는 소리가 아련히 들려왔습니다. 사원 너머 북사면 골짜기 쪽이었습니다. 촌장님과 나는 고개를 들어 하늘을 두렵게 올려다보았지요. 별 한 점 없이 어두웠습니다. 밤중으로 얼마쯤 눈이 뿌릴 것 같았습니다. 촌장님이 술병을 내밀었습니다. 나는 바닥에서 출렁이는 술병을 입만 대고 돌려주었습니다. 촌장님이 술병을 비우자 나는 빈병을 받았습니다. 내일은 다 끝날 걸세, 그간 개한테 잃은 양들을 변상해주겠네. 촌장님이 중얼거리며 일어섰습니다. 우리 집 말들은 가는 길에 몰아감세.

촌장님. 그가 말에 올라 고삐를 움켜쥐었을 때 나는 불러 세웠습니다. 촌장님이 말을 돌려세우더군요. 게르에서 흘러나온 희미한 불빛에 그의 거칠고 붉은 뺨이 음울하게 드러났습니다. 개 영혼을 건드렸습니다. 언제 말인가? 그가 조금 놀란 목소리로 물었기 때문에 종일 나를 괴롭히던 무서운 마음이 되살아나 소름이 끼쳤습니다. 추궁받는 아이처럼 나는 떨리는 음성으로 빠르게 대답했습니다. 오늘 새벽에요. 동 틀 무렵 나는 양들을 초원으로 몰다 놓고 돌아오는 길에 골짜기 쪽으로 갔지요. 간밤에 양 두 마리를 자작나무에 묶어 놓았던 터라 그 가죽끈을 회수하러 가는 길이었습니다. 자작나무 아래 적설에는 며칠 동안 희생양이 살점이 뜯기며 흘린 피로 붉게 젖어 있었고 까마귀와 수리가 날아들고 있었습니다. 나는 골짜기를 오르다 말고 걸음을 세웠습니다. 자작나무 아래서 맹수의 기척이 느껴졌습니다. 시커먼 늑대 한 마리가 양의 사체를 뜯어먹고 있었습니다. 나는 거의 본능적으로 사냥총을 꺼내 놈을 겨누었지요.

개를 어떻게 했나? 촌장이 물어서 나는 대답했습니다. 그 자리에 두고 돌아왔습죠. 두려워서 오전 내 술을 마시다가 정오에는 사원으로 올라갔습니다. 설마 암컷을 그런 건 아니겠지? 중얼거리듯 촌장님이 물었습니다. 수컷이었어요. 검은 놈이었어요.

*

보츠가 익었습니다. 치무게가 접시들을 내오자 나는 화롯가에서 물러났습니다. 저녁을 준비하는 한 시간 남짓 동안 치무게와 나는 아무 말이 없었습니다. 말 못하는 나와 함께 있으면 사람들은 보통 두 가지 반응을 보입니다. 끝없이 중얼거려 말을 걸어오는 사람이 있고, 내게 전염되기라도 한 듯 한 마디 말이 없는 사람이 있습니다. 사장님이 쉴 새 없이 말 많은 경우라면 촐몽은 그 반대입니다. 그렇다고 하여 사장님과 더 많은 대화를 나누는 것은 아닙니다. 눈빛과 표정으로도 많은 대화를 나눌 수 있습니다. 말 없는 사람과 함께 있으면 머잖아 초조감이 걷히고 아늑함이 공기처럼 주위에 가득 찹니다. 모든 걸 호흡하듯 마음 깊이 느낄 수 있습니다. 물건 만지는 손길이 말을 하고, 등으로 마음을 읽을 수 있습니다. 치무게는 한 번도 내게 눈길을 주지 않았지만 나는 그녀의 새침하게 다문 입술에서 순순한 사랑의 갈망을 느낄 수 있었습니다. 그녀가 분주하게 움직이며 건드리고 다니는 공기 속에서도 나는 그녀를 느낄 수 있었습니다. 때로는 그녀의 여린 심장 소리도 환청처럼 들려오곤 했습니다. 그럴 때는 내 가슴도 뜨거워지곤 했습니다. 밀가루 반죽을 밀고 양고기를 다져 백 개의 보츠를 빚는 동안 우리는 한 마디도 없었지만 너무나 많은 이야기를 나눈 것만 같습니다. 반죽을 떼어가다가, 채반에 빚은 보츠를 올릴 때 서로의 손길이 엉켜서 스치기라도 할라치면 나는 마치 그녀의 손길이 내 깊은 곳을 만지는 듯했습니다. 이곳까지 오는 동안 나를 고통스럽게 했던 불안이 사라집니다.

치무게는 네 개의 접시에 보츠를 정성스레 담습니다. 두 번째 접시에 보츠를 담을 때 그녀의 손길이 유난히 조심스럽다는 걸 나는 느낍니다. 보츠 주름까지 서로 맞추려는 듯 세심합니다. 그래서 나는 세 번째, 네 번째 접시에 그녀가 보츠 담는 걸 유심히 지켜봅니다. 역시 두 번째만 못합니다. 누구에게 돌아갈 접시일까요? 나는 접시를 받아 채반에 올립니다. 치무게는 솥에다가 아버지와 제가 먹을 보츠를 남겨놓습니다. 누가 그녀를 두고 열여섯이라고 할까요.

사회주의가 끝났을 때 저는 겨우 일곱 살이었습니다. 세 살 때부터 서커스단에 맡겨져 자랐다고 해요. 그 전에는 부모 밑에서 자랐는지 고아원에서 자랐는지 기억나지 않습니다. 네 살 때부터 서커스단의 수련생이 되었습니다. 때로는 언니 오빠들의 무동이 되기도 했지만 저는 주로 줄타기 곡예를 배웠습니다. 사육사의 아들이었던 촐몽은 저보다 한 살이 위였는데 우리는 소꿉친구로 자랐지요. 코끼리와 곰 사육장을 오가며 뛰어놀던 기억이 납니다.

사회주의가 끝나자 한동안 서커스단이 문을 닫았습니다. 단원들은 뿔뿔이 흩어졌답니다. 저는 촐몽의 가족과 함께 도시 변두리에서 일 년 남짓 지냈습니다. 그 일 년 동안 저는 잠깐 학교를 다녔어요. 머잖아 사장님이 서커스단을 인수해서 나타났어요. 외국인이지만 수완이 좋은 사람이었습니다. 다시 곡예사들이 모여들었지요. 우리 서커스단은 사회주의 때보다 더 유명해졌습니다. 유럽과 아시아 여러 나라를 돌아다니며 공연했습니다. 나는 열 살 때부터 공연무대에 올랐습니다. 저의 곡예는 줄타기예요. 공연장 천장에서 내려온 줄을 맨손으로 타고 오르며 음악에 맞춰 갖가지 율동을 펼친답니다. 곡예라기보다 춤에 가깝지요. 다른 곡예들이 동적이고 소란하여 정신을 쏙 빼놓는다면 나의 곡예는 정적이에요. 인기가 꽤 좋았어요. 아이들은 내가 아무 안전장구도 없이 거미처럼 줄을 오르내리는 모습이 경이로웠겠지요. 어른들은 제 몸이 빚어내는 현란한 곡선들에 홀리곤 했겠지요. 나는 나의 곡예가 좋았습니다. 말이 필요 없으니까요. 관중들이 날 구경하는 게 아니라 줄 위에서 내가 관중들을 구경하곤 했어요. 나신과 다름없는 나의 몸에 관중들의 시선이 홀리고 있다는 것도 나는 알았지요. 나는 개의치 않았어요. 때로는 즐기기도 했답니다. 오랜 곡예로 나의 몸은 마음과 별개로 발달했어요. 마음 없이도 몸은 자유자재로 자유로웠답니다. 무아의 그 황홀한 느낌이 지금도 생생합니다.

열여덟이 될 때까지 나는 후배도 없이 홀로 줄을 탔습니다. 나는 영원히 줄을 탈 줄 알았습니다. 그러나 모스크바 공연을 갔던 어느 날 저는 팔 미터 높이에서 거꾸로 추락했습니다. 줄이 풀렸던 거예요. 그건 일어날 수 없는 일이었어요. 목뼈에 심한 부상을 당해 저는 삼 년 동안 목에 깁스를 하고 지냈습니다. 더 이상 줄을 탈 수 없었어요. 사장님이 저를 거두어주었지요. 나는 사장님의 소유가 된 거예요. 그건 물이 흐르듯 자연스런 일이었어요. 그는 나의 아버지이자 연인입니다. 그는 더없이 나의 몸을 사랑합니다. 침대에서 나의 나신을 바라보는 그의 시선이 얼마나 황홀해하는지, 어느 관중보다도 눈길이 뜨겁다는 걸 저는 알고 있어요. 심지어 내 몸을 그 혼자서 갖기 위해 줄을 끊었는지 모른다는 의심이 들 때가 있지요. 그는 세상 어느 누구보다도 나를 사랑합니다. 그러나 그의 손길이 닿으면 나는 몸이 딱딱하게 굳어집니다. 마음은 그렇지 않은데 몸이 그래요. 한동안 나는 당황스러웠습니다. 밧줄과 멀어졌으니 마음과 몸이 하나이기를 원했지요. 분열된 자아를 의식하는 일은 고통이었어요.

사장님 앞에서만 그러는가 싶어 저는 한 번 촐몽과도 잠자리를 같이 해봤어요. 물론 내 몸을 알기 위해서 그런 건 아니에요. 촐몽은 안타깝게 나를 사랑하는 사람이랍니다. 사춘기 때는 그가 나의 신랑이 되었으면 하는 꿈도 꾸었지요. 촐몽과도 마찬가지였습니다. 내 몸은 열리지 않았어요. 사고가 나던 날의 고통만이 몸에서 일깨워질 뿐이었습니다. 그러니 나는 사장님과의 밤이 두려웠습니다. 기쁨도 없이 동침을 했습니다. 사장님이라고 그걸 왜 모르겠어요. 나를 더욱 거칠게 다루었고, 종내에는 자신을 못 견뎌 술로 자신을 학대하기도 했습니다. 나는 스스로 내 몸을 혐오하였습니다.

치무게와 함께 우리의 숙소인 게르로 보츠를 가져갔을 때, 촌장 노인만 빼고 모두가 모였습니다. 화롯가에 둥글게 앉으니 다들 눈빛이 부드러워졌습니다. 다만 사장님만이 사냥의 열망 때문인지 아니면 나에 대한 분노 때문인지 초조해하고 있었어요. 그렇지만 나는 그에게 신경쓸 여력이 없었습니다. 치무게가 접시를 돌리는 모습을 희미한 전등불 밑에서 유심히 지켜보았지요. 두 번째 접시가 누구에게 돌아갈까요? 어쩌면 촐몽에게 갈지도 모른다는 생각을 오래전부터 하고 있었어요. 왠지 나의 마음은 안타까움으로 쓰라리기까지 했어요. 그런데 아니었어요. 촐몽에게는 다른 접시가 들려졌어요. 두 번째 접시는 맨 마지막까지 남았답니다. 아, 그건 내 몫이었어요. 놀라움과 흥분으로 난 아무도 모르게 눈시울을 붉혔답니다. 식사 내내 나는 고개를 숙이고 있었어요. 보츠도 두어 점이나 입에 넣었는지 모릅니다. 사장님이 왜 더 먹지 않느냐고 퉁명스럽게 말했어요. 그가 내게 화가 나 있다는 걸 알아요. 그는 누구보다도 내 몸을 잘 아니까요.

　일행이 식사를 마쳤을 때 나는 빈 접시를 거두어서 치무게의 게르로 갔습니다. 문을 열어 그녀를 마주하기가 두려웠어요. 게르 앞에서 나는 한동안 서성거렸답니다. 그때 어둠 속으로 그녀의 아버지가 돌아왔어요. 말들을 몰아오고 있었지요.

*

　나는 한 사냥꾼 노인을 쫓고 있습니다. 그의 목덜미를 물어 숨통을 끊어놓을 생각입니다. 그가 나를 열망하듯이 나 역시 그를 열망합니다. 자작나무 아래, 나는 뜨거운 눈을 깔고 엎드렸습니다. 참으로 길고 고단한 여행이었습니다. 나의 보금자리는 외롭습니다. 자작나무 잎 진 가지에 싸락싸락 마른눈 떨어지는 소리가 들립니다. 눈

속에 주둥이를 박고 속 눈 한 입 베어 뭅니다. 모든 게 이 밤에는 뜨겁습니다. 때가 왔습니다. 모든 것은 순리대로 되었습니다. 이제 나는 어두운 공간을 자유로이 여행할 생각입니다. 난롯가에서 잠든 인간들의 영혼이 느껴집니다. 나도 가련하지만 저들도 가련합니다. 저들도 나처럼 늘 배고픈 겁니다. 우리는 그렇게 태어난 존재들입니다. 이제 나는 내 관자놀이를 저들의 총구에 내놓을 수 있을 것 같습니다. 내 영혼을 거둔 자에게 복사뼈를 기꺼이 내놓겠습니다.

뒤쪽 게르에서 누군가 나오는 기척이 들립니다. 나는 난롯가 침상에서 눈을 뜹니다. 어둠 속에서 나는 발소리에 귀를 기울이고 있습니다. 사냥꾼 노인일까요? 아니면 허와 언니일까요? 뒤척이던 아버지는 술기운으로 이제 깊이 잠든 모양입니다. 눈 밟는 발소리가 멎었습니다. 허와 언니는 잠시 눈 위에 선 모양입니다. 하늘을 보고 있을까요? 어쩌면 내가 잠든 게르를 보고 있을지도 모릅니다. 그녀의 절망이 나에게도 느껴집니다. 나는 자리에서 조용히 일어나 앉습니다. 이내 발소리는 다시 눈을 밟으며 멀어져갑니다. 이제 때가 온 걸까요. 그녀에게 가고 싶습니다. 나는 이불을 젖히고 소리를 죽인 채 신발을 더듬어 신습니다. 화로에서는 전혀 온기가 느껴지지 않습니다. 새벽 세 시는 되었나 봅니다.

하늘에서 구름이 걷히고 별이 돋고 있습니다. 눈 밟아 오는 발소리에 나는 치마를 털어 내리며 벌떡 일어났습니다. 치무게! 나는 소리 죽여 외쳤습니다. 그녀가 서 있었습니다. 나는 그 뜨거운 아이를 품으로 안았습니다. 내 영혼이 타서 사라질 정도입니다. 이제 때가 왔나 봅니다. 나는 운명을 받아들이기로 했습니다. 치무게의 입술이 내 입술을 더듬었을 때 나는 힘껏 받아들였습니다. 이내 우리는 한 몸처럼 눈 위를 뒹굴었지요. 모든 연인에게 단 한 번 찾아오는 이 뜨거운 순간을 나는 안타까운 몸부림으로 맞았습니다. 이런 격정은 몸이 온전히 낯설었을 때만 오는 거겠지요. 이 순간이 끝나면 완전한 낯섦은 소멸하겠지요. 아무리 갈망해도 어쩔 수 없이 소멸하겠지요. 보름이 지난 달처럼 몸에서 지워져가겠지요. 다시 초하루 돌아와 달이 살찌겠지만 그건 새로운 사랑처럼 전혀 다른 달입니다. 치무게는 떨면서 흐느낍니다. 나는 떨리는 손으로 치무게의 젖은 눈과 입술과 목덜미를 어루만졌습니다. 그때 허와! 하고 어둠 속에서 목소리가 울려왔습니다.

분노를 끼얹은 사람처럼 나는 물불을 가릴 수 없었습니다. 허와의 침상이 빈 것을 보고 총을 들고 곧장 쫓아 나왔지요. 성애의 신음만이 골짜기에 가득 찬 것 같았습니다. 때가 오고야 말았지요. 연놈들은 눈 위에서 알몸으로 뒹굴고 있었습니다. 상대가 바이락이든 촐몽이든 이젠 의미도 없고 따질 겨를도 없었습니다. 나는 그 적나라한 모습에 진저리를 쳤습니다. 평생 품었던 어떤 분노도 그 순간만은 못 당해냈을 겁니다. 허와! 나는 연놈을 향해 총구를 들이대고 방아쇠를 당겼습니다.

낡은 총소리가 잠든 골짜기를 깨웠습니다.

촌장 노인이 침상에서 눈을 떴습니다. 촐몽이 벌떡 일어났습니다. 바이락은 침상 밑으로 굴렀습니다. 치무게는 오열하였습니다. 사냥꾼은 풀썩 무너졌습니다. 서쪽 산 너머에서 늑대가 울었습니다. 허와는 힘이 빠지며 눈 위로 반듯이 누웠습니다. 하늘에는 졸음처럼 그믐달이 걸려 있었습니다. 그녀는 조용히 때를 기다렸습니다. ▪

편혜영

사육장 쪽으로

1972년 서울 출생. 서울예대 문창과와 한양대 국문과 대학원 졸업.
2000년 《서울신문》으로 등단. 소설집 『아오이가든』.

사육장 쪽으로

현관문을 열자 편지 한 통이 팔랑거리며 바닥으로 툭 떨어졌다. 그는 도시에 있는 직장으로 출근하기 위해 집을 나서는 길이었다. 편지는 현관 문틈에 끼워져 있었다. 누군가 일부러 쑤셔넣은 듯 끝부분이 구겨진 채였다. 집 앞에는 새장 모양의 흰색 우체통이 있었다. 그럼에도 편지는 보란 듯이 문틈에 꽂혀 있었다. 별다른 무게감이 없었으나 바닥에 떨어진 편지는 시선을 끌었다. 겉봉에 씌어진 붉은 글자 때문이었다. 다른 때 같으면 인근 피자집의 전단지이거나 새로 개업한 한의원에서 보낸 우편물일 거라고 생각했을 터였다. 그는 붉은 글자를 보자마자 그것이 특별한 종류의 편지, 즉 경고장임을 알아차렸다.

그는 천천히 편지를 집어 들었다. 끝이 우그러진 편지봉투는 그들이 언제라도 마음만 먹으면 집 안으로 쳐들어올 수 있다는 경고처럼 보였다. 배웅하러 나오던 아내가 그의 손에 들린 편지를 힐끗 훑어보았다. 이내 아내의 입에서 아 하는 짧은 탄성이 새어나왔다. 아내역시 그들에게서 온 편지임을 알아차렸다. 아내는 얼굴이 파리하게질려 소리를 질렀다. 아악, 이제 어쩌면 좋아요. 당장 그들이 쳐들어오는 것처럼 겁먹은 목소리였다. 방 안에 있던 노모가 영문도 모르고 아내를 따라 소리를 질러댔다. 아내는 그 소리에 더욱 겁을 먹었다. 치매에 걸린 노모는 비명을 멈추지 않았다. 그는 노모의 비명이듣기 싫어 살짝 얼굴을 찌푸렸다.

그들은 지난밤 도둑처럼 울타리를 넘어 들어와 경고장을 꽂아두었다. 어쩌면 발부리도 보이지 않을 만큼 어두운 밤의 신작로에 숨어서 그가 귀가하는 걸 지켜보고 있었을지도 몰랐다. 그는 숨어 있는 집행인을 쏘아보듯 마을 어귀로 이어지는 긴 신작로를 내려다보았다. 경고장을 꽂아놓은 사람이 아직 마을에 남아 그들 가족이 놀라는 꼴을 훔쳐보고 있을지도 몰랐다.

마을은 여느 아침과 다르지 않았다. 단층주택의 가장들이 도시로출근하기 위해 일제히 차에 올라타고 있었다. 그들은 날마다 비슷한시각에 차를 타고 마을을 빠져나갔다. 그 시각에 나가지 않으면 대개 아홉 시로 정해진 직장의 출근 시간을 맞출 수 없었다. 가장들이탄 차가 순서대로 신작로 너머로 사라졌다. 그중에는 그의 차와 차종은 물론 색깔까지 똑같은 차가 서너 대 끼여 있었다. 다른 때라면그 역시 고속도로로 향하는 행렬에 섞였을 터였다. 그는 매일 같은시각에 집을 나서기 위해 같은 시각에 잠에서 깨어났고 그러기 위해서 날마다 비슷한 시각에 잠자리에 들었다. 그에게는 졸음이나 식욕, 성욕 따위도 시간을 지키며 찾아왔다.

아내들이 울타리에 기대서서 출근하는 가장을 향해 손을 흔들다가 서로 눈인사를 나누며 집으로 들어갔다. 그는 아내들이 들어간 뒤에도 차들이 보이지 않을 때까지 신작로 쪽을 쏘아보았다. 이른 아침의 신작로에는 산 쪽에서 내려온 안개가 희미하게 떠돌고 있을 뿐 경고장을 문틈에 끼워둔 이들이 숨어 있다는 징후는 어디에도 없었다. 안개 너머로 고속도로의 방음벽이 드러났다. 방음벽이 있어도 덜컹거리는 차 소리는 고스란히 들려왔다. 과적 화물차나 트레일러가 지나가고 있을 것이다. 신작로는 그 소리에 깜짝 놀랐다는 듯이 미세하게 떨렸다.

봉투는 텅 빈 것처럼 얇았다. 그는 이깟 얄팍한 편지 한 통 때문에 일상이 어그러진 것이 못마땅했다. 편지가 아니라면 이미 신작로를 벗어나 고속도로로 접어들었어야 할 시간이었다. 그는 봉투 상단에 고딕체로 인쇄된 자신과 아내의 이름을 한참 들여다보았다. 그럴수록 그 이름들이 낯설게 느껴졌고, 그런 느낌 때문에 불안해지기 시작했다. 파산은 온전히 그의 탓이었다. 언제고 집행을 알리는 통지서가 도착하리라는 것도 알고 있었다. 그런데도 막상 경고장을 받고 나자 참을 수 없이 화가 치밀어올랐다. 도대체 내가 잘못한 게 뭐란 말인가.

그는 봉투를 쥔 손아귀에 힘을 주었다. 그러고는 안에 든 것을 확인하지도 않고 봉투째 갈기갈기 찢었다. 그의 이름과 주소, 붉은 글자의 경고문과 집행 날짜, 집행인의 이름이 여러 조각으로 나뉘었다. 깜짝 놀란 아내가 그를 쳐다보았다. 비명을 지르던 노모도 그를 쳐다보았다. 아내의 치마폭에 매달려 있던 아이도 그를 보았다. 아이는 이유도 모르고 분위기에 짓눌려 울음을 터뜨렸다. 아내가 멍한 얼굴로 아이의 등을 토닥였다. 가족 중 누구도 그를 말리지 않았다. 편지를 찢는 그의 얼굴은 범접하기 어려울 정도로 단호해 보였다.

화가 난 것처럼 보이기도 했다. 그런 태도는 묘하게도 아내를 안심시켰다. 아내는 그의 단호함이 가족을 보호하기 위한 것이라고 생각했다. 가족이라고 해서 편지를 찢는 그의 손이 떨리고 있음을 알아차리지는 못했다. 그는 편지를 찢자마자 곧 후회했다. 집행인들이 언제 들이닥칠지 알 도리가 없어졌기 때문이었다. 그들을 찾아가 집행을 미뤄달라고 부탁했어야 하는 게 아닐까. 그는 자신이 후회하고 있는 것을 들킬까봐 찢어진 편지 조각들을 화장실 변기에 넣었다. 물을 내리자 여러 조각으로 찢긴 경고장이 소용돌이치며 빨려 내려갔다. 쿨렁거리며 종이를 삼킨 변기에는 다시 말간 물이 고였다. 그는 여전히 떨리는 두 손을 바지 주머니에 찔러넣어 감췄다.

그들은 언제 오는 거예요?

아내가 다소 가라앉은 목소리로 물었다. 그는 대답 대신 거실의 커튼을 걷었다. 미처 철거되지 않은 공장 굴뚝이 드러났다. 마을은 중화학공장 단지를 폐기한 자리에 들어섰다. 택지 조성을 하느라 공장이 철거되었지만 아직도 군데군데 건물 일부와 굴뚝이 남아 있었다. 굴뚝에서 하얀 연기가 피어오르는 듯이 보였다. 야산 쪽에서 내려온 안개이거나 흩어진 구름일 것이다. 가동되지 않는 공장 굴뚝에서 연기가 날 리 없었다. 안개가 걷힌 신작로는 텅 비어 있었다. 아침 햇살 때문에 집 안을 떠도는 먼지들이 내비쳤다. 아내가 눈살을 찌푸렸다. 그는 그것이 햇살 때문인지 그가 대답을 하지 않아서인지 집행이 시작된다는 경고 때문인지 헷갈렸다. 그는 알 수 없다는 듯이 아내를 향해 고개를 저었다. 아내는 침울한 표정으로 방으로 들어갔다. 분명한 것은, 그는 햇빛 때문에 하얗게 보이는 아내의 뒤통수를 바라보며 중얼거렸다, 우리는 조만간 이 집에서 내쫓기게 된다는 거야.

그는 자신이 완전히 파산하였으며, 두말할 나위 없이 빈털터리가 되었다는 것을 인정할 수밖에 없었다. 게다가 그에게는 죽어서도 갚을 수 없을 정도의 빚이 있었다. 은행은 말할 것도 없고 친구들에게도 돈을 빌릴 수 없을 거였다. 손을 벌릴 가족이나 마땅한 친척이 있는 것도 아니었다. 그럴 만한 사람이 있다고 해도 돈을 빌리기 위해 파산의 이유를 장황히 설명하고 훈계를 듣는 것은 성가신 일이었다. 참고 훈계를 듣는다고 해도 돈을 빌리지는 못할 것이다. 몇 가지 생각이 어수선하게 떠올랐으므로 그는 일의 순서를 정리하고 싶어졌다. 가장 먼저 해야 할 것은, 이라고 중얼거리다가 자신이 아직 출근하지 않았음을 깨달았다. 그는 여느 날과 다름없이 출근해야만 했다. 파산 통보를 받은 날까지 시간에 맞춰 서둘러 출근을 해야 하느냐는 자조 어린 생각은 들지 않았다. 돈을 벌어봤자 그들에게 다 빼앗길 테지만 일상을 지키는 것은 중요했다. 힐끗 벽에 걸린 시계를 올려다보았다. 다른 때라면 이미 톨게이트 근방에 도착했을 시간이었다. 이렇게 늦어진 것은 다 그들이 보낸 경고장 때문이었다.

집행이 시작되려면 조금 여유가 있을 거야. 그동안 살 집을 마련하면 돼. 구겨진 검은 구두에 서둘러 발을 꿰어넣으며 그가 말했다. 구두는 안쪽 굽이 닳아서 조금만 걸어도 허리가 아팠다. 아내는 대꾸 없이 그를 바라보았다. 그는 아내를 향해 씨익 웃어주었다. 집행은 경고장을 보내는 것으로 시작되어 이후 파산자의 재산을 압류하는 적법한 절차를 거칠 것이었다. 집행인이 언제 들이닥칠지 그로서도 알 수 없었다. 그러나 그렇게 말하는 순간, 어쩐지 집행이 늦춰질 것이며, 그사이 새로운 주거지를 찾게 될 거라는 확신이 들었다. 어느 모로 보나 터무니없이 낙관적인 생각이었다.

마을 어귀까지 내려오면서 열네 채의 집을 지나쳤다. 마을에는 모두 스물두 채의 집이 신작로를 따라 야산 방향으로, 이웃집의 채광을 방해하지 않도록 완만한 곡선을 그리며 늘어서 있었다. 입구 쪽에 첫번째 호수의 집이, 야산에 가까워질수록 높은 호수의 집이 있었다. 그에게 주택 단지를 소개한 중개인 Y씨는 마을 뒤편의 산 때문에 풍광이 좋아 입주민이 몰렸다고 했다. 야트막하기는 하지만 인근 소도시 사람들이 개암나무 열매나 밤을 주우러 몰려들 정도는 된다는 거였다. 그가 보기에는 그저 그런 평범하고 야트막한 야산에 불과했다. 신작로 쪽에서 보면 야산은 듬성듬성 소나무숲을 이루고 있었다. 곳곳에 나무가 민둥민둥한 자리가 보였는데, 그런 자리에는 흉터처럼 낮은 무덤이 누워 있었다. 더 많은 무덤이 야산 곳곳에 숨어 있을 거였다. 그는 산을 그다지 좋아하지 않았다. 산은 정해진 길이 없는 숲을 품고 있는 데다 불쑥불쑥 무덤을 숨겨놓았다. 등산은 말할 것도 없었다. 어차피 내려올 거 뭐 하러 힘들게 올라가나 하고 생각하는 쪽이었다. 그는 자신의 그런 생각이 스스로를 융통성 없고 고지식한 사람으로 보이게 한다는 걸 알았으므로 사람들에게 내색하지는 않았다.

집들은 얼핏 목조인 듯 보였으나 실은 철제 뼈대를 세워 지은 것이었다. 철제는 목조에 비해 평당 건축비가 훨씬 쌌다. 집터를 고르고 나자 집을 짓는 데는 열흘이 채 걸리지 않았다. 조립식 자재를 사용하여 거대한 레고 블록을 쌓듯 모서리를 맞춰 나사를 조이고 자재를 끼워넣는 게 공사의 전부였다. 그렇게 지어진 탓인지 집은 같은 공장에서 생산된 공산품처럼 똑같아 보였다. 자세히 보면 창의 위치라든가 외벽의 모양이 조금씩 달랐지만 멀리서 보면 모두 똑같다고 말할 수 있었다. 흰 자갈이 깔린 마당에 파라솔이 놓이고 낮은 화단은 격자형 울타리로 감쌌다. 똑같은 크기의 새장 모양 우체통이 울타리의 미닫이문 옆에 세워졌다. 날씨가 좋은 주말 저녁이면 이웃들은 대개 파라솔 밑에서 비슷한 부위의 고기를 구워 먹었다. 그들 가족은 상추쌈을 입에 넣다 말고 눈이 마주친 이웃에게 손을 흔들어주었다. 이웃들도 파라솔 아래에서 비슷한 각도와 횟수로 손을 흔든 다음에야 상추쌈을 입에 넣었다.

그가 입주를 결심한 것은 단독주택을 갖고 싶은 욕심 때문이었다. 도시에서 살았던 삼 층 연립주택은 입주자가 많아 늘 부산했다. 산을 좋아하지는 않지만 집 뒤에 산이 있다는 것도 특별하게 느껴졌다. 그것은 그야말로 전원에 산다는 의미이며 도시를 벗어났다는 뜻이었다. 도시를 벗어나는 것이 말처럼 쉬운 일이 아니라는 걸 잘 알고 있었다. 이리로 이사를 오기 전까지만 해도 그는 도시를 떠나 살아본 적이 없었다. 그렇다고 딱히 도심지라 할 만한 곳에서 산 적도 없었다. 태어난 곳이나 성장기를 지낸 곳, 결혼하여 살림을 낸 곳은 다 도심 외곽의 변두리였다. 도심 한복판에 산 적도 없고 도시를 떠나본 적도 없다는 점에서 그는 전형적인 도시인이었다.

차가 신작로를 벗어나자 개 짖는 소리가 유난히 크게 들려왔다. 마을 인근에는 개 사육장이 있었다. Y씨는 사육장이 무허가이므로 부지가 곧 관청에 편입될 것이며, 그렇게 되면 자연스럽게 없어질 거라고 했다. Y씨는 관청 측이 사육장 이전을 무리하게 추진하는 바람에 오히려 일이 늦어지고 있다는 말을 덧붙였다. 아내는 사육장이 있다는 말에 이사를 꺼렸다. 그는 사육장이 대수롭지 않게 여겨졌다. 사육장의 개들이 서로를 물어뜯어 죽일 정도로 사납더라도 그들 가족과 마주치지만 않는다면 문제될 게 없었다. 개들은 비좁은 철창 안에서 같은 먹이를 먹고 비슷한 시간에 잠이 들었다가 깨어날 것이며, 필요에 따라 여기저기 팔리고 종내에는 처참하게 그슬려 죽을 것이었다. 아무리 사납더라도 죽기 위해 팔리거나 철창 안에서 죽기 전에는 절대로 사육장을 벗어날 수 없을 터였다. 시끄럽게 짖어대는 게 문제가 될 수 있겠지만 그 정도야 참을 수 있을 거라고 생각했다. 그가 줄곧 살아온 도시에서는 소음이 침묵보다 일상적인 것이었다.

그러나 개 짖는 소리는 참기 힘들 정도였다. 사육장에서 키우는 모든 개가 한꺼번에 짖어대는 것 같았다. 일단 몇 마리가 짖기 시작하면 수백 마리는 될 법한 개들이 일제히 짖었다. 소리는 하루 종일 멈추지 않았다. 입주민들 사이에 사육장에서 투견을 기른다는 말이 떠돌았다. 그것 말고도 사육장에 관한 소문은 많았다. 사납게 기르기 위해 일부러 먹이를 주지 않는다거나, 개와 멧돼지를 한 철창에 가둬놓고 흘레붙인다는 것이었다. 사육장이 실은 도살장이라는 얘기도 있었다. 사육장 인근의 땅이 유난히 붉고 근방에서 짙은 피 냄새가 느껴지는데, 그게 도살의 증거라는 거였다. 사육장 주인이 입주민 중 하나라는 말도 떠돌았다. 그 때문인지 아내들은 이웃집 여자에게 남편의 직업이 뭐냐고 묻고는 했다. 소문은 무성했지만 사육장에 가보았다는 사람은 하나도 없었다. 그는 종종 소리가 나는 곳을 향해 고개를 돌렸다. 개 짖는 소리는 사육장이 아주 먼 곳에 있는 듯 아득하게 들리기도 하고, 바로 이웃집인 듯 가깝게 들리기도 했다. 그나마 고속도로의 화물차 지나가는 소음과 방바닥에서 울리는 기계음에 섞였기 때문에 정확한 방향을 짐작하기는 쉽지 않았다.

이미 출근 시간이 지나 있었다. 다른 때라면 사무실에 앉아 느긋이 커피를 마시며 신문을 보고 있어야 할 시간이었다. 그의 늦은 출근을 염려하며 전화를 걸어주는 동료는 없었다. 그는 높은 파티션 때문에 동료들이 그의 자리가 빈 것을 모르고 있을 거라고 생각했다. 오전에는 중요한 회의가 예정되어 있었다. 안건이 뭐였는지 떠올려보려 했지만 잘 생각나지 않았다. 안건은 포스트잇에 적혀 모니터 한구석에 붙어 있을 것이다. 그는 안건조차 잊어버릴 만큼 회의 준비를 하지 못했다는 걸 깨달았다. 회의 시간에 맞춰 사무실에 들어간다 해도 그는 회의 내내 별다른 의견을 낼 수 없을 것이다. 어쩌면 부서장한테 머리통은 장식으로 달고 다니느냐는 비난을 받을지도 몰랐다.

그런 생각을 하자 더욱 초조해졌다. 차선을 바꿔 속력을 높여볼 생각으로 핸들을 돌렸다. 갑자기 요란한 클랙슨 소리가 들렸다. 얼른 원래 차선으로 돌아갔다. 그는 고속도로에서 규정속도를 지키는 소심한 운전자 중의 하나였다. 그는 고속도로가 무서웠다. 출근할 무렵이면 유독 트레일러나 총 중량을 짐작할 수도 없는 거대한 화물차들이 지나갔다. 그들은 귀가 먹먹할 정도의 소음을 냈다. 화공약품이나 기계 따위를 잔뜩 실은 트레일러가 뒤따를 때면 가슴이 오그라드는 것 같았다. 이른 아침의 고속도로가 과적 화물차 천지인 줄 알았다면 그는 도시를 떠나지 않았을 거였다. 규정속도로 낮추자 뒤에서 다시 클랙슨이 울렸다. 사이드미러를 보고서야 유람선만큼이나 커다란 화물차가 바짝 뒤따르고 있다는 것을 알았다. 화물차는 곧 차선을 바꾸어 그를 앞질러갔다. 그는 화물차의 꽁무니를 보며 안도의 숨을 내쉬었다. 잠시 후에는 트레일러 한 대가 그의 뒤를 따랐다. 그는 아예 갓길로 차를 빼고 트레일러가 사라져 보이지 않을 때까지 기다렸다. 다시 차를 출발시켰으나 잠시 뒤에는 또 다른 화물차가 다가왔다. 그는 할 수 없이 다시 차를 뺐다. 그런 식으로 몇 차례나 갓길을 들락거리고 나서야 비로소 도시로 들어가는 톨게이트에 다다를 수 있었다.

여직원에게 통행료를 지불하면서 차창을 열어 친숙하고도 익숙한 도시의 공기를 들이마셨다. 그는 폐로 들어오는 도시의 공기가 반가웠다. 도시에서 그의 집은 강의 북쪽 끝에 있었다. 북쪽 끝이라고는 해도 미세먼지 측정도나 소음 측정도, 인구 밀집도에 있어서는 행정 구역 안에서 손꼽히는 곳이었다. 말하자면 그는 먼지가 들끓고 소음이 끊이질 않으며, 거리를 지나다니면 모르는 사람의 어깨에 부딪히는 일이 다반사인 도시다운 곳에서 살아왔다. 그중에서도 그의 집은 연립주택이 밀집한 주택가였다. 그는 융자를 얻어 삼 층짜리 연립주택을 샀다. 지하까지 몇 세대의 세입자를 들었어도 융자는 만 원짜리를 깔아 바닥 장판을 해도 될 만큼 많았다. 아이를 키워 대학에 보내려면 정년이 되도록 갚아도 다 못 갚을지도 몰랐다. 이자는 갈수록 늘어났고, 융자는 좀체 줄어들지 않았다. 그는 집채만큼이나 커다란 융자에 허덕였지만, 집을 산 것을 후회하지는 않았다.

그런 그에게 전원주택 단지를 권한 것은 Y씨였다. 그는 원래 삼 층 연립주택의 융자 때문에 이사는 엄두도 못 냈고, 전원으로 나가고 싶은 마음도 없었다. 전원주택은 연립주택 매입자에게 기존의 융자를 넘기고, 집값의 절반도 넘는 융자를 다시 받아야 살 수 있을 만한 가격이었다. 그럼에도 이사를 결심한 것은 Y씨가 전원주택이야말로 진정한 도시인의 꿈이 아니겠느냐고 물었기 때문이었다. 그는 도시인이라면 선뜻 그렇다고 대꾸했을 거라 생각했고, 그 때문에 나야말로 굴뚝이 달린 경사진 지붕의 새하얀 단층집이 꿈이었다고 가슴을 탕탕 내려치며 대꾸했다. 그러자 정말로 전원에 사는 것이 자신의 오랜 꿈인 양 여겨지기 시작했다. Y씨가 낮은 목소리로 사람들이 생각하는 전원주택이라는 게 왜 죄다 그 모양이냐고 중얼거리는 소리는 들리지 않았다. 그의 머리에 파란 하늘을 가벼이 떠돌고 있는 흰 구름이 피어올랐다. 흰 자갈이 깔린 정원의 화단에는 계절마다 다른 꽃을 심을 것이다. 집 뒤 텃밭에서 푸른 상추와 붉은 고추를 거둘 수도 있으리라. 이사를 결심한 그는 회사 동료들에게 전원주택이야말로 진정한 도시인의 꿈이 아니겠느냐며 큰소리쳤다. 다른 사람의 말을 그대로 인용하고 있다는 객쩍음을 느낄 새도 없이 그는 자신의 집이 산을 배경으로 한, 경사진 지붕의 새하얀 단층집이라는 자랑을 늘어놓았다.

허둥지둥 사무실에 들어서는 것을 보고서도 그가 늦었다는 걸 알아채는 사람은 별로 없었다. 옆자리 동료가 지나가는 말로 어제 과음했어?라고 물었다. 그게 다였다. 모두들 자기 업무로 정신없이 바빴다. 부서장은 전산으로 처리되는 출퇴근 시간이 주 단위로 보고될 때에야 그가 지각한 걸 알게 될 거였다. 오전으로 예정된 회의는 부서장 사정으로 오후로 미뤄졌다. 그는 그 틈을 타 회의 안건에 대한 아이디어를 생각해보려고 했다. 몇 가지가 떠올랐으나 죄다 신통치 않았다. 좋은 아이디어라고 해도 무시될 거였다. 중요한 안건일수록 회의는 요식행위일 때가 많았다. 필요한 사항은 이미 회의 전에 다 결정되어 있게 마련이었다.

낮 시간은 정신없이 지나갔다. 오후로 미뤄진 회의는 결국 다음 주로 연기되었다. 그는 일하는 틈틈이 주식시장의 변동을 살폈다. 주가가 올라가면 주식을 사지 않은 걸 탄식했고, 주가가 내려가면 경제가 왜 이 모양이냐는 탄식을 했다. 가지고 있는 주식이 있을 리 없었다. 단지 습관이었다. 옆자리의 동료와는 입주자를 모으고 있는 신도시에 대한 얘기를 한참 동안 나눴다. 동료는 진지하게 청약을 고려 중이었다. 그는 자신이 사는 전원주택도 일종의 기획형 신도시에 가깝다고 말했다. 동료는 별로 관심을 갖지 않았다. 그는 획일적인 아파트가 지겹지 않느냐고 동료를 떠보았다. 스스로 생각해도 자신의 그런 어조는 뜻밖이었다. 그는 아파트에서 산 적이 한 번도 없었다.

퇴근 시간이 되자 일을 마친 동료들이 차례로 떠나갔다. 그는 지각한 탓도 있고, 업무도 많이 밀렸기 때문에 야근을 했다. 일이 아니라고 해도 도시의 사무실에 남아 있는 게 좋았다. 그는 늦은 밤의 텅 빈 사무실을 천천히 둘러보았다. 전쟁을 끝낸 광장에 시체처럼 쌓여 있는 문서 더미들, 정돈되지 않고 어지럽게 널려 있는 회의실 의자들, 회의 내용이 채 지워지지 않고 남아 있는 널찍한 화이트 보드, 아직 빨간 불이 반짝이는 커피 메이커까지. 동료들이 일을 끝내고 퇴근한 게 아니라 볼일을 위해 잠깐 자리를 비운 것처럼 보였다.

집에 돌아가기 전, 그는 창가로 가서 도시를 내려다보았다. 건물마다 켜진 불이 밤의 도시를 따뜻하게 비추고 있었다. 그는 도시가 좋았다. 특히 도심지 한복판의 빌딩 안에서 맞는 밤이 좋았다. 건물을 밝힌 불빛은 아름답고 포근했다. 그중에서도 그는 야근을 하는 밤중에 앞 건물에 켜진 환한 형광등 불빛을 좋아했다. 그 불빛으로 앞 건물 사람들이 분주히 움직이는 걸 지켜볼 수 있었다. 앞 건물은 6차선 도로를 사이에 두고 떨어져 있었지만, 불 켜진 사무실 내부가 훤히 들여다보일 정도로 가까웠다. 그는 할 수만 있다면 망원경으로 앞 건물 사람들이 무슨 일로 사무실에 남아 있는지 들여다보고 싶었다. 늦은 밤에도 그들을 찾는 전화가 끊임없이 걸려왔고, 누군가는 계속해서 팩스번호를 눌렀다. 문서 절단기에 종이를 밀어넣는 사람도 있었고 진지한 얼굴로 회의를 하는 사람들도 있었다. 삼삼오오 모여 수다를 떠는 여직원들도 있었다. 그는 창가에 서서 그들을 바라보고 있다가 앞 건물 사람과 눈이 마주쳐 머쓱해지고 나서야 창가를 떠났다.

고속도로를 두 시간이나 달려야 도착하는 마을은 암흑 자체였다. 고속도로를 벗어나 집으로 가는 신작로까지 가로등이 하나도 없었다. 그의 차가 뿜어내는 전조등 불빛이 유일하게 길을 밝혔다. 그는 산의 어둠이 그렇게 짙은 줄 새삼 깨달았다. 늦은 밤, 마을로 들어설 때면 산은 덩치 큰 개처럼 시커멓게 누워 있다가 재빨리 짙은 그림자를 내밀었다. 그나마 의지가 되는 것은 사방에서 들리는 개 짖는 소리였다. 그 소리를 듣고서야 마을에 제대로 들어섰다는 안도감을 느낄 수 있었다. 그는 개 짖는 소리를 따라 고속도로를 벗어나 마을로 들어왔고, 어두운 신작로를 더듬거리며 집을 찾았다. 개들이야말로 마을의 유일한 가로등이자 보안등이었다.

그가 문을 열고 들어서자 파리한 얼굴의 아내가 문 뒤에 숨어 있다가 나왔다. 그는 아내가 왜 숨어 있는지 몰라 어리둥절했다.

그들이 온 줄 알았어요.

아내의 목소리가 떨리고 있었다. 그는 깜짝 놀랐다. 자신이 하루 종일 그들에 대해 잊고 있었다는 걸 깨달았기 때문이었다. 도시에서 지내는 동안 그는 파산에 이른 자신에게 곧 집행인이 들이닥칠 것이며, 그리하여 이 집을 빼앗길 것이라는 걸 잊고 있었다. 잊기 위해 여러 가지로 애를 쓰고 다른 궁리를 했던 것은 아니었다. 도시에서 그런 것은 자연스럽게 잊혀졌다. 여러 군데의 거래처에서 그를 찾는 전화가 걸려왔고, 파산을 의식하지 못할 만큼 해야 할 일이 많았다. 주식과 부동산에 관한 얘기를 나누다 보니 파산과 풍요가 헷갈리기도 했다. 도시에서라면 그들을 맞는 데 좀 더 담담했을지도 몰랐다. 그는 도시를 떠난 것을 후회했다.

그는 겁에 질린 아내를 달래 먼저 재운 후 어두운 방 안에 우두커니 앉아 있었다. 깊숙한 땅속에서 기계가 웅웅거리며 작동하는 듯한 소리가 들렸다. 공장을 철거하던 당시 소음이 심한 기계를 땅속에 묻어둔 게 아닐까 하는 생각이 들 지경이었다. 방바닥에서 들려오는 기계 소리에는 어느새 인근 사육장의 개 짖는 소리가 섞였다. 그는 개들의 울음소리를 흉내내며 컹컹 낮게 짖었다. 간간이 화물차들이 바람처럼 빠르게 고속도로를 지나갔다. 그럴 때면 신작로의 미세한 균열이 고스란히 느껴졌다. 그는 차츰 집이 거대한 기계처럼 느껴졌다.

몇 대의 트럭이 신작로를 따라 올라오고 있었다. 아내는 낯선 차 소리를 듣자마자 안절부절못했다. 아이는 그런 엄마를 보며 덩달아 겁을 먹었다. 그도 트럭을 보는 순간 집행인이 온 것이라고 생각했다. 어쩌면 새로운 입주민이 들어오는 것일 수도 있었다. 이사하기에 적당한 휴일이었다. 그는 이런 평화로운 휴일을 더는 갖지 못할 것이라는 생각에 우울해졌다. 트럭이 집 쪽으로 가까워올수록 아내는 점점 핏기를 잃었다. 그는 집행인들이 이끄는 대로 순순히 집을 내주리라고 생각했다. 소동을 부려 파산 소식이 이웃들에게 알려지느니 이사 가는 것처럼 보이는 게 나았다. 여섯 대의 트럭이 요란한 소리로 덜컹거리며 그의 집을 지나쳤다. 트럭들은 짐칸 가득 철창을 싣고 있었다. 촘촘히 높게 쌓인 철창이 곧 무너질 것처럼 위태해 보였다. 아내는 트럭이 야산 쪽으로 사라졌다는 말을 듣고서야 경직된 얼굴을 풀었다.

그는 집행인이 언제 들이닥칠지 몰라 불안해하느니 차라리 먼저 떠나는 게 낫지 않을까 하고 생각했다. 그렇다고 마땅히 갈 곳이 있는 것은 아니었다. 한숨을 쉬며 고개를 돌리다가 이웃집 사내와 눈이 마주쳤다. 그와 사내는 어색해하며 가볍게 고개를 숙여 인사했다. 그제야 자신보다 위쪽에 사는 집의 주인들이 모두 그와 비슷한 자세로 서서 트럭을 바라보고 있었다는 걸 알았다. 그는 아래쪽으로 고개를 돌렸다. 집들이 유선형으로 휘어진 신작로를 따라 일정한 간격으로 늘어서 있었다. 단독주택의 주인들은 모두 마당으로 나와 혼자서 혹은 가족과 함께 트럭이 사라져간 곳을 바라보고 있었다. 그것에 대해 그는 특별히 놀라거나 경악하지 않았다. 그에게는 지켜보는 게 관심을 드러내는 유일한 방식이었다. 다른 사람이라고 해서 다를 게 없다는 건 오히려 그를 깊이 안도하게 했다. 그는 전원에 살고 있기는 하지만 도시 사람들과 다름없는 생활을 하고 있는 셈이었다. 그는 자신과 마찬가지로 도시에 익숙한 이웃들에게 손을 흔들었다. 그가 손을 흔들자 열네 집이 차례대로, 마치 카드섹션을 하듯 순서대로 손을 흔들어주었다. 그는 그런 질서가 좋아서 입술을 끌어당겨 웃었다. 이웃들도 일제히 제조품처럼 가벼운 웃음을 터뜨렸다.

트럭이 사라지자 아내는 안심한 듯 고무공을 가지고 아이와 마당으로 나왔다. 치매에 걸린 노모가 아내를 따라 나왔다. 하체는 벌거벗은 채였다. 아내가 황급히 노모를 감싸안았다. 노모는 신음소리를 내며 아내의 팔에 이끌려 집 안으로 들어갔다. 그는 화단에 물을 주기 위해 호스를 집어들었다. 수압이 낮은 탓에 물이 졸졸 새어나왔다. 어쨌거나 다행이야. 호스를 흔들어 물을 뿌리면서 중얼거렸다. 스스로도 뭐가 다행이라는 건지 알 수 없었다. 언제고 집행인은 올 거고, 그로 인해 모든 일상적인 삶은 엉망이 될 거였다. 그런 생각을 하는 그의 발밑으로 공이 굴러왔다. 그는 호스를 내려두고 아이에게 공을 던져주었다. 아이가 다시 그를 향해 공을 찼다. 공은 잘 튀어오르지 않았다. 공이 발에 닿을 때마다 아이가 까르르 웃음을 터뜨렸다. 그도 아이를 따라 웃었다.

아이와 그의 웃음소리가 개 짖는 소리에 묻혔다. 개 짖는 소리는 마을의 배경음이라 할 정도로 늘 있어오던 것이었다. 그럼에도 불구하고 이번에는 그 소리가 유난히 생경하게 들려왔다. 몇 마리의 개가 야산 쪽에서 달려오고 있었다. 개들은 무엇인가에 쫓기듯 다급하게 짖어대며 달려왔다. 짖는 목청만으로 얼마나 사나운 놈들인지 짐작할 수 있었다. 느닷없는 개 소리에 아이가 울타리에 매달렸다. 그는 아이에게 개들이 사나우니 집으로 들어가라고 일렀다. 신작로로 접어들어 정체가 분명해진 개들은 부스럼이 인 살갗에 뭉텅뭉텅 털이 빠져나간 자리가 선명했다. 마을에는 개를 키우는 집이 없었다. 사육장의 개들일 거였다. 그는 불현듯 사육장이 야산 너머에 있는 모양이라고 중얼거렸다. 그동안 개 짖는 소리가 워낙 사방에서 정신없이 들려왔기 때문에 사육장이 어느 쪽에 있는지 짐작할 수 없었다.

아이가 고무공을 바깥으로 던졌다. 공이 신작로를 따라 미끄러져 내려갔다. 아이가 공을 잡으려고 순식간에 울타리를 넘었다. 그가 깜짝 놀라서 아이에게 달려갔다. 개들이 그보다 먼저 아이에게 닿았다. 아이는 꼼짝 못하고 개들에게 포위당했다. 개들이 아이 몸에 사나운 이빨을 박아넣었다. 그는 침착하려고 애썼다. 생각과 달리 몸이 후들거려 다리를 움직일 수 없었다. 그는 개들을 후려칠 만한 몽둥이를 찾기 위해 사방을 두리번거렸다. 아무것도 눈에 띄지 않았다. 당황한 나머지 눈이 흐려졌다. 우선 닥치는 대로 마당에 깔린 자갈을 개들에게 내던졌다. 아무리 맞아도 아프지 않을 거였다. 그는 절망적으로 개들을 향해 소리질렀다. 비명소리를 듣고 놀란 아내가 뛰어나왔다. 그 뒤로 벌거벗은 노모가 달려나왔다. 개들은 좀처럼 아이를 놔주지 않았다. 아내가 집 안으로 들어가 아이가 쓰는 야구 방망이와 자루가 긴 빗자루를 꺼내왔다. 가벼운 알루미늄 방망이였지만 그는 닥치는 대로 개들을 향해 휘둘렀다. 그러면서 마을 사람들을 향해 소리를 질렀다. 그들을 도와줄 만한 사람은 없었다. 사람들은 이미 개 짖는 소리를 듣고 집 안으로 들어가 문을 꽁꽁 잠갔을 거였다. 그도 진작 아이를 데리고 집 안으로 들어갔어야 했다. 그는 그러지 않은 것을 후회했다. 그의 경솔함을 나무라듯 멀리서 수백 마리의 개들이 한꺼번에 짖어댔다. 아이를 물어뜯는 개들의 으르렁거림이 먼 데서 우는 개들의 울부짖음에 섞였다. 오늘따라 사육장의 개들은 왜 저렇게 짖어댈까. 그는 울 듯한 기분으로 방망이를 내려치며 생각했다. 자신의 방망이가 닿는 것이 개인지 아이인지도 분간할 수 없었다. 그는 무턱대고 방망이를 휘둘렀다. 개들은 아이를 지치도록 물어뜯은 후에 느릿느릿 신작로 아래로 내려갔다.

가슴과 팔뚝의 살점이 뜯긴 아이는 죽은 듯 누워 있었다. 개에게 물린 자리가 붉게 부어올랐다. 아내는 아이의 몰골을 보자마자 참을 수 없다는 듯이 울음을 터뜨렸다. 그는 울고 소리치느라 정신이 없는 아내에게 담요를 가져오라고 일러, 아이를 조심스럽게 감싸고 차에 태웠다. 노모는 옷도 제대로 챙겨 입지 못하고 서둘러 차에 올라탔다.

병원이 어딘지 알 수 없었다. 그는 무턱대고 신작로를 따라 마을 입구 쪽으로 내려갔다. 여섯 번째 집 주인 사내가 마당에 나와 화단에 물을 주고 있었다. 그는 사내에게 가까운 병원이 어느 쪽이냐고 물었다. 사내는 들고 있던 호스를 내려놓으며 다급하게 사육장 쪽이라고 소리쳤다. 그러면서 손을 들어 야산을 가리켰다. 그는 차를 돌려 야산 쪽으로 거슬러 올라갔다. 혹시나 싶어 마당에 나와 화단에 물을 주고 있는 열일곱 번째 집의 사내에게도 병원이 어디에 있느냐고 물었다. 사내도 재빨리 사육장 쪽으로 가면 병원이 있다는 말을 들은 적이 있다고 말해주었다. 그는 다급한 이웃들의 말투에서 그들이 아이가 다치는 걸 지켜보고 있었다는 걸 눈치챘다. 그는 건성으로 고맙다고 말한 뒤 차의 속력을 높였다. 아이의 신음소리가 잦아들고 있었다. 그는 아이의 신음소리가 작아지는 것이 두려웠다. 아이를 때려서라도 비명을 지르게 하고 싶었다. 아이를 품에 안은 아내는 계속 울어대고 있었다. 울음소리 때문에 길을 찾는 데 집중할 수 없었다. 그는 한 번도 사육장 쪽으로 가본 적이 없었다. 사육장 쪽으로 가기 위해서는 나침반과도 같은 개 짖는 소리에 귀를 기울여야 했다. 그는 아내에게 조용히 하라고 일렀다. 아내는 울음을 삼키느라 계속 코를 훌쩍거렸다.

차는 어느새 야산 중턱까지 왔다. 신작로가 거기까지 이어져 있었다. 개들이 사방에서 짖어댔다. 그는 차를 멈췄다. 개들도 짖기를 멈췄다. 그가 멈췄던 차를 움직였다. 개들이 다시 짖기 시작했다. 개들이 짖는 것인지 그의 귀가 만들어낸 환청인지 분간할 수 없었다. 여보, 지금 개 짖는 소리가 들려? 그는 귓가에 어른거리는 사나운 으르렁거림을 참지 못하고 아내에게 물었다. 무슨 소리예요, 빨리 가기나 해요. 울먹이며 아내가 소리쳤다. 그는 울 듯한 마음으로 다시 서둘러 차를 몰았다. 개 짖는 소리에 묻혀 야산을 타넘었다. 야산을 넘어서니 그가 살고 있는 마을과 똑같은 종류의 주택 단지가 나타났다. 그는 자신이 같은 자리를 맴돌고 있는 건 아닌지 불안해졌다. 그의 마을이 그렇듯이, 새하얀 철제 단층주택들이 도미노 칩처럼 일정한 간격으로 늘어서 있었다. 마지막 주택을 눌러 쓰러뜨리면 단지

전체가 우수수 넘어질 것 같았다. 신작로는 마을 끝까지 그대로 이어져 있었다.

그는 차를 멈추고, 마당에 나와 있는 한 사내에게 인근 병원이 어디 있느냐고 물었다. 화단에 물을 주던 사내가 들고 있던 호스를 내려놓으며 말했다. 사육장 쪽으로 가시면 큰 병원이 나옵니다. 그는 사내에게 사육장 쪽이 어디냐고 물었다. 사내는 헷갈린다는 듯이 잠시 사방을 둘러봤다. 사내는 사육장이 한두 곳이 아니라는 말을 했다가 야산 너머에 있다는 말을 들었다고 했다가, 결국에는 그가 왔던 길을 가리켰다. 저 야산 너머예요. 저쪽에서 개 짖는 소리가 들렸어요. 그는 절망적으로 한숨을 쉬었다. 차라리 개들이 짖는 소리에 의지하는 게 나을지도 몰랐다. 아이는 잠자듯 고요하게 숨을 쉬고 있었다. 아내의 울음은 흐느낌으로 바뀌어 있었다. 그는 아내를 따라 울고 싶어졌다. 화는 치밀어올랐지만 눈물은 나지 않았다.

그는 소리를 따라 무턱대고 앞으로 나아갔다. 개들은 다른 어느 때보다 사납게 짖어대고 있었다. 개들이 워낙 사방에서 짖었기 때문에 자신이 북쪽으로 가면 사육장은 남쪽이 아닌가 생각되었고, 우회전을 하면 좌회전을 해야 하는 게 아닌가 생각되었지만 그는 팔이 움직이는 대로 핸들을 돌렸다. 어떤 때는 개들이 짖는 소리가 좀 더 가까워진 듯했고, 어떤 때는 희미하게 사라지기도 했다. 아이만 아니라면 사육장을 먼저 찾아가고 싶었다. 아이의 살점을 물어뜯은 개는 분명 사육장에서 기르는 것일 터였다. 철창에 갇힌 개들의 엉덩이를 후려갈겨 주고 싶었다. 하지만 사육장의 개가 아닐 수도 있었다. 어느 마을에나 버려진 채 배회하는 개들이 있게 마련이었다. 버려진 것들은 사육장에서 키우는 것보다 오히려 더 사나울지도 몰랐다. 그 생각에 몰두한 나머지 그는 점차 자신이 찾는 것이 사육장인지 아니면 아이를 치료할 병원인지, 아이를 물어뜯은 개인지 헛갈리기 시작했다.

신작로를 거슬러 내려가다가 어느새 고속도로로 접어들었다. 고속도로로 접어든 이상 계속 달려야만 했다. 사육장이 야산 속에 있는 것은 아니었을까? 그는 산을 타넘기만 했을 뿐, 산속의 다른 길을 찾아보지 않은 걸 후회했다. 신작로를 벗어나 야산 깊숙이 들어갔다면 사육장을 찾을 수 있었을지도 몰랐다. 길을 잘못 들었다는 후회를 할 새도 없이 개 짖는 소리가 다시 들렸다. 소리는 도시 전체가 사육장이라고 해도 좋을 만큼 산만하게 흩어져서 들려왔다. 가까운 곳인 듯 크게 들렸지만 차창을 때리는 바람소리 때문에 방향은 여전히 짐작할 수 없었다.

뒤따르는 트럭이 차선을 바꿔 그의 앞으로 달려나갔다. 또 다른 트럭 한 대가 덜컹거리며 그의 곁을 지나갔다. 고속도로에서 한 번도 규정속도 이상으로 달려본 적이 없는 그는 앞서가는 트럭의 꽁무니를 따라가기로 마음먹었다. 아이를 빨리 병원에 데려가기 위해서는 트럭을 따라가는 게 나았다. 다행스럽게 개 짖는 소리가 여전히 들려왔다. 그는 무심코 자신을 앞질러 달리는 트럭의 꽁무니를 올려다보고는 깜짝 놀랐다. 짐칸 가득 위태롭게 실려 있는 철창에 개들이 한 마리씩 들어 있었다. 개들은 달리는 내내 그의 차를 내려다보며 컹컹 짖었다. 노모는 겁먹은 흰 눈동자를 크게 뜨고 몸을 덜덜 떨었다. 아내는 담요로 아이의 몸을 꽁꽁 싸매며 다시 울음을 터뜨렸다. 아이는 여전히 숨을 죽이고 누워 있었다. 그는 개들이 컹컹 짖는 트럭을 쫓아 규정속도 이상으로 달리면서 종종 뒤를 돌아보았다. 자신이 과연 사육장 쪽으로 잘 가고 있는지 아닌지 알 수 없었다. 뒤쪽으로는 위협하듯 속도를 한껏 올리고 쫓아오는 차들뿐이었다. 그 차들이 어쩐지 아이를 문 개처럼 두렵게 느껴졌다. 어둠이 차들의 꽁무니를 따라 재빨리 쫓아오고 있었다.

　그는 어느새 트럭을 쫓아 도시로 들어가는 톨게이트 입구까지 왔다. 톨게이트 너머로 보이는 도시는 불빛 하나 없이 시커먼 어둠에 잠겨 있었다. 여직원이 무표정한 얼굴로 그에게 요금 정산표를 내밀었다. 거기에는 그의 직장이 있는 도시의 이름이 적혀 있었다. 그럼에도 그는 불빛이 사라진 도시가 낯설어서, 여기가 도시인지 아니면 그가 사는 마을인지 헛갈렸다. 트럭은 보이지 않았다. 여전히 개 짖는 소리가 가로등처럼 그를 인도하고 있었다. 그는 그 소리를 따라 사육장 쪽으로 가기 위해 속력을 높였다. 언젠가는 길이 끝날 거였다. 길이 끝나는 곳까지 달려가면 어딘가에 닿을 거였다. 그는 그들이 닿는 곳이 사육장 쪽이면 좋겠다고 생각했다. ∎

한강

왼손

1970년 전남 광주 출생. 연세대 국문과 졸업.
1993년 《문학과사회》(시), 1994년 《서울신문》(소설)으로 등단.
소설집으로 『여수의 사랑』 『내 여자의 열매』, 장편소설 『검은 사슴』 『그대의 차가운 손』 등.
〈한국소설문학상〉 〈오늘의 젊은예술가상〉 〈이상문학상〉 수상.

왼손

1

그의 아침은 여느 때와 다름없이 시작됐다. 머리맡의 자명종을 눌러 끄며 몸을 일으켰고, 침대 옆의 책상을 더듬어 안경을 썼다. 검푸른 어둠에 눈이 익숙해지자 속옷 바람으로 서재 문을 열고 나갔다.

안방에서는 갓 세 돌을 넘긴 아들이 아내와 함께 잠들어 있었다. 아이가 자다가 떨어질까봐 침대를 서재로 옮긴 것은 2년여 전이었고, 그때부터 그는 줄곧 혼자 자왔다. 직장이 멀어 새벽 여섯 시면 일어나야 하는데, 자명종을 멀찍이 거실에 둔다 해도 아이가 놀라 깨는 일이 잦았기 때문이었다.

그는 코를 심하게 골았다. 세 식구가 함께 안방에서 자던 때, 아내는 아이의 작은 뒤척임에도 눈을 떠 이불을 덮어주곤 했다. 그러곤 갑자기 그의 베개를 당겨 뺐다가 다시 밀어넣거나, 그의 고개를 벽 쪽으로 돌려버리거나, 그의 몸을 흔들어서 아예 돌아눕도록 했다. 잠결이었지만 그는 아내의 손길이 부드럽지 않다는 것을 느낄 수 있었다. 제발 잠들고 싶다는 아내의 정직한 갈망, 그것을 방해하는 육중하고 시끄러운 동물에 대한 분노가 느껴졌다. 아이가 태어나기 전에도 그는 코를 골았을 테지만 아내는 어떻게든 참아낸 모양이었다. 아내의 손길이 거칠어진 것은 그녀의 생활이 못 견디게 피곤해졌기 때문이리라. 그가 따로 자겠다고 말했을 때 아내는 다행스러워하는 기색을 애써 숨기지 않았다.

서재로 침대를 옮기고 난 첫 밤을 그는 가끔 기억했다. 다시 자취생 신분으로 돌아간 듯 홀가분하게 잠을 청하며 그는 약간의 행복마저 느꼈다. 그러나 한 달이 채 지나기 전에 행복감은 껌에서 단물이 빠지듯 사라졌다. 대신 그는 하루하루 잠이 얕아졌다. 자신의 코 고는 소리에 놀라 깨곤 했으며, 일단 깨고 나면 무수하게 만져지는 어둠의 겹, 예민한 수면의 마디들을 일일이 느끼며 몸을 뒤척였다. 야근이 잦은 편이고 출근 시간이 이른 그에게 숙면은 필수적이었다. 그는 서서히 체중이 빠졌고, 더욱 서서히 말수가 줄었다. 그 변화가 워낙 완만했기에 아내를 비롯한 그의 주변 사람들은 거의 알아차리지 못했다.

거실 벽에 걸린 시계의 집요한 초침 소리뿐, 새벽의 아파트는 고요했다. 안방 문을 열면 모자의 숨소리가 고요히 교차되고 있을 것이다. 처음에는 그 숨소리들이 그리웠지만 이제는 꼭 그렇지도 않았다. 그는 욕실의 불을 켜고 문을 열었다. 강렬한 불빛이 그의 눈을 덮쳤다. 그는 반쯤 눈을 감고 변기 앞에 서서 오래 오줌을 누었다.

그는 수염 숱이 많고 억센 편이어서 날면도기를 사용했다. 뺨에 듬뿍 크림을 바르고 면도날을 움직이다가 약간의 상처를 냈다. 붉은 핏방울이 크림을 분홍빛으로 물들였다. 수도꼭지를 틀고 찬물로 거품을 씻어내는 동안 그는 처음으로 이상한 점을 발견했다. 그의 왼손이 상처난 곳을 어루만지고 있는 것이었다. 그는 왼손의 감각을 뺨으로 느꼈고, 동시에 뺨의 감각을 왼손으로 느꼈다. 평소와 똑같은 정상적인 감각이었다. 이상한 것은 그의 왼손이 마치 나름의 의지를 가진 것처럼 뺨의 상처 주변을 떠나지 않는 것이었다.

그는 오른손으로 수도꼭지를 잠갔다. 허리를 펴고 거울을 보았다. 근시 때문에 윤곽이 흐릿해 보이긴 했지만 거울 속에 비친 그의 모습은 여느 때와 다름없었다. 부스스한 머리에 약간 꺼진 눈두덩. 물이 뚝뚝 흘러내리는, 천川 자가 엷게 새겨진 미간.

그는 오른손을 선반으로 뻗어 안경을 썼다. 이제 그의 모습이 정확하게 보였다. 흰 러닝셔츠는 군데군데 물방울에 젖었고, 왼손은 여전히 왼뺨의 상처 위에 가만히 놓여 있었다. 그는 숨을 깊게 들이쉰 뒤 왼손을 뺨에서 떼어냈다. 순순히 떼어졌다. 그 감각은 마지못해 그의 뜻을 따르는, 내키지 않아 하는 타인의 손과 닮은 데가 있었다.

이상하다.

그는 유심히 거울을 바라보았다. 이제 왼손은 얌전히 욕실 바닥을 향해 늘어뜨려져 있었다.

2

졸음을 쫓기 위해 그는 안경을 벗고 두 손으로 관자놀이를 눌렀다. 컴퓨터 모니터에 뜬 숫자들이 희부옇게 뭉개져 알아볼 수 없게 됐다. 전화벨이 울렸다.

네, P은행 대부계 이성진입니다.

그는 다시 안경을 쓰고 억지로 눈을 치켜떴다.

지금 거주하고 계신 아파튼가요? 주소가 어떻게 되십니까?

그는 어깨로 수화기를 받쳤다. 그의 열 손가락이 키보드를 두드렸다. 또 이상하다. 그는 눈살을 찌푸렸다. 왼손의 다섯 손가락들이 마치 자신들의 독자적인 리듬에 따라 율동하는 것 같은 이물감 때문이었다.

담보대출 가능 금액은 시세의 50퍼센트까집니다. 시세 알아봐드리죠.

그는 왼손으로 수화기를 잡고 오른손으로 마우스를 움직였다.

잠시만 기다리시겠습니까? …… 현재 3억 4천으로 나옵니다. 아, 잠깐만요. 2층이라고 하셨죠? 그럼 최대 3억으로 잡습니다. 그러니까 현재 대출 중이신 8천만 원에 추가해서 대출 가능한 금액은…….

그가 채 말을 마치기 전에 그의 왼손이 스르르 움직여 수화기를 책상에 내려놓았다. 그는 놀라며 오른손으로 수화기를 움켜쥐었다.

아, 죄송합니다. 그러니까, 대출 가능한 금액은…….

대출을 위해 은행을 방문할 때 필요한 서류들을 모두 일러준 뒤 그는 수화기를 내려놓았다. 끊었던 담배를 갑자기 피운 것처럼 어지러웠다.

그는 왼손을 들어올렸다. 아침 세면대 앞에서와 마찬가지로, 내키지 않아 하는 타인의 손처럼 그의 왼손은 그의 눈앞에 펼쳐져 있었다. 단추를 풀고 와이셔츠 소매를 걷어올려 보았다. 팔뚝에도 손목에도 이상한 점은 없었다.

이 대리.

손을 살피는 데 몰두한 사이 그는 신 부장이 부르는 소리를 듣지 못했다.

이 대리!

신 부장의 목소리가 높아졌다.

화가 나면 상대를 비인격적으로 대하는 상사는 어느 조직에나 있게 마련이다. 대부계로 발령받은 지 2년째, 그는 신 부장과 한 번의 마찰도 없이 지내온 유일한 행원이었다. 간혹 신 부장이 입가에 흰 거품을 보이며 으르렁거릴 때 그는 말없이 이해하는 편이었다. 신 부장은 당뇨기가 있댔잖아. 체력이 약하니 짜증이 자주 나는 것도 당연하지. 자식 자랑할 때 봐. 평범한 한 인간일 뿐이지.

네, 부장님.

그는 신 부장의 책상 옆에 섰다.

우성아파트 담보대출 건 말이야. 임대차 계약 가부 확인서는 왜 빠졌나?

……아.

당황할 때면 늘 그렇듯 그의 오른손이 머리로 올라갔다.

제가 빠뜨렸습니다.

이대로 결재 올려서 어쩌겠단 거야? 자네 대부계 들어온 지 얼마 됐어?

죄송합니다. 바로 처리하겠습니다.

서류 다 제출하고 도장 찍고 간 사람 또 불러내면, 고객 불만은 누가 책임지나?

죄송합니다…… 책임지고 바로 처리하겠습니다.

머리가 나쁘면 메모라도 해서 착오 없이 처리해야 할 거 아니야.

내가 너 같은 놈이랑 실랑이하면서 흰머리가 늘어야겠어!

그의 실수였으니 질책을 듣는 것은 당연했다. 다만 신 부장의 버릇은 이렇게 모든 지적이 끝난 시점에서 같은 질책을 되풀이하며, 사용하는 어휘에 점차 비속어의 빈도와 강도가 늘어간다는 것이었다. 꼭 오 분만 듣고 있으면 제풀에 지쳐 끝나지만, 상대가 못 견디는 눈치를 보이면 십 분, 이십 분으로 연장되는 일종의 퍼포먼스였다.

그는 참았다. 고개를 수그리고 언제나처럼 구두코를 내려다보았다. 왼손이 가만가만 움직이기 시작한 것은 신 부장의 장광설이 오 분짜리 약식 퍼포먼스에서 거의 마지막 지점에 이르렀을 때였다. 그의 왼손은 마치 안 보이는 가느다란 실로 끌어올려지듯 허공에 곡선을 그리며 올라와서는 그의 왼쪽 귀를 틀어막았다.

너 같은 놈을 가르쳐서 사람으로 만드느니 내가 차라리…….

마른 입술 가에 자잘한 흰 거품이 물린 신 부장이 더욱 언성을 높이는 동안, 왼손은 오른쪽 귀로 옮아갔다. 그는 당황해 왼손을 내리려 했다. 그러나 왼손은 그의 말을 듣지 않았다. 대신 왼쪽 팔꿈치를 활짝 펼치며 신 부장을 향해 다가갔다.

뭐…… 뭐야?

신 부장이 말을 끊었다.

그의 생각은 왼팔을 자신의 허리에 붙이겠다는 것이었다. 그러나 소용없었다. 왼손은 확실한 목표를 정한 듯 신 부장의 얼굴을 향해 계속해서 허공을 미끄러져갔다. 그는 오른손을 들어 왼쪽 팔꿈치를 잡고 힘껏 안으로 당겼다.

뭐 하는 거야, 이거?

놀란 신 부장이 의자에서 일어섰다. 행원들이 뒤를 돌아보았다.

그는 달아오른 얼굴로 주위를 살폈다. 창구의 고객들까지 고개를 빼고 그의 기이한 몸짓을 지켜보고 있었다. 신 부장의 욕설이 터져 나왔다.

이 새끼가, 미쳤나 지금!

그의 왼손이 오른손을 뿌리치고 날아간 것은 그때였다. 조금의 주저도 없이 그것은 신 부장의 입을 틀어막았다.

음! 으으음!

입을 틀어막힌 채 몸부림치는 신 부장의 벌개진 얼굴을 보며, 당황한 그는 왼손을 몸 쪽으로 끌어오기 위해 안간힘을 다했다.

이 대리! 진정해, 이 대리!

입사 동기 최 대리가 그의 허리를 뒤에서 끌어안고 신 부장에게서 떼어냈다. 목표물을 놓친 그의 왼손이 허공으로 세차게 치켜올라왔다. 어느 틈에 달려온 청원경찰이 그의 왼팔을 붙잡더니 그의 몸을 메다꽂았다. 나동그라지는 순간 그는 자신의 왼손을 보았다. 언제 그랬냐는 듯, 왼손은 아무런 힘 없이 그와 함께 차가운 석조 바닥을 뒹굴고 있었다.

3

지하철역 앞 버스 정류장에서 그는 집으로 가는 버스를 기다렸다. 그의 얼굴은 해쓱했고, 미간의 천川자는 여느 때보다 깊이 패었다.

제가 제정신이 아니었습니다. 죄송합니다.

반백의 머리털, 미심쩍고 차가운 눈빛의 지점장 앞에서 그가 할 수 있는 말은 그것뿐이었다.

충격을 가라앉히지 못한 신 부장이 조퇴한 뒤, 그는 모든 사람의 시선을 고통스럽게 의식하며 긴 오후를 보냈다. 누구도 그에게 말을 붙이려 하지 않았고, 어쩔 수 없이 말해야 할 때는 시선을 피했다.

한잔하고 가겠어?

은행을 나서며 최 대리가 물었을 때 그는 몸을 가누기 힘든 피로를 느끼고 있었다. 감사 때문에 지난달 내내 야근, 밤샘이 이어졌었는데 그때 몸이 축난 것 같았다. 어쩌면 이날의 일도 졸음 때문에 생긴 건지도 몰랐다. 잠이 부족해서 머리 어딘가가 마비된 거야, 그는 생각했다. 잠 안 재우는 고문으로 의지를 마비시켜 자백을 받기도 한다잖아.

한잔 마시고 털어버리자구. 시간이 지나면 다들 잊어버릴 거야. 워낙 이 대리가 순한 사람이어서 놀라긴 했지만. ……사실 신 부장은 정신 좀 차려야 하잖아. 이젠 좀 조심하려나.

사람 좋은 최 대리의 얼굴을 향해 그는 애써 웃음을 지어 보였다.

고맙긴 한데, 내가 잠이 부족해서. 좀 쉬어야겠어.

최 대리는 그동안 한 번도 그에게 보인 적 없었던, 측은함과 꺼림칙함이 섞인 시선을 던지며 그의 어깨를 두어 번 두드렸다.

그래, 좀 쉬어봐.

사월 초순의 밤바람은 소슬했다. 그가 기댄 나무둥치는 차가웠고, 그의 마음은 무겁고 산란했다. 그는 이날 오후 수차례 몰래 들여다보았던 왼손을 눈높이로 들어올렸다. 이해할 수 없었다. 언제나와 같은 손이었다. 잔주름이 많은 손금, 남자치고 가늘고 긴 손가락들, 바싹 깎인 손톱들. 기다리던 버스가 다가올 때까지 그는 왼손에서 눈을 뗄 수 없었다.

버스는 좀전에 빠져나온 지하철만큼이나 붐볐다. 그는 사람들 틈에 그대로 주저앉아버리고 싶은 피로를 느꼈다. 숨을 제대로 쉬기 위해 빽빽한 어깨들을 밀치며 출구 어귀까지 들어갔다. 둥근 손잡이에 몸무게를 싣고 호흡을 가다듬었다.

차창 밖으로 흘러가는 밤거리는 비현실적으로 보였다. 색색의 간판들이 어지럽게 흔들렸고, 인도를 걷는 젊은 여자들의 옷차림은 마치 여러 빛깔의 날개들인 듯 화려했다. 꿈인 것 같다고 그는 생각했다. 오늘의 일들이 다 꿈이었다면. 손잡이에 매달린 채 그는 눈을 감았다 떴고, 이 하루가 결코 꿈이 아니었다는 것을 깨닫고는 막막한 불안을 느끼며 창밖을 내다보았다. 꽃집인가? 가게 앞에 작은 화분들이 줄지어 놓여 있고, 흰 셔츠와 청바지 차림의 호리호리한 여자가 물뿌리개로 물을 주고 있었다. 지나가는 사람에게 웃으며 인사하는 여자의 옆얼굴이 낯익었다.

저건…….

그가 채 생각을 가다듬기 전에, 그의 왼손이 스멀스멀 하차벨을 향해 내밀어지는 것을 그는 보았다.

아니야.

그는 자신도 모르게 큰 소리로 말했다. 그의 집은 아직 멀었고, 그는 몹시 피곤했다. 여기서 내릴 이유가 없었다. 그러나 이미 왼손은 벨을 누르고 있었다. 버스가 멈춰 섰다. 앞문과 뒷문이 동시에 열렸다. 앞에서부터 밀려들어 오는 사람들에게 몸을 떠밀려, 그는 거의 넘어질 뻔하며 인도에 내려섰다.

늘 버스로 지나긴 했지만 처음 내려보는 거리였다. 그는 길 잃은 사람처럼 멍하게 서서 도로를 달리는 차들을 바라보았다. 다음 버스를 기다려야 하나. 고개를 돌리자 멀리 화분들이 늘어선 가게가 보였다. 물뿌리개를 들고 행인과 여전히 이야기를 나누고 있는 여자의 옆모습이 작게 보였다.

그는 망설이다가 그쪽으로 걷기 시작했다. 한 걸음 디딜 때마다 아니야, 집에 가야 해, 라는 말이 그의 입술까지 치밀어 올라왔다. 집에 가야지. 배도 고파. 피곤해. 쉬고 싶어. 이젠 정말 자고 싶어. 그러나 여자의 모습이 가까워질수록 잠은 달아났고, 그의 허리는 긴장으로 꼿꼿이 세워졌다.

한 걸음 앞까지 이르렀을 때, 그는 마침내 여자의 웃음 띤 옆얼굴을 향해 홀린 듯 입을 떼었다.

선…… 선혜야.

여자가 화들짝 놀라며 중년 여인으로부터 고개를 돌렸다. 갑자기 눈웃음이 사라진 여자의 눈은 컸다. 그 눈에 빛이 어리더니 기분 좋은 메조소프라노의 목소리가 터져 나왔다.

이게 누구야, 성진이 아니야?

무거운 장바구니를 팔 바꿔 들어가며 여태 요란한 대화를 나누던 중년 여인이 이제 가겠다며 여자에게 인사를 건넸다. 여자는 허리를 수그려 중년 여인에게 인사하고는 그를 향해 활짝 웃었다.

어쩐 일이야, 여기! 이 동네 사는 거야?

아니, 집은 여기서 버스 타고 십 분쯤 더 가야 하는데…….

그녀 앞에서 언제나 그랬던 것처럼, 그는 말을 잘 이을 수 없어 허둥거렸다.

여기 볼일이 있었던 거구나?

그에게 언제나 그랬듯, 그녀는 서글서글하게 그의 끊어진 말을 이어주었다.

이게 얼마 만이야. 대학 졸업하고 처음이지? 아, 아니다. 너 군대 갔다 와서 나 일하던 회사에 잠깐 찾아왔었지. 그러니까 벌써 십 년이 지났네. 그런데 넌 별로 안 변했다.

응, 너도…….

안 변하긴, 눈가에 잔주름이 얼마나 많은데.

과연 깊게 팬 주름을 눈가에 만들며 그녀는 활짝 웃었다.

난 여기 가게 차린 지 넉 달째야.

꽃집?

아니.

그녀는 생글생글 웃으며 말했다.

만들어 파는 건 주로 장신구들인데 화분도 갖다놔봤어. 안 팔리면 내가 꽃구경한 셈 치려고.

그는 고개를 끄덕였다. 그가 그녀를 처음 만난 것은 단과대 연극 서클을 잠깐 기웃거리던 대학 2학년 때였다. 같은 학년으로 통계학과에 다녔던 그녀는 공연 때 무대와 의상을 맡곤 했다. 그림을 그리고 싶었지만 집안 사정으로 그러지 못했던 아쉬움을 채워주는 작업이라고, 언젠가 그에게 지나가듯 말한 적이 있었다.

장사는, 잘돼?

글쎄, 아직은 시작이라…… 이것저것 만드는 재미에 시작은 했는데, 월세 내기도 빠듯해. 들어와서 구경해볼래?

아니.

그는 찡그리듯 웃었다.

가봐야 돼.

그녀는 알겠다는 듯 한 발 뒤로 물러섰다.

결혼했지? 아이들은?

그는 얼굴이 상기된 채 고개를 저었다. 뭔가 말하려는데 침 한 덩어리가 목구멍을 막는 사이 그녀가 놀라며 말했다.

정말? 안 했어? 나도 혼잔데…… 집에서 기다리는 사람도 없는데 왜 그냥 가려구 그래. 나 만난 거 안 반가워?

뜨겁고 물컹한 액체 같은 것이 그의 가슴 가운데로 퍼졌다. 처음 만난 스물한 살 이후 줄곧 마음으로만 품었던 여자, 그의 마음을 모르는 채 두어 차례 남자 친구를 바꿔가며 늘 생글거리는 얼굴로 교정을 오가던 여자, 지나가는 옆모습이라도 보기 위해 경영학부 앞 벤치에 앉아 오전 내내 건성으로 전공서적 책장을 넘기게 했던 여자가 지금 그의 눈앞에 서 있었다.

물론 반갑지…… 다음에, 지나가는 길에 또 들를게.

그는 웃으며 오른손을 내밀었다. 그녀도 오른손을 내밀었다. 그녀의 손은 여전히 작았다. 섬약한 뼈대가 만져졌고, 피부는 조금 거칠어진 것 같았다. 십 년 전 그녀의 사무실로 무작정 찾아갔을 때, 그는 마침내 그녀를 깨끗이 포기하기로 마음먹고 처음 악수를 청했었다. 그때 처음이자 마지막으로 잡았던 손의 감각을 그는 잊지 않고 있었다. 그때와 꼭 같이, 그는 미지근한 미소를 머금은 채 오른손을 놓았다.

그의 왼손이 움직이기 시작한 것은 그가 막 돌아서려던 찰나였다. 몸 쪽으로 끌어당기고 말고 할 틈도 없이 왼손은 정확하고 기민하게 뻗어나가 그녀의 뺨에 얹혔다. 매끄러운 뺨의 감촉이 그에게 전해졌다. 그녀의 얼굴에서 웃음이 가셨다. 커다랗게 치켜뜬 눈에 밤 불빛들이 술렁였다. 그의 왼손은 번지듯 뺨에서 미끄러져 그녀의 섬세한 콧날을, 이마를, 눈두덩을 어루만졌다. 얼어붙은 듯 꼼짝도 하지 않는 그녀의 부드러운 입술에 닿았을 때에야 그의 왼손은 짧게 떨며 멈췄다.

4

그가 눈을 뜨자마자 처음 본 것은 블라인드 사이로 새어드는 햇빛이었다. 여기가 어딘가. 그는 짙은 청록색 소파에서 자줏빛 캐시미어 담요를 감고 누워 있었다. 그는 몸을 일으켜 소파 옆의 테이블에 놓인 안경을 썼다. 뒤를 돌아보자 그녀가 보였다. 나지막한 작업대 위로 스탠드가 밝혀졌고, 붉고 푸른 구슬들이 여남은 개의 종이 상자들에 담겨 있었다. 그녀는 불빛을 받으며 흰 레이스 스카프에 구슬들을 꿰매 다는 데 몰두해 있었다.

……지금 며, 몇시지?

일곱 시 조금 지났어. 출근이 언제야?

그를 향해 고개를 들며 그녀는 미소를 지었다. 그녀의 목소리는 평온했고, 시럽처럼 달콤한 친밀감이 촉촉하게 스며들어 있었다. 그는 담요를 걷고 소파에서 일어섰다. 속옷 바람이었다.

회사 늦었어?

그녀가 일을 중단하고 일어서며 물었다.

조금. ……괜찮아, 서두르면.

그는 변명하듯 말끝을 삼키고는 화장실로 가 얼굴을 씻었다. 여성용 면도기와 쉐이빙 폼을 발견하고 아쉬운 대로 빠르게 면도를 했다. 수건으로 얼굴을 닦으며 나오자 그의 와이셔츠와 바지가 선반에 얹혀 있었다. 그것들을 꿰어 입고 넥타이를 매는 동안 그녀가 그의 가방을 건네주었다. 그것을 받아 들며 그는 황황히 말했다.

전화할게.

전화번호 모르잖아.

들를게.

언제?

곧.

그녀는 발꿈치를 치켜들고 그의 입술에 입맞추었다. 방금 마셨는지 오렌지나 감귤 주스 냄새가 났다. 그는 엉거주춤 그녀의 머리칼을 쓸어주고는 그녀가 문을 열어주는 대로 가게를 빠져나왔다. 막 신호가 바뀌는 횡단보도를 한달음에 건넌 뒤 택시를 잡기 위해 팔을 치켜들었다.

어렵게 잡힌 택시에 실려 지하철역까지 가는 동안 그는 정신을 집중하려 애썼다. 결혼생활 7년 만에 처음으로 연락 없이 외박을 했다. 아예 휴대폰을 꺼놓고 보낸 지난밤을 그 자신도 믿을 수 없었다.

그의 왼손이 그녀의 입술에서 떨며 떨어진 순간 그녀는 그의 왼손을 잡았었다. 그녀의 손에 이끌린 것인지, 그의 왼손에 이끌린 것인지 모르게 그는 그녀의 가게로 들어갔다.

저녁은 먹었어?

긴장한 듯 작은 목소리로 묻는 그녀의 뺨에 홍조가 어려 있었다. 배가 몹시 고팠지만 그는 고개를 끄덕였다. 그녀는 가게에 딸린 주방 냉장고에서 맥주와 한 접시의 땅콩을 내왔다. 찬 맥주를 마시며 그들은 흐릿해진 기억 속의 이름들을 꺼내고, 맞춰보고, 오래 웃거나 오래 침묵했다.

그녀의 말대로 가게에는 손님이 많지 않았다. 대학생으로 보이는 여자 둘이 들어와 오랫동안 장신구를 고른 뒤 펜던트와 머리핀 하나씩을 사 갔을 뿐이었다. 열 시가 되자 그녀는 문을 잠그고 블라인드를 내렸다.

와인 있는데, 마실래?

그의 대답을 듣기 전에 그녀는 반쯤 남은 와인병을 꺼내 왔다.

누구랑 같이 뭐 먹는 거 좋다.

그녀는 취기가 돌아 더 반짝이는 눈으로 생글생글 웃었다. 빈속에 마신 술로 그는 이미 입 주위가 마비될 만큼 취해 있었다.

그녀가 언제 불을 껐는지는 확실치 않았다. 어두워지자 누가 먼저랄 것 없이 그들의 몸이 바싹 다가섰다. 입술이 겹쳐지고 이가 부딪치는 사이 그의 눈이 어둠에 익숙해졌다. 두 사람의 손들이 서로의 윗옷 단추를 풀어내렸다. 그의 왼손은 그녀의 머리칼과 목덜미와 어깨를 더듬어 내려와 젖가슴을 쓰다듬고 간질이기 시작했다. 가쁜 숨을 몰아쉬며 그녀가 그만, 이라고 말했다. 그녀는 몸을 비틀며 뒤로 물러서려 했지만 왼손은 끈질기고 대담했다.

그만. 제발, 그만…….

숨차하는 그녀의 입술에서 단내가 났다.

얼마의 시간이 지난 뒤 두 사람은 소파에 비스듬히 누웠다. 문밖의 차 소리 때문에 가게의 어둠과 정적은 오히려 견고하게 느껴졌다.

정적을 깨며 그녀는 말했다.

알고 있었어.

……뭘?

네가 날 좋아하는 거.

그런데 왜…….

왜 줄곧 모르는 척했냐구?

그녀는 나직이 웃으며 말했다.

고백하지 않아도 괜찮을 만큼만 날 좋아한다고 생각했으니까.

그녀의 벗은 팔에 얹혀 있던 그의 왼손이 손톱을 세워 그녀의 미끄러운 살에 그림을 그렸다. 물방울과 잎사귀 따위의 의미 없는 무늬가 어둠 속에서 새겨졌다가 곧 지워졌다.

네가 군대 갔다 와서 내가 있던 회사에 찾아왔을 때, 난 네가 정말 고백을 할 줄 알았어.

……그러려고 가긴 했지.

그런데 왜?

그는 고개를 흔들었다. 그날 오후 그녀는 너무 바빠 보였고, 너무 어른스러웠고, 웃음은 형식적이었다고 말하고 싶지 않았다. 그날 그가 고백했다 해도 그녀에게는 언제나 그랬듯 애인이 있었을 것이고, 어떤 일도 일어나지 않았을 거라고 그는 생각해왔다.

가게 일은 재밌어? 그 회사는 왜 그만뒀어? 괜찮은 데였잖아.

말을 돌리기 위해, 그는 문 쪽의 선반에 진열된 장신구들을 가리키며 건성으로 물었다.

결혼하고 5년이 되도록 아이가 안 생겨서…… 집에서 쉬면 가져질까 하고.

그녀는 별로 망설이지 않고, 대단한 일도 아니라는 듯 대답했다.

물론 지금은 후회해.

그녀의 담담한 얼굴을 보며 그는 잠시 말을 잃었다. 무엇인가가 가슴 가운데를 가로막는 듯했다. 어쩌다 헤어지게 된 건지, 던지기 어려운 물음을 그는 녹여서 삼켰다.

침묵하는 그의 마음을 읽은 듯 그녀가 갑자기 몸을 일으켜 앉았다. 그녀는 벌거벗은 채 일어서서는 한 손을 허리에 짚은 채 잠깐 생각에 잠겼다. 곧고 깊게 파인 척추의 선이 서늘했다.

혹시 그런 경험 해봤어? 내 안에, 전혀 모르는 사람이 들어 있는 것 같은 때.

그녀는 탁자에 던져놓았던 옷들을 주섬주섬 걸친 뒤 천천히 걸어가 작업대 위의 갓등을 켰다. 청바지만은 다시 입지 않았으므로, 흰 불빛에 다리가 드러났다. 그 부드러운 윤곽을 그는 멍한 눈으로 바라보았다. 이 상황을 믿을 수 없다고 그는 문득 생각했다.

……한 손은 코트 주머니 속에서 과도를 잡고, 한 손으론 휴대폰을 들고 지하철을 탄 날이 있었어. 전화를 걸고, 걸고, 또 걸었지. 다섯 번 거니까 받더라.

그녀의 목소리가 낮게 가라앉아 있었으므로, 그는 숨을 죽이고 귀를 기울였다.

건대입구역이었어. 7호선에서 2호선으로 바꿔 타려고 계단을 올라가고 있었는데, 연말이라 사람이 많았어. 어깨가 밀릴 정도였지. 난 휴대폰에 대고 계속해서 욕을 퍼부었어. 얼굴은 눈물범벅이 돼서.

그녀는 작업대에 걸터앉았다. 스탠드 불빛을 옆에서 받은 그녀의 그림자가 커다랗게 확대돼 흰 천장과 맞은편 벽면까지 드리워졌다.

계단을 다 올라오니까 플랫폼엔 엄청나게 많은 사람들이 꾸역꾸역 기차를 기다리고, 뒤쪽에선 계속 사람들이 올라오고 있었어. 난 유난히 햇빛이 밝게 쏟아지는 커다란 창 아래 서서 울부짖었어. 널 죽이겠다고. 죽어도 용서 못한다고. 죽은 다음에도 용서 않겠다고.

자신을 향한 것 같은 쓴웃음이 그녀의 입가에 잠시 머물렀다가 사라졌다.

지하철을 타고서도 계속 소리쳤어. 나쁜 새끼. 여자한테 손대는 자식. 내 손에 피를 묻혀서라도 복수할 거야. 한 칸에서 소리치고 나면 시선 때문에 머무를 수 없으니까, 덜컹거리는 통로를 지나 다음 칸 구석으로 가서 다시 악을 썼지. 손은 덜덜 떨리고, 눈물은 그치지 않고, 사람들이 연달아 놀라며 돌아보는 사이에 마지막 칸이 돼버렸어. 더 이상 옮길 칸도 없고, 더 악쓸 힘도 없었어. 전화를 끊고 노약자석에 주저앉아서, 무릎에 얼굴을 묻고 떨었지.

그는 다소 멍해져서 그녀의 말을 간신히 따라가고 있었다. 이 여자는 그가 알고 있던 그 여자인가? 조금 전의 갑작스러운 정사만큼이나 이상한 고백이라고 그는 생각했다. 그가 기억하는 한 그녀는 선이 곱고 친절한 여자였다. 어떤 경우에도 언성을 높이지 않았고, 모든 일을 순조롭게 처리했다. 살아가면서 본능적으로 적을 만들지 않는 성격의 사람이었다.

……그렇게 떨면서 내가 뭐라고 계속해서 중얼거렸는지 알아? 조금만 기다려, 난 널 죽인다, 반드시 죽여. 그러다 교대역이라는 안내방송을 들었어. 문이 열리자마자 열차에서 뛰쳐나갔어. 미친 듯이 계단을 뛰어올라 지하철역을 빠져나가서, 몇 개월 전에 꼭 한 번 찾아갔던 부부상담소 문을 두드렸어. 겁먹은 얼굴의 상담선생에게 내 칼을 꺼내주곤, 그 선생이 말릴 틈도 없이 비상계단으로 뛰어내려왔어. 창문이 보였다면 뛰어내렸을지도 몰라. 내가 죽을 수 있었다면, 누군가를 죽일 수 있었다면 바로 그날이었을 거야.

그녀는 추운 듯 진저리를 쳤다. 그는 엉거주춤 일어나 그녀에게 다가갔다. 주저하며 그녀의 어깨 뒤로 팔을 둘렀다. 그녀의 몸은 차갑게 식어 있었다. 그녀는 조용히 그를 밀쳤다.

이불 가져올게.

그녀는 냉장고 옆으로 걸어가 철제 캐비닛에서 담요를 꺼내왔다.

혼자 자기에도 비좁은데, 그래도 같이 자줄래? 따뜻할 것 같아. 불 켜고 자도 되지? 어두운 거 싫어서.

십 년이 더 지난 뒤에도, 그는 언제나 그랬던 것처럼 그녀의 말을 한 마디도 거스를 수 없었다. 담요를 덮고 소파에 몸을 겹쳐 누웠을 때 그는 숨죽여 물었다.

그게 언제 일이야?

……3년 전.

그녀는 눈을 감고 중얼거렸다. 그는 어쩐지 그녀가 막막하게 두려 웠는데, 그의 왼손은 그렇지 않은 것 같았다. 티셔츠 속 그녀의 겨드 랑이를 건너 오톨도톨한 젖꽃판을 가만가만 어루만지기 시작했다.

그러고선 얼마 안 있어서 헤어지고, 연애도 해봤는데…… 쉽지 않았어. 남자랑 잔 거 정말 오랜만이야. 다시는 안 자려고 했지.

왜?

나 자신을 잃는 게 무서워서…… 그날 이후론.

불현듯 모로 누워 그를 보는 그녀의 눈이 어둠 속에서 검고 또렷 했다.

섹스할 때, 나 자신을 어쩔 수 없어지는 순간. 그 순간이 싫어.

5

거실 가득 아이의 장난감들이 어질러져 있고, 소파에는 아내가 개 키다 만 빨래 더미가 쌓여 있었다. 그는 신을 벗었다. 아내와 아이의 하루가 고스란히 흔적으로 남은 거실을 가로질러 갔다.

그는 조심스럽게 안방 문을 열고 아내와 아이의 고요한 숨소리에 귀를 기울였다. 가방을 내려놓고 안으로 들어갔다. 허리를 구부리고 아이의 가느다란 머리칼을 만지려 손을 뻗다가 모로 누운 아내의 옆 얼굴을 보았다.

오전에 집으로 전화했을 때, 일이 많아 밤샘했다는 그의 변명을 아내는 의심하지 않았다. 짧은 연애 시절 아내는 퍽 살갑고 밝은 성격이었는데, 언제부턴가 꼭 필요한 말 외에는 그에게 건네지 않았다. 아내가 살아가는 일상이 어떤 것인지 그는 잘 짐작할 수 없었다. 아마도 그의 것만큼이나 고단한 것이리라는 것을, 싱크대 앞에 서 있는 아내의 뒷모습을 보며 이따금 느낄 뿐이었다. 때로 아내의 굳은 어깨는 어떤 강한 감정을 억제하고 있는 것처럼 보였지만, 돌아서는 얼굴에는 쓴 기운조차 없는 무미함과 덤덤함이 배어 있어 그의 추측을 무색하게 만들었다. 이날 오전 역시 아내는 감정 없는 목소리로 오늘은 일찍 오느냐고 물었고, 아마 그러지 못할 거라는 그의 대답에 알겠어, 하며 전화를 끊었을 뿐이었다.

……여보.

그는 조용히 불렀다. 대답은 들려오지 않았다. 아내의 잠든 옆얼굴과 아이의 옆얼굴이 크기만 달리 뽑은 사진들처럼 닮아 있는 것을 그는 보았다. 방은 무덤 속처럼 어둡고 고요했다. 몹시 피로했으므로, 그는 아내의 죽음 같은 잠을 동경했다.

안방 문을 소리 없이 닫고 나온 그는 옷을 벗고 샤워를 했다. 그녀의 체취가 남김없이 비누거품에 씻겨나가는 거라는 생각은 그에게 서운함과 안도감을 함께 주었다. 욕조에서 나와 몸의 물기를 닦다가 그는 고개를 들고 거울을 보았다. 뿌옇게 덮인 김을 수건으로 닦아내자 퀭한 눈두덩, 멍한 눈이 비쳤다. 엷게 멍이 든 왼쪽 팔뚝도 보였다. 그가 온 힘을 다해 오른손으로 움켜쥐어 생긴 상처였다.

오늘 그는 거의 아무 일도 처리하지 못했다. 그의 왼손은 그가 방금 어렵게 대출을 거절한 늦은 중년 남자의 축축한 손을 잡았고, 업무 얘기를 주고받던 후배 여직원의 블라우스 앞섶에 붙은 실밥을 떼어내 당황하게 했다. 유난히 반짝이는 은빛 새 동전을 끈질기게 그의 눈앞으로 들어올렸고, 마치 소중한 물건인 듯 슬그머니 와이셔츠 앞주머니에 집어넣었다.

가장 나쁜 것은, 왼손이 스스로 움직이기 시작할 때 그것이 무엇을 하려 하는지 그가 예측할 수 없다는 것이었다. 어제와 같은, 아니, 어제보다 더한 일을 벌일 수도 있었다. 아무것도 확신할 수 없었으므로 일단 그는 오른손으로 왼팔뚝을 붙들었다. 빠져나오려는 왼손 때문에 쩔쩔매는 사이 전화벨이 울리고, 고객이 찾아왔다. 왼손을 책상 아래로 숨기기 위해 그는 안간힘을 다했다. 차라리 끈으로 왼손을 묶고 싶었다. 오른손으로 넥타이를 풀려 했지만 한 손으로 잘 되지 않았다. 견디다 못한 그는 벌떡 일어나 아무도 없는 창 쪽으로 도망치듯 걸어갔다.

보안상의 이유로 은행의 창문들은 열거나 닫을 수 없도록 개조돼 있었다. 햇빛이 불투명하게 투과되는 유리를 더듬더듬 어루만지던 그의 왼손이 마치 틈을 찾는 듯 창과 창의 이음새를 따라 간절히 뻗어갔다. 알 수 없는 이유로 그것의 움직임이 격해지려 하는 순간, 그는 재빨리 몸을 돌려 자리로 되돌아왔다. 축축해진 등으로 와이셔츠가 달라붙었다.

시간은 숨막히게 더디 흘렀다.

어디 아프세요?

괜찮은 거야?

혐오감과 두려움이 섞인 동료들과 고객들의 질문에 그는 애써 밝은 웃음으로 답했으나, 꿈틀거리는 왼손과 그것을 거세게 붙든 오른손은 그 웃음에 대조돼 오히려 광인처럼 기묘해 보였다.

자네, 내일까지 좀 쉬어보지.

마침내 지점장이 그를 불러 말했을 때 그는 아닙니다, 라고 다급히 대답했다. 왼손을 여전히 오른손으로 붙든 채였다.

어제 일도 그렇고, 자네 한 사람 때문에 분위기가 영 좋지 않아. S 은행과 합병 앞두고 인사조정 있는 거 알잖나? 아직 어린 아이도 있다고 들었는데…….

죄송합니다. 다시는 이런 일 없을 겁니다.

필요하면 병원에 가봐. 어쨌든 목요일부턴 새 마음으로 시작해보라구. 그동안 성실하고 인화도 좋아서 눈여겨보고 있었는데…… 만회하는 자세로 임해봐요.

지점장의 말이 마지막 경고이며 또한 배려라는 것을 그는 알아들었다.

자리로 돌아와 가방을 챙기는 그에게 최 대리가 다가와 낮은 목소리로 물었다.

괜찮겠어?

그가 애써 심상한 미소를 지어 보이려 한 순간, 두 사람의 얼굴이 동시에 굳었다. 그의 왼손이 아무렇지도 않게 최 대리의 앞머리를 쓸었기 때문이었다. 황급히 왼손을 거두며 그는 말을 더듬었다.

희, 흰머리가 꽤 늘었네. 새치 생겼다고 투덜거린 게, 작년인데.

최 대리는 주춤 뒤로 물러섰다. 과연 듬성듬성 흰빛이 보이는 앞머리를 털듯이 흔들고는 중얼거렸다.

……병원에 가봐, 이 대리.

밝은 시간에 퇴근하는 것은 입사한 뒤 처음 있는 일이었다. 바지 호주머니에 왼손을 찔러넣고, 오른손으로 가방을 들고 그는 걸었다. 갈 데가 없어, 무작정 버스를 타고 가다가 강이 가까운 정류장에 내렸다. 강가의 벤치에 누워 잠을 청하려 했지만 쉽지 않았다.

아직 어린 아이도 있다고 들었는데…….

잠들려는 순간마다 지점장의 말이 고막으로 파고들었다.

그는 지하철 순환선을 타고 돌다가 건대입구에 내려 7호선을 타기 위해 걸어가 보았고, 과연 넓은 창으로 햇빛이 눈부시게 쏟아져 들어오는 것을 보았다. 꾸역꾸역 환승계단으로 밀려나오는 사람들과 함께 다시 지하철에 올랐다. 덜컹대는 연결통로들을 건너 마지막 칸에 이르렀다. 비어 있는 노약자석은 없었고, 허공을 바라보는 노인들의 얼굴은 어둡고 과묵했다.

퇴근 시간을 훌쩍 지나 집으로 돌아오는 길, 불 켜진 그녀의 가게를 버스가 지나칠 때 그는 경련하는 왼손을 으스러지게 붙잡았다. 버스가 두 정거장을 더 지난 뒤에야 왼손은 저항을 멈추었다.

이렇게 하면 되는 거야.

그는 고개를 주억거리며 입속으로 되뇌었다.

없었던 일로 하면 되는 거야. 그러면 되는 거야.

그는 힘없이 늘어진 왼손을 물끄러미 내려다보았다. 휴학과 과외와 학자금 대출로 고단하게 이어졌던 대학생활, 그보다 더 고단했던 긴 직장생활, 비를 맞으며 사다리차에 실려 내려가던 신혼의 세간살이가 조용히 그의 눈앞에 떠올랐다 사라졌다.

이제 그만. 더이상 움직이지 마.

파랗게 솟아오른 왼손의 정맥들을 오른손으로 쓸어내리며, 그는 마치 잘 아는 사람에게 말하듯 낮게 중얼거렸다.

차창 밖으로 시선을 돌리자, 덩어리진 어둠이 가로등 사이를 빠르게 헤엄쳐 거꾸로 달리고 있었다. 번쩍이는 가로등의 전구들이 거대한 안구들 같다고, 그를 위협하듯 집요하게 노려보는 것 같다고 그는 느꼈다.

거울이 다시 수증기로 흐려졌다. 그는 오른손으로 왼손을 잡아보았다. 어떤 저항도, 의지도 느껴지지 않았다. 그는 왼손을 들어올려 심장 위에 얹었다. 규칙적인 박동이 느껴졌다. 지난밤 잠들기 직전, 그녀의 가슴에 얹힌 왼손으로 느꼈던 심장의 울림이 조용히 겹쳐졌다. 문득 왼손이 들어올려져 눈을 닦았을 때에야 그는 눈물이 고여 있었던 것을 알았다.

그는 욕실 밖으로 나와 서랍장에서 속옷을 찾아 입었다. 서재의 옷걸이에 걸린 트레이닝복을 입고 침대 모서리에 걸터앉았다.

너무 조용하다고 그는 생각했다.

그의 왼손이 방문 손잡이를 돌려 열었다.

목이 마르다고 그는 생각했다.

그는 부엌으로 걸어가 물 한 잔을 마셨다. 결명자를 넣고 끓인 물의 뒷맛이 썼다.

물잔을 내려놓은 뒤, 그의 왼손이 식탁에 놓인 열쇠를 집어들었다.

잠깐 걷고 오겠다고 그는 생각했다.

그는 신장에서 운동화를 꺼내 신고 현관문을 열고 나갔다. 엘리베이터의 단추를 누르고, 1층에서 9층까지 올라오는 승강기의 기계음을 들으며 초조하게 기다렸다. 밤거리를 속보로 사십 분여 걸은 그가 이마에 땀이 맺힌 채 그녀의 가게 문을 두드린 것은 자정이 막 지났을 때였다.

6

그의 왼손이 햇빛 속으로 뻗어올려졌다. 갓 돋아난 연둣빛 갈참나무 잎사귀들이 그의 머리 위에서 반짝이고 있었다. 잎사귀들 중 하나에 왼손이 닿았다. 무엇인가 왼손 속으로 스며든 것 같은 감각에 그는 손을 끌어내려 들여다보았다. 아무것도 달라진 것은 없었다.

바람이었나.

당겼던 고무줄이 원래의 자리로 돌아가듯 왼손이 잎사귀들 속으로 떠올랐다. 잎사귀와 가지들 틈으로 조용히 흔들리는 왼손은 마치 연푸른 물속을 유영하는 것 같았다.

아침에 산책하니까 좋다. 정말 오랜만이야.

앞장서서 걸어가던 그녀가 산수유나무 아래의 벤치에 앉았다. 긴 갈색 치마 아래 조금 드러난 종아리가 흰 배춧속 같다고 그는 생각했다. 점점이 핀 노란 꽃들 아래에서 그녀는 그를 향해 웃었다.

오늘 회사 월차라고 그랬지. 나도 가게 문 닫을까? 어디 먼 데라도 가게.

……먼 데?

그는 그녀의 옆에 나란히 앉으며 옆얼굴을 훔쳐보았다. 문득, 자신을 통제할 수 없는 순간들 때문에 평생 섹스를 하지 않으려고 했다던 그녀의 말이 떠올랐고, 과연 자신을 어쩌지 못하고 신음하던 몇 시간 전의 그녀가 이어 떠올랐다. 활처럼 팽팽하게 휜 그녀의 허리와 헝클어진 머리칼을 생각하자, 새삼 묵지근해지는 육욕으로 그의 몸은 떨렸다.

잘 어울리네.

그가 입은 재색 티셔츠를 매만지며 그녀가 웃었다. 가게 벽에 진열되었던 이 옷을 그녀는 긴 막대로 내려 그에게 입게 했다. 티셔츠 가득 투명하고 동글납작한 구슬들이 새가 날아가는 모습을 그리고 있었다. 눈이 있을 자리에 박힌 모조 흑진주가 마치 젖은 듯 번들거렸다. 그녀가 입은 흰 티셔츠에는 여자의 옆얼굴이 단순한 먹선으로 그려졌고, 그 위로 푸른 원석들을 점점이 붙여 만든 새가 오두마니 앉아 있었다.

회사 그만둔 거 후회한다고 했지만, 꼭 그렇지도 않아. 노는 날이면 남대문 시장 헤매서 예쁜 돌 사다가 이것저것 만들어 파는 일, 괜찮아. 가진 건 없지만 걱정도 안 되고, 생활이 단순하니까 마음도 편해. ……난 아마 나이를 거꾸로 먹나봐. 이십 대엔 머릿속에 온통 그런 생각만 들어 있었거든. 직장, 저축, 집, 가족, 나이에 어울리게 가져야 하는 그런 거. 하지만 이젠 오히려 내 것이란 없는 거란 생각이 들어. 시간이며 돈이며 삶이며…… 다 누군가에게 잠깐 빌려다 쓰는 것 같아.

문득 그는 오래전 단과대 극회에서 조명기구를 붙잡고 씨름하던 어느 날을 기억했다. 그는 꼭 한 학기 동안 그 극회에 몸담았는데, 아마도 일생을 통틀어 그가 거의 유일하게 경험한 사치였다. 방금 내리비친 푸른 새벽빛으로 전혀 느낌이 달라진 리허설 무대를 내려다보며 그는 잠시 이 세상을 벗어난 듯한 황홀함을 느꼈었다. 그 이전에도, 이후에도 다시 느껴보지 못한 이상한 기쁨이었다. 무대를 맡은 그녀는 그의 앞에 서 있었는데, 순간 그를 돌아보며 미소 지었다. 조명이 마음에 든다는 말을 웃음으로 대신한 것이었다. 그렇게 말없이 말하는 웃음, 군더더기 없이 마음을 전하는 웃음을 그는 처음 보았다. 그때 그녀의 손을 잡았어야 했다고, 그는 오랫동안 자신을 질책하며 후회했었다.

그의 왼손이 가만가만 움직이기 시작하더니 그녀의 목덜미 위에 얹혔다. 그녀의 손이 다정하게 그의 손등을 덮었다. 그의 왼손은 다시 가만가만 움직여 그녀의 목줄기 속으로 파고들었다.

야아, 간지러워.

그의 왼손이 꼼틀거릴 때마다 그녀가 참지 못하고 웃음을 터뜨렸다. 그의 왼손은 그녀의 겨드랑이로 옮겨갔다. 그녀의 웃음소리가 더 커졌다.

야아, 그만, 그만 하라니깐……

깔깔거리던 그녀가 그의 겨드랑이를 간지럽히기 시작했다. 그도 웃음을 터뜨렸다.

그만! 그마안!

눈에 눈물까지 밴 그녀는 그의 왼손을 피하려 애쓰며, 겨우 한 번씩 기회가 보일 때마다 그를 간지럽히며 숨이 넘어가게 웃어댔다.

그는 발작적으로 그녀의 웃는 얼굴을 끌어당겨 입맞추었다. 그의 왼손이 그녀의 손을 움켜잡았다. 이 손을 잡고 어디까지든 가고 싶다고 그는 생각했다. 가장 햇빛 찬란한 오후에, 가장 번화한 거리를 걷고 싶다. 그의 입술이 그녀의 목줄기를 타고 내려와 오목한 쇄골을 적셨다. 왼손이 그녀의 티셔츠 속으로 파고들었다.

여, 여기선, 그만.

그녀의 손이 다급하게 그의 왼손을 제지했다.

네 집으로 갈까?

그의 입술이 멈췄다.

가게는 시끄럽고…… 네 집으로 가자.

아직 왼손이 그녀의 젖무덤에 머무른 채 그는 엉거주춤 일어섰다.

가, 가야 돼.

응?

그의 왼손이 그녀의 유두를 부드럽게 문질러, 그녀는 몸을 외틀며 상기된 뺨으로 물었다.

간다구? 어디로?

순간 그의 왼손에 힘이 가해졌다.

아아, 아파!

그녀는 벤치 등받이를 짚고 일어섰다.

이거 좀 놔봐.

그녀는 그의 왼손을 가슴에서 떼어내려 했다. 그의 왼손은 옷 밖으로 나오는 대신 오히려 옷솔기를 느끼며 더 깊이 파고들더니 그녀의 척추를 따라 허리로 내려갔다. 왼손을 끌어당기려 애쓰며 그는 허겁지겁 말했다.

하, 할 말이 있어. 너한테, 얘기 안 한 게…….

그만 하라니까, 이 손 놓고 얘기해.

그녀가 단호하게 뒤로 물러서자 마침내 왼손이 그녀의 옷에서 떨어져 나왔다. 그는 오른손으로 왼쪽 손목을 붙들었다. 한 마디씩 겨우 말을 이어갔다.

말하지 않으려고 한 건 아니었는데…… 단지…… 나는…….

커다랗게 치켜뜬 그녀의 두 눈을 더 이상 마주 볼 수 없다고 생각한 순간, 그의 왼손이 덮치듯 그의 입을 틀어막았다. 그가 오른손으로 왼팔을 끌어내리려 애쓰는 동안 그녀는 겁에 질려 뒤로 물러섰다.

성진아, 왜 그래. 지금 뭐 하는 거야?

달아나거나 누군가의 도움을 청하려는 듯 그녀는 다급히 뒤를 돌아보았다. 왼손을 간신히 떼어낸 그가 더듬으며 말했다.

미, 미안해, 이, 빌어먹을…… 손 때문에, 하지만 난, 너에게…….

날카로운 타격이 그의 얼굴에 내질러진 것은 그때였다.

아아악!

그녀의 비명 소리가 그의 귀를 찢었다. 흙바닥에 나동그라진 그의 코에서 선혈이 흘렀다. 그의 코뼈에 명중한 것은, 단단히 움켜쥔 그의 왼주먹이었다.

7

의사의 책상 옆으로 흰 라이트 박스가 벽에 걸려 있고, 그의 얼굴을 찍은 뢴트겐 사진이 거기 꽂혀 있었다. 검푸른 사진 속에서 그의 흰 머리뼈는 바다 깊이 가라앉은 고대의 해골처럼 보였다.

그의 또래로 보이는 의사는 꽤 잘생긴 얼굴과 군살 없이 반듯한 몸을 갖고 있었다. 의사는 그의 코뼈에 이상이 없다고 말한 뒤 물리치료를 지시했고, 컴퓨터에 처방을 쳐 넣으며 물었다.

어떻게 다치신 거죠? 상해진단서는 필요 없습니까?

그는 망설이다가 사실을 털어놓았다.

실은…… 다른 사람이 그런 게 아니라, 제가 그런 겁니다. 아니, 이 왼손이 그랬습니다.

그는 오른손으로 왼손을 들어 의사에게 내밀어 보였다.

어제부터 자꾸만 제 말을 듣지 않습니다. 이것 때문에 모든 게 엉망이 되고 있어요. 어떻게든 움직이지 못하게 해야 합니다. 시간이 없습니다. 내일이면 출근인데, 이래 가지곤 어떤 업무도 할 수가 없어요. 손목을 부러뜨려주시면 안 되겠습니까? 아니면, 왼손을 움직이는 데 필요한 근육을 자를 수 있다면……

의사는 키보드를 치던 동작을 멈추고 그를 향해 돌아앉았다. 급하게 말을 이어가다 말고 그는 아아, 하고 탄성을 뱉었다.

이 위로 그냥 깁스를 해주세요. 그러면 되겠네요.

손깍지를 끼고 그의 말에 귀 기울이는 의사의 표정은 냉정하고 면밀했다.

박 선생 잠깐 오라고 해요.

차트를 기다리며 서 있던, 다소 어리둥절한 얼굴의 간호사를 향해 의사가 말했다. 간호사는 진료실 밖으로 나가더니 좀전에 그의 얼굴을 찍었던 이십 대의 키 큰 방사선 기사와 함께 들어왔다.

의사가 자리에서 일어났다. 그도 엉거주춤 따라 일어섰다. 의사는 차분한 말씨로 그에게 말했다.

이성진 씨, 이 건물 5층에 신경정신과가 있습니다. 의사 선생님도 믿을 만한 분입니다. 한번 증상을 얘기해보시죠. 이분이 안내해줄 겁니다.

그의 몸에 힘이 풀렸다.

아니요, 정신과 치료 같은 건 필요 없습니다. 그냥 왼손에 깁스만 해주시면 됩니다. 어려운 일도 아니잖습니까?

초조한 손놀림으로 지갑을 꺼내 보이며 그는 말했다.

저는 정신 나간 사람이 아닙니다. 물론 그렇게 보이겠지만……
진료비도 드릴 수 있습니다.

의사의 잘생긴 얼굴에 빈틈없이 차가운 미소가 어렸다.

일단 신경정신과 상담을 먼저 해보시죠. 그래도 꼭 깁스를 하고 싶으시다면 그때 다시 방문해주세요.

어머!

간호사가 낮은 비명을 질렀다. 그의 왼손이 고무공처럼 앞을 향해 튀쳐나갔다. 의사는 날렵하게 몸을 비껴 피했다. 그가 중심을 잃고 고꾸라지는 사이, 방사선 기사의 손이 그의 왼팔을 잡았다. 무술 유단자인 듯 민첩한 동작으로 팔목을 뒤로 꺾었다.

아아, 아, 아파요. 미안합니다. 이 왼손이⋯⋯.

무릎을 찧으며 그가 소리쳤다. 방사선 기사가 팔에 힘을 가해 그는 다음 말을 이을 수 없었다.

신음을 삼키고 납작하게 몸을 엎디는 동안 그는 알 수 없었다. 방사선 기사가 그의 왼팔을 잡기 전에, 왼손이 하려던 일은 뭐였을까. 의사의 빈틈없는 얼굴을 향해 주먹을 날리려는 거였을까. 멱살을 잡으려고 했을까. 아니면 의사의 어깨를 붙들고 흔들거나, 그저 의사의 냉정한 미소를 더 이상 보지 않기 위해 가리려고 했던 걸까.

횡단보도의 푸른 불이 켜지고, 그것이 깜박이다 꺼지며 붉은 불이 켜지는 것을 바라보며 그는 서 있었다. 커다란 새가 그려진 티셔츠에 검은 트레이닝복 바지 차림의 그는 넥타이를 맨 퇴근길의 직장인들 틈에 도드라져 보였다. 방사선 기사가 꺾었던 왼쪽 팔목이 아직 아팠다. 오른손으로 왼팔을 주무르며 그는 젊은 방사선 기사의 미심쩍어하던 얼굴을 떠올렸다. 혼자 엘리베이터를 탈 수 있다며 연신 고개를 숙이는 그를 방사선 기사가 반쯤이라도 믿어준 것은 다행한 일이었다.

정말 죄송합니다. 다시는 이런 일 없을 겁니다.

그는 마지막으로 정중한 목례를 던진 뒤 혼자서 엘리베이터에 올랐다. 5층에 이르러 문이 열리자 비상계단으로 걸어내려 왔으며, 되도록 멀리 걸어 이 횡단보도 앞에 섰다.

어떻게 해야 하나, 그는 생각했다. 억지로라도 팔을 부러뜨린 다음 아무 병원에라도 가 깁스를 해야 하나.

병원들이 곧 문을 닫을 시간이니 서둘러야 했다. 어쨌든 부러뜨려야 해. 아니면 미친 사람 취급만 받을 뿐이야. 그렇다면 뭘로 부러뜨리지. 생각을 이어가는 와중에도 그는 이 모든 상황을 믿을 수 없었다. 어떻게 이런 일이 나에게 생길 수 있나.

그는 두 블록쯤 앞에 높다랗게 세워진 대형 할인마트 간판을 보았다. 길을 건너는 대신 그쪽으로 걷기로 마음먹었다. 공구 코너에서 망치를 사서 부러뜨리는 거다. 그 길뿐이다.

바지 호주머니에서 휴대폰의 진동이 느껴졌다. 그는 발신자를 확인했다. 최 대리였다.

여보세요.

마트를 향해 큰 보폭으로 걸으며 그는 말했다.

이 대리, 병원엔 가봤어?

지금 갔다 오는 길이야.

뭐래?

괜찮다는데. 아마 잠이 부족해서 그런 것 같아…… 회사는?

나 지금 잠깐 화장실에 나와서 전화하는 거야. 이 대리 안 나온 사이에 신 부장이 점장 만나서 뭐라고 했는지…… 느낌이 안 좋아. 오전에 점장이 이 대리 책상에 왔다 갔는데, 조금 전에 날 불러서 갔더니 이 대리 서랍에 있는 파일을 나한테 전부 챙기라고 하더라구.

그는 멈춰 섰다. 잠깐 머릿속에서 불이 나간 듯 그의 시야가 캄캄해졌다.

씨팔, 이래도 되는 거야? 우리 입사하고 지금까지 제대로 쉬어본 적이나 있어? 이렇게 모가지라니, 저 빌어먹을 신 부장은 도대체…….

그가 무엇인가 대답하기 전에 그의 왼손이 휴대폰 폴더를 접었다. 다시 휴대폰이 울리자 왼손은 그것을 보도블록에 내려놓았다. 그는 보일 듯 말 듯 체머리를 흔들며 휴대폰 앞에 쪼그려 앉았다. 오른손으로 주울 생각도 하지 못한 채, 이리저리 떨며 움직이는 휴대폰을 내려다보았다. 익숙한 현기증이 밀려왔다. 눈을 감자 눈꺼풀 안쪽은 어두웠다. 아뜩하게 몸이 회전하는 것처럼 느껴졌다.

잠을 너무 못 잤어. 더구나 어젯밤부터 아무것도 제대로 먹지 못했잖아.

그는 눈을 떴다. 마른 침을 삼키며 그는 생각했다.

커피를 마셔야 해. 아니, 뭔가를 먹어야 해. 아니, 잠깐이라도 눈을 붙여야 해. 정신 차리고 생각, 생각을 해야 해.

휴대폰의 진동이 멈췄다. 부재중 전화라는 푸른 활자가 액정에 찍혀 있었다. 그는 떨리는 오른손을 뻗어 휴대폰을 집어 들고는 오랫동안 그 검은 화면을 들여다보았다. 폴더를 열고 잠시 망설이다가, 도로 접어 움켜쥔 뒤 몸을 일으켰다.

8

마지막 화분을 가게에 들인 뒤 그녀는 문을 잠갔다. 쇼윈도의 블라인드를 내리려는 순간 불쑥 나타난 그의 얼굴을 보고 그녀는 들리지 않는 비명을 질렀다. 그는 뒷짐을 지고 문 앞에 서서 초조하게 기다렸다. 열어주면 들어갈 것이고 아니면 돌아서서 갈 것이다. 문으로 향하려는 왼손을 오른손으로 움켜쥐며 그는 다짐했다.

문이 열렸다. 턱진 계단에 서서인지 그녀의 호리호리한 키가 더커 보였다. 그의 얼굴을 일별한 뒤 그녀는 가게 안으로 성큼성큼 들어갔다. 그도 뒤따라 들어갔다.

그녀는 작업대에 기대어 비스듬히 그를 향해 섰다. 직접 만든 것으로 보이는, 구슬과 납작한 알루미늄 조각들로 장식한 회색 주름치마가 풍성했다. 작업대에는 그녀가 입은 것과 같으나 색깔만 진한 치마가 아직 장식이 다 달리지 않은 채 놓여 있었다.

나, 여기서 잠깐만 자고 가도 될까?

마른 입술을 축이며 그가 물었다.

잠이 너무 부족해서 아무 생각도 나지 않아. 여기서 말곤 잠을 깊이 자본 적이 없어. 생각이 제대로 되지 않아. 마트에서 캔커피를 세 잔이나 마셨는데…… 차라리 커피를 마시지 말고 여기 와서 잠을 잤다면 좋았을 텐데. 사려던 물건은 막상 사지도 못했어. 도무지 생각이 제대로 되지 않는 거…… 그게 가장 큰 문제야.

그는 빠르게 지껄인 말들이 모조리 허공으로 휘발되는 것 같다고 느꼈다. 그녀가 과연 그의 말을 들은 것인지도 확실치 않았다. 너무 작게 말했거나 너무 크게 말한 걸까. 그녀는 작업대에 기대어 선 자세 그대로 아무 대답도 하지 않았다.

정말 미안해. 삼십 분만, 딱 삼십 분만 눈 붙이고 갈게.

영원히 얼어붙은 것 같은 그녀의 얼굴을 보고 있자니 그의 숨이 가빠왔다. 그는 숨을 몰아쉬며 말했다.

알겠어. 그냥 갈게.

뒤로 오른손을 뻗어 문을 열려는 그에게 그녀가 말했다.

……뭐가 문제야?

그녀의 얼굴은 어두웠고, 목소리는 낮고 착잡했다.

나한테 말하려던 게 뭐야. 아침의 그 행동은 뭐야.

그녀는 눈짓으로 그의 멍든 코를 가리켰다.

아마 이해하지 못할 거야. 너 역시, 믿지도 않을 거고.

그는 한 발 한 발 망설이며 그녀에게 다가갔다. 그녀의 이마에 흩어진 머리카락을 향해 왼손이 뻗어나갔다. 그가 오른손으로 제지하지 않자 왼손은 그녀의 머리카락을 동그란 귀 뒤로 쓸어넘겨 주었다. 그녀는 조용히, 그러나 완고하게 고개를 틀어 그의 왼손이 그녀의 얼굴에서 떨어지게 했다. 심장이 오그라붙는 것 같은 통증으로 그의 얼굴이 일그러졌다.

……미안해.

그는 간신히 말하고는 한 걸음 뒤로 물러섰다.

뭐가 미안하다는 거야?

모든 게 이 손 때문이야.

그는 자신의 왼손을 움켜잡으며 말했다. 그녀의 얼굴로 되돌아가려는 것인지, 그의 왼손은 몸을 뒤틀며 오른손아귀에서 벗어나려 애쓰고 있었다.

왼손이 말을 듣지 않아. 이것 때문에 다 엉망이 됐어. 직장도 잘렸어. 이게 아니었으면, 그날 여기로 들어오지도 않았을 거고…….

역시 그녀는 그의 말을 이해하지 못했다. 잠시 그의 얼굴을 응시하더니 그녀는 물었다.

그러니까, 그날 여기로 들어오고 싶지 않았다는 거야?

아니, 꼭 그런 건 아니었지만, 아마 보통 때였다면 결코…….

결코 나와 자지 않았을 거라는 거지.

그는 대답하지 않았다. 맹렬한 추위 같은 것이 느껴져 그는 진저리를 쳤다.

혼자 사는 건 사실이야?

그는 대답하지 않았다.

아이도 있어?

그는 여전히 대답하지 않았다.

내가 사람을 잘못 봤구나.

그녀의 입가에 쓴웃음이 물려졌다. 웃음이 가신 얼굴로 그녀는 오래 침묵했다. 그렇게 차가운 표정이 되자 그녀는 퍽 나이 들어 보였다. 입을 열었을 때, 그녀의 속눈썹이 보일 듯 말 듯 흔들리는 것을 그는 보았다.

……성진이 너, 자면서 코 골더라. 사실은 몇 번이나 깨서 네 얼굴을 들여다봤어. 내 옆에서 누군가 세상 없이 코를 골며 잠들어 있다는 게 신기해서.

몸부림치는 왼손을 붙잡으며 그는 앵무새처럼 아까의 말을 반복했다.

미안해.

결혼했다는 건 괜찮아. 그런데 왜 말하지 않았던 거야?

그녀는 다소 어색하게 밝은 어조로 물었다.

말하려고 했어. 그런데…….

잘 되지 않았어?

그녀는 손위 누이처럼 선선히 그의 말을 이어주었다. 그는 왠지 모를 두려움을 느끼며 그녀의 얼굴을 바라보았다. 무엇을 생각하고 있는지 알 수 없는, 십 년쯤 더 나이를 먹은 여자처럼 건조한 표정이었다.

그때 얘기했던 그날…… 내가 죽이러 갔던 사람은, 그 무렵 만난 여자와 지금까지 잘 살고 있어.

그녀는 힘주어 손깍지를 지었다가 풀어버리고는, 자신의 무릎께를 한동안 망연히 내려다보았다.

난 정말 바보였어. 왜 그렇게 목숨을 걸었는지, 되지 않는 관계를 회복하려고 억지를 썼는지 몰라. 사실 결혼생활을 좋아한 것도 아니었는데 말이야. 오히려 견딜 수 없다고 느낄 때가 많았는걸. 온 세상이 나를 그물로 잡아 새장에 가두고, 단 한 발짝만 걸어 나와도 보이지 않는 수많은 방아쇠들이 사방에서 당겨질 것 같은 기분이었는데도.

그녀는 예의 쓴웃음을 입가에 머금었다.

사실 난, 남자가 싫어. 아니, 남자랑 맺는 관계가 싫어. 지난 3년은, 7년간의 결혼생활 동안 구부러지고, 부러지고, 나중엔 거의 부서져버린 몸이 다시 제 형태를 찾는 것 같은 시간이었어. 여러 번 다짐했어. 이제 외로움만 잘 참으면…… 어리석은 연애 따위에만 휘말리지 않으면 모든 걸 다시 그르칠 일은 없다고.

그녀의 눈은 마치 누군가의 얼굴을 그의 얼굴 위로 겹쳐 보는 듯 강한 감정을 담고 번쩍였다.

……새장 밖으로 한번 나온 새한테 가장 무서운 건 새장일 거야. 그런 새를 붙잡으려면 발톱이며 부리에 찢길 수밖에 없겠지. 설령 새장에 다시 넣는 데 성공한다 해도 아마 새는 제풀에 죽고 말 거야. 네가 날 붙잡을 거란 얘기가 아니라, 만의 하나 붙잡았다 해도 너한테 득이 될 거 없었을 거란 얘기야. 그러니까 잘 생각한 거야. 미안해할 것 없어.

……미안해.

그 말 이제 그만 하고 가.

그의 왼손이 먼저, 그의 몸이 뒤따라 그녀를 안으려 했다. 그녀는 그를 뿌리치며 일어서더니 작업대를 돌아가 의자에 앉았다. 차갑게 가라앉아 있던 어조와 달리 그녀의 동작은 격렬했다. 그녀의 목소리가 떨리며 높아졌다.

내가 가라고 했지. 내가 이래서 연애 따위 다시 안 하려고 하는 거야. 열에 들뜬 생각, 눈물, 나답지 않은 행동, 복잡한 것, 바닥까지 보고 또 보여주는 것…… 싫고 지겨워. 이쯤에서 그냥 가.

그는 그녀의 곁으로 다가가 엉거주춤 한쪽 무릎을 꿇었다.

선혜야, 내 말…… 들어봐.

그의 왼손이 그녀의 머리칼을 어루만졌다. 물기에 젖은 채 번쩍이는 그녀의 눈이 아름답다고 그는 생각했다. 그녀의 입술이 떨리며 열렸을 때, 그는 무작정 입술을 포개며 그녀를 안았다.

너 정말 못 알아듣는구나. 이거 봐!

그녀는 힘차게 그를 뿌리쳤다. 그녀가 온몸으로 그를 거부하고 있다는 것을 그는 똑똑히 느꼈다. 그는 그녀에게서 떨어져 나왔으나, 그의 왼손은 아직 그녀의 목덜미에 머물러 있었다.

미안해 정말, 이 손 때문에…….

그는 뒷걸음질을 치려 했다. 그의 왼손이 그녀의 가슴으로 파고들었다. 아찔한 부드러움에 그는 질끈 눈을 감았다.

놓으라고 했지!

그녀가 의자에서 일어서려다 비명을 지르며 바닥에 주저앉았다. 그의 왼손이 그녀의 풍성한 치마 속으로 뻗어 들어간 것이다.

미쳤어! 이거 놓으라니까?

그녀가 소스라치며 물러서는 동안 그의 왼손은 필사적으로 그녀의 둥근 무릎을, 허벅지를 거슬러 올라갔다. 그녀의 얼굴이 일그러졌다.

제발, 왜 이래! 이러지 마!

그녀의 목소리가 갈라지며 날카로운 비명으로 뻗어졌다. 왼손을 끌어당기려 몸부림치는 그의 눈에서 눈물이 흘러내렸다.

미안해, 미안해, 난…….

그녀의 몸에서 가장 따뜻한 곳에 왼손이 닿은 순간, 예리한 불꽃

같은 감각이 그의 왼쪽 어깨에 꽂혔다. 그는 사방으로 흩뛰는 피를 보았고, 그녀의 떨리는 손에 들린 작업용 커터 칼을 보았다.

9

사람이 다니지 않는 어두운 골목을 택해 그는 집으로 걸었다. 피 흘리는 왼쪽 어깨를 티셔츠로 처맸으므로 그는 러닝셔츠 바람이었다. 통증과 추위로 얼굴은 검푸르게 질렸고, 걸음은 술에 취한 듯 비틀거렸다. 추운데도 타는 듯 목이 마르다는 것이 이상했다. 잠이, 무덤 같은 잠만이 필요했다. 눈에 보이는 모든 사물들의 표면이 금방이라도 파삭파삭한 가루가 되어 부서져내릴 것 같았다. 회사원으로 보이는 이십 대 여자 하나가 멀리서 그를 보자마자 뒤돌아 골목을 도망쳐 나갔다. 충혈된 눈을 부릅뜬 채 그는 안간힘을 다해 계속 걸었다.

다행히 아파트 1층 현관과 엘리베이터에서 누구와도 마주치지 않았다. 그는 9층에서 내려 현관 번호키의 비밀번호를 눌렀다. 전자음과 함께 자물쇠가 열렸다. 현관문을 당겨 연 순간 집이 환해 그는 놀랐다. 아내는 대체로 열 시가 되기 전에 아이와 함께 잠들었으므로, 자정 가까운 시각에 거실에 불이 켜져 있는 경우는 거의 없었다.

그는 신을 벗고 들어갔다. 이상하게 고요했다. 거실도, 부엌도 싸늘하고 적막했다.

얼마 안 있어 그는 집이 너무 깨끗하기 때문에 그렇게 느껴진다는 사실을 깨달았다. 장난감 하나, 과자 부스러기 하나 보이지 않았다. 그는 현관을 돌아보았다. 아내의 구두뿐, 아이의 운동화가 없었다. 그는 다리를 가누려 애쓰며 안방 문을 열었다. 아무도 없었다. 그는 더 걸어 들어가 서재 문을 열었다. 어둠 속에서 침대에 걸터앉아 있는 사람의 형체가 보였다.

……어, 어떻게 된 거야. 동호는.

그는 서재의 불을 켰다.

아내는 외출복 차림으로 가방을 멘 채 앉아 있었다. 그를 보고는 소스라치게 놀라며 물었다.

당신, 다친 거야?

……그렇게 됐어. 그런데 동호는.

오늘 오빠네에 맡겼어. 그런데 어떻게 된 거야? 팔은. 또 얼굴은.

일산에? 거긴 왜.

그의 말에 대답하는 대신 아내는 자신의 눈을 믿을 수 없는 듯 계속해서 그의 행색을 뜯어보았다.

회사에서 오는 길 아니야? 양복은 왜 안 입고 갔어? 병원엔 간 거야?

그는 막막한 비현실감이 밀려오는 것을 느꼈다.

당신부터 얘기해봐.

아니, 당신부터.

전체적으로 요철이 없고 동글납작한 아내의 얼굴은 오늘따라 창백하게 질려 있었다. 너무 창백해 이상하고 낯설어 보였다. 그가 대답하기 전에 입을 열 것 같지 않았다. 그는 되는대로 중요한 부분들을 삭제하고 거짓을 섞어 이야기했다.

회사에서 잘렸어. 어제 일이야. 오늘은 제정신이 아니었어. 상처는 별거 아니야.

……잘렸어? 왜?

설명하자면 길어.

아내는 멍해져서 그를 바라보았다. 여전히 가방을 어깨에 멘 채였다.

이제 당신 얘길 해봐.

순간, 아내 역시 중요한 부분을 삭제하고 거짓을 섞어 이야기해주기를 그는 빌었다. 그러나 아내는 그렇게 약은 사람이 아니었다.

좋아…… 얘기할게. 난 당신이 며칠을 연락도 없이 들어오지 않아서, 이게 한계라고, 더 이상 견디는 건 무의미하다고 생각했어.

아내는 긴장한 듯 성마른 목소리로, 눈에는 여전히 의심과 혼란을 담은 채 말을 이어갔다.

……일밖에 모르는 당신과 함께 사는 거 불행했어. 당신은 아이도 사랑하지 않고, 주말에 형식적으로 놀아주는 한두 시간 동안에도 소파에 누워 반은 텔레비전만 보잖아. 지난 몇 년간 나한테 당신은 현금지급기 같은 거였고, 난 당신한테 아이 키우고 살림하는 기계 같은 거였지…… 아직 늦지 않았다면 다시 시작하고 싶었어.

뭘, 어떻게 시작한다는 거야?

마른침을 삼킨 뒤 그는 숨을 참으며 물었다.

죽은 듯이…… 내 감정 따윈 처음부터 없는 셈치고, 동호 위해서라도 이 상태를 유지하려고도 했어. 하지만 오늘 아침 깨달았어. 당신이 허물처럼 벗어놓고 간…… 여자 향수 냄새 물씬 밴 옷가지들 안고 세탁기로 걸어가면서, 더 이상은 버틸 수 없다고.

아내의 떨리는 목소리가 생경하다고 그는 생각했다. 지난 7년간 그와 함께 살아온 그 여자의 목소리가 맞나. 바싹 마른 신경을 곤두세우며 그는 온 힘을 다해 귀를 기울였다.

이 집, 싸게 내놓으면 곧 나갈 거야. 은행 빚 갚고 나머지 나누면 각자 살 집 전셋값은 나올 거야. 그때까지만 오빠네서 신세지려고.

순간 그의 왼손이 그의 입을 틀어막았다.

당신 지금, 우는 거야?

아내는 가방을 멘 채 그를 향해 다가왔다. 그는 고개를 저으며 뒤로 물러섰다.

회사 일은 뜻밖이야. 나도 지금 혼란스러워. ……그 상처는 정말, 병원에 안 가도 되는 거야?

그의 입에서 왼손이 떨어져 나온 순간, 그는 아내를 피해 뒤로 달아났다. 왼손이 두려웠다. 무엇을 하려는지 알 수 없는 왼손을 그는 결사적으로 붙잡았다. 왼손이 거칠게 움직이려 할 때마다 어깨에 찢어지는 듯한 통증이 느껴졌다.

가까이 오지 마. 어서 가.

놀라 눈을 치뜬 아내를 향해 그는 소리쳤다.

가, 빨리 가라구! 내 눈앞에서 사라져!

아내의 얼굴이 공포로 굳는 것을 그는 보았다.

그는 발버둥치는 왼손을 붙들며 열려 있는 욕실로 들어갔다. 오른손으로 문을 잠그고 비어 있는 욕조로 뛰어들었다. 왼어깨의 상처를 오른주먹으로 힘껏 내리쳤다. 비명을 삼키며 그는 욕조 안을 뒹굴었다. 그가 숨을 고르는 사이 현관문이 열리는 소리가 났다. 그의 거친 숨소리와 신음 저편으로, 자물쇠가 잠기는 전자음이 들렸다.

10

신장 서랍에서 찾아낸 공구용 망치를 들고 그는 떨며 욕실의 거울 앞에 섰다. 왼팔을 부러뜨리면 왼손은 더 이상 움직일 수 없게 된다.

내일 아침엔 언제나처럼 출근할 것이고, 어떻게 해서든 그의 자리를 지켜낼 것이다. 아내와 아이도 되찾아올 것이다. 그의 어깨에 칼을 꽂은 그녀는 잊을 것이다. 푸른 새벽빛의 조명을 내려다보며 웃던 얼굴도 잊을 것이다. 흔들리지 않고 무너지지 않을 것이다. 잠 못 이루지도, 의심하지도 않을 것이다.

아이의 가느다란 머리카락의 감촉이 떠오른 순간 그는 가쁜 숨을 몰아쉬었다.

……용서 못해.

일그러진 얼굴로 그는 망치를 치켜들었다. 늘어뜨려져 있던 왼손이 오른손을 붙든 것은 그때였다. 그는 신음을 뱉으며 왼손을 뿌리치려 했다.

가만히 있으라고 했지…… 다시는 꿈틀거리지 말라고 했지!

왼어깨의 상처가 벌어지면서 붉은 피가 뭉게뭉게 번져 나왔다. 왼손이 오른손목을 비틀었다. 오른주먹이 놓친 망치가 그의 발등으로 떨어졌다. 그는 목쉰 비명을 질렀다.

죽일 거야…… 죽이고 말겠어.

입술을 비틀며 그는 헐떡였다. 절름절름 걸음을 떼다 욕실 문턱에 엎어졌다. 그는 오른손을 뒤로 뻗어 망치를 집었다. 망치를 쥔 주먹으로 바닥을 짚으며 어두운 부엌까지 배를 밀고 기어갔다. 망치를 놓고 앉아 더듬더듬 싱크대 문을 열었다. 칼집에 꽂힌 과도를 뽑아냈다.

가만 있어, 그렇게.

움직임을 멈춘 왼손을 향해 그는 악문 이 사이로 내뱉었다.

난 널 잘라버릴 수도 있어…… 알겠어? 뼈만 부러뜨리는 걸 다행으로 알아.

그는 오른손을 뻗으면 바로 닿도록 칼을 두고 망치를 집었다. 눈을 빛내며 망치를 치켜올렸다. 벼락같이 왼손이 따라 올라와 망치를 잡아챘다. 이번에는 그의 오른손이 왼손목을 비틀었다. 망치가 바닥으로 떨어졌다. 왼손목의 통증에 그의 미간이 조여졌다.

경고했지, 널 죽여버리겠어!

그의 오른손이 과도를 움켜쥐었다. 순간 뱀처럼 솟구쳐 오른 왼손이 오른손목을 거머쥐었다.

놔…… 이거 놔.

그의 얼굴 근육들이 뒤틀렸다. 이마의 핏줄들이 꿈틀대며 일어섰다. 아슬아슬하게 버티던 오른손목이 돌연 부러지듯 뒤로 꺾였다. 왼손이 과도를 낚아챘다.

그거 내려놔, 어서.

땀인지 눈물인지 모르게 그의 얼굴은 흠뻑 젖어 번들거렸다. 그의 오른손이 왼손을 덮쳐 잡았다. 숨찬 목소리로 그가 외쳤다.

……어서, 이리 내지 못해!

두 마리 짐승 같은 팔들이 온 힘으로 엎치락뒤치락하던 한순간, 외마디 울부짖는 비명이 아파트의 정적을 찢었다.

어둡고 차가운 부엌 바닥에 그의 몸은 길게 쓰러져 누웠다. 겁결에 칼이 꽂힌 가슴이 흐느끼듯 한 차례 떨었다. 열린 욕실 문으로 흘러나온 흰 불빛이 그의 얼굴을 적셨다. 충혈된 눈가의 끈적이는 얼룩을, 피 묻은 왼손이 어루만져 붉게 물들였다. ∎

역대수상작가 최근작

헐거운 인생
이동하

대범한 밥상
박완서

한갓되이 풀잎만
이혜경

이동하

헐거운 인생

1942년 일본 오사카 출생. 서라벌예대 문창과 졸업.
1966년《서울신문》과 1967년《현대문학》으로 등단.
소설집『모래』『바람의 집』『저문 골짜기』『폭력연구』『밝고 따뜻한 날』『사막도』『문 앞에서』등,
중편소설『장난감 도시』등, 장편소설『우울한 귀향』『도시의 늪』『냉혹한 혀』등.
〈현대문학상〉〈오영수문학상〉등 수상.

헐거운 인생

요즘 반상회 화제가 뭐냐구요? 아직도 노 통장 얘기 아니냐구요?

천만에 말씀! 만만에 말씀! 반상회라고 해봤자 고작 동네 여편네들 모임인데 뭣 땜에 그딴 얘기 늘어놓겠수.

옛날 반상회가 아니라니까. 왜, 한땐 그러지 않았수? 지체 높은 양반들이 모처럼 이웃사촌들과 정답게 둘러앉은 모습을 테레비가 요리조리 비쳐주고 하던 그 반상회 말이우. 당신도 두어 번 불려 나갔었지 왜. 하긴 그래봤자 어거지로 급조된 것인데 무슨 미풍양속이라고 지금 세상에 남아 있겠수.

게다가 여기만 해도 최근 몇 해 사이에 주민들이 죄 물갈이가 됐다구요. 삼사십 대 부부들로 말이에요. 십 년 전 우리가 이사 올 때만 해도 거의 사오십 대였지 않수. 그러니까, 주민 평균연령이 그새 적게 잡아도 십 년은 더 젊어졌다고요. 반상회 때마다 느끼는 거지만, 우리 연배라곤 어쩌다 한둘뿐이고 죄다 귀때기 새파란 젊은 엄마들 일색이라 분위기가 영 그래요. 우리 같은 늙다리는 매사에 소외감을 느낄 수밖에요. 엉덩이를 빼고 뒷전에 멍청하게 앉아서 그저 귀동냥이나 하다가 오는 거지요 뭐.

사정이 이런 판에 노 통장 얘기가 왜 나오겠수? 무슨 영양가가 있나, 아니면 단맛이라도 남아 있나. 젊은 엄마들, 입방아 찧을 거야 지천인데 뭘. 할 일 없는 남정네들이나 여직 칡뿌리 씹듯 하고 있는 거지 뭐. 백수가 되고 나더니 당신도 입 안에 군내가 나는가 보구려. 그런 데 관심두는 걸 보니…….

어쨌거나, 오늘은 경로당 노인네들 이야기가 중심화제였다구요. 그것도 할아버지 할머니들의 연애 이야기가……. 그렇지요? 이쪽 얘기가 훨씬 낫고말고요! 그 뭐라더라, 영화 있잖아요? 죽어도 좋대나 어쩐대나 하는, 칠순 노인네들의 사랑을 실화 그대로 찍었다는 영화 말예요. 그것과 흡사한 사랑 얘기가 우리 동네서도 지금 이루어지고 있다는 거라.

어째, 입맛이 당기지 않수? 뭐요? 그래봤자 노망난 늙은이들의 빠꿈살이일 뿐이라구요?

저 양반, 말하는 거 좀 봐. 자기는 뭐, 아직 청춘인 줄 아서. 내가 보기엔 그나 저난데……. 환갑상 챙겨먹지 않는다고 나이가 그냥 있나 뭐. 피차 거덜난 인생이긴 마찬가진데 뭘. 어쨌거나 들어나 봐요.

안씨 할머니라구 계셔요. 저쪽, 우리 단지서 제일 큰 평수에 사세요. 일흔이 넘은 분인데 그래도 아직 고운 데가 남아 있는 할머니예요. 여유 있이 사는 집이라 그런지 아주 곱게 늙으셨더라구요. 나두 그래야 할 텐데……. 추하게 늙진 말아야 할 텐데……. 하지만 영감

잘 만난 덕분에 그건 이미 가망 없는 일이 됐지 뭐.

그런데 말예요, 남편과 사별한 지 십 년이 넘었다는 이 할머니가 글쎄, 지난봄부터 남자 친구를 사귀기 시작했대나 봐요. 김씨 할아 버지라구, 일흔너댓 되셨대요. 물론 싱글이고…… 뭐라구요? 그 나이에 가당찮게 무슨 싱글이냐구요? 그럼 싱글이란 말은 젊은애들만 쓰기로 특허냈나?

봄이 오면 고목등걸에도 움이 튼다잖아요. 그 말이 괜한 헷소리가 아니더란 거죠. 두 노인네가 경로당을 드나들며 이심전심 눈이 맞았던가 봐요. 지난봄에 싹튼 사랑이 여름 들면서부터 부쩍 뜨거워졌대나 봐요. 처음엔 사춘기적 애들처럼 쑥스러워하기도 하고 수줍음도 타고 그러더래요. 경로당 안에서는 데면데면한 척 서로 시치미 떼고 앉았다가는 둘 다 슬그머니 사라지곤 하더래요. 남의 눈을 피해 몰래 데이트하러 가신 거지요.

하지만 그것도 잠시였대요. 부쩍 몸이 단 두 노인네는 날이 갈수록 점점 더 대담해지더니 필경 경로당 안이고 밖이고 가리지 않고 매일 붙어서 살더래요. 아침상을 물리기 바쁘게 경로당으로 나와서는 저녁상 받으러 다시 들어갈 때까지 둘이서 해종일 산책도 하고, 점심때는 맛난 거 찾아다니기도 하고, 또 공원 벤치에 비둘기처럼 나란히 앉아 구물구물 졸기도 하고…… 그러니까 귀밑머리 풀고 평생을 해로한 노부부처럼 서로 그렇게 살갑고 다정할 수가 없더래요.

나두 이미 여러 번 본 걸요. 단지 입구에 소공원 있잖우? 두 노인네가 거기 벤치에 나란히 앉아서 무슨 얘긴지 도란도란 나누고 있는걸 더러 보기도 했고, 탄천 산책로에서 두 분이 손을 꼭 잡고 걸어가는 모습을 보기도 했어요. 그렇죠? 당신도 본 적이 있구만요. 맞아요, 그분들이에요. 할아버지는 좀 마르고 키가 훤칠하게 크신 데 비해 할머니 쪽은 몸매나 키나 아담한 사이즈예요.

하여간, 좀 별나 보이긴 하대요. 여기가 미국 같은 나라도 아니고……. 그분들 세대는 왜, 부부동반 나들이할 때도 남자는 서너 걸음쯤 앞서서 가고 그랬잖아요. 여자는 혼자서 아이를 업고 걸리고 하면서 뒤처져 따라가고…….

알아요. 호랑이 담배 먹던 시절 얘기죠 뭐. 세상 참 많이 변한 거지요. 그렇다고는 해도 두 노인네가 연출하는 풍경은 나 같은 여편네 눈에는 아무래도 별나 보이더라구요. 당연히 소문이 짜하게 나돌았지요. 그 할아버지 할머니를 두고 젊은 거 늙은 거 가릴 것 없이 열심히 입방아들을 찧어대는 거죠. 그러고 있는 두 분의 모습이 너무너무 아름답고 감동적이더라는 얘기서부터 민망스럽더라, 웃기더라, 심지어는 꼴불견이더라는 소리까지 반응이 다양하대요.

나요? 이미 말했잖아요. 세상이 변했다고는 해도 그렇지, 아무렴! 늙은이들의 짝짓기 놀이가 무에 그리 아름답거나 감동적일 게 있나 싶어요. 뭐, 그렇다고 웃긴다거나 꼴불견일 것까지야 없는 일이고……. 그러니까 좀 별난 노인네들의 좀 별난 짓거리랄지……. 하여간에 마주 보기가 조금은 민망스런 풍경이더라구요.

뭐요? 그러니까 장차 안 그럴 거냐구요? 저 양반, 은근히 수절하길 바라는가봐. 그런 당신은 어쩔 건대? 내가 먼저 가고 나면 절대로 혼자 살겠다 그런 거유? 뭐라구? 사내는 다르다구? 무에 달라? 사내는 늙지두 않남. 늙지 않는 건 단지 고놈의 도둑 심보뿐일 테지. 에이, 말을 말아야지……. 난 설거지를 해야겠으니 당신은 그만 아홉시 뉴스나 보셔. 요즘 화제가 뭔지 궁금하다며? 노 통장 밑에 이 반장이라며? 그쪽 얘기에나 관심 두시라구.

뉴스 따위 이젠 관심 없다구요? 당신이? 아이구, 어쩌까! 명퇴당하더니 사람 한번 엄청 달라졌구먼. 참 안됐소. 그럼, 야구중계라도 보시구랴. 없다고, 중계가? 그러니 하던 얘기나 마저 하라……. 알았수다, 계속할게.

이러네 저러네 동네 여편네들 입방아야 그랬다 치고, 경로당 할아버지들과 할머니들 사이에서도 두 분 얘기가 뜨거웠대요. 어째 보기가 좀 민망타는 분도 있고, 무슨 얘기냐, 보기 좋고 부럽기만 하더란 소리도 있고……. 그런 중에, 어찌됐건 저리도 떨어지기 싫어하니 그럴 바엔 차라리 합방시키는 게 어떻겠냐는 소리까지 나왔대요. 같이 살게 하자는 거지요. 인생 칠십 고래희란 말도 옛날 케케묵은 소리다. 구구팔팔 이삼사래지 않나, 이젠 육십환갑이 청춘이고 칠십은 한참 장년이다. 새 인생 설계 못할 것도 없다, 둘이 저렇듯 죽고 못 사는 걸로 보아 아마도 천생연분인 듯싶다, 그러니 방 한 칸 얻어 살림 차려주자……. 그래서 마침내 노인회 회장님이 팔 걷어붙이고 나서신 거래요.

당신도 알 거야. 왕년에 교장선생 하셨다는 그 양반, 방학 때면 애들 모아놓고 한자 공부랑 예절 교육도 시키는 할아버지 말예요. 어머니들한테는 인기 있는 훈장님으로 통한다구요. 엄마들로서야 학원비 없는 과외선생이니까 그러려니 하지만 정작 애들한테도 인기 짱이래요. 날마다 옛날이야기를 한 가지씩 들려주시는데 너무너무 재미있다고 해요. 옛날이야기를 통해 한자도 가르치고 예절 교육도 하시는가 봐요. 언젠가 우리 부녀회에서 강사로 모신 적이 있는데 노인네 입담이 보통이 아니더라구요. 인연의 소중함, 뭐 그런 주제에다 초빙 연사는 퇴물 교장이라 좀 길고 따분한 주례사 같은 걸 들으려니 했는데 웬걸, 전설 따라 삼천리에서나 나올 법한 얘기를 청

산유수로 풀어내는데 아, 보통 이야기꾼 솜씨가 아니더라구요.

어떤 이야기였냐고요? 그 왜, 있잖우. 호랑이 각시 이야기…….
옛날 옛적에 한 총각이 달 밝은 밤에 혼자 탑돌이를 하다가 한 처녀
를 만나 사랑을 나누었는데 나중 알고 본즉 그 처녀가 무시무시한
호랑이더라는 이야기……. 어찌나 실감나게 잘 엮어가는지 무슨 구
연동화를 듣고 있는 것 같았다니까요. 한바탕 재미난 이야기 끝에
딱 한마디 교훈하시대요. 요즘 사람들, 특히나 젊은이들은 부부 인
연 알기를 이 호랑이만큼도 않더라고 하시대요. 얼마나 가슴에 와닿
는지, 다들 고개를 주억거렸지요. 그런 분이라구요. 이야기 좋아하
는 거야 애 어른 따루 있나요 뭐. 애들 사이에는 숫제 '이바구 할배'
로 통한대요. 이 할배가 오늘은 무슨 이바구를 해줄까, 하고 늘 시작
하신대요.

바로 그 회장님이 나서신 거지요. 결과가 궁금하지요? 저 두 노인
네의 러브스토리가 어떻게 발전할 것 같나요?

노인회 회장님이 양가를 방문해서 여러 가지 좋은 말로 권고하셨
대요. 저 두 사람이 저렇듯 몸이 달아 있으니 방이라도 하나 마련해
설랑 같이 살게 해주면 어떻겠느냐, 옛말에도 늙마엔 효자효부 열
명보다 악처 하나가 낫다지 않던가. 때늦게 이처럼 만난 것도 인연
있어 그런 것, 두 늙은이가 친구처럼 등 기대고 살면서 서로서로 가
려운 데 긁어주고 아픈 데 쓸어주면 오죽 다숩겠느냐, 어쩌구 뭐 그
랬을 테지요. 그 언변 어디 갔겠어요. 하여간 곡진하게 설득하고 권
면했다는 거예요.

한데, 양가 사람들의 반응이 아주 뜻밖이었다지 뭐예요. 한마디
로, 아주 냉담하더래요. 특히나 할머니 쪽 사람들이 더 그렇더랍니
다. 아들과 자부가 몹시 기분 상해하면서 대꾸하는 말인즉, 십 년 넘

게 혼자서 고이 살아오신 분에게 이제 와서 무슨 망신 살 일을 만들려는 거냐. 묵은 인연도 짐이 되는 연세이신데 뭣 땜에 짐을 더 지우려 하는가. 혹 어머님이 원하신다고 해도 우리는 반대다……. 그러면서 완강히 거부하더래요, 글쎄.

당신은 이해가 가우? 아들이나 며느리나 한목소리라던데, 난 모르겠습디다. 뭣 땜에 싫다는 건지……. 뭐요? 입장이 서로 다를 수도 있다고요? 그게 무슨 말이지요? 내 생각으론, 아들은 효도해 좋고 며느린 짐 덜어 좋지 않나 싶은데……. 네? 뒤집어서도 보라? 그러면, 아들은 혹이 붙어 싫고 며느린 돈 들 일이 싫다? 딴은 맞는 말이네!

젊은 내외한테서 나이 대접도 못 받고 당하기만 한 회장님은 얼굴이 벌겋게 상기돼서 경로당으로 돌아와서는 한동안 혀를 차고 고개를 절레절레 내저었다는 거예요. 좀 사는 집 자식일수록 그렇더라고. 무슨 다른 근거가 있는지, 예순다섯 평 아파트에 원목을 깐 거실, 외제 응접세트 등 부티나게 해놓고 사는 것까지 흥을 잡더라지 뭐예요. 그 점잖은 분이 얼마나 심사가 꼬였으면 그런 말까지 했을까요.

그런데 문제가 생겼대요. 김씨 할아버지가 다른 동네로 이사를 갔대나요, 글쎄. 요 얼마 전에요. 알려진 사연인즉 이렇다는군요. 김씨 할아버지는 딸네 집에 얹혀살았대요. 암요. 그거, 수월한 거 아니죠. 그러니 내내 눈칫밥을 자신 거지요. 그런데 설상가상으로 딸 내외가 금슬이 좋지 않았대요. 보통 안 좋은 정도가 아니고 꽤 고약했다고들 하더군요. 결혼한 지 십 년이 넘었다는데 왠지 애들도 없대요. 그래선지, 툭하면 그릇 깨지는 소리를 내곤 하더니 결국 갈라섰다지 뭐예요. 가진 거라곤 달랑 아파트 한 채—그게 서른두 평짜리라지 아마—뿐인 처지라 그걸 팔아서 똑같이 나눠 갖기로, 그것만은 의논성스럽게, 민주적으로 합의하고 복덕방에 내놓았는데 요새 이 동네 아파트가 뜨는 판이라 그랬는지 내놓은 당일로 팔렸다지 뭐예요. 이 혼녀가 된 김씨 딸은 이웃 도시로 서민아파트를 구해 이사를 갔고, 그리고 달리 대책 없는 김씨 할아버지도 묻어갔더라 그런 사연이라 구요.

그걸로 러브 스토리가 끝쳤냐구요? 천만에요. 그렇담 내가 이렇게 조잘대지도 않았지. 끝난 게 아니고 현재 진행형이라고 내가 진작에 말하지 않았었나? 김씨 할아버지가 할머니를 만나러 여기까지 오신다구요. 버스 타고 전철 타고 다시 마을버스 타고, 그렇게 두세 시간씩 걸려서 원정 데이트를 오시는 거죠. 일주일에 두세 차례씩이나……. 참 대단하시죠? 그런데 날씨가 추워지면서부터 걸음이 더디어지더니 요새는 한 주에 한 번 정도로 뜸해졌다고는 해요. 칠순 노인이니 그럴 수밖에요. 그러다가 기력이 쇠해지면 결국 발길도 끊어지겠거니, 다들 짠하게 생각하고 있는 거지요.

문제는 안씨 할머니래요. 요즘 그 할머니 보기가 영 애처롭다는 게 중론이에요. 벤치에 혼자 앉아서 찬바람을 맞으며 떨고 있는 모습이 너무 가엾다고들 해요. 그 곱게 늙은 얼굴이 이젠 늘 수심에 잠겨 있고, 얇은 어깻죽지가 기운을 잃어 눈에 띄게 까부라졌다는 거예요. 꼿꼿했던 허리도 약간 꼬부라지고요……. 경로당엔 아예 들어서지도 않고 저기 공원벤치에 앉아서 해종일 큰길 쪽만 내다본다는 거예요. 영락없는 짝 잃은 기러기지요 뭐.

그 하고 있는 꼴이 하도 처량해서 노인회 회장님이 또 나섰다는 거예요. 까짓 한 번 더 당할 각오를 하고 다시 할머니 댁을 찾아갔더래요. 그리고는 그 젊은 내외를 앉혀놓고 저 호랑 각시 이야기를 했다나 봐요. 아무렴, 애들 앞에서처럼 그렇게 실감나는 구연동화야 했겠어요? 어쨌거나 그 얘기 끝에, 곡진하게 거듭 권유했대요. 이런 옛날이야기들이 지금 세상이라고 아주 허황된 것만은 아니다, 사람과 짐승 간에 맺어진 인연도 그러하거늘 하물며 인간사의 인연이랴. 아무리 사소한 것이라도 중하게 지키고 가꾸는 것이 어진 사람의 도리가 아니겠나, 내 보아한즉 저 두 사람의 연이 아무래도 예사롭지가 않다. 전생의 연이 닿아도 깊이 닿아 있어 저승길까지 함께 갈 연분인 듯싶다. 그러니 다시 신중히 생각하고 결단해야지 않겠는가, 우리 경로당 친구들 마음이 대체로 그러하다……. 회장님은 구구절절 참으로 곡진하게 말씀하셨대요.

세상에! 그런데도 아들 내외는 꼼짝도 않더라지 뭐예요. 어르신께서는 우리 어머니를 잘 모르셔서 그런 말씀을 하시는 겁니다, 그러면서 유들유들하게 웃기까지 하더래요 글쎄. 그러더니 필경엔 할머니의 과거지사를 까발리더라지 뭐예요. 어르신께서 인연의 소중함을 유난스레 강조하시니까 귀띔해드리는 얘기라면서, 글쎄, 안씨 할머니가 결혼하고 두 해 만에 첫 남편과 헤어진 전력이 이미 있노라고……. 그런즉 인연 운운하며 너무 심각하게 생각하지 않으시는 게 좋겠다고 하더래요, 글쎄. 그 불효막심한 인간이 말예요.

여보. 우리 사는 세상이 왜 이렇게도 삭막해졌수?

그 얘기 듣고 나니 입맛이 싹 달아나버립디다. 머잖아 나두 자식들한테서 저런 꼴 당하지 않나 싶어지고……. 이눔에 세상 대충 살고 얼른 가야지 원. 안 그렇수? 당신은 어찌 암시렁지두 않다는 얼굴이구면. 건 또 무슨 속내요?

뭐라구요? 그게 바로 세대 차라구? 세상이 그만치 달라진 걸 이제사 알았냐구요?

왜 몰라. 막상 그런 일을 보니까 또 속이 뒤집어지는 거지 뭐. 노인회 회장님도 그러셨대요. 왕년의 교장선생님답게 말예요. 요즘 젊은 것들은 어찌 해볼 도리가 없다, 도무지 가르치고 훈육할 수 없는 게 이 세대의 특징이다, 그러면서 한탄하시더래요.

옛날이야기들이 결코 헛것—허황된 것이랬나?—이 아니라고, 노인회 회장님께선 열심히 강조하셨지만 안씨 노인 아들 내외는 시답잖게 웃기만 하더라고?

아내의 이야기를 들은 그날 밤, 나는 서가를 뒤져 새삼스레 『삼국유사』속의 그 설화를 찾아 읽었다. 나에게도 그런 시절이 있었던가 싶게 아득한 기억을 더듬어가며 되짚어보는 재미가 결코 적지 않았다. 누가 말했던가? 허구의 세계가 현실보다 더 실감나는 시절에 책을 읽어야 한다고. 나는 그 어린 시절의 감동이 아련하게 되살아나는 듯한 기분에 달콤하게 빠져들었다.

신라 성왕 때 이야기다.

김현이란 총각이 흥륜사 뜰에서 밤늦은 시간에 홀로 탑돌이를 하고 있었다. 탑을 돌며 소원을 빌면 그게 이루어진다는 풍속을 좇아서였다. 그가 밤이 깊도록 혼자서 탑돌이를 하고 있는데 언제부터인가 장옷으로 얼굴을 가린 낭자가 하나 지성스럽게 염불을 외면서 그의 뒤를 그림자처럼 따르고 있는 게 아닌가.

어느 바람결에선가 매향이 은은히 풍겨오는 듯싶은 2월, 달도 휘영청 밝았다. 누가 먼저랄 것도 없이 두 남녀는 뜨거워진 손을 맞잡았고, 그리고…… 으쓱한 곳을 찾아 무아중에 몸을 섞었다.

꿈같은 시간이 얼마나 흘렀을까. 문득 정신을 챙긴 낭자가 다시 장옷을 뒤집어쓰더니 도망치듯 황망히 그곳을 떠났다. 김현이 서둘러 쫓아가자 그녀는 다급한 목소리로 말했다.

"이러시면 도련님께서 장차 커다란 재앙을 입으십니다. 제발 저를 쫓아오지 마소서."

낭자의 표정이 너무나 애틋하고 그 목소리가 하도 간절하여 김현은 차마 거절하기가 어려웠다. 그러나 한번 인연을 맺은 이상 이대로 보내버릴 수는 없다고 굳게 마음을 다잡았다. 그래서 낭자가 한사코 말리는 것을 듣지 않고 그는 기어이 그녀의 집에까지 따라갔다. 낭자의 집은 깊은 골짜기 험한 산기슭에 자리 잡은 초가였다.

마당으로 들어서자 지게문이 열리고 한 노파가 얼굴을 내밀었다. 그 노파는 파뿌리처럼 하얗게 센 머리털에 눈빛이 섬뜩하게 날카로웠다.

"네 뒤에 서 있는 젊은이가 누구냐?"

노파가 물었다. 낭자는 고분고분 그간의 일을 토설하였다. 그러자 사정을 듣고 난 노파가 근심 띤 얼굴로 말하였다.

"너를 나무랄 수야 없다마는 이제 뒷일을 어떻게 감당하려느냐? 허나 기왕지사 저질러진 일이니 우선 저 총각을 벽장 속에 꼭 숨겨두도록 하여라. 네 오라비들이 곧 돌아올 터인데 그들이 해칠까 두렵다."

낭자는 서둘러 김현을 숨겼다. 곧이어 밖이 소란스럽더니 송아지만큼 덩치가 큰 호랑이 세 마리가 뜨거운 콧김을 내뿜으며 집 안으로 들이닥쳤다.

그중 한 마리가 사람의 소리로 말하였다.

"집 안에 웬 비린내가 진동하고 있지 않느냐?"

다른 두 마리가 콧구멍을 벌룸벌룸하며 맞장구를 쳤다.

"그래, 이는 분명 사람 냄새다."

"옳거니! 시장하던 차에 잘됐네. 이놈을 찾아내어 요기를 하자꾸나."

드디어 세 마리 호랑이가 집 안을 마구 뒤질 기세이자 낭자의 낯빛이 창백해졌다. 그러자 노파의 호통이 떨어졌다.

"무슨 말 같잖은 수작들이냐! 네놈들이 어디서 또 비린내를 묻혀 온 거로구나. 내가 모를 줄 아느냐? 네놈들이 저 아래 인간 세상으로 툭 하면 드나들며 아무나 상대를 가리지 않고 못된 짓거리를 하고 다닌다는 걸 내가 훤히 알고 있느니. 이제 곧 하늘이 벌을 내릴 터인즉 단단히 각오들이나 해두어라 이놈들아!"

기세등등하던 호랑이들이 그만 기가 죽은 듯 슬그머니 꼬리를 내렸다. 그러자 정말 위로부터 천둥치듯 우렁우렁한 소리가 터져나왔다.

"네놈들의 행패가 갈수록 자심하여 사람들 사이에 원성이 자자한즉 내가 더 이상 모른 척할 수가 없구나. 미구에 너희들 중 하나를 죽여 반드시 그 죗값을 치르게 하리라."

호랑이들이 머리를 조아리고 두려움에 떨었다. 그제야 낭자가 나서며 말하였다.

"오라버니들이 앞으로는 절대로 근신하여 사람들을 함부로 해치지 않겠노라 맹세한다면 내가 대신 그 벌을 받겠소. 그러한즉 오라버니들은 멀리 가서 은신토록 하세요."

호랑이들은 반겨 꼬리를 치고 기뻐하며 멀리멀리 도망갔다. 낭자가 김현에게 말하였다.

"낭군께서 제 뒤를 쫓아오지 마시라고 소녀가 한사코 만류한 까닭을 이제 아시겠지요? 모든 사정이 다 드러난 마당에 무엇을 감추겠습니까. 소녀 비록 사람이 못 되오나 낭군님과는 이미 부부의 연을 맺었으니 제 말을 부디 귀담아 들으시고 그대로 행해주실 것을 간절히 청합니다."

낭자의 말인즉 이러하였다. 자신은 사람으로 태어나 좋은 낭군 만나기를 소원하여 해마다 복회가 열리는 2월이면 인적 뜸한 밤중을 택해 흥륜사 탑돌이를 해왔다는 것, 지난밤에 하늘이 편들고 귀신이 도와 천만 뜻밖에도 도련님을 만나 오매불망 그리던 부부의 연을 이승에서 맺었으므로 자신은 당장 죽어도 여한이 없노라고 그녀는 말하였다. 그리고 또 말하기를, 이제 하늘의 징계를 피해갈 수 없이 되었은즉 자신이 내일 성안 저자로 내려가서 한바탕 소동을 벌이겠다는 것, 그러면 나라에서는 호환을 무서워하여 높은 벼슬을 걸고 자신을 죽이고자 할 터인즉 그때 낭군께서 나서서 공을 세우시라고 하였다.

"낭군께서는 결코 두려워 마시고 저를 쫓아 북문 밖 숲에까지만 오소서. 그러면 소녀는 얌전히 기다리고 있다가 목숨을 내놓겠나이다."

"절대로 그럴 수는 없소."

김현은 완강히 머리를 가로저었다.

"사람과 호랑이가 서로 정을 통했으니 이는 천하만물의 질서를 범한 것이라 마땅히 벌을 받을 일이지만 그러나 이 또한 하늘이 맺어준 인연이 아니겠소. 그런즉 내 어찌 당신의 목숨을 팔아 벼슬을 사겠소. 둘이서 같이 죽어 장차 축생계에 태어날지언정 결코 그렇게는 할 수가 없소."

하지만 그녀 역시 한 치도 물러서지 않았다.

"그런 말씀 마소서. 사리가 반드시 그렇지만은 않습니다. 소녀가 일찍 이승을 하직함은 하늘의 뜻이자 저의 간절한 소원이기도 합니다. 이로 인하여 낭군께서는 벼슬을 얻게 되시니 또한 경사가 아니겠습니까. 이는 또, 우리 가족이 화를 면하게 해줄 뿐만 아니라 나라가 근심을 덜고 백성들이 기뻐할 일입니다. 그러므로 저 한목숨 바쳐 다섯 가지 유익을 얻을 것인즉 어찌 주저하리까?"

마침내 두 남녀는 손을 꼭 부여잡고 뜨거운 눈물을 흘렸다.

다음 날, 성안 저자거리에는 과연 사나운 호랑이 한 마리가 나타나 사람들을 위협하고 다녔으나 아무도 이와 맞서는 자가 없었다. 나라에서는 호환을 물리치고자 높은 벼슬을 내걸었다. 그러자 김현이 용감하게 나서서 호랑이를 쫓았다. 이윽고 북문 밖 숲에 이르자 그 사납던 호랑이는 홀연히 아리따운 낭자로 몸을 바꾸었다.

"낭군께서는 부디 소녀와 맺은 인연을 소홀히 하지 마소서. 억겁의 세월 뒤에라도 기어이 재회하여 이승에서 못 다한 부부의 연을 누리길 간절히 소원합니다."

너무나 애절한 눈빛으로 작별인사를 고한 다음 낭자는 김현의 칼을 빼어 스스로 목을 찔러 죽고 말았다. 그러자 그녀의 아리따운 몸은 사라지고 커다란 호랑이 한 마리가 목에서 피를 흘리며 땅바닥에 쓰러져 있었다.

벼슬길에 오른 김현은 훗날 호원사란 이름의 절을 지어 호랑이 각시의 혼백을 지성으로 천도하였다고 전한다.

뒷얘기가 궁금하다고요?

그러니까, 사나흘 거리로 이루어지던 두 노인네의 원정 데이트는 한 주일에 한 번으로 바뀌었다가 나중에는 두어 주일에 한 번씩으로 점차 뜸해지더니 겨울 들어서는 그나마 중단되고 말았대요. 김씨 할아버지가 낙상을 했다는군요 글쎄. 안씨 할머니를 만나러 오다가 얼음판에 미끄러져서 그만 쓰러지셨대요. 그다지 심하게 넘어진 건 아닌데 노인네라 뼛속이 비었던가 봐요. 엉치뼈가 아주 못 쓰게 바스러졌다지 뭐예요. 가엾게시리……. 그럼요. 골다공증이지요 뭐.

김씨 할아버지는 대충 응급치료만 받고 내처 집에만 누워서 사셨대요. 나이도 있고 또 사는 형편도 그렇고, 이래저래 죽는 날만 기다릴밖에 무슨 도리가 있겠어요? 혼자된 딸이 그 늙고 병든 아비 대하기를 마치 늙은 개에게 하듯 한다더라면서 안씨 할머니가 노상 눈물바람을 했답디다.

접때 왜, 안씨 할머니 과거사 얘기했었지요. 결혼 두 해 만에 첫 남편과 갈라섰다는 거……. 재밌는 건 김씨 할아버지도 비슷한 과거지사가 있더라는 거예요. 안씨 할머니도 그걸 알고 있더래요. 김씨 할아버지가 경로당에서 평소 그랬대요. 조강지처와 등 돌린 후로 내 인생행로가 영 개판이 되고 말았노라고, 자주 푸념했다는군요. 그 노인, 어떻게 첫 마누라와 헤어졌는지 이야기를 듣고 본즉 참 어처구니없더라구요. 들어볼래요?

가세가 좀 넉넉한 집 막둥이로 나고 자란 터수에 그 양반, 청년 시절에는 꽤나 풍류잡기를 밝혔다나 봐요. 장가 든 뒤에도 그 버릇은 여전해서 부부갈등이 잦았다고 그래요. 그 시절에도 부부갈등 같은 말이 있었는지 어쩐지는 모를 일이지만, 부인도 엔간한 성품은 아니었나 봐요. 하지만 김씨는 그걸 별루 대수롭잖게 치부했대요. 오히려 뒤집어 생각하기를, 여편네 강짜는 초장에 잡지 못하면 평생 성가신 존재가 된다는 식으로, 그 왜 있잖아요, 그 시대 남정네들의 그 한심하고 무지막지한 사고방식! 그것 하나만 청대같이 믿고 한 수 더 뜨는 식으로 사태를 악화시키기만 했대요. 예나 이제나 사내들이란 참 미련한 구석이 있는 동물이잖수. 그러는데도 징징대며 그 그늘에 눌러앉아 산 대다수 여자들도 문제긴 하지만…….

하루는 김씨가 밤늦어 귀가했는데 부인이 대문을 따주지 않더라는 거예요. 취기도 있겠다, 까짓 하기로 들면 월장도 어렵지 않았지만 김씨는 사내 오기로 대문 앞에 그냥 버티고 서 있었대요. 마침 엄동 한가운데라 밤 추위가 만만치 않았대요. 금방 귓불이 얼어붙고 발가락 동통도 장난 아니었건만 한 시간이 지나도 두 시간이 지나도 닫힌 문은 도무지 열리지 않더라는 거라. 독이 오를 만도 했지요. 김씨는 이웃들에 창피하단 생각도 팽개치고 나중엔 대문을 발길로 걷어차며 냅다 소리를 질렀대요. 당장 나와서 문을 열지 않으면 내 다시는 이 집구석에 발을 들여놓지 않겠노라구요…….온 동네 사람이 다 들을 정도로 크게 소리를 쳤는데도 안에서는 여전히 기척이 없었대요. 추위 때문에 더 이상 견디내기도 힘들고 하여 김씨는 하는 수 없이 돌아서고 말았는데, 정말로 그 후 다시는 찾아간 적도 만난 적도 없노라고 실토하더래요.

세상에! 어찌 그럴 수가 있대요? 귀밑머리 파뿌리 되도록 해로하지는 못할망정 피차 첫 옷고름 푼 사람들끼리 그렇게 갈라서는 법도 있나요?

안씨 할머니 경우도 그래요. 고작 스물하나, 인생이 뭔지 부부가 어떤 건지도 모르던 철부지 나이에 지금 생각하면 별일도 아닌 것으로 투정하고 다투다가 아차, 이건 아닌데 싶어 멈칫하고 본즉 이미 봉합할 수 없게 틈이 벌어져 있더라는 거예요. 댓바람에 보따리 싸들고 집을 뛰쳐나온 게 치명적인 실수였대요. 데리러 오겠거니 싶어 이 집 저 집 전전하다 보니 열흘이 가고 또 열흘이 가고……. 어느새 계절이 바뀌었더래요. 그래서 혼자 살다가 결국 다른 사내 만나 아들딸 낳고 살아온 인생이라나, 그러더라구요.

참 어처구니없다고 해얄지, 그만큼 독한 사람들이라고 해얄지, 사실 난 많이 헷갈린다구요. 어찌 그런 오기를 부려서 자기 인생을 하루아침에 달칵 뒤엎어버린대요 글쎄? 그러고는 엉뚱한 길로 꺼벅꺼벅 들어서요? 그런 것도 자기 인생이기는 한가?

뭐라구요? 그러니까 팔자라는 말이 있다? 하긴 그 말두 맞는 거 같네…….

하지만 정작 속 골병이 들기는 했던가 봐요. 애들 말로 당근이지 뭐. 아, 그러고도 무심하다면야 사람이 아니지. 아마도 마음속 깊은 회한을 지닌 채로 평생을 살아온 건 두 노인네가 다 마찬가지였나 싶어요. 동병상련이었던 거지요. 김씨 할아버지는, 생각할수록 그 일이 너무나 후회스럽다고 하더래요. 사정이 그랬다고는 해도 잘못은 백번 자기에게 있노라고, 그깟 놈의 오기 때문에 결국은 매정하게 조강지처를 버린 거라고, 평생 상처를 껴안고 살아왔는데 이리 늙고 본즉 더 회한이 깊어진다면서 자주 탄식했다는 거예요.

안씨 할머니도 그랬대요. 다른 남자를 만나 아들딸 낳고 오순도순 살아오면서도 마음 한구석이 늘 아릿하게 저려오곤 했는데 지난봄 이곳으로 이사 와서 김씨 노인을 만나면서부터 그게 부쩍 더 심해졌다고 하더래요. 당신 말로는, 김씨 노인만 보면 첫 남편이 생각난다는 거라. 외모나 성품이나 어느 한구석 딱히 닮은 곳도 없는데 이상스럽게도 남편 얼굴이 겹쳐 떠오르면서 곧잘 깊은 회한으로 빠져들게 된다는 거예요. 그래서 김씨 노인의 처지가 더 안쓰럽고 애틋해지노라고……. 정말이지 속내를 알 수 없는 노인네들이라구요.

엊그제 일이래요. 아침 일찍 우리 아파트 단지를 나서신 안씨 할머니가 저녁답쯤 해서 돌아오시더래요. 그날 몹시 추웠죠 왜. 12월 추위로는 17년 만에 젤 춥다고 한, 네, 그날 저녁이래요. 외투를 두

껍게 입고 커다란 숄로 상체를 둘러싼 안씨 할머니가 경로당 앞을 지나가더라는 거지요. 전과는 달리 곁눈도 주지 않고 말예요. 마침 경로당을 나서던 할머니들이 보고 안씨 할머니를 붙들어 세웠다는 거예요. 노인네 몇이 그녀를 둘러싼 채 물었답니다. 이렇게 추운 날 어디를 다녀오는 거냐, 그러다 혹 낙상이라도 하면 어쩔 거냐, 걱정스러운 얼굴을 하고 이구동성으로 묻고 나무라고 했대요.

안씨 할머니는 한동안 대답을 않더래요. 자그마한 몸뚱이가 시퍼렇게 얼어붙은 데다, 몰라보게 검버섯이 푸릇푸릇 핀 얼굴은 꾸적꾸적하게 젖어 있더래요. 다잡아 사연을 캐고 본즉, 김씨 할아버지의 장례식에 갔다 오는 길이라며 눈물을 훔치더래요 글쎄. 성남 화장터까지는 염치 불구하고 따라갔으나 더는 고집할 수 없었노라고, 노인네들의 시선을 비켜 허공으로 하염없이 처연한 눈길을 던지더랍니다. 사람들도 죄 말을 잃어버렸대요. 그래서 안씨 할머니의 눈길을 좇아 망연히 하늘만 쳐다보고 있었다던가…… 아파트 숲 위로 저녁놀이 발그레 피는 듯싶더니 금방 사그라지더라고…… 누가 그러대요.

인생이 뭔지, 나 원 참……. 아까 파를 다듬었더니…… 여직 눈이 맵네요 글쎄. ▪

박완서

대범한 밥상

1931년 경기도 개풍 출생. 서울대 국문과 중퇴. 1970년『여성동아』로 등단.
소설집『엄마의 말뚝』『꽃을 찾아서』『저문 날의 삽화』『너무도 쓸쓸한 당신』등.
장편소설『휘청거리는 오후』『그해 겨울은 따뜻했네』『그대 아직도 꿈꾸고 있는가』
『그 많던 싱아는 누가 다 먹었을까』『그 남자네 집』등. 〈한국문학작가상〉〈이상문학상〉
〈이산문학상〉〈현대문학상〉〈동인문학상〉〈대산문학상〉〈만해문학상〉등 수상.

대범한 밥상

    내시경이다, 엠알아이다, 힘든 검사로 사람을 초주검을 만들어놓고 나서 겨우 한다는 소리가 살날이 앞으로 석 달밖에 안 남았다고 했다. 남편이 먼저 저세상으로 간 지 삼 년 만이었다. 남편은 당시의 남자 평균수명을 겨우겨우 채우고 갔지만 여자의 평균수명은 남자보다 훨씬 길고, 나는 남편보다 다섯 살이나 손아래니까 그이보다 단명한 셈이다. 육십보다는 칠십이 더 가까운 나이에 죽는 걸 단명, 어쩌고 한다면 아마 저승사자가 다 웃겠지. 그러나 나는 저승사자를 웃기지는 않을 것이다. 충분히 살았다고 여기고 있고, 따라서 몸부림 같은 건 치지 않을 테니까.

    남은 석 달이 문제였다. 좋은 일이든 나쁜 일이든 날 받아놓고 석 달은 쏜살같을 법도 한데 나에겐 지루하게만 느껴졌다. 너무 지루할 것 같아서 망연했다. 그건 아마도 남편의 마지막 석 달에 대한 기억 때문일 것이다. 나는 사십 대에 유방암 수술을 받은 적이 있는데 근래에 몸이 갑자기 쇠약해져서 검사를 받은 결과 여러 장기로 전이가 돼 삼 개월을 넘기지 못할 거라고 했지만, 그이는 멀쩡하던 사람이 건강진단 결과 췌장암으로 밝혀져 길어야 삼사 개월밖에 못 살 거라고 했다. 그런 그이에 비하면 나의 석 달은 예고된 석 달일 수도 있었다. 그이는 삼사 개월이 뭐냐고 삼 개월이면 삼 개월, 사 개월이면 사 개월이라고 정확하게 못을 박으라고 의사에게 요구했다. 마지막으로 꼭 해놓고 가야 할 일을 차질 없이 마치고 가려면 정확한 시간을 알아야겠다는 태도일 뿐 분노의 기색은 없었다.

그이는 잘나가는 회계사였다. 천성이 그런지, 직업병인지, 그이는 매사에 정확을 기하는 틀림없는 사람이었다. 평생 정확을 생명으로 하는 숫자하고 씨름해서 돈을 버는 그이가 안쓰러워서 나는 헤프게 쓰지 않고 스스로 중산층이라고 자족할 만큼만 사는 데 만족해왔다. 그이가 마지막으로 꼭 하고 싶은 일은 무엇일까. 기계처럼 정확하고 재미없게 살아온 그이의 숨은 욕망을 들여다볼 수 있는 기회다 싶어 사별이나 병수발에 대한 걱정보다는 호기심이 앞섰다. 그이는 남은 삼 개월, 아니 삼 개월하고 보름 동안을 숫자와의 씨름으로 꽉 채웠다. 우리 부부가 삼 남매를 낳아 길러 다 출가시킨 후였다. 아이들은 부모 속 썩이지 않고 건강하고 심성 바르게 자라 좋은 직장 갖고 적령기에 제 짝도 스스로 찾아내어 학비하고 결혼비용 대는 것 말고는 부모가 해줄 게 없었다. 그게 서운했던지 막내딸 시집보낼 때는 그이가 사윗감을 마음에 들어 하지 않아 분란이 좀 있긴 있었다. 나 보기에는 내 딸이 반할 만한 청년이었는데 그이의 보는 눈은 외모가 아니라 능력이었고, 능력 중에도 오로지 돈을 벌 수 있는 능력만을 보려 들었기 때문에 눈 밖에 났다. 무얼 보고 전도양양한 청년의 앞

날을 그렇게 단정지었는지 알 길이 없었지만 반대는 완강했고, 딸애는 집을 나가 살림을 차리겠다고까지 부모를 협박했다. 언니 오빠가 중재에 나서 아빠를 설득했고 결국 자식 이기는 부모 없다는 쪽으로 그이의 고집도 꺾이고 말았다. 그런 자식이 더 잘살았으면 얼마나 좋았을까. 그러나 그이의 사람 보는 눈은 숫자만큼이나 정확해서 막내네 집구석은 늘 뭔가 될 듯 될 듯하면서도 되는 노릇이 없어 항상 쪼들려 살았다. 자식을 여럿 둔 집이면 뉘 집에서나 있을 수 있는 통속적인 이야기였다. 시집도 별 볼일 없는 막내가 친정으로 구걸을 안 오고도 최소한의 앞가림이나마 하고 사는 것은 제 언니 오빠들의 도움이 크다는 걸 나는 알고 있었다. 나는 막내가 불쌍하면서도 내 자식들의 동기간의 우애가 고맙고 대견했다. 이런 속내를 아는지 모르는지 무관심으로 일관하던 그이가 죽을 날을 받아놓고는 막내를 특별히 챙기기 시작했다.

그이가 여기저기 사 모은 땅이 제법 된다는 걸 나도 그때 처음 알았다. 그때까지 일부러 그이가 나에게 비밀로 한 건 아니고, 먹고살 만큼 집 안에 들여놓고 남은 돈으로 그이가 뭘 하는지 내가 관심이 없었기 때문일 것이다. 그이는 마지막 남은 시간을 그 땅을 삼 남매한테 공평하게 나누는 일로 꽉 채웠다. 그이가 생각하는 공평은 없이 사는 자식에게는 더 주고 넉넉한 자식에게는 덜 주어서 삼 남매의 재산을 비슷하게 만드는 거였다. 그이가 나에게 그런 뜻을 먼저 의논해왔을 때 나는 얼마나 기뻤는지 모른다. 늘 마음에 얹혀 있던 막내가 이제 고생을 면하게 된 게 기뻤고, 그이가 냉철한 사람이 아니라 따뜻한 사람이라는 걸 알게 된 것은 기쁨을 넘어 감동이었다. 상속으로 했는지 증여로 했는지, 나는 잘 모르는 일이지만 아무튼 사후에 자식들이 세금 한 푼 안 물도록 명의변경까지 완벽하게 끝내놓았다. 붙어 있는 땅도 아니고 전국 각지에 조금씩 흩어져 있는 땅의 평당 가격을 당시의 시가로 알아내어 평수에 곱하고 그 총액을 차등을 두되 그 누구도 감히 불평을 할 수 없도록 객관적으로도 정당한 차등을 두어 분배하기란 쉬운 일이 아니었을 것이다. 나 같은 사람은 생각만으로도 머리가 터질 것 같은 일을 뒤탈 없이 깔끔하게 처리하느라 그이는 자기에게 남은 시간을 남김없이 다 바쳤다. 그이도 자기에게 남은 시간이 얼마나 소중하다는 걸 모르지 않았을 것이다. 내가 만일 여행이나 음악회 같은 걸 같이 가고 싶어한다면 돌아오는 대답은 한결같았다. 이 금쪽같은 시간에 그럴 새가 어디 있어?

금쪽같은 시간을 다 바쳐 이룩해놓고 간 분재分財를 삼 남매는 다들 만족스러워했고 그이는 마치 혹사당하던 회사를 정년퇴직하는 것처럼 홀가분하게 사무적인 태도로 이 세상을 하직했다. 할 일을 다 했다는 자부심이 그렇게 대단한 것이었을까, 나에게는 일말의 석별의 정도 내비칠 겨를 없이 총총히 떠나갔다. 그러나 그이의 사후에는 뜻하지 않은 것 천지였다. 재산이 공평해지자 당장 내 새끼들의 우애가 전 같지 않아지는 게 느껴졌다. 노력 안 하고 부자가 된 막내를 업신여기는 소리가 내 귀에까지 들렸다. 막내사위가 다니던 회사를 그만두고 땅을 팔아 사업을 시작하고 집어넣은 밑천을 한 푼도 못 건지고 빈털터리가 되는 데는 삼 년도 안 걸렸다. 아들과 큰딸은 땅을 팔아먹지는 않았지만 누구 땅값이 더 오르고 덜 오르는 걸 둘이서 비교해가며 시기하기 시작했다. 그이의 사후 삼 년은 마침 전국 땅값이 정신없이 뛸 때였다. 그러나 고루 뛰었으면 아무도 뛴다고 하지 않았을 것이다. 걷는 놈, 기는 놈도 있으니까 뛰는 놈이 눈에 띄는 것이다. 그 애들은 그 땅 없이도 넉넉하게 살 수 있건만, 아버지의 사후에 벌어지기 시작한 각자의 땅값이 공평하게 오르지 않는다는, 단지 그 이유 하나만으로 서로 적대시하고, 다시 못살게 된 동생의 불운을 고소해하고, 마치 당연하다는 듯이 동생을 도와주지 않게 되었다. 그이는 당시의 시가로 계산해서 공평하게 나누었을 뿐 사후의 앞날까지 내다볼 줄은 몰랐을 것이다. 당연하지, 죽은 후엔 앞날이란 것이 있을 순 없으니까.

나에게는 현재 살고 있는 아파트와 얼마간의 현금과 꽤 거액의 생명보험금을 남겨주었다. 그이가 하고 간 일 중 그거 하나는 올바른 처사였다고 생각한다. 현금을 은행에 넣어놓고 곶감꼬치처럼 빼먹다가 돈 떨어지면 아파트 팔아서 자식들이 얼굴 못 들고 다니지 않을 정도의 유료양로원에 들어가기에 적당한 재산이었다. 씀씀이가 허황되지 않은 대신 재테크 능력도 전무한 나에 대한 그이다운 배려였다. 나는 그놈의 땅이라는 게 얼마나 요물이라는 걸 알아버렸기 때문에 그이가 나에게 그걸 한 평도 안 준 게 조금도 섭섭하지 않고 오히려 고마웠다. 이 나이까지도 정기적으로 만나서 맛있는 집 찾아다니고, 집안의 경조사가 있을 때마다 돈으로, 사람 수효로 부지런히 서로 품앗이를 다니는 여고 동창이 여남은 명 되는데, 이 친구들 또한 나더러 죽은 남편 고마워하라는 소리를 요즘 들어 부쩍 자주 한다. 병수발 오래 안 시키고 남들이 아깝다 할 나이에 죽었으니 얼마나 고마우냐는 거였다. 은퇴해서 잔소리만 늘고, 바치는 건 맛있는 거하고 마누라밖에 없는 영감들이 차차 지겨워지기 시작할 나이들이고, 몇 년째 중풍이나 치매로 한참 정을 떼고 있는 영감님을 가진 친구도 몇 되었으니까 그런 말이 나올 법도 했다. 그러나 네 팔자가 상팔자라느니, 중년에는 홀아비된 남자가 몰래 웃지만 노년에는 과부된 여자가 대놓고 웃는다느니 하는 소리를 들을 때마다 나는 풍파 없이 살아온 내 삶이 허전해서 뼈가 시려지곤 했다.

처방된 약 때문이겠지만 체중이 줄고 전신이 차츰 무력해지는 느낌 외에 아직은 그닥 고통스럽지는 않다. 만일 내가 감당 못할 통증이 온다 해도 그보다 앞질러 더 강한 진통제를 쓰면 될 것이다. 나는 삼 남매를 다 자연분만을 했는데도 통증과 싸울 자신은 없고 그럴 의욕도 없다. 단지 그 걱정 때문에 남은 석 달이 주체할 수 없이 길게 느껴진다. 첫날 보내기도 지루했다. 병원에서 그 소리를 듣고 온 첫날부터 나는 심심할 게 두려워 고작 생각해낸 게 비디오를 빌려다 보는 일이었다. 머지않아 딴 업종으로 바뀌지 싶게 가게 꼬라지부터 의욕상실이 역력한 동네 비디오가게의 진열장을 훑다가 '데미지'에 눈길이 꽂혔다. 영화관에서 본 적이 있는 영화인데도 또 보고 싶었다. 못 본 영화 중에서 골라잡는 정도의 모험심도 동하지 않았다. 허술한 골목을 휘적휘적 걷는 제레미 아이언스의 추레한 모습을 다시 한 번 봐주고 싶었다. 다시 한 번 보고 나서 그 장면만 리와인드시켜 또 보면서, 사련邪戀의 광풍이 휩쓸고 간 후 반 넘어 폐허가 된 남자의 모습에 가슴이 짠하면서 울고 싶어졌다. 얼마 남지 않은 시간에 고작 남의 인생이나 재생시켜 볼 만큼 내 인생에서 결핍된 건 뭐였을까. 아니면 데미지 없이 인생을 퇴장한 남편에 대한 연민이나 반감에서였을까.

그 다음엔 적당한 날을 골라 자식들에게 알리고 효도할 수 있는 시간을 주는 게 아마 온당한 어미 노릇일 터이나 나는 거의 일주일이나 그 일을 미루고 있었다. 시한부 인생을 다룬 연속극은 거의가 죽을 사람이 먼저 알거나 가족이 먼저 알거나 간에 서로 그 사실을 숨기는 걸로 시간을 끄는 게 정석처럼 돼 있다. 하긴 그걸 쌍방이 동시에 알게 한다면 단막극이 되지 뭣 하러 연속극이 됐겠는가. 늘려 먹기 위한 연속극의 그런 진부한 정석을 경멸해 마지않던 내가 지금 그 짓을 하고 있다. 나는 그 짓이 너무 피곤해 지레 죽을 지경이다. 어떻게 안 피곤하겠는가. 남편처럼 나도 병원에서 그 소리를 듣자마자 그렇게 경멸해 마지않던 숫자와의 씨름을 시작했으니. 남편에겐 숫자가 평생 익숙한 상대였겠지만 나에겐 생소하고 버거운 상대다. 앞으로 팔십 구십까지 산다면 내가 가진 게 빠듯하지만 석 달 안에 죽는다면 상당한 현금을 남기게 된다. 집도 내 집이다. 남편이 그랬던 것처럼 나도 막내가 걸린다. 나는 세금을 어떻게 안 무는지는 잘 모르지만 현금은 생전에 찾아서 막내에게 건네면 감쪽같을 것 같다. 오빠나 언니나 제 서방에게도 알리지 말고 비자금으로 가지고 있으라는 당부의 말과 함께 그러고 싶지만 언 발등의 오줌 누기지, 그 집 구석 씀씀이에 그게 며칠이나 가겠는가. 막내에게 급한 건 비자금이 아니라 내 집 마련이다. 그럼 이 집을 내 생전에 막내에게 명의변경을 해주거나 상속을 해줄까. 그러자니 세금도 무섭지만 아버지의 처사 때문에 삐치고 어긋난 삼 남매의 우애가 영영 돌이킬 수 없는 파국에 이르리라는 건 불을 보듯이 뻔하다. 시집 쪽으로 기댈 데가 전혀 없는 막내에게 그것 또한 어미로서의 할 짓은 아닐 것이다. 어떻게 하면 위의 큰애들도 섭섭지 않고 막내는 작은 집이라도 한 채 가질 수 있게 할 것인가. 결국은 남편의 전철을 밟아 내가 소유한 것을 삼 남매에게 차등을 두어 분배하는 방법밖에 없는데 나에게 그런 수학은 너무도 어렵다. 예금 액수와 집값을 합한 몇 억이 머릿속에서 얽히고설키면서 토악질이 나지만 출구가 없다. 사람이 오죽 무능하면 전철을 밟을 생각밖에 못하겠는가. 남편의 마지막 나날도 그러했겠지만 나도 끝까지 걸리는 게 자식들인데 돈이 걸린 문제는 자식들과도 터놓고 의논을 할 수 없다는 게 나를 꼬이고 꼬이다가 종영시기를 놓친 티브이 연속극처럼 구제불능 상태로 만들어가고 있었다.

지금 와서 그걸 알아서 무엇에 쓸까마는 돈의 치사한 맛도 뜨거운 맛도 모른다는 게 사는 데 있어서 뿐만 아니라 죽는 데 있어서까지 중대한 결격사유처럼 느껴지면서 경실이가 보고 싶단 생각이 들었다. 경실이는 여고 동창이었지만 학교서 친하게 지낸 추억보다는 요새처럼 이사를 자주 안 다니고 한동네 눌러 살던 시절, 같은 골목에 십 년을 넘게 같이 산 정 때문에 고향 사람 비슷한 친밀감을 가지고 있었다. 주거환경도 바뀌고 서로 다른 사회생활, 결혼생활을 하면서 안부도 모르고 지내다가 다시 만나게 된 것은 동네 사람으로서가 아니라 동창 모임에서였다. 전체 모임은 아니고 아이들도 잔손 안 가게 길러놓고 살림도 웬만큼 일궈놓은 비슷하게 사는 동창끼리의 계모임 비슷한 모임에서였다. 계 모임 비슷한 모임이라고 한 것은 계하기에 알맞은 인원이 모여 돈을 모으긴 모으지만 돈에 연연하지 않고, 여행이나 취미생활, 맛있는 집 순례 등 재미도 있고 그럴듯한 일에 아낌없이 쓰는 모임이었기 때문이다. 그러고도 남는 돈은 해외여행을 목적으로 적립해놓고 있다. 해외여행 안 해본 친구도 없기 때문에 적립하는 액수에 조급한 친구도 있을 것 같지 않은 팔자 좋은 모임이었다. 그렇게 모인 상당한 액수를 처음 쓰게 된 것이 경실이네한테였다. 그 돈을 경실이네한테 조위금으로 내놓자고 제안한 것은 아마 나였을 것이다. 열 명이 넘는 멤버가 해외여행을 떠날 만큼 모이기엔 아직 먼 초기였지만 아무리 단체 조위금이라 해도 과하다 싶은 액수를 선뜻 내놓는 데 만장일치로 동의한 것은 경실이 당한 불행이 워낙 충격적이기 때문이었다. 그녀는 외동딸을 곱게 길러 착실한 사위 보아 손자도 보고 손녀도 보고 한집에 같이 살고 있었다. 엄마 덕에 아직도 직장생활을 계속하고 있던 딸이 벼르고 별러 제 남편 해외출장과 날짜를 맞춰 휴가를 얻어내어 해외여행을 간 비행기가 착륙 직전 공중에서 폭파하는 엄청난 사고로 탑승객 전원이 사망했다. 시신조차 수습하기 어려운 대형사고였다. 경실이네 딸, 사위도 시신을 수습했다고도 하고 유품만 몇 점 찾아냈다고도 하지만 다 확실한 정보는 아니었다. 확실한 건 홀어머니를 모시고, 여섯 살, 세 살 어린 남매를 둔 젊은 내외가 이 세상에서 감쪽같이 사라졌다는 믿기 어려운 사실뿐이었다.

우리가 조위금을 전달하러 간 곳은 일주일 넘어 끌던 유족과 항공사 간의 보상금인지 위자료인지 하는 돈 문제가 원만하게 타결되어 마침내 치르게 된 합동장례식장이었다. 통곡, 몸부림, 혼절 등 유족들의 애통이 차마 눈 뜨고 볼 수가 없었다. 왜 안 그렇겠는가. 장례식장에 들어서기 전부터 우리는 주위의 침통하고 삼엄한 분위기와 들려오는 곡성만으로도 가슴이 떨리고 다리가 후들댔다. 다들 머뭇거리고 심장이 약한 친구는 꽁무니를 빼면서 차마 못 들어갈 것 같은 시늉을 하기도 했다. 할 수 없이 나하고 혜자가 앞장서자 다들 뒤따랐다. 나는 경실이하고 가장 가까워서 어쩔 수 없이 그렇게 됐고, 혜자는 우리보다 먼저 한 차례 문상을 다녀와서 어느 정도 분위기에 익숙한 것 같았다. 혜자가 먼저 문상을 간 건 경실이 때문은 아니고 친척 중에 이번 일로 참척을 당한 이가 있어서였다. 그때 잠깐 만나보고 온 경실이에 대한 혜자의 묘사는 너무 비현실적이어서 우스갯소리처럼 들렸고, 그 마당에 그런 농담을 할 수 있는 혜자가 혐오스럽기까지 했다. 차마 눈 뜨고 볼 수 없는 유족들의 애통 속에서 경실이만이 눈이 초롱초롱해가지고 밥을 아귀아귀 먹더라고 했다. 초롱초롱과 아귀아귀가 그렇게 그로테스크하게 들린 적은 일찍이 없었다. 혜자가 입이 좀 헤프기는 해도 뒤끝은 없는 친군데 무슨 억하심정으로 그렇게 친구를 고약하게 말했는지 이해가 잘 안 됐다. 그러나 막상 장례식장에서 조문객을 맞고 있는 경실이를 보자 제일 먼저 떠오른 단어가 초롱초롱과 아귀아귀였음을 부인 못하겠다. 경실이의 눈이 초롱초롱한 건 아니었고, 물론 무얼 먹고 있지도 않았지만 말이다. 티브이 화면으로 본 것과 조금도 다르지 않은 유족들의 오열과 몸부림, 심지어는 예서 제서 까무러쳐 실려가는 일까지 벌어지는 장례식장에서 그들은 그 정적인 단아한 모습으로 단연 눈에 띄었다. 경실은 혼자가 아니라 어린 외손자 남매를 데리고 있었다. 이 어린 상주들을 가운데 두고 양쪽에서 손을 잡고 있는 또 하나의 어른은 아이들 친할아버지일 것이다. 경실이가 딸을 출가시킬 때 무남독녀 외동딸을 역시 딸도 없는 집 외동아들에게 시집보내는 걸 꺼려 한동안 반대하다가 보낸 걸 알고 있는 우리는 그 사람이 친할아버지라는 걸 누가 가르쳐주지 않아도 알아보았다. 여섯 살 세 살 어린것들을 가운데 두고 양쪽에서 손을 꽉 잡고 있는 네 사람의 구도는 너무도 확고하고 흔들림이 없어서 마치 옛날 가족사진처럼 보였다. 순간 우리는 다들 배신감에 가까운 실망감을 느꼈다. 잔뜩 기대하고 각오하고 있었던 일이 일어날 것 같지 않아서였을까. 아무튼 그럴 수는 없는 일이었다. 더군다나 경실이 사돈영감은 상처한 지가 일 년도 채 안 되니, 땅을 치고 하늘을 우러러 삿대질을 해도 누가 뭐랄 사람 없는 처지였다. 저렇게 침착하고 꿋꿋해서는 안 될 것 같았다. 그들은 침착할 뿐 아니라 젊어 보이기까지 했다. 입 싼 혜자가 기어코 한마디 내뱉었다.

재네들 저래도 되는 거니? 늦둥이를 낳은 중년부부라고 해도 곧이듣겠네.

듣고만 있을 우리들이 아니었다. 다들 한마디씩 죽은 사람만 불쌍하다고 맞장구를 쳤다.

그런데 고작 떠오른 게 경실이네 집이었다. 경실이가 우리 곁을 떠난 게 몇 년 전이더라? 중요한 건 그게 아닌데도 그걸 헤아려보려고 애써보지만 잘 안 된다. 그녀는 그 항공참사 후 곧 서울을 떴고, 우리 계는 아직도 계속되고 있다. 무던하고 수수한 경실이는 말주변도 좋은 편이 못 되어 우리 모임에 꼬박꼬박 나올 때도 우리를 즐겁게 해주는 멤버는 아니었다. 오히려 우리 곁을 떠나고 나서 우리를 즐겁게 해주었다. 근래에는 좀 시들해졌지만 모임 때마다 그녀가 화제에 오르지 않은 적은 없었다. 주로 확인되지 않은 소문이었지만 돈과 섹스에 관한 소문처럼 흥미진진한 게 또 있을까. 나는 맹서코 소문보다는 경실이를 믿었기 때문에 듣기만 하고 화제에 끼어들기는 삼갔지만 그런 이야기를 듣는 게 재미없었다고는 맹서하지 못하겠다. 죽을 때까지 얘 쟤 할 수 있는 흉허물 없는 여고 동창끼리라지만 육십보다도 칠십이 더 가까운 나이에 그 자리에 없는 친구의 스캔들에 입 안에 군침이 돌고 상상력까지 왕성해진다는 것 자체가 경실이 우리 사이에 일으킨 물의 못지않은 우리들의 스캔들이 아니었을까.

소문을 물어들이는 건 여전히 혜자였다. 사고 당시 경실이 사돈영감은 지방도시 C시에 인접한 C군 군청 주사였다. 나는 주사라는 직위가 어느 정도의 높이인지 가늠할 수 없는데 혜자가 만년 6급이라고 얕잡아 말하는 투로 봐서는 그다지 높은 자리는 아닌 듯했다. 경실이가 서울 살림을 정리하고 사돈집이 있는 시골로 내려가 홀아비 사돈영감하고 살림을 합쳤다는 것이었다. 그게 도대체 있을 수 있는 일이니? 우리끼리니까 말이지 하도 해괴망측해서 입에 담기도 뭣하다. 그러면서 주위를 살피는 시늉까지 하면 세상에서 제일 고독하고 불쌍해 보이던 과부와 홀아비 사이에 느닷없이 썩어가는 과일 냄새

같은 부도덕의 낌새가 감돌기 마련이었다. 그런 망측한 속내 때문인지 경실이는 장례식 후에도 우리의 관심을 달가워하지 않았다. 우리는 비록 금전적인 것일망정 최선을 다해 조위를 표했고, 그 후에도 번갈아가면서 지속적으로 안부를 묻고 무얼 도와주면 될지 알아내려 했지만 슬픔이 무슨 금조각이라도 되는지 마치 없는 것처럼 감추려만 들었다. 그러다 홀연 시골로 사라진 것이다. 만약 혜자가 아니었으면 경실이는 곧 우리 사이에서 잊혀지고 말았을 것이다. 사실상 거의 잊혀졌을 무렵 혜자의 아들이 유학을 마치고 돌아와 전임자리를 얻은 대학이 서울에 본교를 둔 대학의 지방 캠퍼스였는데 그 소재지가 C군이었다. 서울에서 출퇴근하기에는 좀 먼 거리여서 학교 근처에 원룸을 얻어 자취를 하고 있었고 그게 경실이가 가서 살고 있는 사돈집과 한동네라고 했다. 경실이가 혜자한테 그런 얘기를 했을 리는 만무고, 아마 얻어들은 소문 아니면 반기지 않아도 주책없이 들렀다가 눈치껏 보고 들은 것에다 살을 붙인 것에 불과할 터이나, 두 사람은 정말 부부로 살고 있더라고 했다. 그것도 아주 떳떳하게 깨가 쏟아지게. 인두겁을 쓰고 어떻게 그럴 수가, 이건 상피 붙는 것보다 더한 스캔들이다. 아무도 모르는 곳으로 도망쳐서 그러고 살고 있다면 모를까 몇십 년을 눌러 살았다는 보수적인 시골 동네에서 그게 과연 가능할까. 얼굴 가죽이 너무 두꺼우면 얇은 쪽에서 질려버리는 것도 모르니. 이렇게들 의견이 분분하자 나는 그래도 경실이를 두둔한다고 한다는 소리가 너 경실이가 그 영감하고 같이 자는 거, 봤니, 봤어? 였다. 혜자는 내 직설적인 물음에 대답하는 것조차 천박하다고 생각했는지 표정을 아리까리하게 가다듬고는 전혀 딴소리를 했다. 한번은 영감님이 손녀를 자전거에 태우고 읍내로 난 길을 가는 걸 봤는데 경실이는 대문 밖까지 나와서 그들이 멀어져가는 걸 마냥 손을 흔들어 배웅하고 영감님은 위태롭게 뒤돌아보고 또 뒤돌아보면서 하니 안녕, 안녕 하니, 하더라는 것이었다. 자는 건 못 봤어도 그건 두 눈으로 똑똑히 봤다. 한 폭의 그림이더라. 평화가 강물같이 흐르는. 그럼 됐냐? 내가 뭐라고 하기 전에 다들 한마디씩 했다. 늙은이들이 하니라니 미쳤군, 미쳤어. 미쳐도 더럽게, 아이고 닭살이야. 나는 암말도 못했지만 이미 등줄기에 닭살이 돋고 있었음으로 몸으로 동의한 거나 마찬가지였다.

혜자가 C군에 드나들기 시작할 무렵이었으니 아마 사고 당시 세 살이었던 손녀가 열 살은 되었을 무렵이었을 것이다. 그동안 그 양가 부모가 그 정도로 안정을 찾았다면 다행한 노릇이나 '하니'는 아무리 생각해도 해괴망측했다. 오히려 혜자는 사돈끼리의 망측한 동거를 기정사실로 받아들이고 기회 있을 때마다 들르고 그 식구들의 사는 모습을 전해주곤 했다. '하니'가 워낙 자극적이어서 그 뒤에 전해 들은 소리는 별로 재미있지 않았다. 지방에 살면서도 손자 공부를 잘 시켜 미국에 명문대학에 입학하게 되었다는 소식은 부러움까지 샀고, 손자가 이제부터 누이동생은 자기가 책임지겠다면서 같이 유학을 떠나고 싶어해서 둘을 한꺼번에 떠나보냈다는 소식을 전해 들고 다시 한 번 억측이 구구해졌다. 두 늙은이가 눈치볼 거 없이 깨가 쏟아지게 됐을 거라고도 했지만, 대학생이 됐으면 성인이라고는 하지만 아직 제 앞가림도 어려운 나이인데 친할아버지 외할머니의 동거가 오죽 창피하고 견디기 힘들었으면 동생까지 데리고 떠나려 했겠냐고 가엾어하는 마음이 조실부모한 남매에게로 모아졌다. 그리고 마치 보물찾기처럼 그 많은 돈은 다 어디로 갔을까, 에 추리력이 모아졌다.

실은 처음부터 우리의 관심은 돈, 거액의 보상금에 있었는지도 모르겠다. 그 끔찍한 참척을 겪고도 눈이 초롱초롱해서 밥을 아귀아귀 먹은 것도 거액의 보상금 때문일 거라고 했고, 그 후에도 외가 친가의 두 늙은이가 아이들 손목을 양쪽에서 부여잡고 한시도 놓지 않은 것도 그 아이들에게 지급될 돈에 대한 후견인의 권한을 절대로 놓치지 않으려는 행동으로 이미 자리매김한 뒤였다. 상식에 어긋난 이 일련의 있을 수 없는 일들을 모두 다 돈 욕심으로 풀자, 매듭을 잘 드는 칼로 내리친 것처럼 세상만사는 의외로 간단하고 어이없어졌다.

두 늙은이가 깨가 쏟아지게 살게 된 지 얼마 안 있다 사돈영감이 먼저 세상을 떴다. 지금은 경실이 혼자서 그 집을 지키고 있다. 그녀가 살던 아파트는 아직도 서울에 있다는데도 돌아오지 않고 그 집에 남아 있는 것도 혹시 그 집에 대한 욕심이 아닐까, 의심나는 점이 없지 않지만 다들 경실한테 시들해진 지 오래다. 아이들을 유학 보냈다는 소식을 마지막으로 현장 중계를 하던 혜자가 아들이 결혼한 후더는 C시에 내려갈 구실이 없어졌기 때문이다. 그 후에는 도리어 내가 가끔 전화로라도 안부를 묻곤 했다. 전화로 듣는 경실이의 참한 목소리는 소문으로 듣던 그녀의 인상을 서서히 밀어내고 한동네의 오래 같이 살던 여고 동창의 친밀감을 회복시켜주었다. 말수가 적고 거짓말을 잘 못하는 그녀에게 돈 때문에 그렇게까지 했다는 게 사실인지 물어보고 싶었다. 나는 팔자가 좋아서였는지 세상물정에 어두워서인지 돈에 농락당한 적도 돈 때문에 수모를 겪은 일도 없다. 마치 내 팔자에 작은 옹달샘을 타고난 것처럼 먹을 만큼 퍼내면 그만큼 고이려니 하고 살아왔다. 돈이 어느 만치 중요한지 잘 모른다. 그래서 더더욱 그렇게 안 기른 줄 안 내 자식들이 돈 때문에 다투고 돈 때문에 의가 상하는 꼴이 실망스럽고 마음이 안 놓여 이대로는 편히 눈을 못 감을 것 같다. 돈 때문에 인면수심이 되는 것도 마다한 경실이의 말년을 내 눈으로 직접 보고 싶기도 하고 돈에 관한 한 도사가 다 돼 있을 그녀로부터 자문이나 하다못해 암시라도 받고 싶다.

아니 벌써 가을인가. 버스에서 내려서 논둑길을 걸으면서 비로소 계절을 느꼈다. 황금색과 녹두색 중간 정도로 여문 망망한 벼이삭에 파도를 일으킨 소슬바람이 부풀린 치마를, 보는 사람도 없는데 급히 다둑거리며 흙 속에 누운 그이는 지금 어떤 모습을 하고 있을까. 문득 궁금해진다. 많이 상했을 육신은 잘 떠올릴 수 없지만, 이승이 많이 고달팠으리라는 생각은 늦게 든 철처럼 가슴속을 쿵 울리고 지나간다.

집들이 드문드문 떨어져 있어서 데면데면해 보이는 동네에서도 한참 떨어져 있어서 외딴집처럼 보이는 집 앞에 경실이가 나와 있다. 미리 전화를 걸었더니 버스 정류장까지 마중 나오겠다는 걸 내가 극구 말렸는데 그래도 마음이 안 놓였나 보다. 나는 내가 바로 찾아왔다는 표시로 손을 크게 흔들었다. 경실이도 같은 동작으로 아는 체를 했을 뿐 달려나오지는 않는다. 나 역시 걸어오던 보폭을 빠르게도 느리게도 하지 않고 지나가는 사람처럼 걸어 들어갔지만 마음은 충분히 따뜻해져 있었다. 주황색 지붕이 생뚱맞아 보이게 집은 허름했지만 양지발라 구질구질해 보이진 않았다. 토담 밑에 세워놓은 자전거 바퀴가 은빛으로 빛나는 게 이물스러워 보일 만큼 구태의연한 집이었다. 마루에 앉으면 하늘이 많이 보이는 재래식 기역 자나 디귿 자 집이 살림하는 여자들에게 불편한 건, 부엌을 드나들려면 마루에서 내려가 신발을 신어야 하기 때문인데 그거 하나는 제대로 개량해놓은 것 같았다. 안방에서 꺾여 부엌이 있던 자리는 창호

지문이 달린 방으로 개조돼 있었고, 부엌은 꽤 넓은 대청마루의 반쯤을 차지하고 안방과 연결돼 있었다. 마루 뒤 유리 분합문을 통해 보이는 뒤란에는 창고 같기도 하고 별채 같기도 한 부속 건물도 보였다. 전기 보일러로 고쳤더니 그렇게 자리를 많이 차지하네. 내가 물어본 것도 아닌데 경실이가 그렇게 설명을 했다. 돌솥에서 밥이 노릇노릇 뜸이 드는 냄새가 났다. 시골에도 음식점은 있으려니, 나가 먹으려든 계획을 취소하고 마룻바닥 겸 부엌바닥에 방석 깔고 앉아 그녀가 이것저것 밑반찬도 꺼내고 나물도 조물락거리는 걸 지켜보았다.

—시골집도 이렇게 개조하니까 아파트 못지않네. 안주인이 음식 장만하는 동안 객이 구경하며 수다도 떨 수 있고.
—시골 사람들도 다들 이 정도는 하고 살아.
—그래도 뭐 사 먹긴 불편하잖니.
—사 먹을 게 뭐 있나. 널린 게 먹을 건데. 텃밭도 있고, 마당 댓돌 밑에 시퍼런 거 저거 다 먹을 거야. 나도 잘 모르다가 서울 사람들한테 배운 것도 많아. 성인병이나 암에 좋다는 건 시골 사람들보다 도시 사람들이 더 잘 알더라. 내 동생들 다 서울서 잘살잖니. 혼자 사는 동기간 생각한다고 주말마다 번갈아가며 먹을 거 바리바리 싸가지고 드나드는데 내가 이루 다 먹을 수가 있어야지, 동네 사람들 사는 사정 뻔하니까 저런 집엔 이런 게 아쉽겠구나, 이런 집엔 이만저만한 것이 필요하겠구나, 대강 어림짐작으로 나눠주면 그 사람들도 거저 먹지 않고 꼭 뭐로든지 갚으려고 든다니까. 준 거보다 더 많이 받으면 여기선 흔하지만 서울 사람들한테는 귀한 거니까 내가 또 바리바리 싸줄 수가 있고. 요즘 서울 사람들 아무리 보잘것없는

푸성귀라도 자연산, 무공해 어쩌구 하면 껌벅 죽잖니. 돈 안 들이고 실컷 인심 쓰고, 이러다 나 부자 될 것 같다.

—그렇게 부자가 되고 싶니.

—아니 지금도 먹고 남으니까 부잔데 더 부자가 돼서 뭣 하게.

—그건 내가 할 소리고, 지금 너 프라이팬에 볶고 있는 거 그거 뭐니? 냄새가 나쁘지 않네.

—곤드레라나, 만드레라나 그런 웃기는 이름인데 이것도 혼자 사는 노인네한테서 얻은 거야. 예전엔 흉년 든 해에나 먹는 구황식품이었는데 암에 좋다던가, 당뇨에 좋다던가 소문이 나고부터 이것만 전문적으로 파는 음식점이 다 생겼다네.

—그럼 나도 많이 먹어야겠다.

—그래 많이 먹어. 뭐든지 걸리기 전에 예방이 제일이야.

—돌솥에 지어서 그런가, 잡곡을 많이 두었는데도 밥이 조금도 안 거칠고 혀에 착착 붙는다.

—그래? 돌솥에 짓기 잘했네. 영감님 돌아가시고 거의 안 썼어. 지키고 있어야 되니까 귀찮아서.

—설마 했는데 너 정말 사돈영감하고 같이 산 것 같다. 회상하는 폼이.

—넌 왜 내가 사돈영감하고 한집에 산 걸 지금 처음 안 것처럼 말하니?

—너무 부자연스러우니까. 망측하기도 하고.

—내 동생들은 한술 더 떠서 엽기라고 하더라.

—그럼 너도 세상 사람들이 뭐라고 하는지 알고 있었단 말이니?

—그걸 어떻게 모를 수가 있냐? 내 친동기만 해도 사 남매나 되고, 혜자가 우리 집에 뻔질나게 드나들곤 했는데.

—왜 그랬어? 한참 나이에 혼자되고도 딸내미 하나 바라고 스캔들 하나 없이 씩씩하게 잘도 살더니만 그 와중에 실성을 해도 분수가 있지 어떻게 사돈하고 그렇게 될 수가 있냐 말야.

—어떻게 됐는데?

—시침떼지 마. 이제 와서 명예 회복이 될 것도 아니고. 웃지도 말고, 기분 나쁘니까.

—기분 나쁘게 하려고 웃은 건 아니고 진짜로 우스워서 웃었어. 나에겐 선택의 여지없이 자연스러웠던 일이 남들에겐 그렇게 부자연스러워 보였다는 게 웃기지 않니.

—변명을 하려면 좀 그럴듯하게 해라. 안사돈끼리도 아니고 예전 같으면 대면하기도 조심스러운 안사돈과 바깥사돈이 이런 외딴집에서 한 살림을 차린 게 엽기가 맞지 어떻게 자연스럽다고 우길 수가 있냐?

—사람의 의지로 선택할 수 없이 저절로 돼가는 거면 자연스러운 게 아닐까. 처음 그 일 당했을 때, 세 살, 여섯 살, 저 어린것들 어쩌나, 그 생각 때문에 눈물도 안 나더라구. 사람들마다 불쌍해하는 눈길로 바라보며 혀를 차지를 않나, 눈물을 흘리지를 않나, 눈치가 빠한 어린것들이 즈이들 처지가 얼마나 달라졌다는 걸 왜 모르겠어. 그때부터 세 살짜리는 내 손을 한시반시 안 놓고, 찰싹 붙어 있으려고 그러지, 그뿐인 줄 알아. 다른 한 손으로는 즈이 오래비 손을 꼭 쥐고 안 놓지, 사내놈은 사내놈대로 누이에게 잡히지 않은 다른 한 손으로는 즈이 친할아버지 손을 꼭 부여잡고 놓아주지 않지, 쇠사슬도 그런 쇠사슬이 없더라고. 그게 아이들 나름의 생존전략이었을 거야. 두 아이들에게 묶인 우리 두 늙은이는 꼼짝 못하고 그런 모습으로 장례식 치르고 그 후에도 같이 이동해 처음엔 우리 집으로 왔지.

그때까지 그 애들을 내가 데리고 있었으니까. 그렇지만 친할아버지가 원한다면 둘 다 친가 쪽으로 줄 마음이었어. 애정으로는 외손 친손 차이가 없다지만 아직은 나의 구식 관념상 아이들은 그 성을 따르게 돼 있는 친가 쪽에 속해야 떳떳하게 자랄 수 있다고 믿었으니까. 얘, 너 딴 반찬도 좀 먹지 그 군둥내 나는 짠지 국물은 뭘 하러다 마셔버리냐? 나중에 물 키려고.

　─글쎄 나도 모르게 그 군둥내가 비위에 땡기네. 이거 어떻게 만든 거니?

　─만들고 말고가 어딨어. 무를 통째로 왕소금에 푹 절인 거지.

　─그건 아는데 짠맛 말고 군둥내가 꼭 요만큼만 나게 하는 레서피 말야.

　─레서피 좋아하네. 그거 작년 것도 아니고 아마 재작년 걸 거야. 김장때가 쉬 돌아올 것 같아서 뒷마당에 묻어둔 항아리를 살피다가 밑바닥에 골마지를 푹 뒤집어쓰고 있는 무가 서너 개 남았기에 버리기도 뭣해서 씻어서 냉장고에 넣어두었다가 손님 맞을 준비한답시고 나박나박 예쁘게 썰다가 맛을 보니까 어찌나 소탠지 몇 번 물에 울궈내고 나서 다시 물 부어놨던 거야. 가미한 건 초 몇 방울하고 실파 썬 것하고 고춧가루 솔솔 뿌린 것밖에 없어.

　─그럼 또 만들려면 한참 걸리겠네.

　─왜 더 먹으려고? 물 부어놓은 거 한 대접이나 냉장고에 더 있어. 거기다가 가미만 하면 되는데 그만 먹어. 요새 짜게 먹지 말라고 난리더라.

　─난리 치라지. 오래 살고 싶은 사람들 즈네들끼리. 근데 넌 혼자 살면서 뭘 하러 김장까지 하냐? 심난스럽지도 않아.

　─그럼 어떡하니. 텃밭에 배추가 잘된걸. 영감님이 전에 하던 대

로 약도 치고, 화학비료도 아주 안 준 게 아닌데도 서울 식구들은—
동생네들 말야—벌써부터 무공해 배추라고 눈독을 들이고 있는데.
배추로 줘도 제대로 담가 먹지도 못할 화상들이 그러니 양념 갖춘
데서 아주 담가서 보내줘야지. 그래도 동기간이 고맙지 뭐니? 돈으
로 따지면 몇 곱으로 갚아줄려고 그렇게들 벼른다는 거 다 알아.

　—넌 그럼 지금은 수입원이 전혀 없니?

　—왜 없어. 서울에 내 아파트 있잖아. 거기서 월세 나오는 거. 많
지는 않아. 십 년 넘게 한 번도 올려 달란 적이 없으니까. 그 대신 다
달이 월말이면 칼같이 내 통장으로 입금이 돼. 아이들 미국 보내고
곧이어 영감님 돌아가시고 나서는 한 번도 찾아 쓴 적이 없으니까
그동안 좀 모였겠지. 땅이 화수분이야. 내가 물물교환을 잘해서 그
런지 학비가 안 들어서 그런지 돈 들어갈 데가 거의 없네.

　—이 집 말고도 영감님 땅이 많아?

　—몇천 평 되나봐. 마나님 돌아가시고 묘 쓰려고 샀다는 산 쬐금
까지 포함해서 그렇다니까. 얼마 안 되지. 산도 재밌어. 너 온다고
해서 부잣집 마나님한테는 뭘 좀 싸줘야 시큰둥해하지 않을까 생각
하다가 밤 때가 된 것 같아 산에 갔다가 아람을 곧 많이 주웠다. 얼
마나 반들반들하고 예쁜지 몰라. 이따가 들고 갈 만큼 싸줄게.

　—네 눈이 더 반짝인다. 너 여기 내려와 산 지 십 년이 넘는데 지
긋긋하지도 않아. 마치 올해 처음 전원생활 해보는 사람처럼 신기
해하고 감동까지 하는 거 보면.

　—하긴 그래 영감님 살아 있을 때는 밭일은커녕 문밖에도 별로 안
나갔어. 나갈 일 없이 다 해다 줬으니까. 참 자상한 양반이었어.

　—동네 사람들 보기 창피스러워서 못 나간 건 아니고? 이쪽이 얼
마나 배타적이고 보수적인 고장이라는 걸 너도 모르지 않았을 텐데.

더군다나 그 영감은 여기 토박이였다며. 철판 깔지 않고는 언감생심 이 집 안주인으로 들어앉을 엄두를 낼 수 있었겠어.

　─철판은커녕 의식도 안 하고 이 집 안방에 들어앉게 됐다면 어쩔 래. 정말이야. 내 동기간들도 처음엔 나를 죽기 살기로 말리다가 나중엔 내가 실성한 줄 아는지 한동안 연을 끊고 살다가 관계가 회복된 지금까지도 그동안의 내 행적을 무슨 미스터리처럼 궁금해하니까 너도 나한테서 뭘 알아내고 싶어하는지 왜 모르겠어. 군둥내 나는 짠지 국물 그만 마시고 딴 반찬도 좀 먹어봐라. 곤드레나물도 괜찮지만 씀바귀 민들레잎도 된장에 찍어 먹으면 별미야.

　─씀바귀 민들레 그거 봄에 나는 거 아니니?

　─양지바른 데서는 한겨울에도 나. 시퍼런 채로 겨울을 나기도 하고 새로 돋기도 하고.

　─그래서 몸에 좋다는 건가.

　─몰라, 독초 빼고는 약초 아닌 게 없더라. 암에 좋지 않으면 당뇨에 좋다 고혈압에 좋다 아무튼 말도 잘 만들어내.

　─넌 하나도 안 믿는 눈치다.

　─믿고 말고가 어딨어. 뜬소문 같은 건데. 그렇지만 밀가루도 소화제라고 속이고 먹이면 어느 정도 듣는다는 프라시보 효과라는 건 있겠지.

　─너 이런 것만 먹어서 건강한 거 아니니? 하나도 안 늙었어. 서울서 우리 자주 만날 때는 내가 너보다 십 년은 더 젊어 보였었는데, 아니지 십 년이 뭐야, 언제더라? 그때 너하고 갤러리아 명품관에 갔을 때 우리 사이를 모녀 사이로 봤잖니.

　─그건 넌 명품을 살 것같이 보이고 난 아니올시다, 로 보였으니까 그것들이 너한테 아부부터 하고 본 거지. 고런 것만 기억하는 걸

보면 너도 참.

—속물이다 이거지, 그래 좋아 속물의 천박한 호기심도 채워주라.

—뭘?

—아까 얘기하다 말았잖아. 아이들이 중간에서 쇠사슬이 되어 사돈영감하고 널 묶은 것처럼. 그 쇠사슬은 유치원도 안 가고 놀이터도 안 가고 두 늙은이를 잡고 안 놓아주던?

—정말 그랬어. 자식새끼 장례 치르고 난 두 늙은이 심정이 오죽했겠냐. 어린것들 때문에 실컷 울지도 못하고, 영감님이라도 시골집에 내려가서 통곡을 하든지 말든지 하고 나서 하루 빨리 직장으로 복귀해야 할 것 같았지만 아이들이 놓아주지를 않아 우리 집으로 같이 왔지. 사돈집에서 하루 이틀 유할 수도 있는 거지, 안 그러니? 거기까지는 우리도 상식이 통하는 행동을 했다고 생각해. 밤에 잘 때가 문제였다. 장례 동안 네 사람이 붙어다닌 것처럼 그렇게 남매가 가운데 눕고 두 늙은이가 양옆에 누워 자기를 바라는 거야. 아이들이. 처음엔 안 된다고 했지. 계집애가 빤히 쳐다보면서 왜 안 되냐고 묻는 거야? 아녀석은 뭐 좀 철이 난 줄 알았는데 역시 더 무서운 얼굴로 왜 안 되냐고, 즈네들이 안 보는 사이에 도망갈 거냐고 따지는 거야. 왜 안 된다는 걸 설명할 수가 없었어. 그때 우리는 그 애들이 절박하게 원하는 거면 다 옳은 일이었으니까. 아이들이 잠든 후에 우리 두 늙은이 중 한 사람이 딴 방으로 옮겨갈 수도 있었지만 안 그랬어. 우린 둘 다 생때같은 자식이 별안간 이 세상에서 사라진 느낌이 얼마나 무섭다는 걸 알기 때문에 그에 못지않을 어린것들의 공포감을 될 수 있으면 덧들이고 싶지 않았어. 혹시 아이들이 자다 깨면 얼마나 놀라겠어. 줄창 붙들고 있으려고 해서만 쇠사슬이 아니냐. 좀 안정된 후에는 유치원도 가라면 갔지만, 전엔 유치원 버스만 태

워주면 혼자 다니던 애가 꼭 할머니나 할아버지 중 한 사람이 따라와서 지키고 있길 바랐고. 가끔 놀이방에 맡기던 계집애도 놀이방이라는 말만 들어도 경기를 하려고 하고. 이게 쇠사슬이지 이보다 더한 쇠사슬이 어딨냐. 그렇지만 집 안에 마냥 묶어둘 수만 없는 게 남자 아니겠어. 그 양반은 그때 아직 현직이었거든. 그래도 좀 철이 난 아녀석을 붙들고 설득했지. 할아버지는 직장으로 돌아가야 한다. 아빠도 없으니 할아버지라도 돈을 벌어야 하고, 할아버지 직장은 서울에서 다니기 멀다고. 그랬더니 글쎄 아녀석이 선심 쓰듯이 흔쾌히 승낙하면서 다 같이 시골로 내려가자는 거야. 어미 애비 생전에 주말마다 시골에 다녀오더니 그때 정이 든 것도 있고, 다니던 유치원도 싫었던 모양이야. 유치원 선생님이나 아이들이 저한테 전보다 더 친절하게 해주는 게 싫다는 거야. 너희들이 할아버지하고 같이 살고 싶은 건 좋은데 그러면 할머니하고는 같이 살 수 없게 되는 거라고 했더니 또 왜 안 되냐는 거야. 아이들이 말간 눈으로 두 늙은이를 번갈아 쳐다보면서 왜 안 되냐고 따지니까 대답할 말이 없고, 아이들에게 설명할 수 없는 이 세상 상식은 무시해도 좋다는 식으로 생각이 단순하게 정리가 되더라고. 그래서 내려온 거야. 집 정리도 하고 말고 없이 몸만 내려왔으니까. 세간은 한 방에 몰아넣고 나머지 방은 월세로 주는 것도 부동산에서 다 해주더라. 나는 월세 받아 수입 생기니 좋고, 영감님은 군청에 다시 나가 월급 타오니 좋고 아이들 하자는 대로 하니까 만사가 편하고 걱정이 없더라고.

　ㅡ그렇게 돈이 좋디? 느이 두 늙은이 옭아맨 게 쇠사슬이 아니라 금사슬이었구나.

　ㅡ근심이 없어졌다고 했지 슬픔이 없어졌다고는 안 했어.

　ㅡ혼동해서 미안해. 여기 내려와서도 한방에서 네 식구가 잤냐?

─한동안은, 아녀석이 초등학교 갈 때까지. 이제 학교 학생이 됐고 너는 남자니까 할아버지하고 같이 자면서 책도 읽어달래고 공부도 봐달라고 해야 한다고 타일렀더니 그때는 순순히 들더라. 그래도 가끔 베개 들고 안방으로 스며들곤 했어. 그 애한테는 할미가 엄마였으니까.

─영감님은 몰래 스며들지 않고?

─처음부터 네가 궁금한 게 그거였다는 거 알아. 한방에서 잠만 잤을까, 딴 짓은 안 했을까. 잠만 잤어. 그렇지만 영감님이 딴 짓을 하고 싶어했다고 해도 거절하지 않았을 거야. 그 짓이라도 그 영감님에게 위로가 될 수 있다면 말야. 그까짓 게 뭐 그리 대단한 거라고 못 내주냐 못 내주길.

─목석처럼 살았다는 건지 성인처럼 살았다는 건지 나 같은 속물은 못 알아먹겠네. 네 말을 못 믿어서가 아니라 그렇게 아무렇지도 않은 사이에 여보 당신도 아니고 하니가 뭐냐? 닭살 돋게.

─하니? 으응. 세 살짜리가 말 배울 때부터 할머니는 하니, 할아버지는 하지라고 하는 걸 고쳐주지 않고 그냥 따라 했을 뿐이야. 하지 진지 잡수시라고 해라, 하니한테 빠이빠이 해야지, 하는 식으로. 매사에 그런 식이었어. 그 애의 어린양은 마냥 받아주고 싶어했고, 그 애도 그걸 알고 우리 품을 떠나는 날까지 혀 짧은 소리로 하지, 하니, 했으니까. 그뿐인 줄 알아. 막내는 중학교 졸업할 때까지 학교고 학원이고 하지가, 영감님이 자전거에 태워가지고 다녔어. 학교도 그렇지만 학원도 다 읍내 나가야 있잖아. 조기유학시키려고 학원이다 과외공부다 온종일 아이를 조리를 돌렸으니까. 당신이 오래 못살 거라는 걸 알았는지 줄창 끼고 다니고 싶어하는 것과는 딴판으로 떼어내고 싶어 조바심을 하더라고. 보통 부모들 같으면 자식이 독립

할 시기를 대학 졸업하고 취직할 때나 시집 장가갈 즈음으로 잡을 텐데, 이 양반은 큰애한테는 일찍부터 대학은 미국 가서 다녀라. 그래야 자립이 빠르다. 동생은 그때부터 네가 책임져야 한다. 이런 식이었어.

—둘 다 유학 보내는 건 도시에서도 웬만한 부자 아니면 힘든 일인데 영감님이 그렇게 돈이 많았니?

—아이들 돈이 있잖아. 즈이 어미 애비 죽으면서 받은 보상금이 거액이었을걸. 그것 가지면 두 아이 대학 졸업시킬 만하다는 건 영감님만의 주먹구구는 아니었을 거야. 영감님 동기간들은 다들 미국에 사는데 그쪽에다가 후견인 부탁도 하고 학비 의논도 했을 거야. 여동생 하나는 부부의사로 잘산다니까, 아이들 돈을 떼먹지 않을 거란 믿음도 갔을 테고. 유학 간 데도 그이들하고 같은 도시 학교래.

—그럼 아이들을 그만큼 기를 동안 그 돈은 축내지 않았단 소리네.

—쓸 일이 있어야 쓰지.

—사교육비만 해도 적지 않았을 텐데.

—우리 돈으로 시킬 만했으니까 시켰겠지. 다 영감님이 알아서 했어. 이 싱크대 맨 아래 서랍 있잖아. 제일 깊은 서랍. 내가 거기다가 월말이면 서울서 월세 부쳐오는 걸 은행에서 찾다가 현금으로 넣어놓고 아이들이 돈 달랠 때마다 거기서 꺼내주는 걸 보더니 영감님도 다달이 월급 타는 걸 찾아다가 거기다 넣어두더라. 당신 용돈이나 아이들 과외비도 일단 거기 넣었다가 그때그때 쓸 만큼 가져가대. 수북하던 현금이 거의 바닥날 만하면 또 월말이 돌아오고. 아껴 쓰지도 헤프게 쓰지도 않으니까 저절로 수입과 지출이 맞아떨어지더라. 영감님이나 나나 한 번도 돈 문제 가지고 의논한 적도 걱정한

적도 없어.

　—그럼 도대체 무슨 얘기를 하고 살았냐?

　—직접적으로는 아무 얘기도 한 것 같지 않네. 오늘 저녁에 뭐 해 먹을까도 아이들을 통해 물어보고, 영감님도 오늘 점심땐 하니한테 수제비 해달랄까, 이런 식으로 말했으니까. 깊은 속내는 말이 필요 없는 거 아니니? 같이 자는 것보다 더 깊은 속내 말야. 영감님은 먼 산이나 마당가에 핀 일년초를 바라보거나 아이들이 재잘대고 노는 양을 바라보다가도 느닷없이 아, 소리를 삼키며 가슴을 움켜쥘 적이 있었지. 뭐가 생각나서 그러는지 나는 알지. 나도 그럴 적이 있으니까. 무슨 생각이 가슴을 저미기에 그렇게 비명을 질러야 하는지. 그 통증이 영감님이나 나나 유일한 존재감이었어. 그밖에 것은 하나도 중요하지 않더라. 남이 뭐라고 하던 그게 나하고 무슨 상관이야. 내가 아닌데. 소문뿐 아냐. 요새 산이 좀 예쁘냐. 저 앞산을 좀 봐라. 어쩌다 서울 가면 그 야경은 또 어떻구. 성탄절, 연말연시가 돌아오면 더할 거야. 동생네 가면 일부러 야경 보러 광화문 나가자고 내 기분을 부추긴 적도 있으니까. 산의 단풍이나 빛의 축제도 내가 지금 보고 있는 내가 있을 뿐 거기 실체가 존재한다는 실감은 안 들어.

　—네가 거액의 보상금 때문에 사돈네하고 합치게 됐다는 소리가 정말이 아니라고 쳐도 아이들을 미국 보내고 나서 영감님하고 단둘이 남게 된 후까지도 여길 떠나지 않고 머물러 있었다는 건 변명의 여지없이 흑심이 있는 거 아니었을까.

　—글쎄다 마음이 무슨 빛깔인지 본 적은 없지만 흑심이라면 무슨 뜻일까 짐작이 안 되네. 아이들 보내고 나도 곧 여길 떠날 생각이었 지만 월세 든 사람한테도 시간 여유를 줘야 할 거 아니니? 은퇴한 영감님이 집에서 편히 쉬지도 못하고 노인정이나 게이트볼이다 밖

으로만 떠도는 게 좀 미안하긴 해도 월세 든 이가 기다려 달라는 동안을 못 참고 보따리 싸들고 동생네 객식구 노릇 하긴 싫더라고. 근데 그동안에 영감님이 돌아가셨어. 자전거 타고 고개 넘다가 구르면서 낭떠러지로 떨어졌는데 발견됐을 때는 이미 숨을 거둔 후였어. 남들은 사고사라고 하지만 난 자연사라고 생각해.

—어째서?

—그때 까만 옷을 입고 있어서 그랬던지 하도 말라 부피가 안 느껴져서 그랬던지 낭떠러지 위에서 바라본 그 양반의 모습이 꼭 나뭇가지 위에서 떨어진 까마귀 같았어. 김현승의 시에도 그런 구절이 있잖니. 나의 영혼/굽이치는 바다와/백합의 골짜기를 지나/마른 나뭇가지 위에 다다른 까마귀같이. 라는.

—다다랐다고 했지 떨어졌다고는 안 했어. 총이나 맞으면 모를까 새가 어떻게 나뭇가지에서 떨어지냐?

—총을 안 맞고 자연사해도 죽으면 떨어질 거 아냐. 상처 하나 없는 고운 자연사였어. 어머, 밥 한 공길 다 먹었네. 더 먹을래? 호박잎쌈을 좋아하는구나. 이따가 호박잎도 좀 싸줘야겠다. 호박이 끝물이야. 저번에 호박넝쿨 걷으면서 연한 잎으로 따서 냉장고에 넣어두었던 거야.

—밥은 됐어. 눌은밥이나 줄래. 네가 이렇게 이 집과 농토를 차지하고 앉았다고 네 거 되는 거 아니잖아.

—이렇게 살면 내 꺼지 예서 더 어떻게 내 걸 만드냐?

—그래도 이 세상엔 소유권이라는 게 있잖니. 네 소유로 만들지 않는다고 해도 아이들 몫으로 지분은 확실하게 해둬야 뒤탈이 없을 것 같은데. 영감님이 유서나 유언 같은 거 안 남겼어?

—아니, 하루도 안 앓고 노인정에 가다가 굴러떨어져 죽은 양반이

어떻게 유언을 남겨. 유서 같은 거 쓸 사람은 더군다나 아니고.

 ―유선 어떤 사람이 쓰는데.

 ―그따위 건 저승에 가서도 이승에 영향력을 행사하고 싶은 욕심을 못 버리는 사람이 쓰는 거 아닌가?

 ―정신적 영향력은 과욕이라 쳐도 물질적인 건 교통정리를 해놓고 죽어야 할 것 같아. 그 양반이 안 해놓았으면 너라도. 넌 여기 말고도 서울에 아파트도 있잖아.

 ―재산은 더군다나 이 세상에서 얻은 거고 죽어서 가져갈 수 없는 거니까 결국은 이 세상에 속하는 건데 죽으면서까지 뭣 하러 참견을 해. 이 세상의 법이 어련히 처리를 잘해줄까봐. 손자들 말고 그거 가로챌 사람 아무도 없어. 손자들이 너무 잘나거나 너무 못나서 제 몫을 못 챙겨도 그게 이 세상에 있지 어디로 가겠냐?

 ―세금 엄청나게 뜯기고 아이들한테 제대로 차례가 갈 것 같아?

 ―법이 정한 대로 뜯겨야지 어쩌겠어. 법 때문에 아이들이 보상금도 그만큼 받았으니까. 여기서 서울 가는 거 다 거저다. 버스값 정도는 꼬박꼬박 통장에 입금되지 버스 한 번 타고 C역까지만 가면 노인표 한 장으로 서울까지 갈 수 있고, 서울서 이 집 저 집 동생네로 이동하는 것도 전철을 이용하니까 다 거저잖니. 누군가가 세금을 내니까 그런 혜택을 받을 수 있는 거 아닐까.

 ―애개개, 그까짓 쥐꼬리만 한 혜택. 이 세상을 쥘락 펼락 하는 것들이 털도 안 뜯고 삼켜버리거나 즈이들끼리 왕창 인심 쓰는 데 유용하는 액수에다 대면 그까짓 거 조금도 고마워할 거 없다, 너.

 ―쥘락 펼락이 아니라 들었다 놨다 하던 인간도 죽으면 이 세상의 있는 것 털끝 하나도 움직일 수 없잖아. 그거 하나라도 확실하면 됐지 뭘 더 바라.

―넌 그럼 그렇게 열심히, 온갖 소문 무시하고 키운 손자들한테 바라는 게 아무것도 없니.

―그건 나도 잘 모르겠어. 요새 내가 하는 짓을 보면 영감님이 그 애들을 이 땅에서 떠나보내려고 돈 지키랴 자전거에 태우고 다니면서 과외공부시키랴 온갖 주접을 다 떤 것과는 역으로 그 애들을 끌어당기려고 무슨 음모를 꾸미고 있는 건 아닌지, 요즘 내가 하는 짓을 수상쩍게 바라보곤 하니까.

―무슨 짓을 하고 있는데.

―교신交信, 디카 들고 다니면서 앞산의 아기 궁둥이처럼 몽실몽실 부드러운 신록부터 자지러지게 붉은 단풍까지, 마당의 일년초가 피고 지는 모습, 숨어 사는 작은 들꽃들, 아이들하고 장난치던 시냇물 속의 조약돌들, 무당벌레, 풍뎅이, 지렁이, 매미 껍질, 뱀 껍질, 아이들하고 같이 보면서 가슴을 울렁거린 추억이 있는 것만 보면 닥치는 대로 디카로 찍어서 즉시즉시 아이들에게 보내곤 하니까. 이 할미는 잊어도 너희들을 키운 이 고향산천은 잊지 말라고, 주접떨고 싶어서 여길 못 떠나나봐. 피곤해 보인다, 너. 과식한 거 아니니. 늙으니까 시장한 것보다 과식이 더 힘들더라. 푸성귀는 곧 소화되니까, 안방에 좀 누울래? 그동안에 너 줘 보낼 것 좀 챙기게.

―어쩐지 이 집 들어올 때부터 마당의 자전거하고 안방의 구닥다리 컴퓨터하고 동격으로 이상스러워 보이더라니. ▪

이 혜 경

한갓되이 풀잎만

1960년 충남 보령 출생. 1982년《세계의 문학》으로 등단.
소설집『그 집 앞』『꽃그늘 아래』『틈새』, 장편소설『길 위의 집』등.
〈오늘의 작가상〉〈한국일보문학상〉〈현대문학상〉〈이효석문학상〉〈이수문학상〉〈동인문학상〉 수상.

한갓되이 풀잎만

 띵똥, 띵똥띵똥. 벨 소리는 성마르다. 탕탕탕, 문 두드리는 소리가 벨 소리의 뒤꿈치를 밟는다. 뭐 하느라 문 여는 데 이렇게 시간이 걸려. 남자, 김진섭의 목소리는 취기로 말려 있다. 화장실에 있었어요. 애들은? 자요. 자? 애비가 뼛골 빠지게 일하고 들어오는데 애비 들어오는 것도 안 보고 처자빠져 자? 깨워! 한 시가 넘었는데……. 자야 내일 학교 가죠. 학교는 젠장, 공부라도 잘하든가. 이건 닮을 게 없어서 지 에미 돌대가릴 닮아가지고, 안 그래? 김진섭은 이기죽거린다. 야비하게 실그러뜨린 입매며 번들거리는 눈빛이 보이는 듯하다. 여기서 이러지 말고 방으로 들어가요. 이거 놔. 털썩, 이어지는 혀 말린 웅얼거림. 그녀는 녹음기 소리를 키운다. 쓰이……, 우러우러으, 그리으얼쓰이……. 여전히 알아듣기 힘들다. 두어 번 더 재생하다가 결국 말없음표로 마무리한다. 행정사 박이 일어나 나간다.

박의 자리 뒤편에 걸린 시계가 열두 시 반을 가리킨다. 점심 먹으러 나가는 모양이다. 장수미는 오후 세 시에 오기로 했다. 초벌 원고를 다시 읽기에 시간이 충분하다. 그녀는 마저 읽고 점심을 먹기로 한다.

흐, 흐, 밭게 내쉬는 탁한 숨소리와 알아듣기 힘든 웅얼거림이 한동안 이어진다. 어쩐지 숨소리에서 마늘 냄새가 날 것만 같다. 어어 헉, 악몽에 쫓기는 듯 흐느낌이 일더니 고함이 터져 나온다. 야, 물! 물 갖고 와! 김진섭이 외친다. 딸깍, 소리가 나고 장수미가 말한다. 여깄어요. 아까 갖고 오니까 잠들었기에……. 야, 이년아, 내가 자는지 안 자는지 네년이 어떻게 알아? 내가 눈 감고 있었지 잠들었냐, 응? 사는 게 피곤해서 눈 감고 있었다고. 이년이 그새 귀가 먹었나, 대답을 해야 거 아냐! 야, 내가 돈 못 번다고 너까지 내가 우습게 보이냐, 응?

퍽, 그리고 욱, 소리가 동시에 난다. 수경 아빠, 왜 이래요, 또. 또? 내가 언제 그랬다고 또야, 응? 쾅쾅쾅. 둔중한 물체가 벽에 부딪히는 소리가 난다. 숨 몰아쉬는 소리. 왜 이래요, 하루 이틀도 아니고. 말 잘했다. 하루 이틀도 아니고 네년이 날 발톱에 낀 때만큼도 안 여긴다는 거, 내가 모를 줄 알아, 응? 그래, 안 그래, 응? 김진섭의 목소리에 활기가 돈다. 이 쌍년이 어디서 눈을 크게 떠? 난 말이야, 네년 그 눈깔만 보면 속이 뒤집혀. 알아, 응? 아냐고? 그 동그랗게 뜬 눈 보면 동짓날 먹은 팥죽까지 올라와, 응? 응, 응, 응, 하고 다그치는 목소리가 리듬을 탄다. 깨지는 소리, 부서지는 소리, 문 두드리는 소리. 얘들아, 오지 마! 장수미의 비명. 쿵쿵쿵. 아이들의 무력한 외침이 끼어든다. 아버지가 늦은 시각까지 집에 안 돌아왔다는 게 무엇을 의미하는지 잘 알고 있을 아이들은, 설핏한 잠에 빠져들었거나 혹은 잠든 척하고 숨죽이고 있었을 것이다. 아이들은 잠긴 문 밖에서, 엄마가 무얼 잘못했는지도 모르면서 무조건 빈다. 아빠……. 그 다음 말은 울음이 섞여서 불분명하다. 다섯 음절이다. 살려주세요, 또는 잘못했어요. 울음과 비명과 구타의 아수라장 속에서, 남매간인지 자매간인지도 구분이 되지 않는다. 그녀는 말없음표로 처리한다. 니들은 꺼져. 아빠가 죽어라고 일하고 들어오면, 응, 반갑게 맞는 게 아니라 처자빠져 자기만 해, 응? 그런 새끼들은 없는 게 나아. 나가 뒈져! 아빠, 아빠, 잘못했어요. 그새 방문이 열린 걸까. 울음 섞인 울부짖음이 한결 선명해진다. 내내 잘못했다며 소리 죽이던 장수미가 아연 목소리를 높인다. 당신, 애들한테까지 왜 그래? 애들이 무슨 죄야. 애들이 무슨 죄냐고? 내가 니들 먹여 살리느라고 무슨 꼴로 지내는지 알아, 응? 너만 살기 싫은 줄 알아, 응? 응, 응, 응? 성마르게 다그치는 음성, 어어억, 비명 소리.

비명 소리, 까지 읽고 나서 그녀는 스크롤바를 올려서 첫 페이지로 돌아간다. 녹음은 거기에서 끝났다. 그 밤의 소란이 이대로 끝나지는 않았을 것 같은데, 배터리 용량이 모자랐던 걸까. 녹음 날짜:2006년 5월 30일. 녹음 장소:인계동 장수미의 자택. 대화자 이름:김진섭, 장수미. 의뢰자인 장수미의 주소와 전화번호를 다시 한번 확인한다. 이것만 해도, 장수미와 아이들이 김진섭의 상습적인 폭력에 시달린다는 것을 입증하기엔 부족함이 없을 것이다. 자기가 한 말이 낱낱이 기록되었다는 걸 알면 김진섭은 길길이 뛸 것이다. 사람들은 자기가 한 말이 그냥 공기 중에 흩어져버린다고 생각한다. 천만의 말씀이다. 말은 입 밖에 나오는 순간 새롭게 살아난다. 죽어가던 나무에 새잎이 돋게도 하고, 듣는 이의 가슴에 환한 꽃다발로 걸리게도 하고, 때로는 못으로 박혀 파상풍을 일으키기도 한다.

토요일에 텔레비전에서 방영한 영화 혹시 보았어요? 2차대전 때 피난민 열차 안에서 벌어지는 사랑 이야긴데……. 자판기에서 뽑은 커피를 그녀의 책상 위에 올려놓으며 M이 말했다. 누적되는 적자로, 그녀가 경리로 일하는 컴퓨터 학원이 지방 도시에 대학을 가진 재단에 인수된 지 꼭 한 달 되던 날이었다. 새로 부임한 M은, 명목상 학원장이기도 한 재단 이사장 대신 경영을 맡은 실세 박 이사와 같은 대학을 나왔다. 명문 공대 출신인 M이 대기업을 마다하고 학원으로 온 것은 대학원 공부 때문이라고 했다.

이름이 뭐더라…… 옛날 배우인데, 아무튼 김기혜 씨 닮았어요. 특히 이마가요. 참 귀족적인 느낌을 주는 이마거든요.

M이 '이마'라고 말하는 순간 그녀의 이마는 불에서 달궈 막 꺼낸 쇠처럼 말갛게 달아올랐다. 그렇지 않아도 헤어밴드로 올린 머리에 은근히 신경이 쓰이던 참이었다.

둘째도 딸이라는 데 실망한 아빠는 갓 태어난 그녀를 사흘 동안 들여다보지도 않았다. 사흘째 되는 날, 하필 산모에게 독이 될 아이스크림을 사 들고 와서 아기를 들여다본 뒤, 끌끌 혀를 찼다. 꼭 아프리카 원주민 조각 같더라니까, 이마가 얼굴의 절반인 게. 그 훤한 이마 갖고 남자로 태어났으면 얼마나 좋았을까. 머리 모양을 마음대로 할 수 있게 된 뒤로는 이마를 드러내 보인 적이 없었다. 그날은 생리 직전이었고, 그날 중으로 마쳐야 할 일이 밀려 있었다. 머릿속에 스모그가 낀 것처럼 무지근했다. 머리카락 낱낱의 무게까지 느껴지는 듯했다. 일하다 말고 손으로 머리를 감싼 그녀를 본 안 부장이 어디 아파? 하고 다가왔다. 독신녀인 안 부장은 두루뭉실한 편이었다. 사회생활에서는 깔끔한 업무 처리 능력보다 원만한 대인관계가 더 중요하다는 것은, 월급을 두어 번만 타보면 알 수 있는 일이었다.

아픈 건 아니고요, 그냥 머리카락이 무거워서요. 왜 이렇게 무겁게 느껴지는지 모르겠네요. 머리카락 무게가 느껴지는 걸 보니 기혜 씨도 어쩔 수 없이 나이 먹나 보네. 이걸로 앞머리라도 올려봐. 좀 나아질 거야. 안 부장이 가끔 사용하던 헤어밴드에는 모조 큐빅이 점점이 박혀 있었다. 헤어밴드로 머리를 쓸어 넘기면서도 이마를 드러내는 게 켕겼지만, 머리가 한결 가볍게 느껴진 건 사실이었다. 이젠 앞머리 내리지 마세요, 이마 아까워요. M의 말이 그녀의 이마를 쓸었다.

기혜 씨, 아침 안 먹고 왔죠. 그렇죠? 그렇지 않다면 내가 도넛 먹는데 왜 기혜 씨 생각이 났겠어요. 도넛이 든 종이 봉투를 책상 위에 올려놓고 자기 자리로 가는 M의 등판을 바라보다 그녀는 슬쩍 거울을 꺼내 들여다보았다. 아침을 꼭꼭 챙겨 먹는 편이던 그녀가 늦잠을 자서 빈속으로 나온 날이었다. 거울에도 비치지 않는 그녀의 허기를 M은 어떻게 알아본 것일까. 도넛에 묻은 설탕은 달콤했고 계핏가루는 톡 쏘는 듯 향긋했다. 볕바른 마당에서 졸면서 녹두를 타는 노인의 맷돌처럼, 그녀의 어금니는 아주 천천히 도넛을 씹었다. 내게 너무 그렇게 잘하지 마요. 다른 사람에겐 그렇게 해도 되지만, 나한텐 그러지 마요. 지나가던 누구라도 눈길이 마주치면, 꼬리를 흔들며 따라가려 드는 유기견 같은 자신을 그녀는 알고 있었다.

부모 자격시험이 있다면 사이좋게 떨어졌을 그녀의 부모는 어린 자매만 놓아두고 떠나갔다. 그녀가 중학교 때였다. 엄마가 먼저 사라지고, 아빠는 그런 엄마를 찾아 요절내러. 엄마는 종무소식이었고, 지친 몸으로 돌아온 아빠는 밤마다 술을 홀짝이더니 술병을 안고 세상을 떴다. 교내 매점의 일을 거들며 고등학교를 마치고 직장생활을 하는 동안 터득한 지혜가, 고졸 경리 사원인 그녀로서는 넘

보기 어려운 상대인 M의 자장에서 벗어나라고 일러주었다. 도넛에서 달콤함과 향기를 지우고, 밀가루 냄새를 맡아내려는 저항은 그러나 부질없었다. M의 친절은 다정함에 주린 나머지 팽팽해진 그녀의 마음에 스며들어 누글누글하게 해놓았다. 신문을 뒤져서 그 여배우의 이름을 알아내고, 인터넷을 통해 그 여배우가 출연한 영화의 목록을 찾고, 비디오 대여점 몇 군데를 들러서 찾아 빌린 테이프를, 잃어버렸다며 값을 치르고 그녀의 것으로 만들었다. M이 보았다는 영화는 아니었다. 중요한 건 사랑한다는 거야. 그녀는 도넛을 씹을 때처럼 천천히, 그 제목을 읊어보았다.

축 진선여중 2학년 오지영 은상 수상. 축 경원여고 1학년 성민아 장려상 수상. 무용 학원 건물에 내걸린 현수막이 땀 젖은 등의 메리야스처럼 건물 벽에 착 달라붙어 있다. 수상자들은 발레리나를 꿈꿀 것이다. 외국의 왕립 발레 학교에 유학하고, 프리마돈나가 되어 스포트라이트를 받으며 무대 위를 나는 꿈. 그 환상만으로 가랑이를 찢고, 여름이면 샌들 신기를 꺼릴 정도로 발가락 관절마다 굳은살이 생겨 기형으로 보이는 발을 감수할지도 모른다. 무용 학원 수강생 가운데 프리마돈나가 되는 확률이 높을까, 로또복권에 당첨될 확률이 높을까. 그녀는 문득 궁금해진다. 한때 현수막에 이름이 올라 부모의 자랑거리가 된 저 애들도, 시간이 지나면 도금이 벗겨지는 조악한 메달이나 트로피를 기념품으로 간직한 채 장삼이사가 되기 십상이다. 배운 도둑질이라고 무용 학원을 차려서 어린아이들에게 잡힐 듯 잡힐 듯 잡히지 않는 비눗방울 같은 꿈을 주입하거나, 노래보다는 외모와 춤에 더 신경을 써서 립싱크하는 걸 당연하게 여기는 젊은 가수의 방송용 무대 배경으로 하느작거리는 움직임을 지어내는 게 고작일 것이다. 어쩌다 배신당하지 않고 그 꿈을 이루는 사람들도 있겠지만, 그러나 이루어진 꿈은 이미 빛을 잃은 채 일상에 지나지 않을 것이다.

아무래도 콩국수는 볕이 쨍쨍한 날에나 어울리는 음식이다. 잠포록한 날씨. 길가의 가로수 잎들이 인조나무의 잎처럼 미동도 안 하는 흐린 날에 왜 콩국수 생각이 났는지 모르겠다. 위장에 든 국수 가닥이 콩국 속에서 붇는 것처럼 무겁게 느껴진다. 콩국수는 지나치게 차고 걸쭉했다. 콩이 너무 삶아졌는지, 뜨다 만 메주 냄새까지 났다. 묵직한 위장을 달래기 위해 걸음에 맞춰 괜찮아, 괜찮을 거야, 하고 중얼거리는 자기 목소리를 듣는 순간, 그녀는 콩국수가 제대로 얹혔다는 것을 깨달았다. 정말 괜찮을 땐 그런 말이 필요 없다. 몸을 느낀다는 것은 어딘가 탈이 났다는 걸 말한다.

야, 이 새끼야, 너 인생 그렇게 사는 거 아냐! 두고 봐, 내가 너 끝까지 지켜볼 거야! 길 건너편, 양복을 쫙 빼입은, 브로커로 보이는 남자가 재게 걸으며 소리친다. 길 건너 이편까지 쩌렁쩌렁 울리는 목소리다. 방자하게 뻗어 나가는 그 목소리에 놀란 듯, 그녀의 호주머니 속에 든 휴대폰이 부르르 몸을 떤다.

뭐 해? S가 묻는다. 그냥 걷는 중이에요. 점심은? 금방 먹었어요. 혼자? 그럼. 그녀의 대답은 명쾌하다. 같은 사무실을 쓰지만 그녀와 박은 사업자등록증을 따로 갖고 있다. 공무원이었다는 박이 무슨 이유로 철밥통을 차고 나와 세 평짜리 행정사 사무실을 차렸는지 그녀가 묻지 않듯, 박도 그녀의 신상에 대해 묻지 않는다. 적당히 무심한 박은, 사무실을 같이 쓰는 동료로는 썩 괜찮은 편이다. 사무실을 같이 쓴 지 이태가 되어가지만 그들이 같이 점심을 먹은 적은 손가락으로 꼽을 정도다. 왜 혼자 먹어, 맛없게. 걱정인지 투정인지 모를 S

의 말을 끊어내느라 그녀도 묻는다. 점심 먹었어요? 그럼 지금 시간이 몇 신데. 잠시 침묵이 흐르고, S가 말한다. 그냥, 그냥 전화한 건데……. 수숫대처럼 허정이는 몸집인 S의 망설임이 안쓰러워진 그녀가 성큼 앞지른다. 오늘, 올래요?

녹취록을 훑는 장수미의 눈길은 백화점 소파에서 카탈로그를 펼쳐 보는 쇼핑객처럼 권태와 흥미가 반쯤 섞여 있다. 이틀 전, 은은한 광택이 나는 연회색 바지 정장 차림 덕분에 전문직 여성처럼 보이던 장수미는 오늘 좀 가볍게 입었다. 하얀 면바지에 푸른색 하늘거리는 블라우스. 옷차림이나 말투, 연하게 화장한 얼굴 어디에서도, 위기를 맞은 쥐며느리처럼 몸을 오그리고 무방비로 얻어맞는 여자라는 게 느껴지지 않는다. 여기 이 대목은, 뭐라고 말씀은 하시는데 알아들을 수가 없어서요. 이럴 땐 말없음표 처리하거든요. 법원에선 이게 무슨 뜻인지 알고 있어요. 그녀는 설명하다 말고 장수미의 얼굴을 빤히 바라본다. 눈, 코, 입, 얼굴 윤곽까지, 뜯어보면 부위별로 나무랄 데가 없는 얼굴이다. 곱게 쌍꺼풀 진 눈, 반듯하게 뻗은 코와 선이 선명하면서도 도톰한 입술. 그런데 그걸 다 모은 얼굴은 어딘지 모르게 피가 흐르는 사람이 아니라 인조인간 같은 느낌을 준다. 성형수술을 한 것일까. 어쩌면 코뼈가 주저앉거나 했던 것인지도 모르겠다. 수고하셨어요. 새된 비명 따위는 질러본 적이 없을 것만 같은 낮고 정제된 목소리로 인사하고 장수미가 몸을 일으킨다. 김진섭의 폭력을 담은 녹취록은, 혼인서약을 할 때 상상도 하지 못했을 나날에서 장수미가 빠져나가는 데 도움이 될 것이다.

찍지 마요. 눈물 때문에 마스카라가 번진 눈으로 여자는 사진가에게 애원한다. 언젠가는 주연배우가 되리라는 희망을 갖고 있는 여자, 그러나 아직 무명인 여자는 돈을 벌기 위해 에로 영화를 찍고 있다. 남자 배우와 엉겨 있는 자신을 찍으려 하는 사진가의 카메라를 발견한 여자는 말한다. 찍지 마요. 언젠가는 난 배우가 될 것이고, 지금은 그저 때가 되기를 기다리는 것뿐이에요.

언젠가는 난 배우가 될 것이고, 지금은 그저 때가 되기를 기다리는 것뿐이에요. 여배우의 얼굴에 마스카라보다 더 진하게 번지는 절망과 자기모멸을 지켜보며 그녀도 웅얼거렸다. 언젠가는 난 그의 아내가 될 것이고, 지금은 그저 때가 되기를 기다리는 것뿐이에요. 그녀는 M이 자기에게 맡긴 배역에 충실했다. 누군가를 사랑하고 그 사람으로부터 사랑받는 여자.

수강생이 가져온 것이라면서 M이 초콜릿 케이크를 그녀의 책상 위에 슬그머니 올려놓으면, 그녀는 그걸 찻잔 접시에 나누어서 사무실에 돌렸다. 그냥 두고 혼자 먹지 그랬냐는 듯 바라보는 M에겐 그들만이 아는 은밀한 미소로 답했다. 사우나에 오래 있다가 갑자기 냉탕에 뛰어들었을 때 자지러지는 땀구멍처럼, 온몸의 통각이 깨어 있는 날들. 남들에게 드러내지 못한 사랑은 몸 안에서 부얼부얼 거품을 피워 올렸다. 불 위에 올려둔 삶은 빨래처럼, 조금만 틈을 주어도 끓어 넘쳐 불을 꺼뜨렸다. 그 불땀을 조절하는 건 괴롭고도 감미로운 일이었다. 사내 연애가 금지된 일은 아니었지만, 남의 입질에 오르내리고 싶진 않았다.

저녁에 약속 있어? 하는 말로 그녀를 불러낸 안 부장은 늘 가던 밥집이 아니라 경양식집으로 그녀를 이끌었다. 이따금 들르는 학원 근처의 경양식집은 테이블마다 의자가 달랐다. 한쪽엔 등받이가 높은 흔들의자가 있는가 하면, 창가 쪽엔 꽃무늬가 화려한 소파가 놓였고, 군더더기 없이 단순한 식탁용 의자가 놓인 테이블도 있었다. 창턱에는 어울리지 않는 수석들이 들쭉날쭉 놓여 있고, 조화가 꽃병에 담겨 있는가 하면 작은 관엽식물이 넝쿨을 뻗기도 했다. 무언가, 이것저것 모아서 가꿔보려고 노력한 흔적은 여실한데, 안목이 영 따라주지 않아 애처로운 마음마저 들게 하는 곳이었다.

후식으로 나온 커피를 마시던 안 부장이 문득 물었다. 기혜 씨 나이가 올해 몇 살이랬지? 띠동갑이라고, 자기 입으로 말했던 것을 까맣게 잊은 듯한 얼굴이었다. 좋은 나이네. 내가 사람 소개해줄까? 안 부장이 물었다. 그녀는 커피를 넘기다 말고 안 부장을 빤히 바라보았다. 정말 모르는 것일까. 막상 안 부장도 눈치 채지 못했다고 생각하자 안도감 한편으로 허전한 마음이 일었다. 학원 수료생의 취업을 위해선, 누가 뭐라 하든 웃으며 얼렁뚱땅 넘기는 안 부장 같은 사람이 필요하다고 생각하던 그녀였지만, 어쩌면 저렇게 둔할까 싶었다. 바로 곁에 있는 누구에게도 눈치 채이지 않은 사랑은, 국물이 멀건 고명 없는 국수처럼 여겨지기도 했다. 국수의 맛을 결정하는 건 면발과 국물이지만, 그러나 고명 없는 국수라니.

저, 사귀는 사람 있어요. 그녀는 허리를 곧추세웠다. 어머, 그래? 그래서 기혜 씨 얼굴이 요즘 그렇게 환했구나. 역시 사랑하고 기침은 감출 수가 없다니까. 어떤 사람이야? 그냥……. 평범한 회사원이에요. 그녀는 새치름한 표정을 지었다. 혼자 늙어가는 안 부장에게 미안한 마음도 없지 않았다. 거품처럼 끓어 넘치려는 말을 단속하느라 그녀는 문득 시계를 보았다. 어머, 부장님, 저 일어서야겠어요. 연인이 없는 사람은 연인을 가진 사람 앞에서 약자이다. 뭔가 할 말이 남은 듯 뭉그적거리던 안 부장은 계산서를 집어 들고 일어서며 흘리듯 말했다. 요즘 우리 사무실 이래저래 꽃방석 무드네. 기혜 씨도 그렇고, M 선생도 그렇고. 어머, 부장님도 알고 계셨어요? 드디어 색색의 고명이 얹히는구나 싶었다. 기혜 씨도 알고 있었어? M

선생이 워낙 조용한 사람이라서 다들 모르는 줄 알았는데. M 선생은 곧 약혼할 모양이던데……. 이런, 아직 사무실에 알리지 말라고 했는데, 내가 이런다. 기혜 씨만 알고 있어. 온몸의 피가 폭포의 물줄기처럼 아래로 몰리는 느낌에, 그녀는 발을 헛디뎠다.

앉아요, 미스 김. 경영진이 바뀐 뒤의 첫 회식 이후, 박 이사는 그녀에겐 편치 않은 사람이었다. 미스 김? 미스 김은 술을 어른들에게서 배우지 않은 모양이지? 새로 온 강사의 잔이 비어서 채워주고 병을 내려놓던 그녀를 지목하는 목소리가 들려왔다. 사람들 시선이 그녀와 박 이사 사이를 왔다 갔다 했다. 어른이 잔을 채워줬으면, 잔을 들어서 따라준 사람에게 감사를 표시하는 게 술 마시는 예의야. 그 말을 하고 박 이사는 어른답게 웃었다. 그녀가 옆에 앉은 강사에게 술을 따르는 동안, 그녀의 잔을 누군가 채운 모양이었다. 그날 일은 그냥 술자리에서 있을 수 있는 에피소드의 하나에 불과했지만, 입아귀를 당겨 미소를 지어내던 박 이사의, 웃음기 없이 차갑던 눈을 그녀는 지워낼 수 없었다. 부임하자마자 그동안의 출납장부며 직원들 신상카드를 다 챙긴 박 이사였다.
내 친구가 I시에서 학원을 하는데, 경리일 맡아줄 사람이 필요한 모양이야. 박 이사의 눈은 여전히 의안 같았다. 알맞은 친구가 있으면 소개하라는 말이 아닌 것은 단박에 알아들을 수 있었다. 머릿속에서 윙, 바람 소리 같은 굉음이 들렸다. 무슨 말씀이신지…….
미스 김이 M 선생에게 자꾸 전화하고 문자 남긴다는 소문, 나도 들었네. M 선생이 여자라면 누구나 탐낼 만한 사람이라는 거, 나도 이해 못하는 건 아니야. 하지만 같은 직장에서, 그것도 조건도 다르고 곧 약혼할 사람한테 그러는 거, 그래 봤자 미스 김한테 안 좋다고. 미스 김, 부모님도 안 계시다며? 미스 김이 내 딸 같아서 하는 말이야. 학원가가 얼마나 좁은지 나보다 미스 김이 더 잘 알 거 아냐?

M의 약혼 상대가 박 이사의 조카라는 걸 알게 된 강사들은 수군거렸다. 머리가 얼마나 깡통이면 그 돈 많은 집안에서 하필 자기네가 하는 지방대에 다녔겠어. 종자개량 하려고 머리 좋은 M 선생 보쌈해 가는 거 아냐? 이나저나 M 선생 교수 자리는 따놓았네. 나도 대학원에 등록하든가 해야지. 지방대든 뭐든, 교수가 어디야.

M과 함께하는 나날을 장식할 살림을 사는 데 쓰일 줄 알았던 저축은 학원을 그만둔 그녀의 생활비가 되었다. 안나를 못 본 지 3년이 지났다. 별일 없었다…… 언젠가 M이 복사해준, 그녀와 이마가 닮았다는 여배우가 나오는 영화를 보며 별일 없었다…… 하고 그녀도 읊조렸다. 피난 열차 안에서 만나, 스치듯 그러나 화인 같은 사랑을 한 여자에 대해 남자는 그렇게 말했다.

아주 사소한 꼬임, 한순간 외틀어진 마음이 한평생을 꼬아놓을 수도 있을 것이다. 나란히 늘어뜨린 두 개의 실처럼. 어쩌다 바람이 살랑 실을 흔들어 실이 한 번 꼬이기 시작하면, 그 추의 관성으로 배배 꼬이게 마련이다. M은 이따금 그녀의 머리를 쓸다 말고 말했다. 창문 좀 열어봐. 이게 무슨 냄새야. 퀴퀴한, 골마지가 낀 김장 김칫독을 부서내는 듯한 냄새가 싱크대의 배수구 쪽에서 스며 나오고 있었다. 배수구에 식초를 뿌리고 뜨거운 물을 부어도, 출근할 때면 락스를 아낌없이 부어놓아도 이따금 똑같은 냄새가 집 안으로 배어들었다. 그 냄새가 M을 떠나게 했는지도 몰랐다.

겨우내 말라 죽은 것처럼 보이던 나무에서 새끼손톱 같은 새순이 돋던 날, 그녀는 비디오 테이프와 CD를 버렸다. 유난히 사진 찍기 싫어하던 M의 불쾌한 기색을 견뎌가며 찍은 스티커 사진도 찢었다. 긴 유폐에서 벗어난 그녀에게 속기 학원 광고가 눈에 들어왔다. 녹음된 성우의 목소리를 들으며 다섯 손가락 모양으로 배열된 자판을 대여섯 시간씩 두드렸다. 1년 만에 1급 속기사 자격증을 따고 배신과 사기, 음모와 속임수로 채워진 사람들의 목소리를 들어가며 녹음을 풀었다. 녹음되고 기록될 것임을 알았다면 뱉지 않았을 말들이 와글거렸다. 약속은 어긋나고 믿음은 배신당하는 게 오히려 정상인 것처럼 여겨지기도 했다. 깨끗하게 정비된 도시의 맨홀로 들어가 하수구를 헤매는 것 같았다. 처음에 코를 싸쥐게 했던 악취며 발밑에 미끈거리는 썩은 흙의 감촉에도 익숙해졌다. 축축하게 감겨드는 공기며 퀴퀴한 냄새 속에서는, 한때 그녀가 일하던 학원가에 떠돌았다는, 유능한 강사를 스토킹했다는 경리 사원에 대한 소문쯤은 발치에 스치는 시궁쥐쯤으로 여겨지기도 했다.

어렸을 적, 나는 류머티즘을 앓아서 간을 먹어야 했어요. 간을 먹는 게 너무도 싫었어요. 그러다가, 간을 먹을 때 빵과 버터를 함께 먹으면 간을 먹기가 수월하다는 것을 알았어요. 살다 보면 간만 먹어야 할 때가 오는 법이에요. 그럴 때, 참고 먹다 보면 하느님은 빵과 버터를 주시죠. 옅은 눈동자가 슬퍼 보이던 남자 배우는 그렇게 말하고 있었다. M과의 나날은 역한 냄새를 참으며 간만 먹던 그녀에게 주어진 빵과 버터, 그리고 따끈한 소스에 덮인 스테이크였을까. 어쩌면 한지로 도배한 정갈한 방에서 받는 한정식이었는지도 모른다. 특별하긴 하지만 날마다 먹을 수는 없는 음식. 그 순간, 휴대폰이 울리는 바람에 그녀는 잠깐 M을 생각했지만, 그럴 리가 없다는 걸 알고 있었다. 낯선 번호였다.

여보세요. 일껏 무게를 주어 중심을 잡으려 하지만 몸 안을 빙빙 도는 취기를 가리기엔 이미 늦은, 낯선 목소리였다. 저기, 김기혜 씨 휴대폰…… 맞죠? 네. 그녀는 간결하게 대답했다. 고맙습니다. 자다가 봉창 뜯는 소리였다. 누구시죠? 고맙습니다. 왜 그러셨는지 알아요……. 남자는 그녀의 물음이 귀에 들어오지 않는 듯 자기 할 말만 했다. 무슨 일이신지요? 그녀의 목소리가 조금 날카로워졌다. 오늘, 서류 정리 다 마쳤습니다. 그 여자랑 다 끝냈다고요. 그 순간, 오호호, 만화에서 활자체로나 보던 요사스러운 웃음소리와 함께 수수깡처럼 마른 남자가 떠올랐다.

왜 이렇게 늦었어. 자기 기다리느라 목이 빠지는 줄 알았네. 정말? 어디 목이 빠졌는지 붙어 있는지 볼까. 아이, 간지럽단 말이야. 잘만 붙어 있는데 그래. 아, 거기…… 온다더니 핸드폰도 꺼놓고……. 나 두고 딴 짓 하면 죽여버릴 거야. 그래? 어디 오늘 죽어볼까, 아니면 죽여 줄까. 오호홋. 여자는 섹스 중에도 소란스러웠다. 남자의 손길이 닿을 때마다, 음, 아, 거기, 좋아, 헉……. 다양한 감탄사를 쉬지 않고 내뱉었다. 헉헉, 가쁜 숨소리 사이로 초인종 소리가 섞일 때까지 내내 시끄러웠다. 누구지? 이 시간에? 올 사람이 없는데? 그냥 무시해. 취한 사람이 잘못 눌렀나 보지. 떵동떵동……. 당신 남편 출장 간 거 맞아? 당근이지. 모레 올 거야. 혹시 일찍 온 거 아냐? 그 사람이라면 벌써 들어왔게? 가만, 속삭이던 여자의 목소리가 문득 긴장으로 단단해졌다. 맙소사, 열쇠 돌리는 소리야. 신발, 신발. 어서, 어서 나가. 남편이야. 어디로 나가란 말이야. 베란다, 베란다. 철커덕거리는 소리는 버클 소리일 것이다. 나더러 뛰어내리란 말이야? 나 같은 건 죽어도 좋다는 거야, 뭐야? 여긴 3층밖에 안 돼. 옆집으로 넘어가봐. 옆집엔 할머니 혼자야. 숨찬 대화 사이로 노랫소리가 끼어들었다. 오직 그대만을, 오직 그대만을……. 여가수의 노랫소리. 빨리, 열어봐, 소리 안 나게……. 그래, 열렸지? 갈 수 있지? 오직 그대만을, 오직 그대만을……. 여보, 당신? 여자는 잠에서 막 깬 듯 어눌한 목소리를 내었다. 깜박 잠들었나봐. 어디예요? 응? 걸쇠 땜에? 알았어.

간통한 아내의 도청 기록을 받아 든 남자는 자기가 저지른 간통 현장을 목격당한 사람처럼 황황히 사무실을 벗어났다. 이 사무실에 들른 것도, 앞으로 벌어질 법원에서의 지루한 공방도 다 지워버리고 싶다는 듯이. 설명을 마치자마자 무례하다 싶을 정도로 성급하게 일어서는 남자를, 그녀는 이해했다. 프린트로 뽑은 녹취록이나 그걸 담은 CD야 없앨 수 있겠지만, 자기가 날마다 잠들던 침대에서 아내가 다른 남자의 몸에 깔린 채 내지르던 교성을 지우기는 어려울 것이다.

간통 현장을 확인하고도 아내가 걸쇠를 열어줄 때까지 현관 앞에서 기다린 남자가, 늦은 시각에 전화해서 웅얼거리고 있었다. 왜 그랬는지 알아요. 고마워요. 그는 웅얼거렸다. 무슨 말씀이신지……. 그녀는 시치미를 떼었다. 그럴 수밖에 없었다.

밀회에 대한 단서들을 빵 부스러기처럼 흘려놓아 남편이 도청하게 만든 여자는 3층 베란다를 통해 달아난 외간 남자에게 말했다. 그 인간은 토끼야, 토끼. 토끼도 그보단 오래 할 거야. 얕은 품성이 느껴지는 높은 목소리로 오호홋, 웃는 여자의 웃음소리를 듣는 순간, 귀가 꽉 잡힌 채 허공에 떠서 발을 바장이는 토끼가 떠올랐다. 법정에서 증거물이 될 녹취를 문서화하면서 녹음된 말을 기록하지 않는다는 것은 경력에 치명적인 영향을 미칠 수도 있었다. 그런데도 그녀는 그 말을 말없음표로 처리했다. 왜 그랬는지는 몰랐다. 수숫

대처럼 허정이던 몸 때문이었는지, 그녀에게 녹취를 맡기던 남자의 넋 나간 듯한 표정 때문이었는지. 아내가 바람을 피웠다는 사실보다, 아내가 자기를 그런 말로 조롱했다는 게 더 큰 못으로 그의 가슴에 박히리라는 걸 그녀는 알고 있었다. 그냥 외로운 처지인 그녀가 안돼 보여서 친절하게 대한 것뿐이라고, 안 부장에게 말하던 M의 목소리처럼. 그 못은 습기를 빨아들여 천천히 녹슬면서, 벌건 녹물을 시도 때도 없이 흐르게 할 것이다. 차라리 파상풍에 걸려 죽어버리는 편이 낫다고 느낄 때도 있는 법이다.

여자의 한마디를 말없음표로 처리한 게, 그 남자, S가 그녀에게 다가올 수 있게 하는 표지가 될 줄은 몰랐다. 고마워요. 정말 고마워요. 혀끝 말린 소리로 어줍게 통화를 마무리했던 S는 그녀가 비디오의 재생 버튼을 누른 지 얼마 안 되어 다시 전화를 걸었다. 언제, 같이, 술 한잔할 수 있을까요?

사람들이 서로 사랑하며 살아야 해요. 그 여자가 나에게 이따금 심하게 굴었다는 것을 알아요. 하지만 그게 다는 아니에요. 아침에 아이처럼 웅크리고 잠든 모습을 볼 때, 그리고 한밤중에 놀리려고 그랬던 것은 아니라고 사과할 때…… 그 여자의 미소는 내게 햇살 같았어요. 보상을 바라지 않는 지순한 사랑 때문에 절망에 빠졌던 남자, 그가 믿는 하느님은 그에게 빵과 버터를 주는 걸 잊었다. 심지어 그가 있다는 것도 잊었다. 간당거리며 버티던 그의 신경줄은 나사를 지나치게 쥔 기타줄처럼 쟁강, 끊어졌다. 그를 내내 자극하던 야비한 아이를 밟아 죽인 남자가 군중들에게 밟혀 피칠갑이 되고, 엔딩 크레디트가 올라가는 걸 보며 그녀는 휴대폰에 찍힌 남자, S의 전화번호를 저장했다.

S는 그 특유의 자세로 잠들어 있다. 키 재는 기구에 올라선 아이처럼 목에서 척추를 거쳐 무릎까지 쭉 편 자세. 가슴과 배의 중간쯤에서 양팔을 모으고 있다. 물 위에 뜬 배, 그 배 안에 든 시신을 연상하게 하는 자세다. 이승의 강변에서 띄우는 배를 타고 흐르고 흘러 레테 강을 건너, 마침내 명부에 다다를 때까지 꿈쩍도 안 할 것 같다. 가늘게 코를 골 때도 있지만, 대개는 입을 조금 벌린 채, 숨 쉬는 소리까지 내지 않는다. 혹시나 싶어서 그의 얼굴에 귀를 대고 숨소리를 들어본 적도 있고, 아예 경동맥에 손가락을 대어본 적도 있다.

S는 오늘 조금 성급했다. 들어서자마자 조급한 손길로 그녀의 옷을 헤치고 사나운 짐승에 쫓겨 굴속으로 뛰어든 토끼처럼 가쁘게 그녀의 몸을 더듬었다. 무슨 일 있어요? 그녀가 물었지만 S는 아니, 고개를 저을 뿐이었다. 그녀는 다시 묻지 않고 행위에만 몰입했다. 저마다 혼자 건너야 할 강이 있다. 살을 맞대고 동시에 오르가슴에 오를 때라도 머릿속에선 딴 사람을 끌어안고 있을 수도 있으니. 몸 안의 열기를 토해낸 S는 그녀의 몸 위에, 총살당한 사람이 땅에 엎어지듯, 그렇게 널브러졌다. 묵은 솜이불 같던 S의 몸이 무너진 서까래처럼 무겁게 느껴지자 그녀는 S의 어깨를 살짝 흔들었다. 내가 잠들었어? 미안. 가까스로 눈을 뜬 것 치고는, 잠기가 느껴지지 않는 말끔한 목소리로 인사까지 닦으며 그대로 비칠거리다 그녀의 몸 옆으로 굴리더니, 그녀가 씻고 나오자 그새 저 자세로 돌아가 있다. 어쩌면 S의 아내는, 신중하다 못해 소심하게 느껴지는 S의 성격이나 자기 기준으로 성에 안 차는 잠자리보다, 홀로 멀리 떠나는 듯한 S의 잠자는 자세를 더 못 견뎌 했을지도 모른다. 어릴 때부터 송장잠이었대. 왜 시험 때 공부하다가 엄마에게 새벽에 깨워달라고 하고 자잖아. 깨어나면 아침이야. 기막히지. 엄마 말로는, 깨우러 들어오

긴 했는데 하도 곤히 자니까 얼굴을 보면 차마 깨울 수 없더래.

S는 지금 어디쯤 떠가고 있는 걸까. S에게는 잠에 빠져들기 전에 우웅 소리를 내는 버릇이 있다. 그녀에게는 그게 망각의 강을 건너기 위한 뱃고동 소리로 들린다. 짧고 깊은 잠에서 깨어나면, S는 늦은 밤길을 달려 텅 빈 그의 집으로 돌아갈 것이다. 멀쩡한 얼굴로 지내다가도, 이따금 설악산이나 남해 금산이라고 허물어진 목소리로 전화하는 S. 퇴근하자마자, 다음 날 출근 시간에 대려면 밤새 달려와야 할 길을 달려가는 S의 마음을 그녀는 알지 못한다. 이따금 그녀가 네이버 검색창에 M의 이름을 쳐보는 것을 S가 알지 못하듯.

M은 희성인 데다 이름조차 독특해서, 웹 페이지 목록은 세 페이지를 넘지 못했다. 20일에 도착합니다. 돌 안 된 아기가 있어서 유모차도 렌트하고 싶습니다. 잠수함 등 관광 할인권을 이용하는 방법도 알려주세요. 제주도 펜션 예약 글. 이 사랑은 바닷물로도 끌 수 없고 굽이치는 물살도 쓸어갈 수 없는 것. 있는 재산 다 준다고 사랑을 바치리오? 그러다간 웃음만 사고 말겠지. (「아가」, 8장 7절) 한자 단어가 낯선 성경 구절을 적어놓고 이번 주일엔 이 구절을 마음에 새기겠다는 교회 웹 사이트의 글 등이 있었다. 그녀가 알고 있던 M인지, 아니면 또 다른 M인지는 알 수 없었다. 지나고 나니, M도 그녀에게 단서가 될 만한 빵 부스러기를 흘려놓았다는 생각이 들었다. 주말이면 대학원 세미나가 갑자기 많아졌고, M의 취향이라기엔 지나치게 세련된 분홍 계통 와이셔츠를 입고 나타났고…… 그녀가 그 빵 부스러기에 눈길을 주기 전에 쪼아 먹은 새의 이름은 맹목이었을까.

그녀는 S의 곁으로 다가가 그의 오른팔을 가슴에서 내려 침대 위에 펼쳐놓는다. S의 팔이 다시 원 위치로 돌아가려고 한다. 그녀는 아예 S의 팔을 베고 눕는다. 그가 잠결에도 몸을 뒤쳐 그녀 쪽으로 조금 돌아눕는다. 가슴에 얹혔던 나머지 팔이 그녀 쪽으로 떨어져 내린다. 어디선가 물 흐르는 소리가 들린다. 문득 등이 시려온다. 등 줄기로 찬물이 흐르는 듯하다. 아니, 흐르는 물줄기 위에 누워 망각의 강으로 떠가는 듯하다. 그녀는 잠든 S의 가슴에 얼굴을 묻는다. 프린트를 뽑고 CD에 저장하고 나면, CD 굽기를 성공적으로 마친 컴퓨터 프로그램은 물었다. 이제 무엇을 하시겠습니까? 무엇이든 할 수 있다는 듯이 묻지만 선택의 여지는 없다. 작업 내용을 저장하거나 저장하지 않거나. 그때, 그녀에겐 선택의 여지가 그리 많지 않았다. 사랑하거나 사랑하지 않거나. ■

심사평

수상소감

하나가 아닌 문학, 문학들

박혜경 · 류보선 · 심진경

올해 현대문학상 소설 부문 예심은 2005년 11월부터 2006년 10월까지 주요 계간지와 월간지에 발표된 중, 단편소설을 대상으로 하였다. 이 중 타 문학상 수상작품들은 제외하였다. 소설 부문 예심위원들은 우선 각자 열두 편 내외의 작품을 선정하고 그렇게 해서 수합된 작품들을 중심으로 다소 격렬한(?) 토론을 거쳐 총 열여섯 편의 소설을 선별하여 본심에 올렸다.

어떤 작품을 본심에 올릴 것인가를 결정하기 위해서는 우선 작품 선별 기준을 정해야 할 것이다. 문학상의 작품 선정 기준이야 당연히 '문학성'이어야 하겠지만 문제는 각자가 생각하는 좋은 문학의 기준이 다르다는 것이다. 어떤 예심위원은 지금까지와는 다른 새롭고 독창적인 문학적 시도 그 자체에 높은 점수를 주기도 하고, 다른 예심위원은 진지하고 성실한 문학적 성찰에 이른 작품에 호감을 보이기도 했다. 그래서일까. 반드시 그렇다고 말하기는 어렵지만, 이번 현대문학상 소설 부문 예심은 대체로 신진과 중견의 대결구도랄까, 하는 양상을 보였다.

작년, 재작년은 눈에 띄는 문학적 역량을 갖춘 신인들이 급부상한 때였다. 2000년대 문학의 가능성이 조심스럽게 점쳐지기 시작한 것도 이때부터였다. 그러나 소위 젊은 작가들의 작품은 동시에 '문학이란 무엇인가' 하는 근본적인 질문을 던지기도 했다. 사소함과 유치함, 무심함과 발랄함으로 무장한 이들 소설은 모든 진지한 것이 녹아내리는 후기 자본주의 사회를 자유롭게 유영함으로써 이전의 문학에 대한, 아니 문학 그 자체의 존재방식에 문제를 제기하게 된 것이다.

이번 예심에서 우리는 이 도발적인 젊은 작가들의 문제 제기를 기성작가들(70년대 초반 생 작가들까지를 포함한)이 나름의 독법과 문법을 동원해서 문학적으로 답변하고 있다고 느꼈다. 신진과 기성의 대결구도란, 따라서 세대간 차이에 의한 것이라기보다는 질문과 답변이라는 문학적 대화관계를 중심으로 형성된 것이다. 본심에 올린 작품들의 면면을 살펴보면 이러한 소통에의 열망을, 그 진지한 주고받음을 눈치 챌 수 있을 것이다. 눈 밝은 독자라면 말이다.

모든 문학상 심사가 그렇듯이 이번 예심 또한 아쉬움이 없었다고는 말 못하겠다. 그러나 서로 다른 문학적 기대와 방법적 시도가 어우러진 작품들을 읽는 것은 즐거웠다. 그 다름이 다성적인 울림이 되어 우리 문학을 좀 더 풍요롭게 할 수 있기를 기대해본다. ▪

복수행위로서의 글쓰기와 글읽기

김윤식

「에리직톤의 초상」(1981)으로 데뷔한 작가 이승우 씨는 눈부신 작가이다. 이러한 평가가 씨의 작가로서의 특이성에서만 관련된 것이 아님은 또 말할 것이 없다. 데뷔 때 지녔던 특이성을 씨는 지속적으로 유지하면서 이를 확대, 추구해 나왔는데, 그 치열성이 조금도 늦추어지거나 쇠약해진 바 없다. 이 사실은 씨를 지켜본 독자 쪽에서 보면 일종의 경이로움이 아닐 수 없다.

그 특이성이란 새삼 무엇인가. 여신이 아끼는 신성한 나무에 도끼질을 한 벌로 눈에 보이는 것은 물론 종국엔 자기의 팔다리까지 뜯어 먹다가 죽어야 할 형벌을 감내해야 하는 에리직톤의 신화는 이데올로기가 하늘을 가리던 80년대 이 땅의 문학판에서는 단연 관념적이었다. 이 에리직톤이 출애굽기에 등장하는 모세의 아들이라는 데까지 이르는 『가시나무 그늘』역시 관념적이었고, 이러한 관념성은 근작 『식물들의 사생활』에 이르기까지 줄기차다. 씨를 작가로 지탱케 하는 형태形態 인식을 문제 삼는다면 바로 여기에서이다.

이 형태 인식의 특징은, 외부에서 보면 너무도 단순한 이분법이다. 끈적끈적한 인간적 정감이나 불투명한 심리묘사 따위란 당초에 스며들 틈이 없다. 메마른 논리적 전개로 일관되는 것은 그 필연이다.

이 관념성을 두고 지적이냐 아니냐를 검토하기에 앞서, 이것이 우선 이분법적 사고를 멸시하기에 분주한 오늘의 그 알량한 유행적 철학풍조에 좌우되지 않는 견고성임엔 틀림없고 나아가 이승우적이라 부를 수도 있겠다. 「전기수傳奇叟 이야기」도 어김없이 이분법적 사고에 바탕을 둔 것이며 관념적이고 그만큼 이승우적이다.

전기수란 누구인가. 물론 그는 김씨라 불리는 작가이고, 한상철이라 불린 식물인간격인 인물은 독자이다. 작가가 독자의 관계를 관념적으로 다룬다면 과연 어떻게 될까. 여기에 참주제가 걸려 있을 터.

두루 아는 바, 어떤 작가도 얘기를 창조해낼 수는 없다. 이미 있는 얘기에다 자기 식으로 약간의 입김이랄까. 토를 달아보는 수준에 지나지 않는 법. 구속 모티프bound motif와 자유 모티프free motif로써 창작 동기가 이루어진다면, 후자만이 가까스로 작가의 몫인 셈. 작가의 시선에서 보면 구속 모티프란 '고장난 라디오'가 아닐 수 없다. 이러한 형태 인식은 독자 측에서도 똑같다. 어떤 독자도 작품에서 정보 따위를 얻고자 하지 않는다. 그것은 '고장난 라디오'와 같기 때문이다. 독자가 마주치는 데는 따로 있다. 작가의 창작 동기 중 자유 모티프 부분이 그것. 어째서 그러한가. 일목요연한 해답이 주어진다. 작가에 있어 자유 모티프란 어떤 경우에도, 꼭 같다. 곧, 현실에서 패배한 자가 그 현실에 복수하는 행위가 그것. 독자의 경우도 이와 똑같다.

현실에서 패배한 자가 그 현실에 복수하는 행위가 독서인 것.

이 메커니즘이 이승우적 글쓰기의 관념성이자 동시에 글읽기의 관념성이 아닐 수 없다. 문학의 강도가 쇠약해진다는 풍문이 자자한 오늘날의 시점에서 볼 때 이 메커니즘은 새삼 음미될 사안이라 할 것이다. ▪

소설이 주인공인 소설

박완서

　예심에서 넘어온 작품 중 박민규, 한강, 편혜영, 이승우의 작품을 재미있게 읽었다.

　박민규의 「누런 강 배 한 척」은 박민규의 소설답게 여전히 잘 읽히면서도 나로서는 좀 낯설었다. 아마 노인 얘기여서 그랬을 것이다. 내가 지금까지 읽어온 그의 소설의 주인공들은 다들 미성년자였던 것 같다. 그들의 연령이 그러했다는 소리가 아니라, 이 사회에 정식으로 편입되기 전에 세상을 바라보는 냉소적 또는 비관적 어리둥절함을 칙칙하지 않게 장난꾸러기처럼 경쾌하게 다룬 종전의 작품에 대한 인상 때문일 것이다. 그가 이런 재주도 있구나, 노인문제를 있는 그대로 깔끔하고 쓸쓸하게 써내려간 것을 반기면서 읽다가 나중 장면에 가서는 이게 아니다 싶었다. 파격으로 치닫고 싶은 그의 장난기가 동한 것 같은데 좀 심하지 않았나 싶다.

한강의 「왼손」도 좋게 읽었다. 왼손하면 왼쪽, 좌파를 연상할 수도 있겠으나 이건 그게 아니라 인간 누구에게나 내재해 있는 자신 안의 적이랄까, 제어할 수 없는 힘에 대한 섬뜩한 이야기이다.

편혜영의 「사육장 쪽으로」는 교외의 전원주택에 사는 평범한 월급 쟁이 가장에게 어느 날 닥친, 가족을 지킬 수 없을 것 같은 사건 사고 는 마치 내가 직면한 위기처럼 리얼하게 다가온다. 사육장에서 탈출 한 개에게 물린 아이를 데리고 차를 모는 병원 방향이 사육장 쪽이라 는 것, 그가 운전해 가는 신작로와 고속도로에서 그를 앞지르거나 스 치는 트럭, 트레일러 등 큰 기계에 대한 그의 무서움증에서 우리는 현 대 사회를 사는 공격적이지 못한 소시민의 위로받을 수 없는 불안과 분노와 피해의식을 본다.

이승우의 「전기수傳奇叟 이야기」는 우선 전기수가 뭔지 그게 궁금해 서라도 안 읽을 수가 없다. 오래 궁금해할 것도 없다. 조선시대에 주 로 사람이 모이는 거리에서 이야기책을 전문적으로 읽어주던 낭독자 를 말한다고 소설 속에서 밝혀놓고 있다. 그 대목이 나올 때까지 못 참겠으면 사전을 찾아보는 것도 나쁘지 않을 것이다. 사전에서는 같 은 뜻에 덧붙여 더 관심을 끄는 점이 나와 있으니까. 전기수는 낭독을 하다가 흥미로운 대목에 이르면 멈췄다가, 청중이 돈을 던져주면 다 시 낭독을 한 것으로 나와 있다.

실직하고 난 그는 아내가 하는 이야기 사업체의 전기수가 된다. 고 객은 물론 고객에게 맞는 텍스트까지 사업체에서 제공해준다. 그러나 그는 톨스토이의 『인생론』 따위를 읽는 일과, 듣는 고객의 무반응에 지친 나머지 마침내 멋대로 이야기를 만들어내고, 나중에는 자기 이 야기를 하기 시작한다. 고객이 듣건 말건 일방적으로 제 이야기를 늘 어놓는다. 그를 위해 내가 이야기하는 것이 아니라 나를 위해 그가 들어주고 있다는 도착의 경지에서 자기가 무엇을 말하고 싶은지 저절로 명백해진다.

거론된 나름대로 좋은 작품 중에서 이승우의 이 작품이 가장 나무랄 데 없는 작품이라는 데 심사위원 전원이 무난한 일치를 보았다. ▪

소설이 소설을 비추는 거울

김화영

　현대문학상 심사를 위하여 예심 통과 작품들을 받아 들면 강한 호기심이 일어난다. 한해 우리 문단의 언어적 상상력이 거두어들인 수확의 내용과 수준을 나름대로 한꺼번에 부감하는 기회이기 때문이다. 전체 16편의 작품들 중에서 특히 편혜영의 「사육장 쪽으로」, 구효서의 「승경」, 이승우의 「전기수傳奇叟 이야기」가 눈에 들어오면서 이 정도의 수준이라면 평년작은 된다는 느낌과 더불어 안도했다. 그밖에도 박민규의 「누런 강 배 한 척」, 한강의 「왼손」, 김경욱의 「천년여왕」, 김애란의 「성탄특선」도 일정한 개성과 역량을 보여주고 있다.

　편혜영의 「사육장 쪽으로」는 소심하고 소극적이며 순응주의적인 회사원 가장을 에워싸고 다가드는 일련의 위협적 사건과 상황을 개인적 두려움에서 인간 보편의 조건으로 서서히 이끌어 올리는 데 성공하고 있다. 이 소설은 단순하고 건조한 문체로 거의 평면적일 정도의 구성 속에 결코 평범하지 않은 삶의 조건을 강력한 현실감으로 살려낸 그 고전적 미덕에 있어 돋보인다. 공산품 특유의 자동성, 규칙성, 반복성, 맹목성에 길든 무반성적인 삶은 파산을 알리는 경고장, 대형 트럭과 각종 기계음의 지속적인 소음과 속도, 사육장의 개 짖는 소리, 불쑥불쑥 숨겨진 무덤처럼 직접적 "접촉" 없이 "신호"로만 기능하는 각종의 강박적 위협 아래 놓이면서 문제의 해결보다는 오히려 그 신호의 "인도"를 받아 길들여지면서 돌이킬 길 없는 파멸로 치달린다는 경고만 같아 그 어조의 소박함이 오히려 더욱 섬뜩하게 느껴지는 소설이다.

근년 들어 점점 더 원숙한 경지를 보여주고 있는 구효서는 우리에게 또 다른 '승경勝景'을 선보인다. 짧은 문장, 잦은 줄바꾸기. 고즈넉한 어조, 느릿느릿하고 차분한 움직임. 선명하지만 사선으로 비추는 빛 속에서 저만큼 대상을 물려놓고 바라보는 시선. 현대적 소설 구성의 기교와 무관한 듯 수필처럼 여유 있게 풀어가는 서술 형식, 이 모든 것이 마음 안팎의 여백과도 같은 고요의 풍경을 만들어내기에 충분하다. 이 소설은 무엇보다 힘들게 "균형"을 찾아가는 과정의 이야기다. 높은 산과 깊은 호수, 땅의 무거움과 하늘 비친 물의 가벼움, 가난한 자와 유복한 자, 장애자 한국인 남자와 가난한 미녀 일본인 여자, 그리고 무엇보다 말과 침묵……. 이 모든 대립항 사이의 조화와 균형을 찾아가는 형식 그 자체가 진정한 언어를 찾아가는 방식이요 나아가서는 말을 아낌으로서 마음의 고요한 여백, 즉 "승경"을 만들어가는 과정이라면? 소설은 이렇게 넌지시 묻고 있는 듯하다.

이승우의 「전기수傳奇叟 이야기」는 또 한 편의 '소설가 소설', 즉 소설이 소설을, 문학이 문학을 비추는 거울이 되고 있는 소설이다. 이런 유의 메타소설적 형식은 그 역사가 매우 길지만 소설에 대한 이론적

반성이 대세를 이루었던 누보로망 이후, 특히 대학에서 소설을 일종의 '과학'이나 '이론'으로 연구 분석하는 과정에서 주목받아왔다. 그러나 작가 이승우는 소설계의 이런 일반적인 추세나 유행에 영향을 받았다기보다는 그의 출발점에서부터 이 문제성과의 근원적인 관련 없이는 자신의 소설이 성립될 수 없다고 믿고 또 그 믿음을 심각하고 집요하게 실천해온 작가다. 「전기수傳奇叟 이야기」는 소설에 대한 소설을 한 편의 무리 없고 흥미로운 1인칭의 "이야기" 속에 정교하면서도 넉넉하게 담았다는 데 그 장점이 있다. "서울 21세기 전기수 기획실장"이라는 직책을 가진 아내의 전화를 받고 문득 전문적 "화자"의 대타로 기용된 실직자 남편과 그에게 이야기를 듣는 "말없는" 인물 사이의 상관관계는 물론 발신자-메시지-수신자라는 야콥슨식 커뮤니케이션 도식 위에 설정된 일종의 알레고리로 읽혀진다. 이 작품은 또한 한국 소설사에 있어서 독자층의 형성과 이야기꾼의 등장이라는 상관관계를 설명함과 동시에 현대 소설의 생산자와 소비자라는 조직화된 시장질서 속에서 작자와 독자의 상호의존성과 가변성 혹은 '공생관계'를 구체적인 이야기 속에서 읽어낸다. 그런데 이 작품의 핵심은 화자와 청자, 침묵과 말 사이의 역전된 역할, 혹은 임무 교대가 현실적으로 가능할 뿐만 아니라 필연적으로 그런 방향으로 나아가는 과정이 소설이라는 것을 반전의 트릭을 통해 보여준 일종의 '고해성사'라는 데 있다. 전혀 새로울 것이 없는 '새로움'의 이름으로 가당치도 않은 만화를 소설의 무대 위로 임대해온 요설들이 심심치 않게 발견되는 시점에 때로는 이승우식의 정면 돌파는 우리 문단에 반성적 강장제가 될 수도 있을 것이다. 우리는 무엇보다도 이 작품이 작가 이승우의 '한결같은 이승우다움'이 이룩한 견실한 성취라고 평가했다. ■

씀으로써 얻는 보람

이승우

흰 호랑이의 흰색과 황금쏘가리의 황금색은 색소 결핍에 의해 만들어진 것입니다. 색소가 결여되어 있기 때문에 얻어지는 특별한 색깔, 그것을 알비노 현상이라고 부른다고 하지요. 이들은 그 희소성 때문에 영물 대접을 받거나 천연기념물로 지정되기도 합니다. 결핍에 대한 이런 보상이야말로 자연의 은덕이라고 할 것입니다.

내 소설에 어떤 색깔이 있는지 모르겠지만, 그런 게 있다면, 그것은 흰 호랑이나 황금쏘가리가 그런 것처럼 결핍에 대한 은덕으로 생긴 것입니다.

소설가라는 이름을 얻은 1981년부터 지금까지 꾸준히 소설을 써왔습니다. 어떤 이는 그것을 성실성의 표로 해석해주기도 하는데, 그런 해석이 고맙긴 하지만, 다른 재주가 없어서 소설을 붙들고 있었다는 게 아마 사실에 더 가까울 것입니다. 참나무나 자작나무에 기생해서 새둥지처럼 둥글게 자라는 겨우살이에 비유할 수 있을지 모르겠습니다. 그런 것도 나름대로 추켜줄 만한 일이 되어서 이런 격려를 받는다고 생각하니 한편으로 고맙고 한편으로 무겁습니다.

—들음으로써 그가 얻는 것보다 말을 함으로써 내가 얻는 이득이 크다면 누가 누구에게 의지하고 있는 거지?

「전기수傳奇叟 이야기」의 화자가 한 말입니다. 그리고 오늘 제가 제 자신에게 하고 싶은 말이기도 합니다. 저는 글을 쓰는 자가 누리는 과분한 복에 대해 잘 알고 있는 사람입니다. 그러나 그 복이 읽는 이들에 의해 베풀어진 은덕이라는 사실에는 무지했습니다. 저는 씀으로써 얻는 보람이 자연 발화와 같은 자생적인 현상이라고 막연하게 생각해왔던 것 같습니다. 그러나 불씨가 없으면 발화도 없다는 사실을 이제 깨닫습니다.

깨달음을 주신 분들, 잘 읽어주신 분들께 머리 숙입니다. 잘 말하기 위해 더 잘 듣겠습니다. '누군가에 의해 말해지지 않으면 알 길이 없는, 길고 어둡고 놀랍고 뜨거운 이야기들이 우리의 삶의 지표면 아래로 흐르고 있다는 사실을' 잊지 않겠습니다.

2007 現代文學賞 수상소설집

전기수傳奇叟 이야기

지은이 | 이승우 외
펴낸이 | 양숙진

초판 1쇄 펴낸날 | 2006년 12월 8일
초판 2쇄 펴낸날 | 2007년 2월 2일

펴낸곳 | ㈜현대문학
등록번호 | 제1-452호
주소 | 137-905 서울시 서초구 잠원동 41-10
전화 516-3770
팩스 516-5433
홈페이지 | www.hdmh.co.kr

찍은곳 | 대한교과서주식회사

ⓒ 2006 (주)현대문학

값 9,500원

ISBN 89-7275-381-5 03810